피안 지나기까지

피안 지나기까지

초판인쇄 2012년 2월 20일 **초판발행** 2012년 2월 25일

지은이 나쓰메 소세키 **옮긴이** 김숙희 **펴낸이** 박성모 **펴낸곳** 소명출판 **출판등록** 제13-522호
주소 서울시 서초구 서초동 1621-18 란빌딩 1층
전화 02-585-7840 **팩스** 02-585-7848
전자우편 somyong@korea.com **홈페이지** www.somyong.co.kr

ISBN 978-89-5626-682-4 03830
값 19,000원
ⓒ 2012, 소명출판

피안 지나기까지

To the Spring Equinox and Beyond

나쓰메 소세키 지음 ┃ 김숙희 옮김

소명출판

일러두기

　번역 원본은 『소세키 전집(漱石全集)』(第5卷, 岩波書店, 1966)을 참조하였다.

차
례

『피안 지나기까지』에 대해

독자 앞에 사실을 고백하면 나는 작년 8월경에 이미 내 작품을 신문 지상에 연재하기로 되어 있었다. 그런데 심한 무더위에 큰 병치레를 한 몸을 계속 혹사시켜서 되겠느냐고 걱정해 주는 사람들이 있었기에 그것을 핑계로 두 달간의 휴가를 더 얻어냈지만 결국 두 달 뒤인 10월에도 붓을 잡지 못하고 11월과 12월도 지면과는 동떨어져서 지내 버렸다. 내가 마땅히 해야 할 일들이 이렇게 파도가 연이어 치고 또 부서지듯이 칠칠치 못하게 연장되는 것은 결코 기분 좋은 일이 아니다.

새해 첫날부터, 시작의 실마리가 풀리듯이 마침내 연재하기로 결정되었을 때는 오랫동안 눌려 있던 뭔가가 펴진다는 즐거움보다는 등에 짊어진 의무를 정리할 시기가 왔다는 의미에서 무엇보다도 기뻤다. 하지만 오랫동안 팽개쳐 두었던 의무를 어떻게 하면 보다 훌륭하게 해낼 수 있을까를 생각하면 다시금 고통을 느끼지 않을 수 없다.

오랜만이니 가급적 재미난 글을 써야 되겠다는 생각도 있고, 내 건강 상태나 사정에 대해 관용으로 대해 준 동료들의 호의와 내 글을 일과처럼 매일 읽어 주는 독자의 호의에도 보답해야만 한다는 생각도 더하게 된다. 그래서 어떻게든 훌륭한 작품을 쓸 수 있도록 기원하고 있다. 다만 작품의 성과는 노력에만 달린 것도 아니고 또 아무리 좋은 것을 구상하더라도 생각대로 될지 안 될지는 자신도 예상할 수 없다는 게 저술의 법칙이니, 이번에야말로 오랜 기간 쉰 것을 만회할 작정이라고 큰소리칠 용기가 나지 않는다. 여기에 일종의 어려움이 잠재되어 있는 것이다.

나는 이 작품을 공개하면서 이상의 사실만을 말하고 싶다. 작품의 성격이나, 작품에 대한 내 견해나 주장 같은 것은 지금 언급할 필요가 없다고 본다. 사실 나는 자연주의 작가도 아니고 상징주의 작가도 아니다. 최근 귀에 자주 들리는 신낭만파 작가는 더더욱 아니다. 나는 이런 사상들을 높이 표방해서 사람들의 주의를 끌 만큼 내 작품이 고정된 색깔을 지녔다는 자신감을 갖지 못했고 또 그런 자신감이 불필요하다고 생각하는 사람이다. 나는 그저 나일뿐이라는 신념을 갖고 있다. 그리고 내가 나인 이상, 자연주의가 아니든 상징주의가 아니든 또는 신新 낭만파가 아니든 상관치 않을 생각이다.

나는 또한 내 작품이 새롭다고 떠들어 대는 것도 좋아하지 않는다. 요즘 세상에서 무작정 새로워지고 싶은 사람은 미쓰코시 양장점과 양키, 문단의 일부 작가와 평론가일 거라고 난 전부터 생각하고 있다.

나는 문단에서 남용되는 헛된 유행어를 빌어다 내 작품의 상표로 쓰고 싶지 않다. 그저 나다운 글이 쓰고 싶을 뿐이다. 수완이 부족해서 내 능력 이하로 만들어지거나 과시하고 싶은 마음에 내 능력 이상으로 포장되어서 독자에게 죄송한 결과를 초래하게 되는 것이 두려울 뿐이다.

도쿄와 오사카를 합산하면 『아사히신문』 구독자는 실로 몇 십만이라는 숫자에 이른다. 그 중 내 작품을 읽어 주는 사람이 몇 일지는 모르지만, 그들 대부분은 문단의 뒷골목도 좁은 길도 들여다 본 경험이 없을 것이다. 그저 한 인간으로서 대자연의 공기를 진솔하게 호흡하면서 온당하게 살아갈 뿐이라고 본다. 이렇게 배우고도 평범한 사람들 앞에 내 작품을 내놓을 수 있는 나를, 나는 행복하다고 믿는다.

『피안 지나기까지』라는 것은 정초부터 시작해서 피안彼岸[1] 지날 때까지 쓸 예정이었기 때문에 단순히 그렇게 붙여졌을 뿐인 공허한 제목이다. 나는 예전부터 각각의 단편을 거듭 쓴 뒤에 그것을 한데 모아 하나의 장편으로 구성한다면 신문소설로 예상외로 재미있게 읽히지 않을까 하는 생각을 갖고 있었다. 하지만 지금껏 그것을 시도해 보지도 못하고 지내 왔기 때문에 능력이 허락한다면 『피안 지나기까지』를 예전에 생각했던 대로 완성하고자 한다. 다만 소설은 건축가의 도면과는 달리 아무리 어설픈 것이라도 활동과 발전을 포함해야만 하는 것이기에, 쓰겠다고는 하면서도 계획대로 진행하지 못하는 경우가 생기게 된다. 이것은 우리가 일상에서 기획한 것이 예상외의 장애에 부딪혀서 기대한 대로 마무리되지 않는 것과도 같은 일이다. 따라서 이것은 계속 써 보지 않으면 알수가 없는, 전적으로 미래에 속한 문제일지도 모른다. 다만 제대로 되지 않더라도 각각이 이어진 건지 별개인지 확실치 않은 단편들이 이어질 거라는 예상만은 가능하다. 나는 이것으로도 상관없으리라 본다.

---

1 춘분·추분을 전후한 7일간의 절기를 뜻함. 불교에서는 깨달음의 세계를 뜻하는 말.

목욕 후

1

　게이타로敬太郎는 뭔가 성과도 없이 분주하게 돌아다니는 최근의 일상에 슬슬 싫증이 났다. 타고난 건강 체질이기에 단순히 여기저기 돌아다니는 일쯤이야 별로 힘들지 않을 거라는 건 자신도 잘 알고 있었지만, 의도한 바가 뭔가에 걸려 버려서 꼼짝 못하게 된다든가 잡으려고 하는 순간 획 달아나 버리는 실수가 거듭됨에 따라 점점 몸보다는 머리 쪽이 말을 듣지 않게 되었다. 그래서 오늘 밤에는 은근히 부아도 나고 해서 마시고 싶지도 않은 맥주를 일부러 펑펑 따고는, 스스로 쾌활한 기분이 되려고 애써 보았다. 하지만 시간이 아무리 지나도 마치 남의 옷을 빌려 입고 쾌활해지려고 하는 듯한 느낌을 떨칠 수가 없어서 결국 하녀를 불러서 주변을 치우게 했다. 하녀는 게이타로의 얼굴을 보고 '아유 다가와 씨'라고 하더니 뒤이어 '어머 정말' 하고 덧붙였다. 게이타로는 자신의 얼굴을 매만지며 '불그레하지? 이렇게 좋은 혈색을 계속 전등에 비추고 있으면 아까우니까 이제 자야겠군. 치우는 김에 이부자리도 좀 펴 주지' 하고는 하녀가 뭐라고 대답하려는 것을 외면하고 복도로 나갔다. 그리고 변소에서 돌아와 이부자리 속으로 들어갈 때에 이제 당분간 '휴식'을 취하기로 한다고 입속으로 중얼거렸다.

게이타로는 밤에 두 번 잠에서 깼다. 한번은 목이 말랐기 때문이고 한번은 꿈을 꾸었기 때문이다. 세 번째로 깨어났을 때는 이미 날이 훤하게 밝아 있었다. 세상이 움직이기 시작했다는 것을 알아차린 그는 곧 다시 '쉬자, 쉬어' 하면서 눈을 감아 버렸다. 그 다음에는 괘종시계의 시끄러운 타종 소리가 눈치 없게 귓전에 울렸다. 그 후로는 아무리 애를 써도 잠을 잘 수가 없었다. 하는 수 없이 드러누운 채 궐련 한 대를 피우고 있는데, 반쯤 타들어 가던 시키시마² 담배 끝이 허물어져서 하얀 베개가 재투성이가 되고 말았다. 그래도 그는 그대로 있을 작정이었지만 결국 동쪽 창으로 비쳐 든 강한 햇살을 받아 머리가 지끈거렸기 때문에 그럭저럭 고집을 꺾고 일어나서는 이쑤시개를 입에 물고 수건을 두르고 욕탕으로 갔다.

욕실 시계는 이미 열 시를 좀 지나 있었지만 몸을 씻는 쪽은 말끔히 치워져서 물바가지 하나도 나와 있지 않았다. 다만 한 사람이 욕탕에 드러누워 유리창으로 비쳐 든 햇빛을 바라보면서 태평스레 첨벙거리고 있었다. 그는 게이타로와 같은 하숙에 있는 모리모토森本라는 남자였기에 게이타로는 아침 인사를 건넸다. 그러자 그쪽에서도 잘 잤느냐고 인사를 하고는,

"아니 지금 시간에 이쑤시개 같은 걸 물고. 뭐 하십니까. 장난도 아니고. 참, 그리고 보니 어젯밤에 당신 방에 불이 안 켜져 있는 것 같던데요"

---

2 담배 상품명.

라고 했다.

"전기는 초저녁부터 훤하게 켜져 있었죠. 나는 댁하고 달리 품행이 단정해서 밤에 놀러 다니는 일은 안합니다."

"물론입니다. 당신은 견실하니까요. 부러울 정도로."

게이타로는 조금 쑥스러워졌다. 상대방을 보니 아직도 질리지 않았는지 여전히 가슴 아래를 탕에 담근 채 첨벙대고 있다. 게다가 비교적 진지한 표정이었다. 게이타로는 이 느긋해 보이는 사내의 콧수염이 칠칠맞게 젖어서 한 가닥씩 아래로 늘어진 것을 보면서

"난 그렇다 치고 댁은 어쩐 일이세요, 관청에는요?" 하고 물었다. 그러자 모리모토는 나른한 듯이 욕조 테두리에 양 팔꿈치를 얹고 그 위에 이마를 대고 엎드린 채 '관청은 쉽니다' 하고 머리라도 아픈 사람처럼 대답했다.

"무슨 일로요?"

"무슨 일로가 아니라, 그냥 내가 쉬어요."

게이타로는 문득 동지라도 발견한 듯한 기분이 들어서 그만 그 쪽도 '휴식'이냐고 하자, 상대방도 '네, 휴식이죠'라고 대답하더니 원래대로 욕탕 가에 푹 엎드려 버렸다.

2

게이타로가 나무물통 앞에 자리 잡고 일꾼에게 때를 밀게 할 때쯤 되서 모리모토는 김이라도 날듯이 벌건 몸을 겨우 탕 안에서 완전히 드러

냈다. 그리고는 아주 기분 좋다는 표정으로 몸 씻는 곳에 털썩 양반다리를 하고 앉더니 '당신은 체격이 좋군요' 하며 게이타로의 몸을 칭찬하기 시작했다.

"요샌 별로 안 좋아진 편이에요."

"무슨 소리, 그게 안 좋은 편이라면, 나는……."

모리모토는 스스로 자기 배를 두들겨서 보여주었다. 그의 배는 푹 들어가서 등에 착 달라붙은 것 같았다.

"여하튼 일이 일이다 보니, 몸은 계속 망가지기만 하네요. 하기사 제대로 관리도 안 하긴 했죠" 하며 갑자기 생각났다는 듯 하하하 웃었다. 게이타로는 그 분위기에 맞추려는 듯,

"오늘은 나도 한가하니까 모처럼 댁의 옛날 얘기나 들을까요?"라고 했다.

모리모토는 그렇게 하자고 즉각 호응했지만 활기찬 건 대답뿐이고 행동은 느리다 못해서 모든 근육이 물에 삶겨져서 당분간 활동이 중지된 모습이었다.

게이타로가 머리를 비누칠해서 박박 씻기도 하고 굳은 발바닥과 발가락 사이를 문지르는 동안에 모리모토는 여전히 양반다리를 한 채 아무데도 씻으려는 기색이 없었다. 마지막에 마른 몸뚱이를 탕 속에 던지듯이 풍덩 담그고는 게이타로와 거의 동시에 몸을 닦으면서 나왔다. 그리고는

"어쩌다 아침에 목욕을 오면 기분이 상쾌하고 좋죠"라고 했다.

"네, 당신은 몸을 씻는 게 아니라 탕 목욕을 하니까 더 그렇겠죠. 깨끗이 닦기 위한 실용적 목욕이 아니라 쾌감을 얻기 위한 탕욕이니까요."

"뭐 그렇게 어려운 목욕 방법이 있는 건 아니고, 왠지 이 시간에 몸을 씻는 게 귀찮아서 그냥 멍하니 담그고 있다가 나와 버리죠. 거기에 비하

면 댁은 훨씬 성실하군요, 머리부터 발끝까지 빠짐없이 잘 씻고 이쑤시개까지 쓰니까. 그 면밀함에는 저도 정말 감탄했습니다."

두 사람은 나란히 목욕탕을 나왔다. 모리모토가 큰길로 나가서 담배 마는 종이를 사겠다기에 게이타로도 같이 갈 마음으로 뒷골목에서 동쪽으로 돌아서자 갑자기 길이 나빠졌다. 간밤에 내린 비로 흙이 질퍽해진 데다가, 아침부터 말과 차와 사람들이 지나다니면서 밟고 뒤집어 놓은 흙탕길을 두 사람은 기피하고 혐오하듯이 걸었다. 해는 높이 떠 있었지만 지면에서 피어오르는 수증기는 아직도 지평선 위에 미미한 파동을 그리고 있는 듯했다.

"오늘 아침 풍경은 잠꾸러기인 당신한테 보여주고 싶었어요. 해가 쨍하고 났는데도 안개가 자욱했으니까요. 이쪽에서 전차 안을 봤더니 승객이 마치 장지문에 비친 그림자처럼 한 명씩 다 분간이 됩디다. 게다가 태양이 반대쪽에 있으니까 각각의 사람이 회색 괴물처럼 보여서 아주 신기한 볼거리였지요."

모리모토는 이런 얘기를 하면서 종이가게로 들어가더니 담배 종이와 봉투로 불룩해진 안주머니를 눌러 가며 나왔다. 밖에서 기다리던 게이타로는 곧 왔던 길로 발길을 되돌렸다. 두 사람은 그대로 하숙으로 돌아왔다. 슬리퍼 뒤축을 끌면서 계단 두 개를 먼저 올라간 게이타로는 얼른 자기 방문을 열고는 '자 들어오시죠' 하고 모리모토에게 권했다. 모리모토는 '곧 점심인데' 하고 주저했지만, 의외로 자기 방에 들어가기라도 하듯이 간단히 게이타로를 뒤따라 들어왔다. 그리고 '당신 방에서 보는 경치는 언제 봐도 좋군요' 하고는 직접 장지문을 열고 난간의 마룻장 위에 젖은 수건을 놓았다.

3

게이타로는, 몸은 여위었지만 큰 병 없이 매일 신바시역으로 나가는 이 남자에 대해 평소에도 호기심 같은 게 있었다. 모리모토는 이미 서른이 넘었다. 그런데 아직도 혼자 하숙을 하면서 역으로 출근하고 있다. 하지만 역에서 무슨 일을 맡고 어떤 사무를 보는지는 당사자에게 물어 본 적도 없고 또 그 쪽에서 말한 적도 없었기에 게이타로에겐 모든 게 의문이었다. 가끔 역에 사람을 배웅하러 가는 경우가 있기는 했지만 혼잡한 통에 정신이 없어서 역과 모리모토를 함께 떠올릴 겨를도 없고 그렇다고 모리모토가 자신의 존재를 상기시키듯 게이타로의 눈에 띌 만한 곳에 나타나는 경우도 없었다. 다만 같은 하숙에서 오래 지냈다는 인연인지 동정인지 하는 것이 원인이 되어 어느 새 인사와 세상사를 나누는 사이가 되었던 것뿐이다.

그러므로 모리모토에 대한 게이타로의 호기심이란 현재보다는 오히려 과거에 관한 것이라는 게 적절할지 모르겠다. 게이타로는 언젠가 모리모토가 어엿한 한 가정의 주인공이었던 때의 이야기를 들었다. 아내에 대해서도 들었고 두 사람 사이에 태어난 아기가 죽었다는 이야기도 들었다. '그 아귀餓鬼[3]가 죽어 그 덕분에 우리가 살아난 셈이지요. 산신이 내리는 재앙은 실제로 무서웠으니까요'라는 말을 아직도 기억하고 있다. 게이타로가 그때 산신이란 말을 잘 몰라서 뭐냐고 묻자 '산의 신'의 한자말 아니냐고 가르쳐주던 우스갯소리도 기억하고 있다. 이러한 그의 얘기를

---

3 생전에 식탐을 쌓아온 사람이 죽어서 된 귀신. 죽은 아기를 뜻함.

생각해 봐도 게이타로가 본 모리모토의 과거에는 어떤 낭만적인 냄새가 혜성의 꼬리처럼 흐릿하게 뒤덮으면서 야릇한 빛을 발하고 있었다.

여자를 만나고 헤어진 일화 외에도 그는 갖가지 모험담의 주인공이었다. 가이효토海豹島에 가서 물개를 잡은 적은 아직 없지만 홋카이도 어딘가에서 연어를 잡아서 돈을 번 건 확실한 것 같았다. 또한 시코쿠四国 부근 산에서 안티몬이 나온다고 떠들고 다녔지만 결코 나오지 않았던 일도 본인이 그렇게 자백을 한 만큼 사실이 틀림없는 듯하다. 하지만 제일 기발한 것은 술통 꼭지 회사에 관한 계획으로 이는 술통 꼭지를 만드는 장인이 도쿄에 극소수라는 데서 얻은 발상이라는데, 오사카에서 힘들게 불러들인 장인과의 의견 충돌로 성사되지 못했다면서 아직도 그는 아쉬워하고 있다.

돈 버는 이야기가 아니라 세상 살아가는 이야기를 할 때에도 그는 자신이 아주 풍부한 소재의 소유자라는 사실을 쉽게 증명해 보여준다. 치쿠마筑摩강 상류 어디쯤에서 건너편 산을 바라보니 바위 위에서 곰이 딩굴거리며 낮잠을 자고 있더라는 얘기쯤은 평범한 편이고, 얘기가 좀 더 무르익으면 신슈信州에 있는 토가쿠시戸隠山 산의 암자는 보통 사람이 오르기 힘든 험난한 곳인데 그곳을 장님이 꼭대기까지 올라가는 사실을 보고 놀랐다고도 한다. 거기에 참배를 하려면 아무리 다리가 튼튼한 사람도 도중에 하룻밤 묵어갈 수밖에 없기에 모리모토도 산 중턱쯤에서 모닥불을 피우고 추위를 견디고 있었다고 한다. 그러자 아래쪽에서 방울 소리가 들려서 이상하게 여기던 중, 그 소리가 점점 가까워지더니 스님 모습을 한 장님이 올라왔다고 한다. 그 장님은 마츠모토에게 안녕하시냐고 인사하고는 다시 총총히 올라갔다고 하기에, 정말 묘하다 싶어서 좀 더 들어보니 사실은 장님에게 안내인이 한 사람 딸려 있었다고 한다. 안내인의 허리에 방울을 달아서 뒤따르는 맹인이 그 방울소리에 의지해 올라올 수 있게 했다는 설명에 납득이 가긴 했지만, 아무튼 게이타로에게는 아주 놀라운 이야기였다.

여기서 좀 더 고조되면 괴담에 가까운 묘한 얘기가 그의 단정치 못한 콧수염 아래에서 아주 정중히 나온다. 그가 야바耶馬 계곡을 지나는 길에 라칸지羅漢寺라는 절에 올라갔다가 해질녘에 삼나무 가로수 길을 서둘러 내려오고 있는데 갑자기 한 여인이 스쳐 지나갔다. 그 여인은 연지 찍고 분 바르고 혼례식 머리를 했으며 긴소매 정장에 두꺼운 띠를 매고 조리를 신은 채, 혼자 총총히 라칸지 쪽으로 올라갔다고 한다. 절에 용무가 있을 리가 없고 또 이미 절문도 닫혔는데 성장을 한 여자가 어두운 산길을 혼자 올라가더라는 것이다. 게이타로는 이런 얘기를 들을 때마다 믿을 수 없다는 듯이 허, 하며 미소를 띠우면서도 상당한 홍미와 긴장감으로 마츠모토의 말솜씨를 받아들이는 것이 보통이었다.

4

이날도 목욕탕을 나서자 여느 때처럼 그런 이야기가 나올 거라는 생각에 길을 빙 돌아서 함께 하숙집으로 왔다. 나이는 별로 많지 않지만 세상의 관문을 대부분 지나 온 듯한 모리모토의 경험담은, 올 여름에 학교를 갓 졸업한 게이타로에게 아주 홍미로울뿐더러 듣기에 따라서는 상당히 유익한 것이었다. 더구나 게이타로는 유전적으로 평범함을 거부하는 로맨틱한 청년이었다.

예전 도쿄 아사히신문에 고타마 오토마쓰児玉音松인가 하는 사람의 모험담이 연재되었을 때는 마치 성년도 안 된 중학생처럼 그것을 매일 열성적으로 읽었다. 그중에서도 오토마쓰가 동굴 속에서 뛰어나온 거대한 문어와 싸웠다는 기사가 너무 재미있어서 같은 과 친구들에게 열을 올리면서 얘기한 적이 있었다.

"글쎄, 커다란 문어 대가리를 겨냥해서 권총을 탕탕 쐈는데 총알이 주르르 미끄러져 아무 반응이 없었다더군. 그때 대장 뒤를 줄줄 따라 나온 새끼 문어들이 원을 만들어 빙 둘러싸기에 무얼 하나 봤더니 누가 이기는지 열심히 구경하고 있었대."

그러자 친구들이 반 놀림 삼아 '너 같은 익살꾼은 문관시험 같은 거 봐서 착실히 살 마음이 없을 테니 졸업하면 차라리 남극대양에라도 가서 좋아하는 문어사냥을 하는 게 어때?'라고 했기에 그 후로 '다가와田川의 문어사냥'이라는 말이 친구들 사이에 유행했고, 졸업 후에 사회로 나가기 위해 발이 닳도록 일자리를 찾아다니는 게이타로를 볼 때마다 '어떻게, 문어사냥은 성공했냐?' 하고 물어보는 게 일상이 되었을 정도이다.

남양의 문어사냥은 너무 기발한 일이라서 아무리 게이타로라고 해도 실천할 용기가 없었지만 싱가포르의 고무나무 재배계획은 학생시절에 생각해 본 적이 있다. 당시 게이타로는 몇 백만 그루의 고무나무가 끝없는 광야를 뒤덮으리만큼 울창하게 자라난 한 가운데에 방갈로를 만들고 재배 감독인 자신이 그 안에서 조석으로 기거하는 모습을 상상해 마지 않았다. 그는 방갈로 바닥을 걷어 내고 그 위에 큰 호랑이 가죽을 깔 작정이었다. 벽에는 물소 뿔을 붙여서 거기다 총을 걸고 그 아래에는 비단 주머니로 싼 일본도日本끄를 놓을 생각이었다. 그리고 자신은 새하얀 터번을 머리에 둘둘 말고서 넓은 베란다에 놓인 등나무 의자에 누워서 향이 진한 하바나산 궐련을 뻐끔 뻐끔 여유롭게 피울 생각이었다. 뿐만 아니라 그의 발밑에는 수마트라산 검은 고양이—벨벳 같은 털에 황금 그 자체인 눈과 몸통보다도 긴 꼬리를 가진 신비스러운 고양이가 등을 산처럼 높이 세우고 웅크리고 있을 터이다. 그는 이렇게 먼저 스스로 만족할 수 있는 온갖 상상 속 풍경을 떠올린 다음 드디어 실제로 계산을 해보았다. 그런데 예상 외로, 먼저 고무를 심기 위한 토지를 빌리는데 상당한 돈과 시간이 든다. 그리고 빌린 땅을 개간하는 게 쉬운 일은 아니다. 그 다음에 땅을 고르고 나무를 심는데 들어 갈 금액이 의외로 많다. 게다가 인부를 써서 쉴 새 없이 벌초를 한 다음 육년 동안 묘목이 자라는 것을 손가락을 입에 물고 멍청히 바라보아야 한다는 단계에 이르자 그는 그만두기에 충분하다고 생각했다. 그러던 중 게이타로에게 여러 사정을 가르쳐 주었던 고무 전문가가 조금 있으면 그 지역 일대의 고무 공급이 세계의 수요를 초과해서 재배자는 어마어마한 공황을 맞이하게 될 거라고 겁을 주었기 때문에, 그 후 게이타로는 고무의 '고'자도 입에 올리지 않게 되었다는 것이다.

5

그렇지만 신기하고 이상한 것에 대한 게이타로의 흥미는 이 정도에서 식을 것 같지가 않았다. 그는 도시 한가운데서 먼 나라와 사람들을 상상 속에 떠올려 보고 즐거워 할뿐만 아니라, 매일 전차에서 마주치는 평범한 여자나 산책길에서 스쳐 지나는 남자를 볼 때에도 모두들 예사롭지 않은 기이한 뭔가를 망토 속이나 코트 소매에 몰래 지니지는 않았을까 하고 생각한다. 그래서 제발 그 망토나 코트를 뒤집어서 단 한번이라도 좋으니 기이한 그것을 슬쩍 본 다음에 모르는 척하고 지나치고 싶은 기분이었다.

게이타로의 이런 성향은 고등학교 때 영어선생님이 스티븐슨의 『신 아라비안나이트』라는 책을 교과서로 읽혔을 무렵부터 점점 고개를 들기 시작한 것 같다. 그때까지 그는 영어를 아주 싫어했지만 이 책을 읽고부터는 예습을 한 번도 거르지 않았고 수업 중에 지명이라도 받으면 꼭 자리에서 일어나 해석을 했던 사실을 보더라도 얼마나 그것을 재미있어했는지 알 수가 있다. 어떤 때는 흥분한 나머지 소설과 실제를 분간하지 못해서 19세기 런던에서 실제로 이런 일이 있었는지를 진지한 표정으로 선생에게 물었다. 영어 선생님은 얼마 전 영국에서 돌아 온 남자였는데 검정색 멜턴 모닝코트 뒤에서 마 손수건을 꺼내어 코밑을 닦으면서 19세기는커녕 지금도 그럴 것이라며 런던이란 도시는 불가사의한 도시라고 말했다. 게이타로의 눈은 놀라움으로 빛났고 선생님은 의자에서 일어나서 이런 말을 했다.

"물론 저자가 저자인 만큼 관찰력도 기발하고 따라서 사건의 해석도 보통 사람과는 달랐기 때문에 이런 작품이 나왔을지 모릅니다. 실제로 스티븐슨은 손님을 기다리는 마차를 보고서도 거기서 일종의 로맨스를 찾아냈다고 하니까요."

게이타로는 손님을 기다리는 마차와 로맨스는 잘 알 수 없었지만 설명을 잘 듣고 보니 비로소 과연 그렇구나 싶었다. 그 뒤로는 지극히 평범한 도쿄에서 지극히 평범한 인력거를 볼 때마다 간밤에 살해된 손님과 식칼을 싣고 쏜살같이 달리는 건지도 모른다고 상상하기도 하고 혹은 추적자의 생각과는 반대쪽으로 달리는 기차 시간에 맞추기 위해 아름다운 여인을 마차 속에 숨기고 어떤 역을 향해 달리는 건지도 모른다는 상상도 해보면서, 혼자 두려워도 하고 재미있어도 하면서 몹시 좋아했다.

이러한 상상을 거듭함에 따라서 복잡한 세상이니 내 추측대로는 아니더라도 뭔가 평소와는 다른 새로운 기분 전환이 될 수 있는 사건과 한번쯤은 마주치게 될 거라는 생각을 자연스레 하게 되었다. 그렇지만 학교를 졸업한 뒤 게이타로의 생활은 그저 전차를 타는 것과 소개장을 받아서 모르는 사람을 방문하는 일 정도로, 이것 외에 이렇다고 내세워 얘기할 만한 소설 같은 일은 전혀 없었다. 그는 매일 보는 하숙집의 하녀 얼굴에 진력이 났다. 매일 먹는 하숙집 반찬도 질려 버렸다. 이 단조로움을 깨기 위해서 하다못해 남만주에 철도가 생긴다든가 조선朝鮮 문제라도 매듭이 지워진다면 먹고사는 문제 외에 얼마간의 자극은 얻을 수 있겠지만, 양쪽 다 당분간 희망이 없는 게 분명해지니 눈앞의 평범한 세상이 점점 자신의 무능력과 밀접한 관계라도 있는 것처럼 생각되어서 심하게 맥이 빠져 버렸다. 그래서 생활을 위한 동분서주는 말할 것도 없고 전차를 타고 길에 떨어진 동전을 찾아다니듯한가한 기분으로 세상사를 탐험할 용기마저 사라져서 간밤에는 별로 좋아하지도 않는 맥주를 잔뜩 마시고 잤던 것이다.

이런 때에 비범한 경험이 아주 많지만 평범한 사람이라고 해야 할 모리모토의 얼굴을 보는 일이란 게이타로에겐 이미 일종의 흥분이었다. 담배종이 사는 데까지 함께 가면서 그를 자기 방으로 데려온 것은 이런 이유 때문이다.

6

모리모토는 창가에 앉아서 한동안 아래를 바라보고 있었다.

"당신 방에서 보는 풍경은 늘 좋지만 오늘은 특히 좋군요. 씻은 듯이 말끔한 하늘자락 아래 곱게 물든 나무가 여기저기 정답게 모여 있고 그 사이사이로 붉은 벽돌이 보이는 모습이란 정말로 그림 같습니다."

"그렇군요."

게이타로는 하는 수 없이 이렇게 대답했다. 그러자 모리모토는 팔꿈치를 괴고 있던 창가에서 한 자쯤 튀어나와 있는 마룻장을 보면서 '여기는 왠지 분재 한두 개쯤 올려놓아야 심심치 않을 것 같군요' 하고 말했다.

게이타로는 정말 그런가 생각했지만 다시 '그렇군요'란 말을 반복할 기분이 나지 않아서

"댁은 그림이나 분재까지도 아십니까?" 하고 물었다.

"아느냐고 하니까 좀 민망하군요. 뭐 전혀 내 분위기가 아니라서 물어보는 거니까 할 말은 없지만 그래도…… 이래 봬도 분재도 다루고 금붕어도 기르고 한 때 그림도 즐겨 그렸지요."

"뭐든지 다 하시는군요."

"뭐든지 하는 사람, 제대로 하는 게 없다죠. 결국은 이렇게 되고 말았습니다."

모리모토는 이렇게 잘라 말하고는, 과거를 후회하거나 현재를 비관

하는 예리한 구석이 전혀 없는 평상시의 태연한 얼굴을 하고 게이타로를
보았다.

"그래도 난 조금이라도 좋으니 당신처럼 변화무쌍한 경험을 해봤으
면 하는 생각을 늘 합니다" 하고 게이타로가 진지하게 말을 걸자, 모리모
토는 술 취한 사람이 하듯이 오른손을 자기 얼굴 앞에 들고 좌우로 크게
흔들어 보였다.

"그거, 정말 안 좋습니다. 젊을 때는요—(댁하고 난 나이차도 많지 않지만)
—아무튼 젊을 때는, 뭐든 유별난 것이 해보고 싶은 법이죠. 하지만 그
별난 일을 해 보고난 뒤에 생각하면 그런 바보 같은 짓은 안하는 게 훨씬
나았다 싶을 뿐이지요. 당신은 이제부터 입니다. 점잖게 지내면 어떠한
자기발전도 가능한 것을, 중요한 지점에 모험심이나 반항심으로 행동한
다면 불효가 되고 말지요. 근데 어떻습니까. 전부터 물어봐야지 하다가
바빠서 못 물어봤는데 어디 좋은 일자리는 찾았나요?"

정직한 게이타로는 풀죽은 모습으로 있는 대로 대답했다. 그리고는
당분간은 도무지 기대할 만한 일이 없기 때문에 동분서주를 그만 두고
휴식할 생각이라고 덧붙였다. 모리모토는 좀 놀란 듯한 얼굴이었다.

"허, 요즘은 대학을 졸업해도 쉽게 일자리를 찾을 수 없는 모양이군
요. 웬만한 불경기여야죠. 하긴 메이지明治도 벌써 사십 몇 년이니 그럴
수밖에 없겠지만."

여기까지 말한 모리모토는 고개를 갸우뚱하더니 자신의 철학을 곱씹
어 보는 듯했다. 게이타로는 그 모습이 우습다고 생각지는 않았지만 속
으로 이 사내가 이해하고서도 이렇게 말하는 건지 아니면 무식해서 이렇
게 말할 수밖에 없는 건지 생각해 보았다. 그러자 모리모토는 갸웃거리

던 고개를 갑자기 들더니,

"싫지 않으면 철도 쪽에라도 나오시는 건 어떻습니까. 괜찮으면 말해 드릴까요?"

아무리 로맨틱한 게이타로지만 이 남자에게 부탁해서 좋은 일자리가 얻어지리라는 상상만은 할 수가 없었다. 반면에 가볍게 쏟아 낸 모리모토의 애교스런 이 말을 희롱으로 해석할 정도로 곡해하지도 않았다. 어쩔 수 없이 씁쓸하게 웃고는 하녀를 불러서

"모리모토 씨 밥상도 이쪽으로 갖고 오너라" 하고 지시하면서 술을 시켰다.

7

모리모토는 요즘 몸을 위해서 술을 자제한다고 거절하면서도 부어 주면 금세 잔을 비웠다. 마지막에는 이제 그만하자고 해 놓고서 스스로 술병을 기울였다. 평소 조용하고 속편한 사내였지만 술잔이 거듭되자 그의 한적함은 열기를 띠고 편안함은 점점 고조되는 듯했다. 제 스스로도 '이제부터는 허둥대지 말고 담대해져야겠군. 내일 해직되더라도 놀라지는 않아' 하고 큰소리를 치기 시작했다. 술을 전혀 못하는 게이타로가 가끔 생각났다는 듯이 잔을 들고 자신을 상대해 주는 것을 보더니 '다가와 씨는 정말 못하십니까? 신기하네요. 술도 못 마시면서 모험을 사랑하다니, 모든 모험은 술에서 시작됩니다. 그리고 여자로 끝나지요'라고 했다. 그는 조금 전까지만 해도 자신의 과거가 변변치 못하다고 비판을 하더니

취하니까 갑자기 태도를 반대로 바꿔 기염을 토하기 시작했다.

"댁은 말이요, 미안하지만 이제 학교를 막 나와서 진짜 세상을 모른다 니까. 아무리 학사네 박사네 하면서 직함을 내둘러도 나는 겁먹지 않는 다고. 난 현장을 제대로 경험하면서 살아왔거든."

조금 전까지는 교육에 대해 다대한 존경을 표했던 사실을 완전히 잊 어버리기라도 한 듯, 그는 게이타로를 앞에 두고 사정없이 호통을 쳤다. 그런가 하면 트림 같은 한숨을 내쉬며 자신이 배우지 못한 것을 아주 한 심하다는 듯 원망했다.

"뭐 간단히 말해서 나는 세상을 원숭이처럼 살아 온 거라고. 이렇게 말하면 이상하겠지만 난 당신보다 열배는 더 많이 경험을 쌓았을 거야. 그런데도 아직 보시다시피 이렇게 해탈이 안 되는 건 다 무식해서, 말하 자면 못 배웠기 때문이지. 교육을 받았다면 이렇게 변화무쌍하게 살 수 는 없었을 거라고."

게이타로는 조금 전부터 상대방이 안타까운 선각자라도 된 것처럼 생 각하고 주의를 기울이며 듣고 있었는데, 술을 너무 마신 탓인지 오늘은 평소보다 객기와 푸념이 많아서 예전처럼 순수한 흥미가 생기지 않는 것 이 유감스러웠다. 그래서 술자리를 적당히 접었지만 역시 뭔가 아쉬웠 기에 다시 차를 우려서 권하면서,

"당신의 경험담은 언제 들어도 재미있군요. 게다가 나처럼 세상물정 을 모르는 사람은 들을 때마다 유익한 것 같아서 감사드립니다. 그런데 지금껏 지내 온 중에 가장 유쾌했던 일은 뭡니까?" 하고 물어보았다. 모 리모토는 뜨거운 차를 불어 가며 충혈된 눈을 두어 번 깜박이고는 말없 이 있었다. 마침내 깊은 찻잔을 다 비우고는 이렇게 말했다.

"글쎄요. 지나간 뒤에 생각해 보면 모두 다 재미있고 또 모두 다 시시하기도 해서 잘은 모르겠지만……. 근데 유쾌하다는 건 여자에 관한 걸 말합니까?"

"꼭 그런 건 아닙니다만, 그래도 상관없겠지요."

"실은 뭐, 그 쪽의 얘기가 듣고 싶은 거겠죠. 근데 사실 재미있고 없고가 아니라 이렇게 태평한 생활이 세상에 또 있을까 싶었던 기억이 있어요. 그 얘기를 하나 해볼까요? 차에 과자를 대신해서."

게이타로는 물론 좋다고 했다. 모리모토는 잠깐 소변보고 오겠다고 일어나다니 '대신에 미리 말해 두겠는데, 여자는 없어요. 여자는커녕 사람이 안 나옵니다' 하고 다짐해 두고 복도 밖으로 나갔다. 게이타로는 호기심을 갖고 그가 돌아오기를 기다렸다.

8

그런데 오 분을 기다려도 십 분을 기다려도 그 모험가는 쉽게 나타나지 않았다. 마침내 게이타로는 가만히 참을 수가 없어서 아래층으로 내려가서 변소를 찾았지만 모리모토는 그림자도 보이지 않았다. 혹시나 싶어서 다시 계단을 올라가 그의 방 앞까지 갔더니, 장지문을 열어젖힌 채 방 한가운데 팔베개를 하고 저쪽을 향해 벌렁 드러누워 있는 자가 바로 그였다. '모리모토 씨, 모리모토 씨' 하고 두어 번을 불렀지만 전혀 움직일 기미가 없었기에 화가 치밀어서 방 안으로 들어가 그의 목덜미를 잡고 세게 흔들었다. 그러자 모리모토는 갑자기 벌에 쏘이기라도 한 듯이 앗, 하며 벌떡 일어났다. 하지만 게이타로의 얼굴을 확인하자마자 다시 비몽사몽 감긴 눈으로 '어, 당신이요? 너무 마신 탓인지 기분이 이상해서 여기 와서 좀 쉬려했는데 잠이 와서 그만……' 하고 변명했다. 그 모습이 사람을 우롱하는 태도는 아니었기에 게이타로도 화를 낼 수는 없었다. 하지만 그가 고대하던 모험담은 이것으로 좌절된 것과 마찬가지였기에 혼자서 자기 방으로 돌아가려 하자, 모리모토는 '아 미안해요. 수고했소'라며 게이타로를 따라 나왔다. 그러고는 조금 전 자신이 앉았던 방석 위에 무릎을 꿇고 똑바로 앉더니 '자 이제, 세상에 유례가 없는 태평한 삶의 이야기를 시작해 보죠'라고 말했다.

모리모토의 태평한 생활이란 지금부터 십오륙 년 전 기술자로 고용되어 홋카이도에서 땅을 측량하고 다니던 시절의 이야기였다. 그것은 원래 사람이 살지 않는 곳에 텐트를 치고 기거하다가 일이 끝나는 대로 바로 텐트를 짊어지고 다른 곳으로 나아가는 생활이므로 본인의 말대로 여자가 나오는 이야기일 수가 없었다.

그는 '좌우지간 높이가 두 자나 되는 얼룩조릿대를 자르고 개간해서 길을 내는 거니까' 하더니 오른손을 이마보다 높이 들어 얼룩조릿대가 얼마나 크게 자랐는지를 묘사했다. 그가 개척한 길 양쪽에는 아침에 일어나 보면 살무사가 똬리를 틀고 비늘에 햇빛을 받고 있었다고 한다. 그것을 멀리서 막대기로 누르고 가까이 가서 죽인 다음에 구워 먹었다고 한다. 게이타로가 어떤 맛이냐고 묻자 모리모토는 잘 생각나지 않지만 생선과 육류의 중간 정도일 거라고 대답했다.

텐트 속에서는 얼룩조릿대의 잎과 잔가지를 산처럼 쌓아 놓고 그 위에 지친 몸을 파묻듯이 내던지곤 하는 게 일상이었고 밖에서는 모닥불을 피우다가 큰 곰을 바로 눈앞에서 보는 일도 있었다. 벌레가 많아서 모기장은 종일 쳐 두었다. 하루는 그 모기장을 메고 계곡으로 내려가서 민물고기를 잡았더니 그날 밤부터 모기장에 비린내가 나서 난처했던 일도 있었다. 이 모든 게 모리모토의 이른바 무사태평한 삶의 일부분이다.

또한 그는 산에서 온갖 버섯을 캐다 먹었다고 한다. 송어버섯이란 것은 큼직한 뚜껑 정도 크기인데 잘라서 된장국에 넣고 익히면 마치 어묵 같다느니, 달맞이버섯이라는 것은 한 아름 크기지만 유감스럽게도 먹을 수가 없다느니, 쥐버섯이라는 건 클로버 뿌리처럼 귀엽다는 등 제법 자세히 설명하였다. 커다란 삿갓 속에 개머루를 가득 따가지고 와서 그것만 게걸스럽게 먹다가 나중에는 혀가 갈라져 밥도 먹을 수 없게 되어서 애를 먹었다는 얘기도 덧붙였다.

먹는 얘기뿐인가 하면 일주일을 굶었다는 비참한 이야기도 했다. 전원의 식량이 동이 나서 인부가 쌀을 가지러 마을로 가고 집을 비운 사이에 폭우가 쏟아졌다는 이야기이다. 마을로 나가려면 계곡을 따라서 인가로 내려가야 하는데 소나기로 계곡물이 갑자기 불어났기 때문에 쌀 같은 것을 등에 지고 올 수가 없었던 것이다. 모리모토는 배가 고파서 하는 수 없이 드러누워 하늘만 바라보고 있었더니 나중에는 정신이 멍해지기 시작해서 밤낮도 뒤죽박죽 알 수 없게 되었다고 한다.

'그렇게 오랫동안 먹지도 마시지도 않으면 용변이 멈추겠네요?' 하고 게이타로가 묻자 모리모토는 '아니요, 그래도 봅니다'라며 아주 태연하게 대답했다.

9

게이타로는 웃지 않을 수 없었다. 그러나 그것보다 재미있었던 건 강풍의 기세를 설명하는 이야기였다. 그들 일행은 측량 도중에 망망한 억새밭에서 갑자기 얼굴을 가눌 수 없을 정도의 센 바람을 만나서 네발로 기어 근처 숲 속으로 도망쳤는데, 아름드리 큰 나무 가지와 줄기가 무서운 소리를 내고 동시에 뒤흔들렸기에 그 요동이 뿌리까지 전해져서 밟고 있는 땅이 지진 때처럼 흔들흔들 했다고 한다.

게이타로가 '그렇다면 숲속으로 도망쳐 봐도 서 있지는 못했겠군요' 하고 묻자 '당연히 엎드려 있었죠'라는 대답이었지만 아무리 센 바람이라도 흙속으로 뻗은 뿌리가 움직여서 지진을 일으킬 정도의 세력일까 싶어서 게이타로는 자기도 모르게 웃음이 터졌다. 그러자 모리모토도 함께 마치 남의 일처럼 큰 소리로 웃다가 갑자기 진지한 얼굴을 하고는, 게이타로의 입을 막는 손짓을 했다.

"우습겠지만 사실이었소. 어차피 상식 이하의 희한한 경험을 하고 다니는 나니까 쓸데없는 소리인 건 분명하지만 사실이에요. 하긴, 당신같이 배운 사람이 들으면 완전히 거짓말 같은 얘기겠죠. 하지만 다가와 씨, 세상엔 이런 강풍 얘기 말고도 재미난 일이 많습니다. 댁은 그 재미난 일을 경험해 보려고 애쓰는 모양입니다만 대학을 졸업하고 나면 어렵죠. 여차하면 다들 자신의 신분을 생각하니까요. 아무리 몸을 던질 작정으로 시작한다고 하더라도, 뭐 부모의 원수를 갚는 일도 아니고 지위를 버리면서까지 방랑을 시도할 정도로 호기심 있는 사람은 요즘 세상에 없습니다. 무엇보다 주변에서 그렇게 놔두질 않으니까, 괜찮을 거요."

게이타로는 모리모토의 이 말에 실망과 희망을 동시에 느꼈다. 그리고 속으로 정말 상식 이하의 유별난 생활이란 평범한 학사 따위가 할 수 없는 것인지도 모른다고 생각했다. 다만 이런 생각을 억누르고 싶어서 일부러 저항이라도 하듯이 말을 내뱉었다.

"사실 난 대학을 나오긴 했지만 여태까지 하는 일이 없습니다. 당신은 자꾸 일, 일 하지만 직업을 얻으려고 뛰어다니는 것도 이젠 지겨워요."

그러자 모리모토는 비교적 엄숙한 얼굴로 젊은 사람을 훈계하는 태도로 대답했다.

"당신은 일이 없고도 있습니다. 내게는 일이 있고도 없지요. 그게 다를 뿐이죠."

하지만 게이타로에겐 이 점괘 같은 말이 그다지 의미 있게 들리지 않았다. 두 사람은 잠시 담배를 피우며 묵묵히 있었다.

"나도 말입니다" 하고 마침내 모리모토가 입을 열었다.

"나도 말이죠, 이렇게 삼 년 넘게 철도 일을 하고 있지만 이제 지겨워서 요즘은 그만둘까 생각해요. 하긴, 내가 그만 두지 않으면 저쪽에서 그만두게 하겠죠. 삼 년이란 시간은 내게는 긴 셈입니다."

게이타로는 그만두는 게 좋다고도 그만두지 않는 게 좋다고도 말하지 않았다. 자신이 사직한 경험도 사직 당한 경험도 없기 때문에 남의 결정이 무엇이든 상관없다는 기분이었다. 그저 얘기가 이론에 치우쳐서 재미가 없다고 자각할 뿐이었다. 모리모토는 그걸 눈치 챘는지 갑자기 분위기를 바꾸어 십 분쯤 세상 이야기를 쾌활하게 한 다음 '아, 잘 먹었습니다. 아무튼 다가와 씨, 뭐든 젊을 때 해야 해요'라는, 마치 오십 노인이라도 된 듯한 말을 하고 돌아갔다.

그 후 일주일 정도 모리모토와 차분히 이야기할 기회가 없었지만 같은 하숙에 있었기에 조석으로 그의 모습을 볼 수 있었다. 세면장 같은 데서 마주칠 때면 그가 입은 검은 깃의 큼직한 솜옷이 눈에 들어왔다. 또한 그는 관청에서 돌아오면 넓은 칼라의 신식 양복을 입고 묘한 지팡이를 짚고 자주 외출을 했다. 그 지팡이가 봉당의 도자기 우산꽂이에 꽂혀 있으면 게이타로는 항상 '아, 선생이 오늘은 집에 있구나' 생각하면서 하숙집 문을 드나들었다. 그랬는데, 지팡이는 틀림없이 같은 자리에 세워져 있는데도 모리모토의 모습이 갑자기 사라져 버렸다.

10

하루 이틀은 깨닫지 못한 채 지났지만 닷새 정도 지나도 모리모토의 그림자가 보이지 않자 게이타로는 마침내 미심쩍은 생각이 들기 시작했다. 식사 시중을 하러 온 하녀에게 물어보니 그는 관청 일로 어딘가에 출장을 갔다고 한다. 물론 관리직이니까 언제라도 출장을 갈 수 있겠지만 그 남자의 관상으로 보아 분명 역 구내에서 화물 발송 담당 정도를 맡고 있을 거라고 생각했었기 때문에 출장이라는 말은 좀 의외였다. 다만 떠날 때에 대엿새라고 미리 말했으니까 오늘이나 내일은 돌아올 거라는 하녀의 말을 듣고 보니, 그런가 싶기도 했다. 그렇지만 예정된 날짜가 지나도 모리모토의 이상한 지팡이는 여전히 우산꽂이 안에 있고 두꺼운 솜옷을 입은 당사자는 전혀 세면장에 나타나지 않았다.

결국에는 하숙집 아주머니가 찾아와서 모리모토 씨한테서 무슨 소식이 있느냐고 물었다. 게이타로는 자신도 물어보려고 아래층에 내려갈까 생각하던 중이라고 대답했다. 아주머니는 부엉이처럼 동그란 눈에 다소 불안한 기색을 띠우면서 돌아갔다. 그 후 일주일 정도가 지나도 모리모토는 여전히 돌아오지 않았다, 게이타로도 재차 의심스러워졌다. 계산대 앞을 지날 때에 모리모토의 소식은 아직 없냐고 일부러 멈춰서 물어본 일도 있다. 다만 그 무렵 게이타로는 마음을 바꿔 먹고 막 일자리를 찾아다니기 시작한 때였기에 자연히 거기에 전념하는 날이 많아서 더 이상 여기 관여해서 뭔가를 찾아내려는 것을 과감히 관두었다. 사실을 말하면 그는 모리모토의 예언대로 의식주의 해결을 위해 호기심이라는 권리를 포기했던 것이다.

그러던 어느 날 밤에 주인이 실례한다고 양해를 구하면서 장지문을 열고 들어왔다. 그는 허리춤에서 낡은 담배통을 꺼내어 뚜껑을 톡 소리를 내며 열었다. 그리고 은으로 된 담뱃대에 절초를 채우고는 진한 연기를 콧구멍에서 능숙하게 내뿜었다. 게이타로는 확실한 말을 꺼내기 전까지 이렇게 천천히 자세를 가다듬는 그의 본심을 알아채지 못한 채 뭔가 이상하다고 생각하고 있었다.

주인은 '실은 부탁이 있어서 올라왔습니다만'라고 하더니, 목소리를 약간 낮추고 '모리모토 씨가 계신 곳을 좀 가르쳐주면 안 되겠습니까. 당신에게 폐가 되는 일은 절대 안할 테니'라는 아닌 밤에 홍두깨 같은 말을 덧붙였다.

게이타로는 예상 밖의 질문을 받고 잠시 어떤 대답도 할 수가 없었지만, 가까스로 '대관절 무슨 일입니까' 하고 주인의 얼굴을 들여다보았다. 그리고는 그의 진의를 읽어 내려 했지만 주인은 담뱃대가 막혔는지 게이타로의 부젓가락으로 담뱃대 대통을 파고 있었다. 그 일이 끝나자 설대가 통하는지를 후후 불어 본 다음에 천천히 설명하기 시작했다.

주인 말에 의하면 모리모토는 이곳의 하숙비가 여섯 달 정도 밀려 있다고 했다. 하지만 삼년 넘게 있는 손님이기도 하고 또 놀고 있는 사람도 아니기 때문에 올 연말까지는 어떻게든 해보겠다는 본인 말을 믿고 별로 재촉하지 않았는데, 이번에 여행을 떠난 것이다. 집사람은 출장 간 것으로 믿고 있지만 기간이 지나도 돌아오기는커녕 아무 연락도 없기 때문에 의심하지 않을 수 없게 되었다. 그래서 본인의 방을 조사하면서 동시에 한편으로 신바시에 가서 출장지를 문의해 보았다. 그런데 방에는 짐도 그냥 있고 그가 있을 때와 전혀 달라진 게 없었지만 신바시에서의 대답은 뜻밖이었다. 출장 갔다고만 생각했던 모리모토는 지난달을 끝으로 해고를 당했다는 것이다.

"그래서, 당신은 모리모토 씨와 친하게 지내니까 당신께 여쭈면 어디로 갔는지 알 것 같아서 올라온 겁니다. 절대로 당신한테 모리모토의 하숙비를 이러니저러니 부탁드릴 생각은 아니니까 아무쪼록 있는 곳만 좀 알려주시지 않겠습니까?"

게이타로는 실종자의 친구로서 그의 바람직하지 않은 행위에 어떤 관계라도 개입된 것처럼 주인에게 취급당하는 것이 심히 언짢았다. 사실을 말하면 물론 바로 요전까지도 어떤 면에서는 감탄과 칭찬의 마음으로 모리모토를 가까이 한 것이 틀림없지만, 이런 실질적 문제까지 미리 밀접하게 의논했던 것처럼 간주되는 것은 미래가 밝은 청년으로서 커다란 불명예라고 느꼈던 것이다.

　정직한 그는 이런 주인의 착각에 내심 화가 났다. 그보다 먼저 차가운 구렁이라도 움켜쥔 듯한 불쾌감을 느꼈다. 묘한 침착함을 유지하면서 고풍스런 담배통에서 절초를 꺼내어 대통에 채우는 이 남자의 잘못된 생각이 어떤 면에서는 사실일 수도 있기에 게이타로에게 불안감을 안겨 주었다. 그는 담판에 걸맞은 일종의 예술인 양 교묘하게 담뱃대를 다루는 자였다. 게이타로는 그의 모습을 잠시 바라보고 있었다. 그리고 그저 '모른다'는 말 외에는 상대방의 의혹을 풀어 줄 길이 없는 현실이 유감스러웠다. 역시나 주인은 담배통을 허리춤에 간단히 집어넣지는 않았다. 담뱃대를 통에 넣었다가 뺐다가 했다. 그럴 때마다 아까처럼 톡, 톡 하는 소리가 났다. 마침내 게이타로는 어떻게 해서든 이 소리를 물리치고 싶은 기분이 들었다.

　"난 말이야, 알다시피 학교를 막 나와서 아직 직업도 뭐도 돈도 없는 서생이지만 그래도 교육을 좀 받은 남자라고. 모리모토와 같은 부랑배로 보면 내 체면이 말이 아니지. 더군다나 몇 번씩 모른다고 했는데도 무슨 떳떳치 못한 관계라도 되는 양 끈덕지게 의심한다면 괘씸하지 않겠나. 당신이 이런 태도로 이 년이나 된 손님을 대한다면 나도 생각이 있어. 내가 그 동안 자네 집에 신세지면서 한 달이라도 하숙비가 밀린 적이 있나."

　주인은 물론 인격에 실례되는 의심은 털끝만큼도 없었다는 말을 되풀이했다. 그리고 만약에 모리모토한테서 연락이라도 와서 어디 있는지 알게 된다면 부디 잊지 말고 가르쳐 달라고 부탁하고는, 방금 물어 본 말이 게이타로의 심기를 건드렸다면 몇 번이고 사죄할 테니 용서해 달라고 하였다. 게이타로는 주인의 담배통을 빨리 허리춤에 넣게 할 생각으로 그냥 알았다고 대답했다. 주인은 겨우 담판의 도구를 허리띠 뒤에 챙겨 넣었다. 방을 나가는 그의 모습에서 별로 의심하는 기색이 안 보였기에 게이타로는 화를 내주기를 잘했다고 생각했다.

그리고 얼마 지나자 어느새 모리모토 방에는 새로운 손님이 들어왔다. 게이타로는 주인이 그의 짐을 어떻게 처리했는지가 의문스러웠다. 하지만 주인이 담배통을 차고 담판하러 온 이후 모리모토에 대해서 물어보지 않겠다고 결심했기 때문에 속마음이 어떻든 간에 겉으로는 모르는 척 하였다. 그리고는 전처럼 초조해 하지는 않았지만 여전히 있을 듯 말 듯한 일자리를 찾아서, 그것을 자신의 첫 번째 의무로 삼고 끈질기게 돌아다녔다.

그날 밤도 이 일로 우치사이와이초內幸町까지 갔으나 만나 볼 사람이 부재중이었기에 할 수 없이 전차로 돌아오는데, 맞은편에 황색 줄무늬 겉옷에 아기를 업은 부인이 타고 있는 것을 우연히 보게 되었다. 그 여자는 가늘고 진한 눈썹에 목덜미가 아름다운, 말하자면 세련된 부류에 속하는 타입으로 왠지 아이를 업고 있을 분위기는 아니었다. 하지만 등 뒤의 아기는 자기 아이가 틀림없다고 게이타로는 생각했다. 좀 더 자세히 보니 앞치마 아래로 격자무늬 비슷한 무늬의 옷이 빠져나와 있어서 게이타로는 점점 이상하게 생각되었다. 밖에는 비가 왔기에 대여섯 명의 승객은 모두들 우산을 접어서 지팡이처럼 짚고 있었다. 여자의 우산은 흑뱀의 눈 모양이었는데 차가운 것을 손에 잡기가 싫었는지 자기 옆에다 세워 놓고 있었다. 접힌 뱀의 눈 앞쪽에 붉은 옻칠로 카루타加留多[4]라고 적혀 있는 게 게이타로의 눈에 띄었다.

화류계 여자인지 보통 가정의 여자인지 알 수 없는 여자와 사생아인지 보통 아이인지 의심스런 아기, 진한 눈썹을 약간 팔자로 모으고 시선을 내리 깐 하얀 얼굴과 오글오글한 비단 기모노, 검은 뱀눈에 선명한 카루타라는 글자, 이런 것들이 번갈아 가며 게이타로의 신경을 자극하였을 때 그는 문득 모리모토와 부부가 되어 아이까지 낳았다는 여자가 기억났다. 모리모토가 말했던 '이렇게 말하면 미련이 남은 것 같아서 이상하지만 인물은 나쁘지 않은 편이었지요. 눈썹이 짙고 가끔 팔자로 모으면서 말하는 버릇이 있었고'라는 말을 드문드문 떠올리면서 카루타라고 적힌 우산의 주인에게 주목하였다. 이윽고 여자는 전차에서 내리더니 빗속으로 사라져 갔다. 뒤에 남은 게이타로는 모리모토의 얼굴과 모습을 그려 보고 운명이 그를 어디로 데려갔을까를 생각하면서 하숙으로 돌아왔다. 그리고 책상 위에서 발신자 이름이 없는 편지 한 통을 발견했다.

12

호기심에 사로잡힌 게이타로는 그 이름 없는 편지를 찢듯이 뜯어보았다. 그러자 서양식 편지지 첫줄에 '친애하는 다가와 군' 그리고 맨 아래에 '모리모토로부터'라고 적힌 것이 제일 먼저 눈에 들어왔다. 게이타로는 다시 봉투를 집어 들고는 전후좌우로 뒤집어 보면서 소인이 찍힌 것을

---

4   일본식 카드, 딱지.

읽어보려고 애썼지만 인주가 희미해서 어떻게도 알아볼 수가 없었다. 어쩔 수 없이 다시 본문으로 돌아와서 먼저 내용부터 읽어보기로 했다. 본문에는 이렇게 씌어 있었다.

"갑자기 사라졌기에 분명 놀랐겠지요. 당신은 안 놀랐더라도, 괴물과 수리부엉이(모리모토는 평소 하숙집 부부를 괴물과 수리부엉이로 불렀다) 그 두 사람은 틀림없이 놀랐을 겁니다. 솔직히 말씀 드리면 실은 하숙비가 좀 밀려 있는데, 말을 하면 괴물과 수리부엉이가 성가신 얘기를 할 것 같아서 미리 알리지도 않고 마음대로 행동해 버렸습니다. 내 방에 있는 짐을 처리하면 고리짝 안에 옷 종류가 몽땅 들었으니 돈이 좀 될 거라고 봅니다. 두 사람에게 당신이 그것을 팔든지 입든지 하라고 말씀해 주세요. 하긴 그 괴물은 아시다시피 성깔이 있는 사람이니, 내 허락도 기다리지 않고 벌써 옛날에 그렇게 처리했을지도 모르겠군요. 게다가 내가 이렇게 순하게 나가면 남은 나의 뒷일을 당신한테 처리해 달라고 당치도 않은 억지를 부릴지도 모르겠는데, 그건 절대로 받아 주면 안 됩니다. 당신처럼 고등교육을 받고 이제 막 세상에 나온 사람은 괴물 일당이 먹이로 삼고 싶을 테니 이 점을 매우 주의해야만 해요. 나는 배운 건 없어도 빌린 돈을 떼먹으면 좋지 않다는 것 정도는 익히 알고 있습니다. 내년에는 반드시 갚을 생각입니다. 나에게 특이한 경험이 많다고 해서 이런 것까지 당신께 의심을 받는다면 모처럼 얻은 친구 하나를 잃는 것과 같아서 유감스럽기 짝이 없으니, 아무쪼록 괴물 같은 자 때문에 나를 오해하지 않기를 부탁합니다."

그 다음엔 자신이 지금 다롄大連에 있는 전기공원에서 오락 담당으로 일하고 있다고 쓰고, 내년 봄에 활동사진 구입의 임무를 띠고 반드시 도쿄에 가니까 그때는 오랜만에 도쿄에서 만날 것을 지금부터 기대한다고 덧붙였다. 그런 다음에 자신이 여행했던 만주지방의 상황까지 재미있게 늘어놓았다. 그 중 가장 게이타로를 놀라게 한 것은 장춘長春 쯤에 있다는 도박장의 광경인데, 거기는 일찍이 마적 대장을 했다는 어느 일본인이 경영에 관여하는 곳으로 그곳에 가면 몇 백 명씩 모여든 지저분한 중국인들이 마치 꽉꽉 채워 담은 도시락 상자처럼 빽빽하게 모여서 도박에 혈안이 되서 악취를 풍기고 있다고 한다. 게다가 장춘의 부호가 심심풀이를 겸해 일부러 때투성이 옷을 입고 몰래 들락거린다고 했기에, 게이타로는 모리모토도 어떤 짓을 했을지 알 수 없다고 생각하였다.

편지 마지막에는 분재에 대해 씌어 있었다.

"그 매화 분재는 도자카動坂[5] 식물원에서 샀기 때문에 오래된 나무는 아니지만 하숙집 창문 같은 곳에 올려놓고 아침저녁으로 보기에는 아주 적당할 겁니다. 그것을 드리겠으니 당신 방에 갖고 가십시오. 하긴, 괴물과 수리부엉이는 둘 다 풍류는 모르니까 도코노마床の間에 놓고 그대로 방치해서 이미 말라죽었을지도 모르겠군요. 그리고 방으로 올라오는 입구의 봉당 우산꽂이에 내 지팡이가 꽂혀 있을 겁니다. 그것도 값은 비싸지는 않지만 내가 애용했던 거니까 기념으로 당신에게 꼭 드리고 싶습니다. 괴물이나 수리부엉이도 그 지팡이를 당신이 가진다고 해서 불평을 제기하지는 않을 겁니다. 그러니까 결코 사양하지 않아도 됩니다. 가져다가 쓰십시오. 만주 특히 다롄은 대단히 좋은 곳입니다. 당신같이 유망한 청년이 발전할 곳은 당분간 여기 밖에 없을 겁니다. 큰맘 먹고 오시지

---

5   도쿄의 분쿄(文京)구의 지명.

않겠습니까? 나는 여기 와서 남만주 철도 쪽에도 지인이 많이 생겼으니 당신이 정말 올 생각이라면 상당한 도움이 되리라 봅니다. 다만 그럴 시에는 미리 좀 알려주시기 바랍니다. 안녕히 계십시오."

　게이타로는 편지를 접어 책상 서랍에 넣어 버리고는 주인 부부에게는 모리모토에 대해서 아무 말도 하지 않았다. 지팡이는 변함없이 우산꽂이 속에 꽂혀 있었다. 게이타로는 하숙집을 드나들면서 그 지팡이를 볼 때마다 어떤 묘한 느낌을 받았다.

정류장

1

게이타로에게는 스나가須永라는 친구가 있었다. 그는 군인의 아들이면서도 군인을 아주 싫어하고 법률 공부를 했지만 관리도 회사원도 될생각이 없는 지극히 퇴보적인 사내였다. 적어도 게이타로한테는 그렇게보였다. 그의 아버지는 오래 전에 돌아가셨고 지금은 어머니와 단 둘이적적하지만 편안하게 살고 있다. 그의 아버지는 회계 관리로 아주 좋은위치까지 올라간 데다 원래 이재에 밝았던 사람인만큼 현재 두 모자는의식주에 대한 걱정이 없는 좋은 처지이다. 그가 퇴보적인 것도 절반은이런 안락한 처지에 익숙해서 고군분투할 필요가 없었던 결과일지도 모른다. 아버지가 비교적 훌륭한 지위였던 때문인지 그에 대한 세인의 이목도 좋고 실제로 출세하게 도와주겠다는 친척이 얼마든지 있는 데도 무슨 이유인지 자기 좋을 대로만 하면서 지금까지 꾸물거리는 것만 보더라도 그걸 잘 알 수 있다.

'그렇게 배부른 소리만 하고 있다니 안타깝군. 싫으면 내게 양보하게

나' 하고 게이타로는 농담처럼 스나가를 조를 때도 있었다. 그러면 스나가는 좀 딱하다는 듯이 '그래도 자네가 할 순 없으니까 말일세' 하고 씁쓸하게 웃으며 거절하곤 했다. 거절당한 게이타로는 농담이긴 했지만 좋은 기분은 아니었다. 나는 내 스스로 해보리라는 기개도 세워 보았다. 그러나 천성적으로 집념이 강하지 못한 게이타로가 이런 일로 친구에 대한 반감이 길게 갈 리 없었다. 게다가 직업이 정해지지 않아서 심적으로 안정할 배경이 없는 게이타로로서는 종일 하숙방에 꼼짝없이 앉아 있는 것이 고통스러웠기에 볼일이 없어도 반나절은 꼭 나가서 걸어 다녔다. 그리고 곧잘 스나가의 집을 찾았다. 무엇보다 스나가는 언제 가도 부재중일 때가 별로 없었기 때문에 가는 게이타로의 입장에서도 보람이 있었을 터이다. 게이타로는 스나가에게

"먹고사는 문제도 문제지만 그보다 뭔가 경탄할 만한 사건과 마주치고 싶은데 아무리 전차를 타고 여기저기 돌아다녀도 소용이 없어. 소매치기 하나도 못 만나니 말이야"라든가,

"이봐, 교육은 일종의 권리인 줄 알았더니 완전히 속박의 일종이야. 아무리 학교를 나왔어도 먹고 사는 게 힘들다면 이것을 무슨 권리라고 할 수 있겠나. 그렇다고 직업은 어찌됐든 상관치 않고 실컷 내 마음대로 살아도 되는가 하면 그것 역시 신경이 쓰이니까 말일세. 교육이 심히 사람을 속박한다네" 하고 못마땅한 듯 탄식하기도 했다.

게이타로의 어떤 불평에도 스나가는 그다지 동정하지 않는 듯했다. 무엇보다 게이타로의 태도가 그저 초조해서 떠드는 건지 진지하게 말하는 건지 분간할 수 없었기 때문이다. 어느 날 게이타로가 이런 식으로 들뜬 이야기에만 열을 올리는 것을 보고 스나가는 '그럼 자네는 어떤 일이

해보고 싶은가? 의식주 문제는 놔두고서라도' 하고 물었다. 게이타로는 경시청의 탐정 비슷한 일을 해보고 싶다고 대답했다.

"그럼 그냥 하면 되잖아."

"근데 그게 그렇지도 않아."

게이타로는 왜 자신이 탐정을 할 수 없는지의 이유를 진지하게 설명했다.

원래 탐정이란 세상의 표면에서 바닥으로 파고드는 사회의 잠수부 같은 존재이기에 그 정도로 인간의 불가사의함을 파헤치는 직업은 별로 없을 것이다. 또 그들의 입장은 그저 남의 어두운 면을 관찰할 뿐 스스로 타락할 위험성은 없으니 더욱 괜찮은 일이 분명하지만, 어찌하랴 그 목적이 죄악의 폭로이기 때문에 사전에 사람을 함정에 빠뜨리려는 속셈에서 성립된 직업인 것을. 그런 나쁜 일은 나는 할 수 없다. 나는 그저 인간 연구자 아니 인간이라는 묘한 존재가 어두운 암야에서 움직이는 모습을 경탄하는 마음으로 바라보고 싶을 뿐이다.―이것이 바로 게이타로의 본뜻이었다.

스나가는 그저 듣고만 있을 뿐 이렇다 할 비판의 말을 던지지 않았다. 그런 태도가 게이타로에게는 노련하게도 느껴졌지만 실은 평범하다고 볼 수밖에 없었다. 게다가 자신을 상대하지 않는 듯 점잖게 있는 것도 밉다는 생각이 들어서 그날은 그와 헤어졌다. 하지만 닷새도 지나지 않아 다시 스나가에게 가고 싶어져서 큰 길로 나오면 곧잘 간다행 전차에 오르곤 했다.

2

스나가의 집은 원래 오가와테이小川亭[6]에서 지금은 덴가도天下堂[7]로 바뀐 건물을 기준으로 스다초須田町 쪽에서 오른쪽의 작은 뒷골목으로 살짝 꺾어 올라간 다음에 다시 두어 차례 불규칙적으로 구부러진 아주 찾기 힘든 곳에 있었다. 집들이 촘촘히 들어서 있는 뒷길이었기에 야마노테山の手와는 달리 부지를 넓게 쓸 여유는 없었지만, 그래도 문에서 삼사 미터쯤 이어진 화강암 위를 지나야만 현관 격자문 앞의 초인종을 누를 수 있을 정도의 주택이었다. 원래부터 자기 집인 것을 오래전에 친척 누군가에게 빌려주고 지내다가, 아버지가 돌아가시자 어머니께서 두 사람이 살기에는 이 집이 장소도 크기도 적당하다고 해서 스루가다이駿河台의 본가를 팔고 이곳으로 옮겼던 것이다. 물론 그 후에 수리도 꽤 했다. 신축한 것이나 마찬가지라고 스나가가 설명했을 때 게이타로는 역시 그랬구나 싶어서 이층의 기둥이나 천정 판을 둘러 본 적이 있다. 이층은 스나가의 서재로 쓰려고 나중에 지어서 더했기 때문에 바람이 세게 부는 날은 조금 흔들리는 감은 있지만 그 외에 다른 흠은 없어 보였고, 다다미 네 장짜리와 여섯 장짜리 방이 두 개 이어진 깨끗하고 밝은 곳이었다. 그 방에 앉아 있으면 정원에 심은 소나무 가지와 손질 자국이 남은 판자울 윗부분과 또 거기에 박힌 도둑 방지용 꼬챙이가 보였다. 툇마루에 나가서 난간 아래를 본 게이타로는 소나무 뿌리 주변에 가득 핀 해오라기 풀을 가

6 공연장 이름.
7 물품판매장 명칭.

리키면서 스나가에게 저 하얀 것이 뭐냐고 물어 본 적도 있었다.

　게이타로는 스나가를 찾아서 이 방에 들어올 때마다 서생과 도련님의 판연한 차이를 상기하지 않을 수 없었다. 그리고 이렇게 아담하고 정리된 생활을 하는 그를 경멸함과 동시에 한가롭고 여유 있는 생활을 부러워하기도 했다. 청년이 이래서는 틀렸다는 생각도 하고 이렇게 되고 싶다는 생각도 했다. 오늘도 그런 두 가지 모순으로 얼룩진 홍미를 품고서 스나가를 방문했던 것이다.

　예의 그 좁은 길을 두어 번 꺾어서 스나가의 집이 있는 길모퉁이까지 오자, 그에 앞서서 어떤 여자 한 명이 그의 집으로 들어갔다. 게이타로는 여자의 뒷모습을 한 차례 보았을 뿐이지만 문을 향한 발걸음은, 청년 특유의 공통된 호기심에 그의 낭만적 취향이 더해져서 마치 끌어당기듯 그를 재촉했다. 문 안을 잠깐 들여다보니 벌써 여자의 그림자는 사라지고 없었다. 게이타로는 문고리에 단풍잎을 붙인 장지문이 여느 때처럼 한적하게 닫혀 있는 것을 다소 의외의 기분과 아쉬움으로 바라보다가, 이윽고 디딤돌 위에 벗어 놓은 나막신을 발견했다. 신은 물론 여성용으로 단정하게 바깥쪽을 향해서 놓여 있는데 하녀가 손으로 바로 놓은 듯한 흔적이 전혀 보이지 않았다. 게이타로는 나막신의 방향과 생각보다 빨리 들어가 버린 여자의 행동을 종합해 보고, 이 경우는 안내인을 통하지 않고 자기 마음대로 문을 열고 들어간 아주 각별한 손님일 거라고 추측했다. 그렇지 않으면 집안사람이겠지만 그것은 좀 이상했다. 스나가의 집에는 스나가와 그의 어머니와 하녀 두 명, 이렇게 넷이서 산다는 사실을 잘 알고 있었던 것이다.

　게이타로는 잠시 스나가의 집 앞에 서 있었다. 방금 들어간 여자의 동정을 담장 밖에서 몰래 엿보기보다는 오히려 스나가와 그 여자가 어떻게 둘의 로맨스를 엮을지를 상상해 볼 작정이었지만, 아무튼 주의를 바싹 기울이고 있었다. 하지만 집안은 여느 때처럼 조용했다. 요염한 여자의 음성은커녕 기침 소리 하나 들리지 않았다.

"결혼할 사람인가?"

게이타로는 먼저 이렇게 생각해 보았지만 그의 상상력은 그 정도에서 멈추지 않았다. 어머니는 하녀를 데리고 친척집에 갔으니까 오늘은 집에 안 계신다. 식모는 자기 방으로 들어갔다. 스나가와 여자는 지금 서로 마주보고 무언가 속삭이고 있다. 정말 그렇다면 늘 하듯이 현관 격자문을 확 열고 사람을 부르는 것도 이상하다. 아니면 스나가와 어머니와 하녀가 함께 나갔을지도 모른다. 분명 식모는 낮잠을 자고 있고 그 상황에 여자가 들어간 것이다. 그렇다면 도둑이다. 이대로 되돌아가면 안 된다. 게이타로는 여우에 홀린 사람처럼 멍하게 서 있었다.

3

그때 갑자기 이층의 장지문이 스르르 열리면서 푸른 유리병을 든 스나가의 모습이 툇마루에 나타났기에 게이타로는 조금 놀랐다.

"뭐 하고 있어, 뭘 떨어뜨리기라도 했나?"

이층에서 이상하다는 듯이 물어보는 스나가를 보니 그는 목에 하얀 플란넬을 감고 있었다. 손에 든 것은 입 헹구는 약인 듯하다. 게이타로는 올려다보며 감기에 걸렸냐는 등 몇 마디를 주고받았지만 여전히 밖에 선

채로 움직이지 않았다. 결국에는 스나가가 들어오라고 했다. 게이타로는 군이 들어가도 되겠냐고 세심하게 되물었다. 그 말의 의미를 스나가는 전혀 깨닫지 못한 사람처럼 가볍게 고개를 끄덕이고는 장지문 안으로 들어가 버렸다.

계단을 오를 때 게이타로는 안방에서 희미하게 옷깃 스치는 소리가 들리는 듯한 기분이었다. 이층에는 지금까지 스나가가 입고 있었던 듯한 검고 두꺼운 명주옷이 벗어던져져 있을 뿐 그 외에 평소와 다른 점은 없었다. 게이타로의 성격으로 보든 스나가에 대한 우정으로 보든 이렇게 신경 쓰이는 여자를 솔직히 물어보지 못할 이유는 없지만, 지금까지 뭔가 죄스런 상상을 했었다는 꺼림칙함도 있고 또 얼굴 보고 말하기 힘든 짓궂은 짐작을 했다는 자각도 있었기에, 방금 너의 집으로 들어 온 여인이 누구냐며 웃으면서 물어 볼 용기가 나지 않았다. 오히려 자신보다 자꾸만 앞서 가려는 자기 마음을 애써 감추려는 듯이 말했다.

"이제 공상은 당분간 관두었네. 그보다는 먹고 사는 게 중요하니까."

그리고 일찍이 스나가에게서 들었던 우치사이와이초內幸町에 사는 그의 이모부를 구직이라는 용무로 만나보고 싶으니 소개해 달라고 진지하게 부탁했다. 그 이모부는 스나가 어머니의 여동생의 남편으로, 공무원을 하다가 실업계로 들어와서 지금은 네다섯 개 회사와 관계를 맺고 있는 상당한 지위의 사람이었지만 스나가는 이모부의 힘을 빌려서 뭔가 해 볼 생각이 없는지 일찍이 '이모부가 여기저기 말해 주지만 나는 별로 내키지가 않아서'라고 했던 그의 말을 게이타로는 기억하고 있었던 것이다.

스나가는 오늘 아침에 그 이모부를 만나기로 했지만 목이 아파서 외출을 미루었다며 사오 일 내로는 갈 것 같으니까 그때 얘기해 보겠노라고 대답한 다음 '이모부가 바쁜 몸이라서 사방에서 부탁을 받는 모양이니 된다는 보장은 못하겠지만 한번 만나 보게'라는 말을 만약을 위해 덧붙였다. 게이타로는 너무 크게 기대를 하면 곤란하다는 뜻으로 해석은 했지만 아무튼 만나지 않는 것보다는 낫겠다 싶어서 전과는 달리 부탁하기로 했다. 다만 속으로는 그렇게 부탁할 만큼의 걱정도 고민도 하지 않았다.

물론 졸업 후 지금까지 계속 괜찮은 일자리를 얻기 위해 돌아다닌 것은 본인도 공언하듯이 분명한 사실이다. 하지만 성공의 서광이 비치지 않는다고 타령하는 것은 적어도 반은 과장이었다. 게이타로는 스나가처럼 외아들은 아니지만(여동생이 시집갔기에) 어머니 한 분만 남아 있다는 점은 같았다. 스나가처럼 세놓을 땅의 소유주는 아니지만 대신 그는 고향에 전답이 좀 있었다. 대단한 수확량이라고 할 수는 없어도 한 가마니에 얼마라는 정해진 금액에 팔리기 때문에 이삼십 정도의 하숙비가 궁할 처지는 아니었다. 게다가 만만한 어머니를 이용해서 제 살 깎기 식의 임시비용을 청구한 것도 한두 번이 아니었다. 따라서 직업, 직업 하면서 소란을 떠는 것이 온통 허풍은 아니라고 하더라도 고향 사람과 친구와 자기 자신에 대한 허영심이 작용한 것은 확실하다. 그러려면 학교 다닐 때 좀 더 열심히 공부해서 좋은 성적이라도 받아 둘 것이지, 로맨티스트이다 보니 '학업은 가능하면 게을리 하자' 하고 주장해 온 나머지 아주 시원찮은 급제를 했던 것이다.

4

　그렇게 약 한 시간 정도 스나가와 이야기를 하는 동안, 게이타로는 직업이나 의식주 같이 어려운 화제를 자신이 꺼내 놓고도 조금 전 보았던 그 '뒷모습의 여자'가 마음에 걸려서 결국 말처럼 진지하게 되지가 않았다. 한 차례 아래층 방에서 젊은 여자의 웃음소리가 들렸을 때는 '손님이 와계신 모양이군' 하고 물어보려고도 했으나 그러려고 생각하던 중에 타이밍을 놓치고 말았기에 물어보는 것도 자연스럽지 않은 듯해서 끝내 그만두고 말았다.

　반면 스나가 쪽은 게이타로의 호기심을 만족시키는 화젯거리를 꺼냈다는 기분이었다. 그는 자신이 사는 전차 뒷길이 너무 작은 집들과 좁은 골목 때문에 주사위 눈처럼 구획되고 거기 이름 모를 사람들이 둥지를 트는 동안에 집집마다 세상 표면에 드러나지 않는 드라마가 연출되고 있다는 얘기를 게이타로에게 해주었다.

　먼저, 대여섯 채 앞집에는 니혼바시日本橋 부근의 철물점 영감의 첩이 사는데 그 첩은 미야토자宮戸座[8]인가에 나가는 배우를 정부로 두고 있다. 영감은 그 사실을 알면서도 묵인하고 있다. 그 맞은편 골목길에는 주인이 변리사인지 중개업자인지 모르겠으나 격자문이 달린 아담한 집이 있어서 가끔 '여자 서기 한 명, 여자 요리사 한 명 급구'라는 광고를 칠판에 적어서 길에 내놓는다. 거기에 어느 날 주름진 감색 능직 망토를 푹 뒤집어쓴 서양 간호사 같은 차림을 한 아름다운 스물일여덟 살의 여자가 와

8　아사쿠사 부근에 있었던 극장.

서는 직업을 주선해 달라고 부탁하였다. 그런데 그녀는 그 집주인이 전에 서생으로 있었던 댁의 아가씨였기에 주인은 물론 아내도 놀랐다는 이야기였다. 다음으로, 이곳과 등진 뒷골목으로 나가면 스무 살쯤 되는 아내를 둔 백발의 고리대금업자가 있다. 사람들 말로는 빚 저당으로 얻은 아내라고 한다. 이웃의 노름꾼이 패거리들을 잔뜩 불러와서 핏발선 눈으로 밤새 도박을 하고 있을 때에 잠든 애를 업은 부인이 승부에 정신이 팔린 남편을 마중을 나간 적이 있다. 부인이 울면서 제발 돌아가자고 하면 남편은, 가기는 하는데 한 시간만 더해서 잃은 것을 따 가지고 가겠다고 한다. 부인은 고집 부릴수록 잃을 뿐이니까 지금 당장 돌아가자고 매달리듯이 애원한다. '싫어, 안 가' '아니요, 돌아가요' 하는 실랑이는 길이 꽁꽁 얼어붙은 추운 한밤중에도 주변의 잠을 깨운다…….

스나가의 얘기를 하나씩 들으면서 게이타로는 이런 소설 같은 일이 횡행하는 가운데서 수년간 살아온 스나가 역시 남모르게 연극을 하고도 입 닦고 가만히 있는 건지도 모르겠다 싶은 생각이 들었다. 물론 그런 짐작의 이면에는 아까 본 여자의 뒷모습이 그림자를 드리우고 있었다. 하는 김에 네 이야기도 좀 들려주라고 찔러도 보았지만 스나가는 알았다며 엷은 미소만 띠울 뿐이었다. 그리고는 간단히 '오늘은 목이 아파서'라고 했다. 마치 소설거리는 있지만 자네에게는 말하지 않겠다는 인사처럼 들렸다.

게이타로가 이층에서 현관으로 내려왔을 때 아까 본 여자의 나막신은 이미 보이지 않았다. 돌아갔는지 신발장에 넣었는지 아니면 미리 알아차리고 숨겼는지는 짐작할 수가 없었다. 밖으로 나오자마자 게이타로는 무슨 생각에서인지 곧 담배 가게로 들어갔다. 그리고 거기서 궐련 한 대를 물고 나왔다. 그걸 피우며 스다초須田町까지 가서 전차를 타려고 했지만 순간 금연이라는 사칙이 생각나서 다시 만세이萬世 다리 쪽으로 걸어갔다. 그는 홍고本鄕의 하숙집에 갈 때까지 이 궐련을 피울 생각에 아주 천천히 발을 옮기면서 다시 스나가에 대해서 생각했다. 스나가는 결코 보통 때처럼 혼자 단독으로 떠오르지 않았다. 반드시 그 여자의 뒷모습이 힐끗힐끗 붙어 다녔다. 마지막에는 '하숙집 삼층에서 망원경으로 세상이나 엿보고 있으면서 어떻게 낭만적 탐험 같은 멋진 일을 하겠느냐' 하고 스나가가 야유라도 하는 듯한 기분이 들었다.

5

게이타로는 오늘까지 흔히 말하는 시타마치下町[9] 생활에 어떠한 취미도 친밀함도 가질 수 없는 사내였다. 가끔 니혼바시日本橋 뒷골목 같은 데를 지나다가, 몸을 모로 세워야만 드나드는 격자문이나 콘크리트 위에 매달린 쇠등롱 혹은 마루 귀틀 아래 빼곡히 붙은 반짝이는 대나무 혹은 햇빛이 비쳐 붉게 보일 정도로 얇은 삼나무 장지문 하단 같은 것을 볼 때마다 아주 답답해진다. 그는 이렇게 모든 것이 말끔하고 세밀하게 정리되어 빛나고 있으면 갑갑해서 참을 수가 없다고 생각한다. 이렇게 아담하고 규칙적으로 살아가는 그들은 분명 식후에 쓰는 이쑤시개를 깎는 법까지 일일이 신경 쓰지 않을까 싶었다. 그리고 그런 것들은 그들이 사용

---

9   도시상인이나 장인들이 많이 사는 지역.

하는 담배합처럼 조상대대로 내려 온 관습을 배경으로 전통적인 법칙의 지배 아래 놀라울 정도 빛나고 있으리라 추측했다. 스나가 집에 가서 쓸데없이 소나무에 방설장치를 해 놓은 것이나 좁은 뜰에 마른 솔잎을 정성껏 깔아 놓은 광경을 볼 때에도 섬세한 에도식 문명개화의 품에서 자라난 젊은 도련님을 연상할 수밖에 없었다. 먼저 그가 허리띠를 꼭 졸라매고 똑바로 앉는 것부터가 게이타로에게는 이상했다. 게다가 샤미센 음악을 좋아한다는 그의 어머니가 가끔 매끈하지만 강한 악센트로 감칠맛 나는 친절을 보여주면 오래전에 찬합에 담아 창고에 넣어 두었던 음식을 막 꺼내 오기라도 한 듯 곰삭은 맛이 느껴졌기에, 틀에 박힌 인사가 아니라 몇 대에 걸쳐서 사람을 응대하는 연습에서 축적된 내공이 저변에 숨어 있는 것으로 볼 수밖에 없었다.

요컨대 게이타로는 틀을 벗어난 자유로운 것을 원했다. 하지만 오늘은 적어도 상상 속에서만은, 평소와 달랐다. 에도시대의 눅눅한 공기가 감도는 검은 집들이 늘어선 뒷골목에 부모가 물려 준 집이 있고, 놀자고 부르는 친구들과 도둑놀이와 대장놀이를 하며 성장하고 싶었다. 한 달에 한 번 가라키초蠣殼町의 스이텐구水天宮 신사와 후카가와深川의 부동명왕에게 참배하고 제의식도 올리고 싶었다. (현재 스나가는 어머니를 따라서 그런 고루한 일을 하고 있다) 그리고 무늬 없는 쇳빛 겉옷을 입고 가부키 무대와도 같은 분위기의 동네를 황홀하게 걷고 싶었다. 그리하여 관습에 얽매임과 동시에 관습을 뛰어넘은 우아한 갈등이라도 그 속에서 찾아내고 싶었다.

게이타로는 이때 갑자기 모리모토森本라는 두 글자가 생각났다. 그리고 그 이름을 둘러싼 상상의 색깔이 묘하게 변했다. 게이타로는 호기심 때문에 이 수상쩍은 괴짜에게 악수를 청한 나머지 하마터면 얼토당토않은 피해를 입을 뻔했다. 하숙집 주인이 그의 인격을 믿어 줘서 다행이지 아니면 충분히 의심받을 수 있는 입장이었기 때문에 주인의 태도에 따라서는 경찰서에 가야 했을지도 모른다. 이렇게 생각하자 그가 하늘 위로 펼쳐 놓은 낭만적인 생각은 갑자기 온기를 잃고 추한 상상으로 만들어진 뭉게구름처럼 무의미하게 허물어져 버렸다. 하지만 칠칠맞게 늘어진 콧수염에 쌍꺼풀 진 눈과 앙상하게 마른 모리모토의 모습만은 그 속에 끈질기게 남아 있었다. 그는 그 얼굴을 사랑하고도 싶고 경멸하고도 싶으며 또한 동정하고도 싶은 기분이 들었다. 그리고 그 평범한 얼굴 뒤에는 알 수 없는 야릇한 무언가가 있는 것처럼 생각되었다. 그리고는 그가 기념으로 준다고 한 묘한 지팡이가 떠올랐다.

그 지팡이는 대나무 뿌리 쪽을 구부려서 손잡이로 만든 아주 단순한 물건이지만 뱀을 새겨놓은 점이 보통 지팡이와는 달랐다. 수출용에서 쉽게 볼 수 있는 뱀 몸뚱이를 빙빙 대나무에 감아 놓은 자극적인 모양이 아니라 머리 모양만 새겨놓은 것으로 입을 벌려서 뭔가 삼키려는 뱀 머리를 손잡이 부분으로 만든 것이다. 다만 그 삼키려는 것이 개구리인지 달걀인지는 누구도 알 수 없었다. 모리모토는 이 뱀을 자신이 직접 대나무를 잘라서 새겼다고 했다.

6

게이타로는 하숙집 문에 들어섰을 때 무엇보다 그 지팡이에 시선이 갔다. 아니 그보다 길에서 떠올랐던 생각이 그의 시선을 유리문을 열자마자 도자기 우산꽂이 쪽으로 이끌렸던 것이다. 사실대로 말하면 게이타로는 모리모토의 편지를 받고 이 지팡이를 볼 때마다 설명하기 힘든 이상한 느낌이 들어서 가능하면 보지 않으려고 들고 날 때 시선을 피했을 정도였다. 그러다 보니 이제는 구태여 안 보는 척하면서 우산꽂이 옆을 지나는 게 고통스러워져서 아주 미미하긴 하지만 이 이상한 지팡이가 내게 벌이라도 주는 듯한 기분이 들었다. 끝내 그 자신도 신경을 쓰는 스스로가 이상하게 생각되었다.

게이타로에게는 그와의 이해관계를 의심받는 것을 우려한 나머지 주인 부부에게 그의 거처나 소식을 말하지 않았다는 약점은 있지만 양심상으로는 어떤 거리낌도 없었다. 굳이 기념으로 주겠다는 물건을 흔쾌히 받고 싶은 기분이 안 드는 것은 상대방의 호의를 무시한다는 점에서는 바람직하지 않지만 그렇다고 고민스러울 정도는 아니었다.

다만 모리모토의 운명이 가까운 시일에 끝난다고 가정하자.(필시 객사라는 종말을 고하리라) 지금 그런 딱한 최후를 예상해 보고 지팡이는 그대로 우산꽂이에 꽂혀 있다고 치자. 그리고 그의 손에 의해 새겨진 뱀 머리가 뭔가를 삼키려 하면서도 삼키지 않고 뱉으려 하면서도 뱉지 않으며 언제까지나 대나무 작대기 끝에 입을 벌린 채 달라붙어 있다고 치자. 이런 식으로 모리모토의 운명과 그걸 말없이 대변하는 뱀 머리를 연관 지어 본 다음, 머잖아 객사할 사람한테 그의 대변자인 뱀 머리를 들고 다닐 것을 부탁받았다는 생각에 이르자 비로소 게이타로는 묘한 기분이 되었다. 또한 그는 제 손으로 뽑아 들지도 못하고 주인에게 눈에 띠지 않는 곳으로 치워 달라고 할 수도 없는 이것을, 좀 과장되긴 하지만 일종의 업보로 생각했다. 다만 시로 물들이는 감성과 산문과도 같은 생활이 서로 일치

하지 않듯이, 이 때문에 하숙집을 옮겨서 안정을 찾는 쪽이 편하다고 생각할 정도로 지팡이를 화근으로 삼지는 않았다.

　오늘도 지팡이는 의연하게 우산꽂이 속에 서 있다. 낫처럼 생긴 지팡이머리는 신발장을 향해 있었다. 그것을 곁눈질하며 제 방으로 올라간 게이타로는 마침내 책상에 앉아 모리모토에게 보낼 편지를 쓰기 시작했다. 먼저 일전에 보낸 편지에 대한 인사를 쓴 다음에 답장을 못한 데 대한 변명이라도 두어 줄 덧붙이고 싶었지만 솔직히 털어놓자면 '당신 같은 방랑자를 지인으로 둔 불명예를 생각하면 서신을 주고받을 기분이 아니다'라고 쓸 수밖에 없었기 때문에 그 부분은 평소처럼 동분서주하느라 정신없었다는 한 마디로 간단히 얼버무려 두었다. 그리고 다롄大連에서 적당한 직업을 얻게 된 것에 대한 축하말을 좀 쓴 다음, 도쿄도 점점 추워지는데 만주의 서리와 바람은 더 견디기 어려울 것이며 특히 당신 체력으로는 지내기가 힘들 테니 아무쪼록 병에 걸리지 않도록 조심하라는 수려한 문구를 몇 줄 적었다. 게이타로로서는 이 부분이 편지의 주안점이었기 때문에 가능하면 자신의 동정이 상대방에게 사무칠 수 있도록 멋지고 길게 또 누가 봐도 성의 있게 쓰고 싶었지만, 다시 읽어보니 역시 사람들이 흔히 쓰는 계절 인사 외에 새로운 게 없었기 때문에 다소 실망스러웠다. 하지만 연인에게 보내는 편지처럼 열렬한 진심을 담을 수 없다는 사실은 익히 알고 있었다. 그래서 난 글이 서투르니 아무리 고쳐도 소용없다는 것을 구실 삼아 그 대목은 그냥 두고 계속 써 나갔다.

7

모리모토가 하숙에 두고 간 짐에 관해서는 의리상으로도 뭔가 써야만 될 것 같았다. 다만 그것을 어떻게 처리할 것인지 주인에게 묻는 것도 싫고 묻지 않고서는 자세히 알려줄 수도 없었기에 게이타로는 붓끝을 허공에 멈추고 생각해 보다가 마침내

"댁의 짐은 내가 주인에게 말해서 주인 마음대로 처리할 것을 부탁하셨지만, 당신이 천리안으로 본 것처럼 내가 말하기도 전에 괴물이 마음대로 조치를 취한 모양이니 그렇게 아시기 바랍니다. 또 매화 분재를 준다고 하셨는데 그건 그림자도 보이지 않는 것 같으니까 받지 않겠습니다. 단지 감사의 인사만 드립니다. 그리고,"

여기까지 쓰고는 다시 붓을 멈추었다. 마침내 지팡이 이야기를 할 때가 온 것이다. 게이타로는 천성이 정직한 사내이기 때문에 '그 지팡이는 모처럼 주셨으니 받아서 매일 산책할 때 짚고 나가겠다'라는 공공연한 거짓말은 못하겠고 그렇다고 해서 '친절은 고맙지만 받을 수 없다'고는 더더욱 쓸 수 없었다. 하는 수 없이 적당히 공치사를 늘어놓고 사실을 얼버무리기로 했다.

"그 지팡이는 지금도 우산꽂이 안에 꽂혀 있습니다. 주인이 돌아오기를 밤낮으로 기다리고 있는 것처럼 서 있지요. 괴물도 그 뱀 머리에는 감히 손을 대려고 하지 않습니다. 저는 그것을 볼 때마다 당신의 조각 솜씨에 감탄을 금치 못합니다."

봉투에 수취인 성명을 쓸 때에 아무리 생각해도 이름이 기억나지 않아서 부득이하게 '다롄 전기공원 내 오락담당 '모리모토'님'이라고 성씨

만 썼다. 편지가 주인 부부의 눈에 띄면 안 되기 때문에 하녀에게 우체통에 넣으라고 시킬 수도 없게 된 게이타로는 편지를 소매 안에 감추었다. 그것을 가지고 그는 식사 후 산책이라도 할 겸 밖으로 나갈 생각에 추운 계단을 내려왔는데, 그때 스나가한테서 전화가 걸려 왔다.

"오늘 우치사이와이초에서 사촌이 와서 '이모부가 일 때문에 사오 일 내로 오사카에 갈지도 모른다'고 하더군. 너무 늦어지면 안 되겠다 싶어서 이모부께 전화해서 출발하기 전에 만나 줄 수 있겠냐고 물어보았더니, 괜찮다고 하셨으니까 이모부를 만날 생각이면 되도록 빨리 가는 게 좋겠어. 목이 아파서 전화상으로 자세한 얘기는 못 드렸으니 그렇게 알고 가게나."

게이타로는 '고맙네. 되도록 빨리 가보지'라는 인사와 함께 전화를 끊었다. 하지만 어차피 갈 거면 오늘 밤에라도 가 보자는 생각이 들었기에 다시 삼층으로 돌아와서 얼마 전에 맞춰 둔 서지 하카마[10]를 입고 밖으로 나왔다.

길모퉁이에서 편지를 우체통에 넣는 건 잊지 않았지만 게이타로의 마음속에 모리모토의 안부 같은 것은 이미 희미한 여운만 남았을 뿐이었다. 그래도 봉투가 우체통을 타고 들어가서 툭 하고 바닥에 떨어졌을 때는 일주일 안에 편지를 뜯어 볼 그의 모습을 상상하고 그런대로 기분이 괜찮으리라 생각되었다.

그 후 전차에 탈 때까지는 일직선으로 성큼성큼 걸었다. 생각도 일직선으로 우치사이와이초 쪽을 향하고 있었는데 전차가 묘진시타明神下로

---

10 하카마는 일본식 남성 하의. 서지 하카마는 모직물로 만든 바지.

갔을 때 조금 전 스나가가 전화로 했던 말을 머릿속에서 되뇌다가 불현듯 앗 하고 떠오르는 생각이 있었다. 스나가는 분명 '오늘 우치사이와이초에서 사촌이 와서'라고 했었으니 그 사촌이 이모부의 자식임은 의심의 여지가 없다. 단지 남자인지 여자인지는 불완전한 일본어로는 알아낼 수가 없다.

"어느 쪽일까."

게이타로는 갑자기 궁금해지기 시작했다. 만약에 스나가에게 왔던 사촌이 아들이라면 그 뒷모습의 여인에 대한 단서는 될 수 없다. 그녀는 쓸데없이 호기심만 자극했을 뿐 도움이 안 된다. 하지만 만약 딸이라면, 날짜를 봐도 시간을 봐도 현관에서 올라간 모양새를 봐도 어쩐지 자신보다 한발 앞서 들어간 그 여자일 것 같다. 상상과 사실을 연결하는 일에 능숙한 게이타로는 확인도 하기 전에 틀림없이 그렇다고 단정해 버렸다. 이렇게 해석한 그는 지금까지 끓어오르던 호기심이 다소 진정되는 듯한 만족감을 느끼면서 동시에 예상보다 평범한 쪽에서 단서가 나와 버려서 재미없다고 생각했다.

8

오가와마치까지 왔을 때 그는 잠깐 전차에서 내려서 스나가의 집에 들러 사실을 확인하고 싶었지만 그건 자신의 단순한 호기심일 뿐 캐물을 이유가 전혀 없었기 때문에 참고 바로 미타선三田線으로 갈아탔다. 간다바시神田橋를 빠져나와 마루노우치를 질주할 때도 지금 자신은 스나가의 사촌 집을 향해서 달려가고 있음을 잊지 않았다. 그런데 간교勸業은행 부근에서 내려야 할 것을 그만 사쿠라다 홍고초桜田本郷町까지 가 버리는 바람에 그는 깜짝 놀라서 다시 되돌아갔다. 쓸쓸한 밤이었지만 찾으려던 집은 금방 알 수가 있었다. 다구치田口라고 적힌 둥근 가스등이 달린 문 안을 들여다보니 생각보다 집의 내부가 깊을 듯 했다. 다만 실제로는 자 갈길이 비스듬하게 현관을 가리고 있고 정면을 차단하는 정원수가 빽빽 이 들어서 있어서 밤의 어둠에 삼엄한 분위기가 얼마간 더해졌을 뿐, 문 안으로 들어서고 보니 외관보다 넓은 집도 아니었다.

현관에는 서양식 유리문 두 개가 닫혀 있었는데 '계십니까?' 하거나 벨을 눌러도 아무도 나오지 않았다. 게이타로는 어쩔 수 없이 잠시 문 옆 에서 분위기를 살피고 있었다. 그러자 어딘가에서 발소리가 들리더니 눈앞의 반투명 유리가 확 밝아졌다. 그리고 정원용 나막신으로 시멘트 바닥 밟는 소리가 두어 번 난 뒤에 한쪽 현관문이 열렸다. 게이타로는 안 내인이 어떤 모습일지 상상도 못해 본 채 멍하니 서 있었지만 그래도 가 스리[11] 무늬의 겉옷을 입은 서생이나 쌍올실로 짠 면 옷을 입은 하녀가 절을 하고 그의 명함을 받아 들 것을 기대하고 있었는데, 지금 문을 반쯤 열고 서 있는 사람은 뜻밖에도 멋진 복장의 노신사였다. 불빛이 등을 비 추고 있어서 얼굴은 확실하지 않았지만 흰색 비단 허리띠가 바로 눈에 들어왔다. 순간 게이타로는 이 사람이 스나가의 이모부, 다구치구나 싶 은 생각이 들었다. 하지만 너무 의외의 상황이었기에 인사할 여유도 없 이 어안이 벙벙한 상태로 서 있었다. 게다가 자신을 꽤 젊다고 생각하는

11 물감이 살짝 스친 듯한 무늬가 있는 일본 고유의 염직물.

게이타로는 사십 오십 육십 대 구분 없이 모두 할아버지로 볼만큼 노인에게는 친숙함이 없었다. 그는 연장자에 대해서 마흔 다섯과 쉰다섯을 구분할 정도의 동정심도 없었고, 익숙해지기 전에는 마치 다른 인종을 보는 듯한 서먹함을 느끼는 사람이기에 더욱 어찌할 바를 몰랐던 것이다. 하지만 다구치는 상대방을 전혀 상관하지 않는 모습으로 무슨 용건인지를 물었다. 공손치도 않지만 그렇다고 무시하는 것도 아닌 지극히 간결한 말투가 게이타로의 배짱을 다소 회복시켜 주었기에, 그는 겨우 이름을 말하고 찾아온 이유를 짧게 알릴 수가 있었다. 그러자 이 어르신은 생각났다는 듯이 '아 그래, 조금 전에 이치조가 전화했었지. 하지만 오늘밤에 오실 줄은 몰랐군요'라고 했다. 그리고 내심 이렇게 급히 찾아오는 건 곤란하다는 눈치였기에 게이타로는 정성껏 변명해야 할 필요성을 느꼈다. 노인은 게이타로의 말을 듣는 둥 마는 둥 묵묵히 서 있더니 '그럼 다시 오세요. 사오 일안에 잠시 여행을 가지만 그 전에 볼 수 있다면 보도록 하지요'라고 했다. 게이타로는 정중히 인사를 한 뒤 문을 나왔지만 어둠 속에서 그는 자신이 너무 바보처럼 공손했다고 생각했다.

한참 뒤에 게이타로가 스나가에게서 들은 이야기로는, 이때 주인은 현관 가까이 응접실에서 혼자 흰 돌과 검은 돌을 번갈아 늘어놓으면서 바둑에 빠져 있었다고 한다. 그는 손님과 바둑 한판을 두면 반드시 계속해서 그 문제를 해결하려고 하는 성격인데, 그 중요한 시점에 게이타로가 현관에서 촌사람처럼 떠들었으므로 우선 방해자부터 알아내고 보자 싶어서 직접 나갔다는 것이다. 스나가에게 자초지종을 듣고 나니 게이타로는 점점 더 자신이 했던 인사가 지나치게 공손했다는 기분이 들었다.

9

하루가 지나고 그 다음날이 되자 게이타로는 다구치田口 씨 집에 당당하게 전화를 하고 지금 가도 되는지를 물어보았다. 전화를 받은 사람은 게이타로의 말투가 비교적 거만해서 지위가 높은 사람으로 생각했는지 '잠시만 기다려 주십시오. 지금 바로 주인께 여쭈어 보겠습니다' 하고 정중하게 말하더니 잠시 후 주인의 말을 전해 줄 때에는 '아, 여보세요, 지금 손님이 오셔서 좀 곤란하다고 합니다. 오후 한 시쯤에 오시라는 데요' 라고 전보다는 아주 소홀한 말투로 바뀌어 있었다.

'그렇습니까, 그럼 한 시쯤에 갈 테니 주인께 전해 주십시오' 하고 전화를 끊었지만 내심 좀 언짢은 기분이었다. 게이타로는 열두 시 정각에 먹으려고 미리 일러 둔 점심 밥상이 그 시간에 나오지 않자, 짜증스레 울리는 대학 종소리에 쫓기기라도 하듯 하녀를 재촉해서 가능하면 빨리 식사를 마쳤다. 전차 안에서는 그저께 밤에 본 다구치의 태도를 떠올리면서 오늘도 그렇게 자신을 소홀히 대할지 아니면 그쪽에서 만나겠다고 한만큼 좀 친절하게 대해 줄지를 생각해 보았다. 게이타로는 다구치의 호의로 적당한 일자리만 얻을 수 있다면 다소 허리를 굽히고 구차한 기분이 되는 것쯤은 참을 작정이었다. 하지만 조금 전 전화를 받은 남자는 오분도 안 되어 말투가 건방지게 바뀌어서 불쾌했기에, 그 녀석은 제발 현관으로 나오지 않았으면 싶었다. 반면에 자신의 태도도 지나치게 건방졌다는 사실은 전혀 깨닫지 못하는 성격이었다.

오가와마치 길모퉁이에서 스나가 집 쪽으로 비스듬하게 꺾인 골목길을 보았을 때 그는 문득 지난번에 본 뒷모습의 여자를 떠올리고는 생각을 어두운 쪽에서 밝은 쪽으로 바꾸었다. 이렇게 성가신 절차를 거쳐 반기지도 않는 영감에게 일거리를 부탁하러 간다고 생각하는 것보다는, 오늘도 예쁜 스나가의 사촌이 있는 곳을 방문한다고 생각하는 쪽이 훨씬 기분 좋았기 때문이다. 게이타로는 스나가의 사촌과 다구치 영감을 부녀간이라고 정해 놓고도 어디까지나 두 사람을 따로 떼어서 생각하고 있었다. 요전 날 현관에서 마주했을 때, 게이타로는 빛이 어두워서 잘 알 수 없었지만 눈 코 등 얼굴 윤곽으로 보아 그의 인상이 별로 훌륭치 않았던 것은 밤인데도 불구하고 믿어 의심치 않았다. 하지만 스나가의 딸은 그들 관계에 상관없이 용모가 별로일 거라는 생각은 들지 않았다. 그는 다구치 집안에 대해서 음지와 양지가 앞뒤 양면을 이룬 것과 같은 생각을 가졌던 것이다. 이런 생각들을 되풀이하면서 그는 다구치의 집 앞에 섰다. 거기는 운전수가 타고 있는 커다란 자동차가 대기 중이었기에 기분이 이상했다.

현관에 들어가서 명함을 내밀자 두꺼운 면직물 하카마를 입은 젊은 서생이 받아 들고는 '잠시만요' 하더니 안으로 들어갔다. 아까 전화에서 들은 목소리가 틀림없었기에 게이타로는 뒷모습을 바라보며 기분 나쁜 자식이라고 생각했다. 그러자 그는 명함을 든 채 다시 나타났다. 그리고는 '죄송합니다만 지금 손님이 계시니까 다시 오십시오' 하고 게이타로 앞에 우두커니 섰다. 게이타로도 좀 화가 치밀었다.

"조금 전 전화로 사정을 여쭈었더니 손님이 있다고 오후 한 시쯤에 오라고 하셨거든요."

"실은 그 손님이 아직 안 가셔서 식사 대접을 하느라고 어수선합니다."

침착하게 들으면 무리한 해명도 아니었지만 이미 전화 통화에서 화가

난 게이타로에게 이 안내인의 말투는 너무나 마음에 들지 않았다. 그래서 자신이 선수를 칠 생각으로

"그렇습니까, 번번이 수고 많았습니다. 그럼 주인께 잘 전해 주십시오."

이렇게 상황에 맞지도 않는 말을 일방적으로 내뱉고는 '뭐야, 이 자동차 따윈'이라는 듯한 기분으로 차 옆을 스쳐 지나서 큰길로 나왔다.

10

그날 게이타로는 다구치 이모부와의 면접을 순조롭게 끝내고 츠키지築地에 신접살림을 차린 친구 집에 들러서 스나가와 그의 사촌과 다구치를 상상의 실로 교묘하게 엮은 이야기를 안주 삼아 밤늦도록 얘기할 생각이었다. 하지만 다구치의 집을 나와 히비야日比谷 공원 옆에 서 있는 그에겐 그럴 여유가 전혀 없었다. 스나가 집 앞에서 뒷모습만 본 여자의 소재는 이미 알아냈기에 그녀의 집에 다녀와서 기분 좋을 것도 없었다. 일자리를 구하려고 여기까지 왔다는 자각은 더더욱 없었다. 게이타로는 단지 굴욕감을 느낀 나머지 화가 나 있을 뿐이었다. 그래서 자신을 다구치 같은 남자에게 소개한 스나가야말로 이런 취급을 받은 것에 대해 응당한 책임을 져야 한다고 생각했다.

그는 돌아가는 길에 스나가의 집에 들러서 자초지종을 말한 다음 실컷 불만을 늘어놓으리라 생각했다. 그래서 다시 전차를 타고 곧장 오가와마치까지 돌아왔다. 시계를 보니 두 시가 되려면 이십 분 정도 남아 있었다. 스나가의 집 앞에 와서 일부러 길에서 '스나가, 스나가' 하고 두 번

을 불러 봤지만 있는지 없는지 이층 장지문은 꼭 닫힌 채 열리지 않았다. 하기야 남의 이목을 중시하는 스나가는 평소에 이렇게 길에서 사람을 부르는 것을 촌스럽다고 싫어했으니 듣고도 모르는 척하고 있는 게 아닌가 싶어서, 게이타로는 정식으로 현관 입구로 갔다. 하지만 현관에 나온 하녀가 '열두 시 조금 지나서 외출하셨습니다'라고 말했을 때는 맥이 빠져서 그대로 잠시 서 있었다.

"감기에 걸린 것 같던데요."

"네, 감기에 걸리셨는데 오늘은 상당히 좋다고 외출하셨습니다."

게이타로가 돌아가려고 하자 하녀는 잠깐 주인께 말씀드리겠다고 하면서 그를 현관에 세워 둔 채 안으로 들어갔다. 잠시 후 장지문 뒤에서 스나가 어머니의 모습이 나타났다. 키가 크고 얼굴이 갸름하며 인정미와 기품이 있는 부인이었다.

"자 들어오세요. 이제 곧 돌아올 테니."

어머니의 이 말을 어떻게 거절해야 좋을지 에도江戸풍습에 익숙지 못한 게이타로로서는 미처 알 수가 없었다. 무엇보다 듣기 좋고 편안한 말이 거절할 틈도 없이 꼬리를 물고 귓전에 울리는데, 그 말은 입에 발린 겉치레와는 달리 듣다 보면, 들어가면 실례가 될 테니 사양해야겠다는 마음은 사라지고 잠시 이야기라도 나누고 가야겠다는 기분이 되는 것이다.

게이타로는 결국 어머니 말대로 서재에 앉았다. 스나가의 어머니가 춥다고 문을 닫아 주기도 하고 손을 쬐라며 사쿠라佐倉탄을 넣은 화로를 권해 주는 동안에 흥분되었던 감정이 차츰 안정되어 왔다. 그는 흰 비단에 아키타秋田산 머위가 가득 찍힌 장지문무늬와 외국산 뽕나무로 만든 듯한 반질반질한 황색 손화로를 바라보면서 정숙하고 언변이 좋아서 남을 서먹하게 하지 않는 스나가의 어머니와 얘기를 나누었다.

어머니 말에 의하면 스나가는 오늘 야라이矢来에 있는 숙부 집에 갔다고 한다.

"갔다 오는 김에 고비나타小日向에 내려서 절에 참배 좀 하고 오라고 했더니 '어머닌 요새 다 귀찮으신 모양이네요. 요전에도 다른 사람에게 대신 시키지 않았나요? 늙어서 그런가' 하고 불평을 늘어놓고 나갔답니다. 게다가 전부터 계속 감기에 걸려서 목이 아프다기에 오늘도 안 나가는 게 어떠냐고 말려도 봤는데, 젊은 사람들은 조심하는 것 같아도 앞뒤 안 가려요. 늙은이가 하는 말은 개의치도 않으니……."

스나가가 부재중일 때 가면 어머니는 늘 이런 식으로 아들 이야기를 유일한 낙인 양 하곤 하셨다. 게이타로 쪽에서 스나가의 평판을 꺼내기라도 하면 한참 동안 말꼬리를 잡고 쉽게 화제를 돌리지 않는 것이 보통이다. 게이타로도 거기 익숙해졌기에 이번에도 그저 점잖게 상대의 말을 들으면서 일단락되기만을 기다렸다.

11

그러는 사이에 대화는 스나가를 떠나서 야라이矢来 숙부에게로 옮아갔다. 야라이 숙부는 스나가의 어머니의 남동생으로, 우치사이와이초의 이모부와 달리 호사스런 것을 좋아한다고 스나가가 말했었다. 외투 안감은 새틴 아니면 보기 싫어서 못 입는다든가 자신에게는 쓸모도 없고 돌인지 산호인지 모를 물건을 외국산 사라사 구슬이라며 애지중지한다는 이야기를 게이타로는 기억하고 있었다.

게이타로가 "아무 일도 안하고 호사스럽게 놀고 지내는 것만큼 좋은 일도 없으니 좋은 신분이군요"라고 하자 어머니는 곧 그 말을 부정했다.

"웬걸요. 솔직히 말해 그럭저럭 사는 정도지 넉넉하고 사치할 단계는 아직 아니니까 그러면 안 되죠."

스나가의 친척의 재력이 어떻든 간에 게이타로와는 상관없는 일이었기에 그는 더 이상 아무 말도 하지 않았다. 그러자 어머니는 대화가 끊어진 것이 마치 자기 실수인 양 곧 말을 이었다.

"아무튼 여기저기 회사에 얼굴을 내밀고 있으니까 그 덕에 그래도 제부는 불편 없이 사는 모양이지만 저나 야라이의 동생 같은 사람은 옛날에 비하면 말하자면 실업자나 마찬가지니까, 곧잘 동생이랑 꽁지 빠진 새처럼 영락한 몰골이라고 하면서 웃는답니다."

게이타로는 무심코 자신의 처지를 되돌아보고는 왠지 부끄럽다는 생각을 했다. 다행이 상대가 거침없이 떠들어 주었기에 대답할 말을 생각지 않아도 되니까 그나마 유리하다고 생각하면서 계속 듣고 있었다.

"그리고 아시다시피 이치조가 소극적이라 그냥 학교만 졸업시킨 것으로는 마음이 안 놓여서 정말 걱정이에요. 얼른 마음에 드는 색시라도 얻어서 이 늙은이를 좀 안심시켜 주라고 하면, 세상이 그렇게 어머니 편할 대로만 돌아가지는 않는다면서 상대도 안 해주지요. 그렇다면 도와주겠다는 이들한테 부탁해서 어디라도 좋으니 직장에라도 좀 나가면 좋겠는데 그런 데는 도무지 관심도 없고 말에요."

이 점은 게이타로도 스나가가 너무 제멋대로 하고 있다고 평소부터 생각했다. 그래서 어머니와 공감하는 마음으로 말했다.

"주제넘은 말이지만 윗사람들께 부탁해서 조언이라도 해 달라고 하면 어떨까요, 방금 말씀하신 야라이의 숙부님한테라도."

"그런데 그이도 사람 만나는 것을 싫어하는 괴팍한 양반이라서, 충고는커녕 은행에 들어가서 주판알이나 튕기는 그런 바보가 어디 있냐고 하시니까 애당초 상담이고 뭐고 없어요. 또 그 말을 이치조가 좋아해서 야라이 숙부님과 마음이 잘 맞아서 좋다고 자주 찾아가곤 해요. 오늘 같은 날도 일요일이고 날씨도 좋고 하니까 우치사이와이초 이모부가 오사카로 가기 전에 그 쪽에 얼굴이라도 내밀면 좋을 텐데, 결국 야라이 숙부한테 간다면서 끝까지 지가 좋은 쪽으로 갔어요."

게이타로는 이때 갑자기 자신이 왜 습격하듯이 이집으로 들이닥쳤는지의 이유가 새삼스레 생각났다. 스나가의 얼굴을 보면 심한 말을 써서라도 다구치 집에서 당한 무례함을 추궁한 다음에 다시는 그 집 문턱은 넘지 않을 테니 그렇게 알라고 말하고 돌아갈 작정이었지만, 중요한 스나가는 집에 없고 사정도 모르는 어머니한테 도리어 온갖 이야기 공세를 받고 보니 화를 내주겠다던 기분은 사라져 버렸던 것이다. 하지만 그래도 여기까지 왔으니 우선 어머니한테나마 그 사건을 말해 둘 필요가 있겠다고 생각하고, 그러려면 대화 중 우치사이와이초에 가느니 안 가느니 하는 말을 나온 지금이 제일 좋을 것으로 생각했다.

12

'실은 저도 오늘 우치사이와이초 쪽에 갔습니다만' 하고 말을 꺼내자

아들 생각만 하고 있던 어머니는 '아, 그랬어요' 하고 겨우 알아듣고는 미안하다는 표정을 지었다. 게이타로는 자신이 전부터 일자리를 찾아다니다가 애가 타서 스나가에게 소개를 부탁했으며 스나가가 우치사이와이초의 이모부를 만날 수 있도록 주선했던 사실은 어머니도 곁에서 듣고 보고 했을 테니 알고 있을 거라고 생각했다. 그리고 자상하게 마음 쓰는 사람이라면 자신이 말을 꺼내기 전에 먼저 어떻게 되가는지 정도는 물어봐 주어야 한다고 생각했기에, 이 말을 시작으로 지금까지 있었던 일을 모두 다 말하고자 했다. 하지만 어머니는 '그렇고말고요' 혹은 '정말 사정이 안 좋을 때에는'라는 식으로 두 쪽 모두를 동정하는 말을 중간중간에 했기에 자신이 공연히 화가 나서 말했던 부분은 이야기에서 깨끗이 빼버렸다. 스나가의 어머니는 미안하다는 말을 몇 번이나 거듭하고는 다구치를 변호하듯이 이렇게 말했다.

"그건 정말 바쁜 사람이라서 그래요. 여동생 경우도 한집에서 살고 있지만 뭐랄까, 마음 놓고 이야기를 나눌 수 있는 날은 아마 일주일에 하루도 안 될 거예요. 내가 보다 못해서 '요사쿠要作 씨, 아무리 돈을 잘 벌어도 그렇게 일하다가 몸이 망가지면 아무것도 못하니까 가끔은 쉬세요. 몸이 재산이잖아요'라고 하면, 자기도 그렇게 생각하지만 일이 계속 생겨서 옆에서 퍼내지 않으면 썩어 버리기 때문에 어쩔 수 없다고 말하고는 웃으면서 상대를 안 해요. 그러다가도 동생이나 딸한테, 오늘은 가마쿠라鎌倉에 데려갈 테니 빨리 준비하라면서 느닷없이 재촉을 할 때도 있고요……."

"따님이 계시나요?"

"네, 둘이 있어요. 둘 다 혼기가 되어서 이제 어디로 시집을 보내든가 사위를 데려오든가 해야 하는데 말이죠."

"그 중 한 분은 스나가 군한테로 오는 거 아닙니까?"

어머니는 잠깐 말을 머뭇거렸다. 게이타로도 자신의 호기심만 생각하고 지나치게 물어봤나 싶었다. 무언가 화제를 바꿔야겠다고 생각하는 동안 상대방 쪽에서

"글쎄, 어떻게 될 지요. 부모의 생각도 있을 테고 당사자의 의견도 확실히 물어보지 않으면 알 수 없는 거고요. 나 혼자서 아무리 이러면 좋겠다 저랬으면 좋겠다, 안달을 해 봤자 어쩔 수 없는 문제죠" 하고 뭔가 의미심장한 말을 했다.

일단 접고자 했던 게이타로의 호기심은 이 어머니의 말에 되살아나려고 했지만 그러면 안 된다는 극기심으로 자제했다.

어머니는 계속 다구치를 변호했다. 그렇게 바쁜 몸이니까 어떤 때는 마음과 달리 약속을 어기는 일도 있지만 일단 허락한 이상 잊어버리는 사람은 아니니까 여행에서 돌아오길 기다려서 천천히 만나면 좋을 거라는, 주의인지 위로인지 모를 조언을 주었다.

"야라이矢来숙부는 있으면서도 안 만나 주는 사람이니 어쩔 수 없지만 우치사이와이초 이모부는 집에 있지 않더라도 사정만 되면 달려와서 만나 주는 성격이니까, 여행에서 오기만 하면 이쪽에서 말하지 않아도 이치조 쪽으로 뭔가 말을 할 거예요. 분명."

이 말을 듣고 보니 정말 그런 사람인 것 같기도 했지만 그것은 내가 점잖게 있을 경우이고, 아까처럼 버럭 화를 내거나 한다면 제대로 되지 않을 게 분명했다. 그러나 지금 와서 털어놓을 수도 없었기에 게이타로는 말없이 있었다.

스나가의 어머니는 재차 '무뚝뚝한 얼굴은 하고 있지만 겉보기와는 달리 본심은 성실한 익살꾼이니까요' 하고는 혼자서 웃었다.

13

익살꾼이라는 스나가 어머니의 말은 다구치의 풍채나 태도로 비추어 보아 게이타로에게는 왠지 납득이 안 가는 표현이었다. 하지만 듣고 보니 맞는 부분도 있는 듯 했다.

다구치는 예전에 어느 요정에 가서 하녀에게 전등이 너무 밝으니 좀 어둡게 하라고 요구한 적이 있다고 한다. 하녀가 의아한 얼굴로 '작은 전구로 바꿔 끼울까요?' 하고 묻자 그는 '그러지 말고 거기를 살짝 비틀어서 어둡게 해 봐'라며 진지하게 지시했다. 그러자 하녀는 이 사람은 전등이 없는 시골에서 온 게 틀림없다고 생각했는지 킥킥거리며 '손님, 전기는 램프와 달라서 비틀어도 어두워지지 않습니다. 그냥 꺼질 뿐이에요, 보세요' 하더니 찰칵 꺼서 방을 캄캄하게 하고는, 다시 원래대로 '확' 켜는가 했더니 큰소리로 '화-악'이라고 하였다. 다구치는 아주 초연하게 '아니, 여태까지 구식을 쓰다니 형편없군, 이런 요정에 어울리지도 않아. 얼른 회사에다 개량 신청을 해 둬, 순서대로 고쳐 주니까'라고 점잖게 충고했다고 한다. 마침내 하녀도 그의 말을 믿고 '진짜 불편해요. 무엇보다 켜 두고 잘 때 너무 밝아서 다들 불편해 하니까요'라며 자못 감탄했다는 듯 교체에 동의했다고 한다.

그리고 어느 날 볼일이 생겨서 모지門司인지 바칸馬關인지까지 갔을 때의 이야기는 이보다 훨씬 내공이 들어 있다. 그는 함께 떠날 예정인 A라는 남자에게 사정이 생겨서 이틀 정도를 여관에서 기다리고 있었다. 그 동안 지루함을 달래기 위해 A를 골려 주려고 일을 꾸몄다.

이것은 그 동네를 걷고 있을 때 어느 사진관 앞에서 문득 떠올라서 치게 된 장난으로, 그는 사진관에서 기생 사진 한 장을 샀다. 사진 뒷면에 A 님이라고 쓰고 편지와 동봉해서 선물처럼 만들었다. 그 편지는 여자 한 명을 고용해서 충분히 시간을 주고 가능한 한 A의 마음이 움직이도록 요염하게 쓴 것으로 누가 받아도 기뻐하기에 충분했다. 그것은 '신문을 보니 내일 여기에 도착하신다고 되어 있기에 오랜만에 이렇게 편지 올리오니 부디 읽는 대로 어디어디로 와 주십시오'라고 하는 결코 천박하지 않은 내용이었다. 그는 그날 밤 이 편지를 직접 우체통에 넣고 다음 날 편지가 배달되어 오자 자신이 받아두고 A가 오기만을 기다렸다. 그는 A가 왔을 때에도 편지를 쉽게 내놓지는 않았다. 용무에 대해 되도록 진지하게 의논을 나누다가 마침내 술상을 마주하게 되었을 때 편지를 꺼내어 A에게 건네주었다. A는 겉봉에 적혀 있는 '긴급사항, 수취인 개봉'을 보고는 젓가락을 내려놓고 곧 봉투를 뜯더니, 조금 읽다가 동봉한 사진을 꺼내 뒷면을 보자마자 급히 말아서 품속에 넣어 버렸다. 무슨 급한 볼일이라도 생겼냐고 다구치가 묻자 아니라고 할 뿐 다시 젓가락을 들었지만 왠지 안절부절 못하더니, 의논을 마무리 짓지 못한 채 배가 아파서 먼저 실례하겠다면서 자기 방으로 돌아갔다. 다구치는 하녀를 불러서 지금부터 십오 분 내에 A가 외출할 테니 그가 나가면 기다리고 있다가 얼른 인력거를 태워서 그가 가자는 집 앞에다 내려 주라고 시켰다. 그리고 자신은 A보다 먼저 그 집으로 가서 여주인을 부르자마자 '이제 어떤 남자가 여관 초롱을 켠 인력거를 타고 올 테니 깨끗한 방으로 안내하여 정중히 모시고, 묻기 전에 손님이 아까부터 기다리신다고 말하고 나와서 곧바로 알려 달라'고 부탁했다. 그러고는 혼자 담배를 피우며 팔짱을 끼고 경과를 기다렸다. 그러자 모든 일이 예정대로 진행되어 마침내 자신이 등장할 순서가 되었다. 그는 A의 옆방으로 가서 장지문을 열며 '어, 빨리 왔군' 하고 인사를 하자 A는 안색이 확 바뀌면서 놀랐다. 다구치는 A 앞에 눌러앉아서 사실은 이러이러했다며 자신이 장난친 것을 다 말한 뒤에 '장난친 대신에 오늘 밤은 내가 사지' 하고 웃었다고 한다.

스나가의 어머니도 '이런 익살스런 짓을 하는 남자니까요' 하고 말한 뒤에 재미있다는 듯이 웃었다. 게이타로는 '설마 그 자동차는 장난이 아니겠지' 생각하면서 하숙집으로 돌아왔다.

14

자동차가 집 앞에 있었던 날 다구치와의 면회에 실패한 게이타로는 앞으로 그의 신세를 질 일이 없을 거라고 단념해 버렸다. 그리고 스나가의 사촌으로 가정했던 그 여자의 뒷모습의 정체도 막 풀리려고 하다가 정지되었다고 생각하니 뭔가 찝찝하고 불쾌했다.

그는 지금까지 무엇 하나 제 힘으로 헤치고 나오지 못했다는 것을 깨달았다. 공부든 운동이든 어떤 일도 제대로 덤벼들어서 끝까지 밀고 나간 예가 없었다. 세상에 태어나서 갈 수 있는 데까지 간 경험이라고는 단하나, 대학을 졸업한 것뿐이다. 그것도 정성을 다하지 않고 힘없이 똬리만 틀고 앉은 것을 누군가가 꺼내 주었던 것이기 때문에, 도중에 일이 정지될 때의 답답함은 없었지만 간신히 우물을 파냈을 때의 상쾌함 또한 알 수 없었다.

그는 멍하게 사오 일을 보냈다. 문득 학창시절 학교에서 초대했던 어느 종교가의 강연이 생각났다. 그는 가정에도 사회에도 아무 불만이 없는 처지지만 스스로 중이 되었던 사람으로 당시의 사정에 대해 말하기를, 불가사의함을 참을 수 없어서 그 길로 들어왔다고 했다. 그는 아무리 밝고 투명한 하늘 아래 서 있어도 사방이 꽉 막힌 듯 답답해서 괴로웠다고 한다. 나무를 봐도 집을 봐도 길을 걷는 사람을 봐도 모두 다 분명한데 자신만 유리 상자 안에 갇힌 듯 끊임없이 외부와 단절되어 있다는 느낌이 들어서 질식할 정도 괴로웠다고 했다. 게이타로는 이 말을 듣고 일종의 신경병이 아닐까 의심해 보았을 뿐 오늘까지 잊고 지냈다. 하지만 요 사오 일간 따분하게 지내면서 잘 생각해보니 지금까지 무엇 하나 끝까지 해내는 통쾌감을 느껴 보지 못한 자신 또한 어딘가 중이 되기 전의 이 종교가와 닮아 있는 것 같았다. 물론 자신의 경우 그 기분은 비교할 수 없을 만큼 미약하고 또 성격도 전혀 다르기 때문에 그 스님처럼 위대한 결단을 내릴 필요는 없었다. 조금 분발하고 힘만 낸다면 되든 안 되든 지금보다는 통쾌하게 살아갈 수 있을 텐데, 오늘까지 끝내 그런 마음을 먹은 적이 없었던 것이다.

게이타로는 혼자 이런 생각을 하고 어디로든 앞으로 나아가야겠다고 다짐했으나 한편으로는 사후약방문이라는 기분이 들어서 별다른 기대도 없이 또 사나흘을 빈둥빈둥 보냈다. 그 사이 유라쿠자有樂座에 가서 만담을 듣거나 친구와 이야기를 나누고 거리를 걷는 등 여러 가지를 해봤지만 세상 어떤 것도 모두 대머리의 머리카락을 잡으려는 것처럼 전혀 손에 잡히지 않았다. 바둑이 두고 싶은데 남이 두는 것을 보고 있어야만 하는 심정이었다. 그래서 기왕 보고 있어야 할 바에는 좀 더 재미있고 파란만장한 바둑이 보고 싶었다.

그러자 곧 '뒷모습의 여자'와 스나가의 관계가 생각났다. 사실 멋대로 상상한 얘깃거리를 갖다 붙여서 깊은 관계인 것처럼 짜 맞출 만한 사이도 아닐 것이며 만약 그렇다고 해도 이것은 남의 일에 쓸데없는 참견이기에 이러는 자신을 바보라고 비웃다가도, 다시 뭔가가 있을 듯한 호기심이 이따금씩 가슴에 번뜩였다. 그래서 이 호기심을 참고 밀어붙이면 여태 경험한 적이 없는 로맨틱한 무언가를 만날지도 모른다는 생각이 들었다. 그러자 그날 다구치 집 현관에서 화를 낸 뒤, 그 여자에 대한 연구마저 그만둬 버린 자신의 급한 성격은 이런 호기심에 어울리지 않는 약점으로 생각되었다.

직업에 있어서도 그런 작은 어긋남 때문에 비록 한마디라도 정나미 떨어지는 말을 해서 다구치 집안의 문턱을 더 높게 만들지는 말았어야 했다. 그 바람에 가능할지 안 할지 결정도 나지 않은 미래의 일을 어중간하게 마감하고 말았다. 그러고는 미적지근하게 고민만 하는 꼴이 되어 버렸다. 스나가의 어머니는 다구치라는 노인이 겉보기와는 달리 친절한 면이 있다고 보증했으니 여행에서 돌아와서 다시 만나 주지 않는 일은 없을 것이다. 다만 이쪽에서 다시 만남을 청했다가 상식 없는 바보라고 무시당하는 것도 지겹다. 하지만 끝내 해내겠다는 마음을 다잡기 위해서는 바보라는 소리를 들을망정 부딪쳐 볼 필요는 있을 것이다. 이렇게 게이타로는 지겨워하면서도 여러 가지 생각을 했다.

15

하지만 이렇게 자신의 중요한 일을 곧 결정해야 하는 상황과는 달리, 게이타로의 심각한 고민의 이면에는 뭔가 느긋한 생각이 감돌고 있었다.

'이대로 막다른 곳까지 나아가 볼까 아니면 그만두고 다른 새로운 곳으로 옮겨갈 준비를 할까?'

이 문제는 애당초 고민할 필요도 없이 지극히 간단한 것이었다. 그런데도 망설이는 것은 한번 제비를 잘못 뽑으면 더 이상 기회가 사라져 버리는 혹독한 경우를 당해서가 아니라, 어느 쪽으로 가도 큰 차이가 없으니 아무래도 상관없다는 게으른 마음이 늘 작용하기 때문이다. 졸릴 때에 책을 읽는 사람은 졸음을 쫓는 노력보다는 글자의 의미를 기억하려고 애쓰는 것처럼, 그는 느긋한 가슴으로 결단이라는 알을 품고 있으면서 잘 부화되지 않는 일만 걱정했다. 이 우유부단함을 벗어나야만 한다는 구실 아래 그는 자신의 호기심에 슬쩍 편승하려 들었다. 그리고는 자신의 미래를 점쟁이의 점괘에 호소해서 판단하고픈 기분이 들었다. 그는 수행, 기도, 부적, 액막이, 무당과 같은 것에 믿음을 가질 만큼 비과학적인 교육을 받지는 않았지만 옛날부터 지금까지 이런 것에 흥미를 잃지 않고 성장한 사내였다.

그의 아버지는 음양오행과 방향에 민감하고 신경질적인 사람이었다. 그가 소학교를 다닐 무렵, 어느 일요일의 일이다. 아버지는 옷자락을 허리로 걷어지르고 괭이를 짊어진 채 마당으로 뛰어 내려가셨다. 게이타로는 뭘 하는지 궁금해서 따라가려고 하자 아버지는 그에게 '넌 거기서 시계를 보고 있다가 열두 시 치기 시작하면 큰소리로 신호를 보내라. 그럼 아버지는 서북쪽에 있는 매화나무 뿌리를 파기 시작할 테니'라고 일 렀다. 게이타로는 어린 마음에도 '또 풍수지리구나' 생각하고 시계가 땡 하고 울리자마자 열두 시라고 크게 외쳤다. 그걸로 그 일은 무사히 끝났 지만, 게이타로는 그렇게 정확한 시간에 괭이를 내려칠 생각이라면 그 중요한 시계가 정확하도록 미리 고쳐 두었어야 했다며 아버지의 어리석 음을 이상하게 여겼다. 학교 시계와 집의 시계는 이십 분 정도의 차이가 있기 때문이다.

그 후 게이타로는 풀을 뽑으러 나갔다 돌아오는 길에 말의 뒷발에 채 여서 둑에서 굴러 떨어진 적이 있었다. 신기하게도 전혀 다친 곳이 없는 것을 보고 할머니는 무척 기뻐하시며 지장보살님이 게이타로를 보호해 주신 덕분이라고 하셨다. 그리고 이것 보라며 말을 매어 둔 곳 옆에 있는 돌 지장보살 앞으로 데리고 갔었는데, 그 돌 지장의 머리 부분은 떨어져 나가고 턱받이만 남아 있었다. 그때부터 게이타로의 머리에는 기이한 빛을 띤 구름이 조금씩 흘러들었다. 그 구름은 몸 상태나 주위 사정에 따 라 짙어지기도 하고 옅어지거나 하는 변화는 있지만 성장한 오늘에 이르 기까지도 그 기운이 전부 빠져 나가지 않은 것만은 분명하다.

이러한 이유로 그는 큰길가에 있는 점집의 대막대기 끝에 달린 초롱 을 바라볼 때마다 점쟁이를 예로부터 내려오는 재미난 직업 중의 하나로 생각했다. 물론 돈을 내고 점을 볼 만큼 열성적이지는 않았지만 산책길 에서 싸늘한 얼굴에 초롱 불빛이 비추인 여자가 쓸쓸하게 서 있는 것이 라도 발견하면, 미래에 대해 어두운 그림자를 드리우고 근심에 빠진 이 애달픈 자에게, 점쟁이는 어떤 희망과 불안과 두려움과 자신감을 줄까 싶은 호기심에 이끌려서 반 재미 삼아 다가가서 어둠 속에 슬며시 엿듣는 때가 종종 있었다.

　그의 친구 아무개가 자기 능력을 비관해서 시험을 볼지 학교를 그만
둘 지를 고민하고 있었을 때 어떤 사람이 여행길에 젠코지善光寺 아미타
여래의 점괘를 뽑아서 '제55 길吉'이 나왔다며 우편으로 보내 주었는데,
거기에는 '구름이 흩어지니 달이 거듭 밝아지노라'와 '꽃이 피어 다시금
번영하리라'라는 글귀가 있었기에 그는 뭐든지 해봐야 안다면서 시험을
치기로 했고 그리고는 보기 좋게 합격하였다. 이를 본 게이타로는 자신
도 흥이 나서 신사를 다니며 이곳저곳 손에 잡히는 대로 점괘쪽지를 뽑
아 보며 돌아다닌 적도 있었다. 더욱이 그건 별 목적도 없이 본 것이었기
때문에 그는 평소에도 점쟁이의 고객이 될 자격을 충분히 갖추고 있음이
틀림없다. 이번 같은 경우도 뭔가 위안이라도 얻을 겸해서 한번 봐 볼까
싶은 변덕 때문이다.

16

　게이타로는 어느 점쟁이한테 가면 좋을지 생각해 봤지만 딱히 여기다
싶은 데가 없었다. 하쿠산白山 뒤나 시바芝 공원 안이나 긴자 몇 번지처럼
지금까지 이름을 들어 본 곳은 두어 군데 있지만 너무 인기 있는 곳은 사
기꾼 같아서 가고 싶지 않고 그렇다고 적당히 엉터리 소리를 읊어 대는
사람은 더욱 마땅치가 않고, 가능하면 붐비지 않는 집이면서도 수염을
기른 한가한 영감님이 있어서 기발하지만 간결하고 시원하게 말해 주는
곳이 어딘가 있으면 좋겠다고 생각했다. 그렇게 생각하면서 그는 아버

지가 잘 가던 고향에 있는 잇폰지一本寺의 은거 스님을 머릿속에 그려 보았다. 문득 정신을 차려 보니 생각을 하는 건지 멍하니 앉아 있는 건지 알 수 없는 자기 모습이 바보같이 느껴져서 일단 부근을 걸어 다니다 보면 운명이 이끌어 줄 거라는 막연한 마음에 모자를 쓰고 집을 나섰다.

그는 오랜만에 시타야下谷의 구루마자카車坂로 가서는 동쪽으로 쭉 늘어선 절문, 불상 만드는 집, 케케묵은 한약방, 에도시대부터 먼지 쌓인 잡동사니를 늘어놓은 도구상 따위를 좌우로 보면서 일부러 몬제키門跡12을 통과해서 장어요리점 얏코우나기奴鰻가 있는 모퉁이로 나왔다. 그는 어릴 때부터 에도 시대의 아사쿠사浅草 지역을 잘 알고 계시는 할아버지로부터 관음보살님이 얼마나 번화한 지에 대해 자주 들어왔다. 할아버지가 들려주신 이야기 중에는 나카미세仲見世, 오쿠야마奥山, 나미키並木, 고마카타駒形13처럼 요즘 사람들 입에는 잘 오르지 않는 이름도 있었다. 히로코지広小路에는 나물밥과 꼬치두부를 파는 스미야すみ屋라는 멋진 가게가 있었다든가 고마카타의 불당 앞의 예쁜 발을 드리운 미꾸라지 가게는 옛날부터 유명했었다는 식의 음식 얘기도 많이 들었지만, 그 중에 게이타로를 가장 자극한 것은 앉은 자세에서 잽싸게 칼을 뽑는 재주를 가진 나가이 효스케長井兵助, 그리고 작은 일본도를 꿀꺽꿀꺽 삼켜 보여 주었다는 광대, 또 고슈江州 이부키야마伊吹山 기슭에 산다는 앞 다리 넷에 뒷다리 여섯인 왕 두꺼비를 말린 것 등에 관한 얘기였다.

어린 게이타로는 창고 이층의 큼직한 궤짝 안에 든 에도 그림책의 삽화

---

12 황족이나 귀족이 출가하여 거주한 특정 사찰, 혼간지(本願寺).
13 나카미세, 오쿠야마, 나미키, 고마카타는 도쿄의 아사쿠사 경내 혹은 그 부근에 있는 도로명.

를 보고 이런 이야기 장면들을 얼마든지 상상할 수가 있었다. 굽이 하나인 나막신을 신고 세 가지 보물 위에 웅크리고 앉은 남자가 소매를 걷어붙이고 키보다도 크게 휘어진 칼을 뽑으려고 하는 모습, 큰 두꺼비 위에 양반다리를 하고 앉은 도사 지라이야兒雷也가 마법을 거는 모습, 수염이 허연 노인이 얼굴보다도 큼직한 돋보기를 들고 당궤 앞에 앉아서 넙죽 엎드린 상투머리를 내려다보고 있는 모습 등. 이런 불가사의한 광경들은 모두 그림책에서 빠져나와서 상상 속의 아사쿠사에 늘어서 있었다. 따라서 게이타로의 머리에 비춰진 아사쿠사 경내에는 늘 역사 속 기묘한 광채가 열여덟 칸 본당을 에워싸고 어른거리고 있었다. 물론 도쿄로 온 다음 이런 신비한 몽상은 아프게 허물어지고 말았지만 요즘도 가끔 관음보살님이 계신 센소지浅草寺 지붕에는 황새가 둥지를 틀고 있을 거라는 생각으로 흔들거릴 때가 있다. 오늘도 은연중에 아사쿠사로 가면 뭔가 있겠지 하는 생각에서 저절로 발길이 그쪽으로 향했던 것이다. 하지만 루나파크[14] 뒤에서 활동사진관 앞으로 나왔을 때는 새삼 혼잡함에 놀라서 여기는 점쟁이가 있을 만한 곳이 아니라고 생각했다. 그냥 빈두로賓頭盧 상償이라도 쓰다듬고 돌아갈까 했지만 어디 있는지 잊어버렸기에 본당으로 올라가서 어시장 사람들이 기증한 커다란 초롱과 요리마사賴政가 괴물 누에를 퇴치하는 그림만 보고는 바로 정문인 가미나리몬雷門을 나왔다.

　게이타로는 여기서 아사쿠사바시浅草橋로 나가는 길에는 한두 군데 점집이 있을 것으로 생각했다. 만약에 있으면 아무 데라도 좋으니 들러 보리라. 아니면 공업고등학교 앞을 돌아서 야나기바시柳橋 쪽으로 빠져도

14　1910년 아사쿠사에 생긴 미국식 유원지.

좋겠다고 생각하고는 식사 때에 식당을 찾아다니는 기분으로 걸었다. 그런데 막상 찾으려고 하니 평소에는 산책만 나가도 도처에 걸려 있던 점집 간판들이 공교롭게도 그 넓은 큰길에 하나도 보이지 않았다. 게이타로는 이 계획도 늘 그렇듯이 예전처럼 끝까지 해내지 못하고 도중에 그만둘지도 모르겠다 싶어서 약간 실망하면서 구라마에蔵前까지 왔다. 그러자 겨우 점집이 한 집 있었다. 좁고 긴 두꺼운 나무판에 작은 글씨로 '운명판단'이라고 쓰고 그 아래에 흰 글자로 분센점文銭点[15]이라고 새긴 다음에 밑에는 옻으로 칠한 새빨간 고추가 그려져 있다. 그런 이상한 간판이 먼저 게이타로의 시선을 끌었다.

17

자세히 보니 이 집은 한약방을 반으로 나누어서 그 좁은 쪽에다 산뜻한 차양을 달아 놓았는데, 내부에는 향신료 봉지가 죽 늘어져 있었기에 간판에 그려진 대로 그걸 팔면서 점도 함께 보는 곳이 분명했다. 이렇게 살펴본 뒤에, 떡집 비슷한 차양 안쪽을 들여다보니 몸집이 자그마한 할머니가 혼자서 바느질을 하고 있었다. 좁은 방이 하나뿐인 듯한데 정작 중요한 점쟁이는 그림자도 보이지 않기에 주인은 출타 중이고 부인이 가게를 보고 있나 라고 생각했지만, 가게 앞에서 본 집의 구조로 추측하건대 내부는 한약방과 이어져 있을지도 모르기 때문에 반드시 외출했다고

---

15 에도시대 동전인 분센을 이용해서 치는 점.

단정할 수는 없었다. 그래서 두어 걸음 들어가서 약방 쪽을 들여다봤더니 말린 칠성장어도 매달려 있지 않고 커다란 거북 등껍질 장식도 없는가 하면 인형의 속을 비운 뒤에 밖에서 보이게끔 오색 내장이 놓인 선반을 넣어서 만든 고풍스런 장식물도 볼 수 없었다. 잇폰지의 은거스님을 닮은 수염 있는 영감님 역시 앉아 있지 않았다. 그는 다시 돌아 나가서 '운명판단 분센점'이라는 간판이 달린 입구의 발을 열고 안으로 들어갔다. 그러자 바느질 하던 할머니는 하던 일을 멈추고 큼직한 안경 위로 노려보듯이 게이타로를 보더니 '점이요?' 하고 한마디로 물었다. 게이타로가 '네, 점을 좀 보려는데 안 계시는 모양이네요'라고 하자 할머니는 무릎 위의 부드러운 천을 한쪽으로 치우면서 들어오라고 했다.

시키는 대로 들어가 보니 좁기는 하지만 나오고 싶을 만큼 지저분한 방은 아니었다. 다다미는 근래에 막 바꾼 건지 새것 냄새가 났다. 할머니는 끓인 쇠주전자의 물을 찻잔에 부어 만든 미숫가루를 게이타로 앞에 내놓았다. 그리고 옛날에는 약상자라도 올려놓았을 법한 선반 위에서 치워 두었던 작은 책상을 내려 가지고 왔다. 책상에는 무늬 없는 모직천이 덮혀 있었는데 할머니는 그대로 게이타로 바로 앞에 내려놓고는 자기 자리로 돌아갔다.

"점은 내가 봅니다."

게이타로는 뜻밖이었다. 틀어 올린 머리에 공단 깃의 검정색 기모노와 수수한 줄무늬 겉옷을 입고 바느질에 열중하던 가정적인 분위기의 이 자그마한 할머니가 자신의 미래를 점쳐 줄 운명의 예언자일 줄은 상상도 못했기 때문이다. 게다가 할머니의 책상 위에는 점치는 데 쓰는 점대도 산가지도 돋보기도 없는 것을, 게이타로는 신기하게 바라보고 있었다.

할머니는 책상 위에 놓여 있는 가늘고 긴 주머니를 열고 짤랑 짤랑 소리를 내면서 구멍 뚫린 동전 아홉 개를 꺼냈다. 게이타로는 비로소 이게 간판에 적혀 있던 분센점이구나 하고 짐작했지만, 과연 나를 어둠속에서 조종하는 운명이란 것과 이 아홉 개 동전이 무슨 관계가 있는지는 당연히 상상할 수가 없었기 때문에, 그저 동전에 찍힌 무늬와 동전이 들었던 주머니를 번갈아 볼 뿐 묵묵히 있었다. 그 주머니는 노能[16] 배우의 의상 자투리 또는 액자를 표구하고 남은 천으로 만들었는지 금색 실이 군데군데 빛나고 있었지만 아주 오래된 것 같았는데 손에 닳은 탓에 화려한 빛깔은 사라지고 없었다.

할머니는 늙은이답지 않게 희고 가느다란 손가락으로 동전 아홉 개를 세 개씩 세 줄로 늘어놓고 고개를 획 들더니 신수를 보겠느냐고 물어보았다.

"글쎄요. 평생운을 한꺼번에 봐도 나쁠 것은 없겠지만 그보다는 지금 상황에서 어떻게 하면 좋을지를 보는 게 제겐 중요하니까, 그것을 좀 부탁하죠."

할머니는 그러냐고 하더니 다시 게이타로의 나이를 묻고 태어난 월일을 확인하였다. 그 다음에 암산이라도 하듯이 손가락을 접어보고 가만히 생각도 해보더니 마침내 정갈한 손가락으로 그 동전들을 새롭게 늘어놓았다. 게이타로는 세 개 동전이 앞면에 파도가 나오기도 하고 글자가 나타나기도 하면서 세 줄로 이어지는 순서와 배열을, 깊은 의미라도 있는 게 아닌가 하는 눈빛으로 지켜보고 있었다.

---

16 일본 고전 예능 중 하나인 전통 가면극.

18

할머니는 잠시 손을 무릎 위에 올려놓고 오래된 동전의 표면을 가만히 주시하고 있다가 마침내 확실한 결론이 나왔다는 듯이 '당신은 지금 망설이고 계십니다' 하고 잘라 말하고는 게이타로의 얼굴을 보았다. 게이타로는 일부러 아무 대답도 하지 않았다.

"나아갈까 말까 해서 주저하시고 있는데 그러면 손해입니다. 앞으로 나아가는 쪽이 한동안은 좋지 않은 것 같아도 결국은 득이니까."

할머니는 이렇게 단정 짓고는 말없이 게이타로의 눈치를 살폈다. 게이타로는 애당초 상대의 말을 듣기만 하고 자신은 아무 말도 하지 않을 작정이었지만 할머니의 이 한마디에 흐리멍덩한 자기 머리가 조금 모습을 드러낸 기분이 들었기에 자극에 응해 보고 싶어졌다.

"나아가더라도 실패하거나 하는 일은 없습니까?"

"네, 그러니 가능하면 점잖게 해서 성미 급하게 행동치 말도록 하세요."

이것은 예언이 아니라 모든 상식 있는 사람을 가르치는 충고에 불과하다고 생각했지만 할머니의 태도가 특별히 꾸며낸 것 같지 않았기에 그는 다시 질문했다.

"나아간다는 건 어느 쪽으로 나아가는 겁니까?"

"그건 당신이 더 잘 알고 계십니다. 전 그저 앞으로 나아가시는 쪽이 득이라고 말씀드릴 뿐이죠."

게이타로도 지금까지의 분위기상 '그렇습니까' 하고 물러설 수만은 없었다.

"그래도 두 가지 길이 있으니까 그 중 어느 쪽으로 가면 좋을지를 묻는 겁니다."

할머니는 다시 입을 다물고 동전 위를 응시하더니 아까보다 답답한 어조로 '뭐 마찬가지군요' 하고 대답했다. 그리고 아까 바느질하다가 떨어뜨린 실밥을 주워서 그 중 꽤 긴 감색과 홍색 비단실을 가려내어 게이타로가 보는 앞에서 예쁘게 꼬기 시작했다. 게이타로는 그저 심심해서 하는 장난으로 보고 별 의미를 두지 않았지만 할머니는 그것을 대여섯 치 길이가 될 때까지 정성껏 꼬아서 동전 위에 올려놓았다.

"이것을 보십시오. 화려한 빨강과 차분한 감색 실을 이렇게 꼬아 주면 한 줄이 두 가닥이고 두 가닥이 한 줄의 실이 되잖습니까. 젊을 때는 화려한 쪽으로만 달려가서 기회를 놓치기도 하지만 지금 당신은 이 실처럼 딱 좋은 상태로 함께 꼬여 있는 형국이니까 행운이지요."

게이타로는 비단실의 비유는 뭔가 재미있었지만 행운이라는 말을 들으니 기쁘기보다 오히려 이상한 기분이었다.

"감색 실로 착실하게 나아가면 그 사이로 잠깐 잠깐 화려한 빨강이 나온다는 말이군요"라고 게이타로는 상대의 말을 이해한 것처럼 물어보았다.

"그렇죠, 그렇게 될 겁니다" 하고 할머니는 대답하였다. 애당초 점쟁이의 말 한마디로 방향을 결정해야 한다고 마음먹은 건 아니지만 이 말만을 듣고 돌아가기엔 뭔가 부족했다. 할머니 말이 자신의 생각과 완전히 별세계의 이야기라면 거론할 여지가 없겠지만, 어떤 의미로 받아들이는가에 따라서 지금 처지에서 응용할 점이 있기 때문에 게이타로는 좀 미련이 남았다.

"더 해줄 말은 없으십니까?"

"글쎄요, 가까운 시일 내에 작은 일이 생길지도 모르겠네요."

"나쁜 일인가요?"

"재난은 아니지만 주의하지 않으면 그르치게 되요. 그리고 놓치게 되면 다시 돌이킬 수 없는 일입니다."

19

그 말에 게이타로는 더욱 호기심이 생겼다.

"대체로 어떤 종류입니까?"

"그건 일어나기 전엔 알 수 없어요. 단 재물을 잃거나 물로 인한 재난은 아니겠네요."

"그렇다면 어떻게 그르치지 않게 대비해야 하는지도 모르겠군요."

"모를 것도 없습니다. 원하시면 한 번 더 봐 드릴까요."

게이타로는 그럼 부탁한다고 밖에 할 수 없었다. 할머니는 다시 섬세한 손끝을 재빠르게 움직이며 동전들을 재차 늘어놓았다. 게이타로가 보기에는 아까 방법도 지금 방법도 다 비슷해 보였지만 무슨 중대한 차이가 있는지 노파는 하나를 뒤집을 때도 경솔하게 하지 않았다. 마침내 아홉 개를 정성껏 정리하고 나서 노파는 게이타로를 향해 대체로 알겠다고 했다.

"어떻게 하면 될까요?"

"어떻게 하다니요. 점에는 음양의 이치로 큰 형태만 나타나기 때문에 실제로 그 경우에 처했을 때는 그런 큰 형태에 맞추어 생각할 수밖에 없습니다만 대체로 이렇습니다. 당신은 자기 같기도 하고 남 같기도 하고,

긴 것 같기도 하고 짧은 것 같기도 하며, 나올 듯 하기도 하고 들어갈 것 같기도 한 그런 물건을 가지고 계시니까 다음에 사건이 생기면 제일 먼저 그것을 잊지 말도록 하세요. 그렇게 하면 잘 될 겁니다."

게이타로는 혼란스럽지 않을 수 없었다. 아무리 음양의 이치를 통해 큰 형태로 나타난다고 해도 이런 말로는 방향조차 알 수 없는 안개 속이니, 거짓이든 사실이든 실제로 응용할 수 있는 얘기를 좀 들어야겠다 싶어서 두어 번 입씨름을 해보았지만 전혀 결말이 나지 않았다. 게이타로는 결국 이 선승의 잠꼬대 같은 말을 수건에 싼 손난로처럼 가슴에 품고서 밖으로 나왔다. 나올 때 덤으로 향신료를 두 봉지 사서 소맷자락에 넣었다.

다음 날 아침, 밥상에 앉아 김나는 된장국 뚜껑을 열었을 때 그는 문득 어제 산 향신료가 생각나서 소매에서 그 봉지를 꺼냈다. 그것을 국에 충분히 뿌려서 얼얼한 것을 참아 가며 식사를 마치고 나서 그 할머니가 말했던 '음양의 이치에 의해 나타난 큰 형태'를 머릿속에 상기해 보니, 아직도 막연하게 안개처럼 남아 있었다. 하지만 손을 쓸 수 없는 수수께끼에 마음을 졸일 정도로 점을 신봉하는 것은 아니었기에 어떻게든 해석해 보려고 초조하게 고민하지는 않았다. 다만 무슨 말인지 알 수 없는 점이 묘하게 흥미로웠기 때문에 그는 할머니가 한 말을 잊어버리기 전에 종이에 적어서 책상 서랍에 넣어 두었다.

다구치와 만날 방도를 다시 시도할 건지의 여부는 어제 할머니가 한 조언으로 이미 결정 났다고 게이타로는 판단했다. 하지만 그는 점을 믿고 행하는 게 아니라 스스로 행하려던 그때에 할머니가 계기를 마련해 준 것일 뿐이라고 생각했다. 그는 스나가한테 가서 이모부가 오사카에서 돌아왔는지 어떤지 물어볼까 생각했지만 자동차 사건에 대한 기억이 마음을 짓누르고 있었기에 움직일 용기가 나지 않았다. 이제는 전화도 이용하기가 싫어졌다. 어쩔 수 없이 편지로 용건을 말하기로 했다. 그는 일전에 스나가의 어머니에게 했던 것과 같은 설명을 간략히 쓰고 다구치가 여행에서 돌아왔는지를 묻고는 만약 돌아왔다면 바쁜 중에 송구스럽지만 만나 줄 수 없는지, 자신은 한가한 사람이니 언제든 날을 정해주면 방문할 뜻이 있다고 적었다. 지난번에 화를 냈던 일은 깨끗이 잊은 듯한 말투였다. 게이타로는 편지를 부치면서 내일이라도 답장이 올 것으로 기대하였다. 그런데 이틀이 지나고 사흘이 되어도 아무 소식이 없었기에 조금 불안해지기 시작했다. 섣불리 점쟁이 말 따위에 넘어가서 창피라도 당하는 것은 아닌지 후회도 되었다. 그러자 나흘째 날 오전에 느닷없이 다구치에게서 전화가 걸려 왔다.

20

전화를 받으니 뜻밖에 다구치 이모부의 음성이었고 지금 당장 와줄수 있겠느냐는 간단한 질문이었다. 게이타로는 즉시 가겠다고 대답하고는 그냥 끊으면 왠지 붙임성 없고 무뚝뚝할 것 같아서 덤으로 스나가군의 전화가 있었는지 물어보았다. 그러자 이모부는 '이치조가 당신이 원하는 걸 알려 왔지만 번거로우니까 내가 사정을 직접 묻는 겁니다. 그럼기다리고 있을 테니 바로 오시죠'라는 말만 하고 통화를 끊었다. 게이타로는 예전의 하카마를 다시 입으면서 이번에는 예감이 좋다고 생각했다. 그리고는 얼마 전 새로 산 중절모를 모자걸이에서 집어 들고 희망에 부푼 얼굴로 생기에 넘쳐서 쾌활하게 밖으로 나왔다. 밖에는 하얀 서리를 단번에 녹인 햇볕이 초겨울 찬바람에도 온화한 거리를 부드럽게 비추고 있었다. 그 거리를 달리는 전차 안에서 게이타로는 빛을 가르고 나아가는 기분이 들었다.

다구치 집 현관은 지난번과 달리 쥐죽은 듯 고요했다. 저번에 나왔던 그 서생이 나왔을 때는 좀 겸연쩍었지만 그렇다고 저번에는 실례했다고 할 수도 없었기에 시치미를 떼고 정중히 자신의 방문 이유를 알렸다. 서생은 게이타로를 기억하는지 못하는지 대답만 하고는 명함을 받아 들고 안으로 들어가더니 금방 다시 나와서 응접실로 안내했다. 게이타로는 그가 가지런히 놓아 준 슬리퍼를 신고 손님답게 들어가기는 했으나 너덧 개 의자 중에 어디 앉을지 몰라서 잠시 망설였다. 겸손하게 제일 작은 의자를 택하면 되겠다 싶어서 허리가 높고 팔걸이와 장식이 없는 가벼워 보이는 의자를 골라서 앉았다.

마침내 주인이 나왔다. 게이타로는 별로 익숙지 않은 처음 뵙겠다는 인사와 만나 줘서 감사하다고 하는 말들을 간절하게 늘어놓았지만 주인은 그저 가볍게 흘려들을 뿐이었다. 그리고 말이 몇 차례 끊어져도 전혀 말이 없었다. 주인의 태도에 실망을 할 정도는 아니었지만 생각만큼 길게 말하지 못한 게 유감스러웠다. 일단 머릿속에 준비해 둔 인사말을 다 하고나자 어색했지만 잠자코 있을 수밖에 없었다. 주인은 궐련 통에서 시키시마 한 대를 꺼내고는 나머지를 게이타로 쪽으로 밀어 두었다.

"이치조한테 이야기는 조금 들었는데 어떤 쪽의 일을 원하시나요?"

실은 게이타로에게는 이렇다 할 특별한 희망이 없었다. 그저 적당한 자리만 얻을 수 있다면 싶은 생각뿐이기 때문에 멍청한 대답 외엔 할 수가 없었다.

"다방면의 일이 하고 싶습니다."

다구치는 웃음 지었다. 그리고 기분 좋은 표정으로 대학 졸업생이 이렇게 늘어난 요즘에는 아무리 도와주는 사람이 있다고 해도 처음부터 좋은 자리를 얻을 수 없는 사정에 대해 자세히 설명해 주었다. 하지만 그것은 다구치가 새삼 가르쳐주지 않아도 게이타로가 진작부터 통절히 알고 있었던 사실이다.

"뭐든지 하겠습니다."

"뭐든지 한다지만 그래도 기차표를 찍는 일은 못 하겠죠?"

"아뇨, 할 수 있습니다. 놀고 있는 것보단 나으니까요. 장래성 있는 거라면 정말 뭐든지 하겠습니다. 우선 놀고 있는 고통에서 벗어나는 것만으로도 좋습니다."

"그런 생각이라면 나도 신경을 써 보도록 하죠. 당장 어떻게 할 수는 없더라도."

"아무쪼록 시험 삼아 한번 써 봐 주십시오. 이상하게 들릴지 모르지만 이 댁의 사적인 일도 좋으니까 하게 해주십시오."

"그런 일이라도 할 생각이 있습니까?"

"있습니다."

"그렇다면 경우에 따라 뭔가 부탁하게 될지도 모르겠습니다. 언제라도 상관이 없나요?"

"네, 되도록 빠르면 좋겠습니다."

게이타로는 이것으로 다구치와의 만남을 끝내고 명랑한 얼굴로 밖으로 나왔다.

21

다시 온화한 겨울날이 이삼일 계속되었다. 게이타로는 삼층의 자기 방에서 창밖으로 보이는 하늘과 나무와 기와지붕을 바라보면서 자연을 오렌지색으로 물들이는 이 온화한 태양빛이 마치 자신을 위해 비추기라도 하듯 유쾌한 기분이었다. 지난번 다구치와의 만남이 조만간 좋은 결과를 가져다 줄 것이라고 그는 굳게 믿었다. 그리고 그 결과가 어떤 색다른 치장을 하고 자기 앞에 나타날지를 기대하며 지냈다.

게이타로가 다구치에게 부탁한 일은 흔히 보통 사람들이 부탁하는 이상의 내용도 포함되어 있었다. 그는 다구치로부터 어떤 직업이 주어지기를 원했을 뿐만 아니라 자극으로 가득 찬 일회적인 일도 주어지기를 기대하고 있었다. 그는 만약 성공의 빛이 자신에게 비친다면 필시 평범한 업무와는 다른 특별한 색채를 띤 일이 갑자기 던져질 것으로 생각하였다. 그런 희망을 품고 그는 매일 아름다운 태양빛을 받고 있었다.

그러자 나흘 만에 다구치에게서 전화가 왔다. 부탁하고픈 일이 좀 생겼는데 굳이 오라고 하기도 그렇고 전화로 얘기하는 것도 번거로워서 속달 편지로 보내니, 자세한 내용은 편지를 보고 모르는 것은 전화로 문의해 달라고 하였다. 게이타로는 흐릿하게 보이던 망원경의 초점이 꼭 들어맞았을 때처럼 기분이 유쾌했다.

그는 잠시도 책상 앞을 떠나지 않고 속달이 오기만을 기다렸다. 그리고는 끊임없이 지난 일을 상상하면서 다구치가 자기에게 주려고 하는 일을 그려보았다. 그런 상상을 하고 있자면 어느 새 스나가 집 앞에서 본 여자가 허락도 없이 그의 생각 속으로 들어왔다. 그러다가 문득 정신이 들면 다시, 분명 실제적인 일거리가 맡겨질 게 틀림없다고 생각하고는 스스로 자신의 공상을 나무라며 지루한 시간을 보냈다.

마침내 고대하던 편지 봉투가 그의 손에 들어왔다. 그는 소리를 내면서 봉투를 뜯었다. 숨도 쉬지 않고 처음부터 끝까지 단숨에 읽고는 자기도 모르게 아, 하고 희미하게 외쳤다. 주어진 임무가 기대한 상상보다 훨씬 더 로맨틱했기 때문이다. 편지 문구는 물론 간단했고 용무 외의 말은 전혀 적혀 있지 않았다.

"금일 네 시에서 다섯 시 사이에 미타三田방면에서 전차를 타고 오가와마치小川町정류소에서 내리는 사십 세 정도의 사내가 있을 것이다. 그는 검은 중절모에 희끗한 무늬의 외투를 입고 긴 얼굴에 키가 크고 깡마른 신사일 텐데, 눈썹과 눈썹 사이에 큰 점이 있으니 그것을 특징으로 삼아서 이 사내가 전차에서 내린 뒤 두 시간 동안의 행동을 정탐해서 통지해 달라"라고 적혀 있을 뿐이었다.

비로소 게이타로는 위험한 탐정소설에서 중요한 역할을 연기하는 주인공이 된 것 같은 기분이 들었다. 그와 동시에 다구치가 자신의 사회적 이해득실을 위해 이렇게 떳떳치 못한 짓을 해서 남의 약점을 잡아 두고 나중에 이용하려는 의도는 아닐까 싶은 의심이 들었다. 그런 생각이 들자, 자신이 개 부리듯 이용되는 듯한 불명예스러움과 부도덕함이 느껴져서 겨드랑이에서 진땀이 났다. 그는 편지를 손에 든 채 시선을 멈추고 그대로 굳어져 버렸다. 다만 스나가의 어머니가 말한 다구치의 성격과 자신이 직접 만나 본 인상을 종합해서 생각할 때 그렇게 나쁜 사람으로 결코 보이지는 않았기 때문에 비록 남의 내막을 뒷조사한다고 하더라도 반드시 저급한 의도에서 나왔다고만은 볼 수 없다는 생각이 들자, 경직되었던 근육에서 다시 따스한 피가 돌고 도의에 역행한다는 생각으로 울컥하던 감정이 사라져서 이 문제를 그저 흥미라는 하나의 관점에서 재미있게 바라 볼 여유가 생겼다. 그래서 아무튼 이 일을 사회에서의 첫 경험으로서 다구치가 의뢰한 대로 끝까지 해보겠다는 생각이 들었다. 그는 한 번 더 다구치의 편지를 꼼꼼하게 읽었다. 그리고 거기 적힌 특징과 조건만으로 과연 만족스러운 결과를 제대로 얻을 수 있을지를 살펴보았다.

22

다구치가 알려준 그 사내의 특징 중에 절대로 바뀌지 않는 것은 눈썹과 눈썹 사이의 점뿐인데, 해가 일찍 저무는 요즘에 네다섯 시경의 저물어 가는 태양빛 아래 전차를 타고 내리는 수많은 인파 속에서 특정 위치의 점 하나만을 단서로 실수 없이 그를 찾아내기란 쉬운 일이 아니다. 특히 네 시에서 다섯 시 사이는 때 마침 관청이 끝나는 시각이기에, 마루노우치丸の内에서 하나뿐인 전차 노선을 이용해서 간다神田다리를 건너가는 관리들의 수만도 대단하다. 더구나 오가와마치의 정류소는 연말이 얼마 남지 않아서 가게 양쪽에 휘장과 악대 축음기 따위를 늘어놓고 호객을 하기에 그런 혼잡함도 유념해 둬야 한다. 이런 것들을 생각하면서 일의 성패를 가늠하다 보니 도저히 혼자서 처리하는 것은 미덥지 못하다는 생각이 들었다. 그래도 찾고자 하는 사람이 희끗희끗한 외투에 검은 중절모 차림으로 전차에 내리는 게 확실하다면 조금은 희망이 있다고 생각되었다. 물론 희끗한 외투만으로는 단서가 될 수 없지만 검은 중절모는 아

주 유별난 사람 외엔 잘 안 쓰니까 금방 눈에 뜨일 것이다. 특히 그걸 주의해서 본다면 성공하지 못할 것도 없다.

이렇게 생각한 게이타로는 어쨌든 정류소로 가 봐야겠다는 생각이 들었다. 시계를 보니 아직 한 시밖에 되지 않았다. 삼십 분 전에 거기 도착한다고 하더라도 세 시 쯤 집을 나서면 충분하니까 아직 두 시간의 여유가 있다. 그는 이 두 시간을 아주 유익하게 이용할 생각으로 꼼짝 않고 앉아 있었다. 다만 그저 미토시로초美土代町와 오가와마치가 T자로 교차하는 복잡한 삼거리가 눈앞에 어른거릴 뿐으로 성공으로 이끌기에 충분한 묘안은 떠오르지 않았다. 생각하면 생각할수록 그의 머리는 한 곳에 들러붙어서 움직일 줄 몰랐다. 게다가 뭔가 목표하는 자를 만날 수 없을지도 모른다는 염려가 불안감과 함께 그의 마음을 술렁이게 했기에 게이타로는 차라리 시간이 될 때까지 밖에 나가 돌아다녀 볼까 싶었다. 그런데 나가기로 결정하고 양손으로 책상 가장자리를 짚고 힘차게 일어서려는 순간, 갑자기 요전에 아사쿠사의 점쟁이 할머니가 말했던 '가까운 시일 안에 무언가 일이 생길 테니 그때는 이러이러한 것을 잊지 않도록 하라'고 했던 그 말이 생각났다.

그는 그 할머니의 말을 풀 수 없는 수수께끼라며 머리에서 지우기는 했지만 그래도 참고로 적어서 책상 서랍에 넣어 두었던 것이다. 그래서 그 종이를 다시 꺼내어 '자기 같으면서 남 같고 긴 듯하면서 짧으며 나올 듯하면서 들어갈 듯한 물건'이라는 문장을 한참 동안 바라보았다. 처음에는 지금까지 그랬듯이 도저히 의미를 알 수 없을 듯이 보였지만 계속 되풀이해서 읽는 동안, 인내심을 갖고 생각해 본다면 그 묘한 특성을 가진 물건이 무엇인지 알 수 있을지도 모르겠다는 기분이 들었다. 게다가 할머니가 이미 그것을 가지고 있으니 여차할 경우에 잊지 말라고 당부했었던 사실을 게이타로는 기억하고 있었기에, 뭐가 됐든 주변에 있는 물건 중에 '자기 같으면서 남 같고 긴 듯하면서 짧으며 나올 듯도 하고 들어갈 듯도 한 것'을 찾아내기만 한다면, 비교적 좁은 범주에서 문제가 해결되어 의외로 일이 빨리 매듭지어질 수도 있겠다고 생각하였다. 그래서 지금부터 남은 두 시간은 오로지 수수께끼를 풀기 위해서 쓰기로 결심했다.

하지만 먼저 눈앞에 있는 책상, 책, 손수건, 방석에서부터 차례대로 고리짝, 가방, 양말까지를 살펴보았지만 그것일 법한 물건은 전혀 찾지 못하고 결국 한 시간이 지나가 버렸다. 그의 머리는 초조하고 동시에 혼란스러워졌다. 방 안을 돌아다녀도 진정되지 않았기에 그의 생각은 통제할 수 없이 문 밖으로 나가서 걷잡을 수 없이 달려 나갔다. 이윽고 희끗한 외투에 검은 중절모를 쓴 키 크고 깡마른 신사가 지금부터 찾으려는 사람답게 권위를 갖추고 그의 앞에 선명하게 나타났다. 그러더니 갑자기 그의 얼굴이 돌연 다롄에 있는 모리모토의 얼굴로 변했다. 단정치 못한 수염을 기른 모리모토의 얼굴을 상상하는 순간, 게이타로는 마치 전기에 감전된 사람처럼 앗 하고 소리쳤다.

23

모리모토라는 이름은 애당초 그의 귀에 이상한 울림을 전하는 매체였지만 요즘에는 한층 심해져서 어떤 상징물처럼 바뀌고 말았다. 게이타로는 원래 이 사내의 이름만 떠올리면 예의 그 지팡이를 연상하긴 했지만, 지팡이를 두 사람을 잇는 계기로 해석하든 갈라놓는 방해물로 간주하든 간에 모리모토와 지팡이 사이엔 거리가 있어서 바로 연상이 되지는 않았다. 하지만 지금은 그것이 하나가 되어 '모리모토하면 지팡이, 지팡이하면 모리모토'라고 생각할 만큼 게이타로의 머리를 심하게 자극했다. 그런 게이타로에게 '지팡이가 자기 것 같기도 하고 모리모토 소유인 것도 같아서 주인을 종잡을 수가 없다'라는 생각이 뜨거운 피를 따라 우연히 떠올랐을 때, 그는 달아나는 검은 그림자 속에서 '아. 이거다' 하고 외치면서 그 지팡이만을 꽉 붙들었던 것이다.

이것으로 '자기 같기도 하고 남 같기도 한'이라는 할머니의 수수께끼는 풀렸다고 확신한 게이타로는 혼자 기뻐하였다. 하지만 아직 '긴 듯하면서 짧고 나올 듯하면서 들어갈 듯한' 것이 무엇인지는 생각해 보지 않았기 때문에 그는 남은 두 가지 특징도 이 지팡이 안에서 찾아내려고 노력했다.

처음에는 보는 방식에 따라서 길게도 보이고 짧게도 보일 수 있다는 의미일지도 모른다고 생각했지만 그것은 너무 평범해서 해석하나마나 한 듯한 기분이었다. 그래서 다시 돌아가서 '긴 듯하면서도 짧다'는 말을 몇 번씩 입 안에서 되풀이하면서 여러모로 생각해 보았다. 하지만 쉽게 풀릴 가망이 보이지 않았다. 시계를 보니 자유롭게 쓸 수 있는 두 시간은 이미 삼십 분밖에 남아 있지 않았다. 그는 막다른 길을 지름길로 잘못 알고 들어선 나머지 이도 저도 못하는 상태에서 번민하고 있는 건 아닌지, 자신의 판단을 의심하기 시작했다. 나아갈 수 없는 막다른 곳에 서 있기보다는 다시 되돌아가서 새로운 길을 찾는 쪽이 낫겠다 싶었다. 하지만 이렇게 시간에 쫓기면서 처음부터 다시 한다면 절대로 시간에 맞출 수가 없으니 여기까지 올 수 있었던 부분성과를 행운으로 생각하고 앞으로 밀고 나가는 게 순서라고도 생각했다. 이게 좋을까 저게 좋을까 이래저래 혼란스럽게 생각하는 동안에 그의 상상력은 문득 지팡이 전체를 벗어나서 손잡이에 새겨진 뱀 머리로 옮겨갔다. 그 순간 자기도 모르게 비늘이 번뜩이는 기다란 몸뚱이와 스푼처럼 생긴 짧은 머리를 비교해 보고는 손잡이에는 몸통 없는 뱀 머리만 새겨져 있으니까 길어야 할 부분이 잘려져 있는 그것이 다름 아닌 '긴 듯하면서 짧은 물건'이라는 것을 깨달았다. 그는 이 답이 머릿속에 번개처럼 떠오르자 득의에 차서 춤추듯이 기뻐했다.

마지막에 남은 '나올 듯하면서 들어갈 듯하다'는 것은 별 어려움 없이 오분 내에 풀 수 있었다. 지팡이에는 달걀인지 개구리인지 모를 물체가 새겨져 있었는데 반은 뱀 입 속에 있고 반은 입 밖으로 나와 있어서, 먹히지도 도망치지도 못해서 나오는 건지 들어가는 건지 알 수 없는 상태였으므로 바로 이거로구나 하고 판단하였다.

이것으로 모든 게 깨끗이 해결되었다고 생각한 게이타로는 뛰어오르듯 책상을 박차고 일어나 시곗줄을 허리띠에 찼다. 모자는 손에 들었지만 하카마도 입지 않고 방을 나서려는데 '지팡이를 어떻게 들고 나가면 좋을까'라는 문제가 그를 저지하였다. 그 지팡이는 모리모토가 놓고 떠난 지 이미 오랜 시일이 지났으니 주인의 허락을 받지 않더라도 비난이나 의심을 받을 염려는 없겠지만, 그들이 없을 때나 있어도 보지 않을 때에 들고 나가려면 상당한 생각과 준비가 필요하다. 미신을 신봉하는 가정에서 자란 게이타로는 주술에 사용하는 물품을(지금부터 그런 용도로 쓰려는 의도가 있으므로) 손에 넣을 때는 반드시 사람이 보지 않는 기회를 이용해서 해야만 효과가 있다는 말을, 고향에 있을 때 어머니에게서 자주 들었던 것이다. 게이타로는 삼층으로 올라오는 입구 정면에 걸린 시계를 보는 척하면서 이층 계단 중간쯤까지 내려가서는 아래층 상황을 살펴보았다.

24

주인은 평소처럼 세 평짜리 거실에서 크고 둥근 사기화로를 끼고 앉아 있었다. 부인의 모습은 보이지 않았다. 게이타로가 계단 중간에 엉거주춤한 자세로 창 너머 장지문 안을 들여다보니 갑자기 주인 머리 위에서 요란스레 벨이 울리기 시작했다. 주인은 고개를 젖히고 번호를 보더니 옆방을 향해 누구 없냐고 소리쳤다. 게이타로는 다시 몰래 삼층의 자기 방으로 돌아왔다.

그는 장롱을 열어 고리짝 위에 던져 둔 서지천 하카마를 꺼냈다. 그것을 입을 때 그는 고시이타¹⁷를 질질 끌고 방안을 돌아 다녔다. 그리고 버선을 벗고 양말로 갈아 신었다. 이렇게 바꿔 입고는 다시 아래층으로 내려갔다. 거실 쪽을 엿보았더니 여전히 부인은 보이지 않고 하녀도 근처에 없었다. 이번에는 벨도 울리지 않았다. 집안은 죽은 듯이 조용했다. 다만 주인 혼자만 아까처럼 커다란 화로를 의지하고 방으로 올라가는 쪽을 향한 채 가만히 앉아 있었다. 게이타로는 계단을 끝까지 내려가기 전에 위에서 비스듬하게 주인의 굽은 등을 바라보며 상황이 아직 좋지 않다고 생각했지만 결국 과감하게 입구로 내려왔다. 예상대로 주인이 외

---

17 하카마(일본식 남자바지)의 허리 뒤에 대는 천으로 싼 판자 조각.

출하느냐고 인사를 했다. 그리고 늘 하듯이 하녀를 불러서 신발장에 넣어 둔 신을 꺼내 오게 하려고 했다. 주인 한 사람의 눈을 피하는 것도 힘든데 하녀까지 나오면 안 되겠다 싶어서 게이타로는 얼른 괜찮다고 하면서 신발장의 발을 올리고 구두를 꺼냈다. 다행이 하녀는 그가 봉당에 내려설 때까지 나오지 않았다. 하지만 주인은 여전히 이쪽을 보고 있다.

"부탁 좀 하겠는데요. 내 방 책상 위에 이번 달 법학협회 잡지가 있을 텐데 좀 가져다주시겠어요? 구두를 신어 버려서 다시 올라가기가 귀찮네요."

게이타로는 이 주인이 법률 상식이 좀 있다는 걸 알고 일부러 이렇게 부탁한 것이다. 주인은 자기 외에 다른 사람은 해결할 수 없는 일로 생각하고는 '그러지요' 하고 흔쾌히 일어나서 계단을 올라갔다. 게이타로는 그 사이에 얼른 그 지팡이를 우산꽂이에서 빼내어 끌어안듯이 겉옷 속에 넣고는 주인이 돌아오기 전에 조용히 밖으로 나왔다. 그는 지팡이머리의 둥근 모서리를 오른쪽 겨드랑이 아래로 감지하면서 서둘러서 홍고本
郷 거리까지 왔다. 거기서 그는 일단 지팡이를 꺼내어 뱀 머리를 지그시 응시했다. 그리고는 위에서부터 아래까지 소맷자락 속의 손수건으로 깨끗이 먼지를 닦았다. 그런 다음에 보통 지팡이인 것처럼 오른손에 들고 힘차게 흔들면서 걸었다. 전차에서는 뱀 머리에 양손을 포개 놓고 그 위에 턱을 올렸다. 그렇게 해서 일단락 지워진 자신의 노력을 뒤돌아보고 그는 겨우 한숨을 돌렸다.

동시에 이제는 지정된 정류소에 도착한 다음부터의 성공 여부가 신경이 쓰이기 시작했다. 이렇게 힘들게 훔치듯이 갖고 나온 지팡이가 어떻게 하면 눈썹과 눈썹 사이의 점을 분간하는 물건이 될지도 전혀 알 수 없었다. 그는 단지 할머니가 일러준 대로 자기 같으면서 남 같고 긴 듯하면서 짧고 나올 듯하면서 들어갈 듯한 물건을 열심히 알아맞히고, 그것을 잊지 않고 들고 나왔을 뿐이었다. 이상해 보이지만 평범하고 게다가 터무니없이 가벼운 이 막대기가—눕히든지 세우든지 손에 들든지 소매에 감추든지—그 미지의 인물을 찾는데 어떤 도움이 될까 의심스러워졌을 때 그는 마치 학질을 이겨낸 사람처럼 언제 그랬냐는 듯 자연스럽게 잠시 차 안을 둘러보았다. 그리고는 머리에서 뜨거운 김이 날 정도로 애를 태웠던 조금 전의 노력이 멋쩍게 느껴졌다. 그는 스스로 자신의 행동을 얼버무리기 위해서 일부러 지팡이를 고쳐 쥐고는 전차 바닥을 가볍게 탁탁 쳤다.

마침내 목적지에 왔을 때 그는 부랴부랴 청년회관 앞을 되돌아서 오가와마치小川町 길로 갔지만 네 시까지는 십오 분쯤 시간이 남았기에 그는 오가는 사람과 전차소리를 가로질러 맞은편으로 건너갔다. 거기에는 파출소가 있었다. 게이타로는 빨간 우체통 옆에서 파출소 앞의 순사와 똑같은 자세를 하고 남쪽으로 곧게 뻗은 큰길과 좌우로 완만한 호를 그리며 돌아가는 넓은 길을 바라보았다. 지금부터 활약할 무대를 일단 이런 식으로 살펴본 뒤에 곧장 정류소의 위치 확인에 들어갔다.

25

빨간 우체통에서 십여 미터 동쪽으로 내려가자 하얀 페인트로 '오가와마치 정류소'라고 쓴 쇠기둥이 바로 그의 눈에 띄었다. 이제 여기서 기다리기만 하면 만일 혼잡함에 정신이 팔려서 찾는 인물을 놓친다고 하더라도 시간 내에 주어진 장소에 왔다는 사실은 강조할 수 있다고 생각한 그는, 일단 심적으로 안심을 하고 목표인 쇠기둥을 떠나서 사방의 광경을 둘러보았다. 그의 바로 뒤에는 창고처럼 지은 도자기 가게가 있었다. 조그만 잔을 가득 늘어놓은 것을 액자에 넣어 만든 장식품이 처마 밑에 걸려 있었다. 커다란 철제 새집에 도자기로 만든 모이그릇을 수없이 매달아 놓은 것도 늘어뜨려져 있었다. 그 옆은 가죽 가게였다. 눈이나 발톱이 살아 있듯이 남아 있는 커다란 호랑이 가죽에 진홍색 모직으로 테두리를 한 것이 이 가게의 주된 장식이었다. 게이타로는 호박琥珀을 닮은 호랑이의 눈을 깊이 응시하면서 서 있었다. 가늘고 긴 흰색 모피 목도리인 듯한 것 앞에 너구리 얼굴 같은 게 달려 있는 것도 재미있어 보였다. 그는 시계를 꺼내 시간을 보면서 다시 다음 가게로 갔다. 마노로 조각한 투명한 토끼라든가 자수정으로 만든 사각의 도장재료, 비취 비녀, 공작석으로 만든 구멍 뚫린 구슬, 이런 것들이 금으로 된 반지나 목걸이와 함께 아름답게 진열되어 있는 보석가게 유리창을 들여다보았다.

이렇게 이 가게 저 가게 차례로 구경하면서 게이타로는 덴카도天下堂 앞을 지나서 목재를 세공하는 상점 앞까지 왔다. 그때 갑자기 뒤에서 들어온 전차가 걷고 있는 길 맞은편에 멈춰 섰기에 게이타로는 혹시나 하는 마음에서 비스듬히 길을 가로질러서 좁은 골목 모서리에 있는 양품점 쪽으로 다가가 보았다. 그랬더니 거기에도 쇠기둥이 하나 있고 아까 본 것과 같은 오가와마치 정류소라는 흰 글씨가 적혀 있었다. 확인하기 위해서 거기서 전차를 두세 대 기다려 보았다. 그러자 처음에는 아오야마青山라고 적힌 전차가 오고 다음에는 구단신주쿠九段新宿 행이 왔다. 하지만 모두 만세이바시万世橋 쪽에서 똑바로 직진해서 왔기 때문에 겨우 마음을 놓고 이제 걱정할 필요가 없어졌으니 원래 자리로 돌아갈 작정으로 발길을 돌리는 순간, 남쪽에서 온 전차 한 대가 미토시로초美土代町 모퉁이를 빙 돌더니 게이타로 옆에 멈추었다. 그는 전차 운전수 머리 위에 검게 써 붙인 스가모巢鴨라는 두 글자를 읽고 그제야 자신의 부주의함을 깨달았다. 미타 방면에서 마루노우치를 지나 오가와마치에 내리려면 간다神田 다리 큰길을 끝까지 직진해서 왼쪽으로 꺾어도 지금 그가 서 있는 정류소에서 내릴 수가 있고, 또 오른쪽으로 꺾어도 아까 확인해 둔 도자기 가게 앞에서 내릴 수 있기 때문이다. 따라서 두 군데 다 오가와마치 정류소라고 흰 페인트로 써 있는 이상, 지금부터 뒤를 밟고자 하는 검은 중절모의 사내가 어느 쪽에서 내릴지는 그로서는 전혀 짐작할 수 없게 되어 버린 셈이었다. 두 쇠기둥 간의 거리는 대충 어림잡아 백 미터 정도로 넘어지면 코 닿을 거리하고는 하지만, 한쪽에 전념해도 미덥지 않은 감시능력으로 양쪽을 실수 없이 지켜본다는 것은 자신의 민첩함을 높이 사고 싶은 지금의 게이타로로서도 불가능한 일이었다. 그가 살고 있는 지리의 특성상 늘 홍고와 미타사이를 연결하는 전차만 탔기 때문에 지금껏 스가모 방면에서 스이도바시水道橋를 지나 같은 미타로 이어지는 노선의 존재를 알지 못했던 자신의 미련함이 심히 후회스러웠다.

난처하게 된 그는 궁여지책으로 스나가의 도움이라도 청할까도 생각했다. 하지만 시계는 이미 네 시 칠 분 전이었다. 바로 뒷길에 살고 있긴 하지만 집 앞까지 달려가는 시간과 용건의 요점을 말할 시간을 계산한다면 도저히 시간에 맞출 수 없을 듯했다. 만약 시간이 된다 해도 스나가에게 한쪽을 감시해 달라고 부탁한 경우에 신사가 스나가 쪽으로 내린다면 게이타로에게 신호를 해주어야만 할 것이고 그것도 이런 인파 속에서 손을 흔들거나 손수건을 흔드는 정도로는 알아보기 어렵다. 확실히 알려주려면 거리 사람들을 놀라게 할 정도의 큰 소리로 외쳐야 할 텐데 체면을 중시하는 스나가 같은 사내가 그렇게 할 리가 없다. 만일 스나가가 참고 소리쳐 준다 해도 여기서 달려가는 사이 검은 중절모 사내가 사라져버리지 않는다는 보장도 없다. 이렇게 생각한 게이타로는 어쩔 수 없이 하늘에 맡기고 한쪽 정류소만 지켜보기로 마음먹었다.

26

그렇게 결심은 했지만 결국은 지금 서 있는 자리에서 움직이지 않으려는 것과 마찬가지였기에 굳이 성공을 외면하고 일에 착수하고 있는 듯한 불안감도 느껴졌다. 그는 다시 목을 길게 빼고 동쪽 정류소를 바라보았다. 위치 탓인지, 방향 탓인지 자신이 늘 익숙하게 타고 내렸던 탓인지, 왠지 그 쪽이 더 기운차게 보였다. 찾으려는 사람도 왠지 건너편에서 내릴 것만 같은 기분이었다. 그는 다시 저쪽 정류소로 옮겨가서 지켜볼까 생각하면서도 더욱 결정 내리지 못하고 주저하고 있었다. 그때 에도가와江戸川행 전차 한대가 천천히 와서 멈췄다. 내릴 사람이 아무도 없음을 확인한 차장은 일분도 안 되서 차를 출발시키려고 했다. 게이타로는 니시키초錦町로 빠지는 좁은 골목을 등지고 눈앞에 차가 있는 것도 알아차리지 못한 채 여기에 있을지 저쪽으로 가야 할지 망설이고 있었다. 그런데 갑자기 뒤쪽 골목에서 한 사내가 그를 밀어제치듯 달려 나오더니 운전수가 핸들을 잡는 순간 전차로 뛰어올랐다. 게이타로의 놀란 마음이 가라앉기도 전에 전차는 덜커덩 소리를 내고 움직이기 시작했다. 차에 뛰어오른 사내는 창밖으로 반쯤 몸을 빼고 미안하다고 말했다. 게이타로는 그 사내의 얼굴에서 그의 시선이 자신의 발아래로 향하는 것을 느꼈다. 게이타로와 부딪칠 때 사내는 게이타로의 지팡이를 발로 차서 땅에 떨어뜨렸던 것이다. 게이타로는 즉시 상체를 굽히고 지팡이를 주우려고 했다. 그때 그는 우연히도 지팡이의 뱀 머리가 동쪽으로 넘어져 있다는 사실을 깨달았다. 뱀 머리 모양은 왠지 방향을 손가락질하는 지표처럼 느껴졌다.

"역시 동쪽이 좋겠어."

그는 총총걸음으로 도자기 가게 앞으로 다시 왔다. 거기서 홍고 삼번지라고 적힌 전차에서 내리는 손님을 모조리 물색할 작정으로 서 있었다. 그는 처음 들어온 두세 대를 마치 부모의 원수라도 보듯이 무서운 눈초리로 음미한 다음에 다소 마음의 여유가 생기자 점차 든든한 기분이 되었다. 그는 눈앞에 보이는 광장을 하나의 무대로 간주하고 거기에 자신과 같은 태도를 가진 남자가 세 명 있음을 발견했다. 한 사람은 파출소 순사로, 같은 방향을 향해서 자신과 같은 태도로 서 있었다. 또 한 사람은 덴카도 앞에 있는 전철수였다. 마지막 한 명은 광장 한복판에서 신성한 상징물인양 청홍 깃발을 분류해서 흔드는 침착해 보이는 중년 남자였다. 게이타로는 이 세 사람 중에 언제 생길지 모르는 일을 기다리며 정말 지루하다는 듯이 서 있는 사람은 순사와 자신일 거라고 생각했다.

전차는 번갈아서 게이타로 앞에 멈추었다. 타는 사람은 무리해서라도 답답한 상자 안에 몸을 밀어 넣으려고 하고 내리는 사람은 우격다짐으로 덮치며 내려온다. 게이타로는 어디 사는 누구인지도 모르는 남녀가 자기 앞에서 모였다 흩어졌다 하면서 연출하는 일 분간의 무례한 승강이를 몇 번이고 지켜보았다. 하지만 그가 목표하는 중절모 사내는 나타나지 않았다. 혹시 이미 한참 전에 서쪽 정류소에 내려 버린 건 아닐까 생각하니, 이런 식으로 전혀 도움 되지 않는 얼굴만 주시하면서 눈이 어른거릴 정도로 한 자리에 서 있는 게 아주 바보짓 같았다. 이성을 잃은 사람처럼 하숙집 책상 앞에 몰두해서 보냈던 두 시간은 스나가와 충분히 의논해서 그의 도움을 얻기 위해 사용하는 쪽이 상식적으로 훨씬 적절한 방법이었던 것으로 생각되었다. 게이타로가 이런 씁쓸한 기분을 맛볼 무렵부터 하늘은 점점 빛을 잃어 눈에 보이는 사물은 온통 푸르스름하게 저물어 갔다. 음울한 겨울날 지는 해를 대신하는 가스등과 전기 불빛이 주변 가게의 유리창을 물들이기 시작했다. 문득 정신을 차려 보니 게이타로로부터 2미터쯤 떨어진 곳에 앞머리를 차양처럼 틀어 올린 젊은 여자가 서 있었다. 사람들이 전차를 타고 내릴 때마다 그는 양쪽으로도 주의를 기울이고 있었기에, 갑자기 언제 어디서 다가왔는지 알 수 없는 여자가 가까이 있음을 보았을 때 우선 그 존재에 놀랐다.

27

그녀는 나이에 비해서 수수하고 바닥에 끌릴 듯한 긴 코트를 입고 있었다. 게이타로는 그 코트 안에 여자의 젊음을 장식할 화사한 빛깔의 옷이 있을 것으로 상상했다. 여자는 굳이 그것을 남의 시선으로부터 감추려는 듯이 서 있었다. 코트 속에 입은 옷의 옷깃마저도 윤기 나는 순백의 견직 머플러로 감추고 있었다. 그 견직물의 순백색이 황혼이 짙어짐에 따라 두드러져 보이는 것 외에 남의 주위를 끌만한 것은 입고 있지 않았다. 다만 계절에 상관없이 본인의 취향이 드러나는 그 순백색이 게이타로에게는 무엇보다 도드라져 보였다. 게이타로는 빛을 잃어 가는 추운 하늘 아래 조화롭지 못한 이색적인 것을 만났다는 느낌보다는 어둑한 길에서 맑디맑은 점 하나를 본 기분이 되어 여자의 목 주변을 주목했다.

여자는 게이타로의 시선을 정면에서 받자 몸의 방향을 틀었다. 그러고 나서도 안정이 안 되는 모양인지 오른손을 귀로 가져가서 삐친 머리카락을 뒤로 넘기는 시늉을 했다. 물론 여자의 머리는 예쁘게 정리되어 있었기에 게이타로에게는 이런 동작이 실없는 애교 정도로 보였지만, 그녀의 손을 봤을 때는 새삼 주의를 기울이지 않을 수 없었다.

그녀는 보통 여성들처럼 비단 장갑을 끼지 않고 꼭 맞는 산양가죽장갑이었기에, 섬세한 손가락을 조심스레 감싸고 있었다. 그것은 손등을 따라 밀랍을 엷게 흘려보낸 것처럼 보일 정도로 살과 가죽이 잘 밀착되어 주름 한 줄 없고 늘어진 부분도 없었다. 게이타로는 여자가 손을 들었을 때 장갑이 하얀 손목을 세 치쯤 감추고 있음을 알았다. 그는 눈을 돌려서 다시 전차 쪽을 향했다. 하지만 내리고 타는 혼잡함이 끝나고 찾으려는 사람이 나오지 않으면 다시 이삼 분의 여유가 있었기에, 여자를 볼 기회를 기다리거나 집착하진 않았지만 전차가 지나가는 사이사이에 눈치 채지 못할 정도로 여자 쪽을 주시하고 있었다.

게이타로는 처음에 이 여자가 '홍고本郷행'이나 '가메자와초亀沢町행'에 탈 것으로 생각했다. 그런데 양 방향의 전차가 순회하고 들어와서 그녀

앞에 서도 전혀 탈 기색이 없었기에 좀 수상해졌다. 어쩌면 복잡한 전차에 짓눌리는 불편을 참기보다는 시간을 좀 보낸 뒤에 타는 쪽이 낫다고 믿기 때문이라고 생각해 봤지만, 만원이라는 팻말도 없고 한두 개의 빈자리는 충분히 있는 전차가 와도 타지 않았으므로 게이타로는 점점 더 이상하게 생각되었다. 그녀는 게이타로가 특별히 주의를 기울인다고 생각했는지 그가 조금이라도 자세를 고치면, 비도 오기 전에 우산을 펼치는 사람처럼 그의 관찰을 피할 준비부터 했다. 그리고 일부터 반대쪽을 보기도 하고 혹은 이삼 보 걸어가기도 했다. 그 때문에 야릇하게 신중해진 게이타로는 가능하면 노골적으로 여자 쪽을 보는 일을 삼가고 있었다. 나중에는 그녀가 지리를 잘 몰라서 적당히 선택한 정류소에 와서 타지도 못할 전차를 계속 기다리고 있는 건 아닌가 하는 생각이 문득 들었다. 그렇다면 친절히 가르쳐줘야겠다는 용기가 생겼기에 그는 망설이지 않고 곧장 여자 쪽을 향했다. 그러자 여자는 갑자기 걷기 시작하더니 사오 미터 앞에 있는 보석점 창가까지 가서는 게이타로의 존재를 알아채지 못한 사람처럼 이마를 유리창에 붙이고는 그 안에 늘어놓은 반지며 장식, 산호, 장식품 등을 바라보기 시작하였다. 게이타로는 생면부지 남에게 불필요한 호의를 보이려다가 도리어 품위가 떨어져 버린 자기 자신을 바보스럽게 생각했다.

여자의 용모는 애당초 대단하지는 않았다. 정면에서 보면 몰라도 옆에서 바라본 콧대는 누가 봐도 납작했다. 그 대신 흰 피부에 서글서글한 느낌이 드는 눈을 갖고 있었다. 유리창 너머로 보석상의 불빛이 그녀의 코와 통통한 뺨 부분과 이마를 비추었기에 비스듬히 선 게이타로는 빛과 그림자가 만든 그녀의 묘한 윤곽을 볼 수 있었다. 그는 그 윤곽과 긴 코트로 싸여진 멋스러운 그녀의 모습을 마음에 간직하고 다시 전차 쪽으로 향했다.

28

다시 전차가 두세 대 들어왔다. 그리고 모두 다 게이타로를 거듭 실망시키고는 동쪽으로 사라졌다. 그는 사람 찾기를 체념한 사람처럼 허리띠 아래서 시계를 꺼내 보았다. 다섯 시는 벌써 지나 있었다. 그는 새삼 깨달았다는 듯이 머리 위를 뒤덮은 검은 하늘을 올려 보고는 씁쓸하게 혀를 찼다. 이렇게 애써서 그물을 쳐도 잡히지 않는 새는 서쪽 정류소에서 유유히 달아났을 거라고 생각하니, 남을 속이기 위해 꾸며 낸 노파의 예언도 소중히 갖고 나온 대나무 지팡이도 그 지팡이가 준 방향의 암시도 모두 다 게이타로에게 화의 불씨가 되었다. 게이타로는 어두운 밤이 무색하게 반짝이는 불빛을 둘러보며 그 가운데서 자신을 발견하고는 이 밝은 빛도 필시 자신이 꾸다 남은 꿈의 그림자일 거라고 생각했다. 그 정도로 그는 흥이 깨지고 또 잠이 덜 깬 듯한 기분으로 서 있었지만 이윽고 얼른 하숙집으로 돌아가 정상을 되찾자고 각오했다. 지팡이는 자신의 멍청함을 비웃는 기념품이니 돌아가는 길에 보이지 않는 곳에서 부숴 버리고 뱀 머리와 끝에 붙은 쇠고리도 망가뜨린 뒤에 만세이萬世다리 위에서 오차노미즈御茶の水를 흐르는 강물에 던져 주겠다고 결심했다.

돌아가려고 한 걸음을 옮겼을 때 그는 조금 전 그 여자의 존재를 눈치챘다. 여자는 어느 새 보석상 유리창을 떠나서 처음 있었던 것처럼 게이타로에게서 2미터쯤 떨어진 곳에 서 있었다. 키가 커서 손발도 다른 사람보다 멋지게 죽 뻗은 그녀를 기분 좋게 바라보는데 이번에는 특히 그녀의 오른손에 시선이 갔다. 여자는 자연스럽게 팔을 늘어뜨리고 남이 쳐다보는 것도 모른 채 서 있었다. 게이타로는 얌전한 다섯 손가락과 부드러운 가죽에 둘러싸인 손목과 소매 끝으로 살짝 보이는 피부색을 불빛에 보았다. 바람은 잔잔했지만 한참을 움직이지 않고 서 있는 이에게는 춥게 느껴지는 저녁이었다. 여자는 턱을 머플러 속에 묻고 눈을 내리깔고는 가만히 있었다. 게이타로는 굳이 자신의 존재를 안중에 두지 않는 듯한 그녀의 눈짓이 오히려 자신에게 신경을 쓰는 증거라고 믿었다. 그가 조금 전부터 예리한 눈빛으로 검정 중절모를 쓴 신사를 찾고 있는 동안 이 여자는 자신과 마찬가지로 예리한 주의를 기울여서 자신에게 관찰의 화살을 보내고 있었던 건 아닐까. 자신은 한 사내를 계속 정탐하고 동시에 어떤 여자에게 계속 정탐 당하면서 한 시간 남짓 여기서 보낸 것은 아닐까. 그렇지만 누군지도 모르는 그 사내가, 무슨 행동을 할지도 모르는 것을 무엇을 위해서 정탐하는지를 알지 못하듯이, 어디 사는 누구인지 또 무슨 일을 저지를지도 모르는 이 여자가 무얼 위해 자신을 노리는지 그 점 역시 알 수가 없었다. 게이타로는 여기서 조금 걸어 다니다 보면 상대의 정황을 확실히 알 수 있으리라는 생각에 슬슬 파출소 뒤쪽인 서쪽으로 움직였다. 물론 여자가 눈치 채지 못하도록 뒤돌아보는 행동은 피했다. 하지만 언제까지 앞만 보고 가다가는 목적을 달성할 기회가 없었으므로, 이십 미터쯤 왔다고 생각될 때 굳이 보고 싶지도 않은 유리창을 들여다보면서 거기 장식되어 있는 공단 깃이 달린 여자아이용 망토를 구경하는 척하면서 슬쩍 뒤돌아보았다. 그러자 그 여자는 내 뒤쪽에 있다고 할 처지가 아니었다. 사람들이 마치 날 따라오듯이 배후에 있었기에 발돋움을 해도 하얀 머플러와 긴 코트는 전혀 보이지 않았다. 게이타로는 그대로 앞으로 나아갈 용기가 있는지 스스로에게 의문을 던졌다. 정해진 다섯 시를 지났으니 검은 중절모의 사내는 단념해도 그다지 유감스럽지 않지만 이 여자는 어떤 시시한 결과로 끝나더라도 조금 더 관찰하고 싶었다. 그는 여자에게서 미행당하고 있다는 의심을 반대로 뒤집어서, 이쪽에서 여자의 행동을 지켜보고픈 호기심이 생겼다. 그는 떨어뜨린 물건을 주우러 돌아가는 사람처럼 바쁜 걸음으로 다시 원래 있던 파출소 가까이로 왔다. 그쯤에서 어두운 쪽으로 몸을 숨기고 살펴보니 여자는 여전히 도로를 향해 서 있었다. 게이타로가 돌아 온 사실은 전혀 눈치 채지 못하는 것처럼 보였다.

29

그때 게이타로에게는 이 여자가 처녀인지 유부녀인지 하는 의문이 생겼다. 그녀는 요즘 일본 여성들이 잘 하는 차양머리를 하고 있었기에 머리로 구별하기는 처음부터 힘들었다. 으슥한 곳으로 와서 반쯤 뒤돌아선 그녀의 자태를 보았을 때는 새삼 어떤 부류의 사람일까 하는 의문이 들었다.

겉모습으로 보자면 어쩌면 결혼을 한 사람일지도 모르겠다. 하지만 어쩌면 신체 발육이 보통 사람보다 조숙한 경우로, 나이는 의외로 적을지도 모른다. 그렇다면 왜 저렇게 수수한 복장을 하고 있는 걸까. 여성이 입은 옷 색깔이나 줄무늬에 대해 뭐라고 할 권리는 없지만, 젊은 여자라면 음울한 12월 분위기에 반항이라도 하듯 화려한 색깔을 입는다는 것 정도는 게이타로도 관찰한 적이 있다. 이 여자의 젊은 피에 뜨거운 열기를 부여하는 자극적인 무늬가 어디에도 보이지 않는 게 그는 신기했다. 여자가 몸에 걸치고 있는 것 중에 주의를 끄는 것은 고작 목 주위를 감싼 희고 매끄러운 머플러뿐인데, 그것도 그저 청결한 느낌이 나는 차가운 색에 불과했다. 나머지는 건조한 겨울 하늘을 닮은 긴 코트로 감추고 있었다.

게이타로는 나이에 비해서 지나치게 수수하고 요염한 데가 없는 옷차림을 다시 한 번 보고는 아무래도 이미 남자를 알아 버린 결과라고 판단했다. 게다가 여자의 태도는 어딘가 어른스럽고 침착했다. 이런 침착함을 단지 품성과 교육의 결과만으로는 간주할 수는 없다. 가정 이외의 공기에 접했기 때문에 앳된 수줍음이 손수건에 뿌린 향수처럼 자연스럽게 빠져나가 버린 게 아닐까 의심스러웠다. 그것뿐만이 아니다. 그녀의 침착함에는 침착치 못한 근육의 작용이 몸 전체와 입과 눈썹의 움직임이 되어 조금씩 나타나는 것을 게이타로는 목격했다. 가장 예민하게 움직이는 것은 눈이었는데 그 예민하게 움직이려는 눈을 굳이 움직이지 않으려고 애쓰는 태도 또한 확실히 볼 수 있었다. 따라서 게이타로는 이 여자의 침착함에는 스스로 자신의 신경을 억제하려는 자각이 동반되어 있는 것으로 진단했다.

아무튼 뒤에서 본 여자는 신체든 기분이든 비교적 차분해서 양쪽의 균형이 잘 잡혀 있는 것처럼 보였다. 그녀는 아까와는 달리 별로 자세를 고치지도 않고 천천히 걸어 다니지도 않았으며 보석상점 창문에 기대서

지도 않는가 하면 추위를 참지 못하는 기색도 없이, 우아하다고 해야 할 모습으로 한단 높은 인도 가장자리에 서 있었다. 주위에는 다음 전차를 기다리는 사람이 두세 명 흩어져 있었다. 그들은 모두 전차가 들어올 쪽을 바라보면서 얼른 자기 옆으로 전차를 불러들이고 싶어 하는 듯 했다. 게이타로가 물러났기에 아주 안심한 듯이 보이는 그녀는 그 중 가장 열심히 뭔가를 기다리는 사람처럼 건너편 모퉁이를 주시하기 시작했다. 게이타로는 파출소 그늘 쪽으로 돌아와서 차도로 내려섰다. 그리고는 순경이 서 있는 곳 옆에서 페인트칠을 한 파출소를 방패삼아서 그녀의 얼굴을 엿보았다. 그리고는 그녀의 변화된 표정에 재차 놀랐다. 이제까지 어둑한 곳에서 뒷모습만 보았을 때에는 그녀를 감싼 밋밋한 단색코트와 큰 키와 큰 차양머리를 재료로 해서 제멋대로 상상의 나래를 펼치고 있었지만 이렇게 몰래 거리낌 없이 그녀의 얼굴을 바라보니 전혀 새로운 사람을 본 듯한 느낌을 떨칠 수 없었다. 말하자면 여자는 아까보다 훨씬 젊게 보였던 것이다. 뭔가를 열심히 기다리는 눈과 입, 모두 생생하고 화사한 기색으로만 가득할 뿐 다른 표정은 전혀 찾아볼 수 없었다. 거기서 게이타로는 처녀의 천진난만함을 확인하였다.

드디어 그녀가 바라보던 방향에서 전차 한 대가 활처럼 구부러진 선로를 느릿하게 돌아서 들어왔다. 전차가 여자 앞에서 미끄러지듯이 멈췄을 때 차안에서 두 명의 남자가 내렸다. 한 명은 종이로 싼 골판지 상자 같은 것을 들고 총총히 순사 앞을 지나 인도로 들어섰지만 다른 한 명은 내려서 곧장 여자 앞으로 가더니 멈춰 섰다.

　게이타로는 여자의 웃는 얼굴을 이때 처음 보았다. 게이타로는 얇은 입술에 비해 입이 큰 것이 여자의 특징이라고 생각했지만 아름다운 치아를 내보이면서 검고 촉촉한 큰 눈이 속눈썹이 닿을 정도로 작아졌을 때는 예상하지 못한 새로운 인상이 그에게 남았다. 게이타로는 여자의 웃는 얼굴에 넋을 잃기보다는 깜짝 놀라서 상대방 남자에게 시선을 옮겼다. 그러자 그 남자 머리 위에 검은 중절모가 얹혀 있지 않은가! 외투가 확실히 희끗한 건지는 분간할 수 없었지만 모자처럼 짙은 색깔인 듯 했다. 게다가 키도 컸다. 지나치게 마르기까지 했다. 다만 나이에 관해서는 게이타로도 판단하기 힘들었다. 그저 나이가 자신과 꽤 차이 나는 쪽인 것만은 확실했기 때문에 게이타로는 망설임 없이 사십대로 추측했다. 이 정도 특징들을 한꺼번에 두서없이 고려해 보았을 때 게이타로는 자신이 조금 전부터 철저히 바보짓을 하면서 노려 왔던 그 대상이 이제야 전차에서 내렸다고 단언하지 않을 수 없었다. 예정된 다섯 시가 한참 지났는데도 묘한 호기심에서 같은 장소를 어정거렸던 것이 행운으로 생각되었다. 호기심을 자극한 젊은 여자가 우연히 나타나 준 것도 고마웠다. 게다가 그 여자가 자신이 찾는 사람을 저보다 몇 배 강한 자신과 인내심으로 끝까지 기다렸던 것도 행운 중에 하나였다. 게이타로는 이 X라는 남자에 대한 정보를 다구치에게 제공할 수가 있고 동시에 그 정보는 Y라는 여자에 관한 호기심도 얼마간 충족시켜 줄 수 있다고 믿었기 때문이다.

　남자와 여자는 전혀 게이타로의 존재를 알아차리지 못했는지 전후좌우 조심하는 기색 없이 여전히 서서 얘기하고 있었다. 여자는 시종 미소를 띠고 있고 남자도 가끔씩 소리 내어 웃었다. 두 사람이 처음 얼굴을 마주했을 때 인사하는 모습을 보더라도 결코 소원한 관계는 아니었다. 이성을 이어주는 것 같아도 실제로는 떼어놓는 남녀 간의 정중한 예의 같은 것은 전혀 찾아볼 수 없었다. 남자는 과감히 모자 테를 잡는 수고를 하지 않았다. 게이타로는 모자의 아래에 있을 큰 점을 면전에서 확인하고 싶었다. 만약 여자가 없었다면 그는 얼굴에 있을 이상한 점 하나를 확인하기 위해서 성큼성큼 그 사내 앞으로 다가가서 뭐가 됐든 입에서 나오는 대로 질문을 던졌을지 모른다. 그렇지 않으면 곧장 그 곁으로 다가가서 만족스러울 때까지 사내의 얼굴을 들여다보았을 것이다. 이 순간 그런 대담한 행동을 방지한 것은 사내 앞에 서 있는 여자였다. 여자가 게이타로의 태도를 나쁘게 보았는지 어떤 지와는 별도로, 같은 곳에 한참 함께 서 있었던 그로서는 그녀가 자신의 거동을 이상히 여기던 모습은 확실히 느꼈던 것이다. 그것을 알면서도 재차 그녀의 시선 속에 자기 얼굴을 내미는 것은 신사적이지 못할뿐더러 굳이 의혹의 불길을 부채질해서 자신의 목표를 무너뜨리는 결과가 될 것이다.

이렇게 생각한 게이타로는 점이 있는지를 확인하는 것만큼은 적절한 기회가 자연스럽게 올 때까지 보류하는 게 상책이라고 판단했다. 대신에 숨바꼭질하듯이 둘의 뒤를 밟아서 단편적이나마 그들의 대화를 들으려고 마음먹었다. 상대의 허락도 없이 그들의 언동을 몰래 마음에 담아두는 행동의 도의적 가치에 대해서 별로 양심의 가책을 받을 필요를 느끼지 않았다. 그리고 자신의 노력으로 얻은 결과는 세상 물정에 통달한 다구치에 의해 반드시 선한 뜻으로 이용될 것을 담백하게 믿고 있었다.

마침내 남자는 여자에게 뭔가를 권유하는 것 같았다. 여자는 웃으면서 그걸 거부하는 듯 보였다. 결국 마주보고 서 있던 두 사람은 어깨를 나란히 하고 도자기가게의 처마 쪽으로 다가갔다. 손은 잡지 않았지만 거기서부터 동쪽을 향해 나란히 걸어갔다. 게이타로는 얼른 사오 미터쯤 총총걸음으로 따라가서 그들의 등 뒤를 쫓아갔다. 그리고 그들과 보조를 맞추어서 같은 속도로 걸었다. 하지만 만약 여자가 뒤돌아보더라도 의혹을 피하기 위해서 둘의 뒷모습을 쳐다보면서 가지는 않았다. 같은 하늘 아래 같은 길을 우연히 같은 방향으로 걸어가는 사람처럼 일부러 엉뚱한 쪽을 보며 걸었다.

31

"그래도 너무해요. 이렇게 사람을 기다리게 하다니."

이것은 처음으로 게이타로의 귀에 들려온 여자의 말이었는데 이에 대한 남자의 대답은 전혀 듣지 못했다. 그 후 십 미터쯤 갔을 때 걸음걸이가 갑자기 느려지더니 나란히 걷는 그들의 그림자가 게이타로의 앞을 막아설 것처럼 되고 말았다. 뒤에 있는 게이타로가 상대에게 부딪히지 않으려면 먼저 앞으로 빠져나가야만 하는 어색한 상황이었다. 그는 두 사람이 뒤돌아보는 게 두려워서 급히 옆에 있던 과자점 앞으로 달라붙듯이 피신했다. 그리고 거기에 진열된 큰 유리 항아리의 비스킷을 보는 척하면서 그들이 움직이기를 기다렸다. 남자는 외투 안에 손을 넣는 것 같더니 그리고서 오른손에 쥔 물건을 몸을 옆으로 돌려서 가게 불빛에 비추어 보았다. 그때 게이타로는 그 남자의 얼굴 아래 빛나는 것이 금시계임을 알 수 있었다.

"이제 여섯 시야. 그렇게 늦지는 않았어."

"여섯 시면 늦은 거죠. 조금만 더 있으면 돌아갈 참이었어요."

"그것 참 미안해."

두 사람은 다시 걷기 시작했다. 게이타로도 보던 항아리의 비스킷을 내버려두고 그 뒤를 따랐다. 둘은 아와지초淡路町까지 와서 거기서 스루가다이시타駿河台下로 빠지는 좁은 뒷골목으로 돌아 들어갔다. 게이타로도 따라서 돌려고 하자 둘은 모퉁이에 있는 서양음식점으로 들어갔다. 게이타로는 그때 가게 입구에서 흘러나온 강한 불빛에 비친 두 남녀의 얼굴을 옆에서 언뜻 보았다. 그들이 정류소에서 출발할 때는 어디로 가는지 전혀 상상할 수 없었지만 갑자기 여기로 들어가는 것을 보니 별난 장소도 아니었기에 의외라는 느낌이 들었다. 이곳은 게이타로가 원래 알고 있는 다카라테이宝亭라는 음식점으로, 예전 대학시절부터 드나들던 집이었다. 최근에 공사를 해서 전차 길에서 새로운 페인트색이 반절 쯤 보이고 비스듬하게 잘린 듯한 용마루가 남쪽으로 드러나 있는 것을 가끔 지나갈 때에 본 적이 있었다. 연청색 페인트가 빛나는 그 가게 안에서 액자 속의 뮌헨 맥주의 광고를 보며 나이프와 포크를 날카롭게 부딪쳤던 기억도 몇 차례 있었다.

두 사람의 행선지에 대해 확실한 예상이나 기대는 없었지만 보랏빛 향기가 떠도는 미로 속으로 끌려갈 지도 모른다는 느낌이 있어서 여기까지 따라온 게이타로에게, 감자와 소고기를 튀기는 기름 냄새가 큰길로 풍기는 서양요리점은 너무나 평범해 보였다. 그러나 게이타로가 접근할 수 없는 유현한 곳에 자취를 감추고 그대로 나오지 않는 것보다는 한결 낫다고 생각한 그는, 누구든지 갈 수 있는 양식집의 페인트 벽 속에 두 사람이 둘러싸여 있는 게 차라리 마음 편하다는 것을 깨달았다. 다행이 게이타로에게도 이 정도 음식점에서 겨울 공기에 자극받은 식욕을 채우는 데 필요할 만큼의 돈은 갖고 있었다. 그는 곧바로 두 사람을 따라서 이층으로 올라가려고 했지만 강한 불빛이 큰길로 비추는 음식점 입구까지 왔을 때에 문득 정신이 들었다. 이미 여자가 얼굴을 기억한 이상, 그들과 동시에 이층으로 올라가는 건 곤란하다. 여차하면 자기가 그들을 쫓아갔다는 의혹을 상대방에게 품게 만드는 꼴이 될 수 있다.

게이타로는 아무 일도 없었다는 듯이 거리를 비추는 불빛을 가로질러 어두운 골목을 백 미터쯤 걸어갔다. 그리고 골목이 끝나는 언덕길 아래에서 다시 자신의 어두운 그림자를 밟으며 조용히 밝은 출입구까지 돌아왔다. 그리고는 입구로 들어갔다. 그는 종종 온 적이 있었기에 이 집의 상황을 잘 알고 있었다. 일층에는 객실이 없고 이층과 삼층만을 사용하는데 아주 붐비지 않으면 삼층에 안내하지 않고 대개 이층에서 해결하기 때문에 올라가서 오른쪽 구석방이나 왼쪽의 넓은 방을 들여다보면 두 사람 자리가 보일 게 틀림없으며, 만약 거기 없으면 바깥쪽의 좁고 긴 방까지 열어보리라는 생각을 하면서 계단을 올라가니 흰옷을 입은 종업원이 그를 안내하려고 입구에 서 있는 게 눈에 띄었다.

32

게이타로는 손에 지팡이를 든 채로 이층 계단을 다 올라왔기에 종업원은 자리로 안내하기 전에 먼저 그의 지팡이를 받아 들었다. 동시에 이쪽으로 오시라며 뒤돌아서 오른쪽 큰방으로 그를 안내했다. 그는 종업원을 따라가면서 자신의 지팡이가 어디로 가는지를 지켜보았다. 그러자 거기에는 조금전 주목했던 검은 중절모가 걸려 있었다. 희끗한 무늬의 외투와 여자가 입고 있던 코트도 걸려 있었다. 종업원이 옷자락을 걷고 대나무 지팡이를 꽂아 둘 때 민무늬의 순백 머플러의 뒷면이 게이타로의 눈에 얼핏 들어왔다. 그는 뱀 머리가 코트 뒤로 가려지는 것을 기다린 다음 코트 주인에게로 시선을 돌렸다. 다행이 여자는 입구 쪽을 등지고 남자와 마주 향해 있었다. 새로운 손님이 들어오는 소리에 뒤돌아보고 싶은 마음이 생겨도 안정되게 제자리에 앉은 경우에 고개를 획 돌리는 행동은 품위를 떨어뜨릴 우려가 있기 때문에 보통 여성들은 꼭 필요하지 않는 한 그 행동을 피할 거라고 생각한 게이타로는, 여자 뒷모습을 바라보며 안도의 숨을 내쉬었다. 여자는 게이타로의 추측대로 뒤돌아보지 않았다. 그 사이에 그는 여자가 앉은 자리 옆을 지나 다음 칸 식탁에 등을 맞대고 앉으려고 했다. 그때 남자가 고개를 들더니 막 앉으려는 게이타로를 바라보았다. 남자의 식탁 위에는 중국풍 화분에 소나무와 매화 분재가 놓여 있었고 그의 앞에는 스프 접시가 있었다. 그는 접시에 커다란 숟가락을 담근 채 게이타로의 얼굴을 보았던 것이다. 여섯 자가 안 되는 그들 사이의 공간은 밝은 전등이 샅샅이 비추고 있었고 식탁에 깔린 하얀 천은 그 밝기를 더하는 듯 네모난 테이블로부터 맑고 깨끗한 빛을 반사하고 있었다. 게이타로는 이렇게 좋은 조건이 갖추어진 방에서 남자의 얼굴을 만족스러울 때까지 보았다. 그리고 그 얼굴 눈썹과 눈썹 사이에서 다구치가 알려준 대로 커다란 점을 확인하였다.

점을 제외하면 남자의 용모에서 이렇다 할 특징은 없었다. 눈도 코도 입도 모두 평범했다. 하지만 각각 떼어 보면 대수롭지 않은 부분들이 긴 얼굴에 모여서 제각기 자리 잡았을 때 그의 얼굴은 누가 봐도 평균 이상의 품격을 지닌 신사로 볼 수밖에 없었다. 게이타로와 얼굴을 마주쳤을 때 스프 속에 숟가락을 넣은 채 잠깐 손을 멈춘 모습은 어딘가 고귀함까지 지니고 있었다. 그것으로 그를 뒤로 하고 게이타로는 자기 자리에 앉았지만 속으로 탐정이란 글자에 붙은 의미를 떠올리고는, 이 남자의 태도나 풍채는 탐정과는 정말 어울리지 않는 느낌이 들었다. 게이타로가 보기에는 미행당해서 마땅할 그 어떤 것도 이 남자의 관상에는 없었다. 남자의 얼굴에 나열된 눈 코 입, 그 어떤 것을 보더라도 그 속에 비밀을 감추기에는 생김새가 너무나 평범했다. 자리에 앉았을 때는 다구치가 의뢰한 오늘 저녁의 일에 대한 흥미가 삼분의 일 정도 날아가 버린 듯한 실망감을 느꼈다. 무엇보다 이런 일을 인수받아서 도의적으로 괜찮은지의 여부까지도 의심스러웠다.

그는 주문을 하고 빵에 손도 대지 않은 채 멍하게 앉아 있었다. 남자와 여자는 그들 옆에 새롭게 자리 잡은 손님을 약간 경계하는 기색으로 잠시 이야기를 멈추었다. 하지만 게이타로 앞에 데워진 하얀 접시가 놓인 무렵부터 다시 분위기가 풀린 듯, 둘의 음성이 번갈아 게이타로의 귀에 들어왔다.

"오늘밤은 안 되겠어. 일이 좀 있어서."

"무슨 일인데요?"

"무슨 일이라니 중요한 일이지. 간단히 설명할 수 없는 일이야."

"그럼 됐어요. 뭐 나도 다 안다고요……. 이렇게 호되게 사람을 기다리게 하고선."

토라진 듯한 여자의 말투였다. 남자는 주위를 신경 쓰는 듯 나지막이 웃었다. 둘의 대화는 이것으로 잠잠해졌다. 드디어 생각났다는 듯이 남자의 음성이 들렸다.

"여하튼 오늘 밤은 좀 늦었으니 관두기로 하지."

"전혀 안 늦었어요. 전차 타고 가면 바로잖아요."

여자가 뭔가를 요구하는 것도 남자가 주저하고 있는 것도 게이타로는 알아들었다. 다만 그들이 어디를 갈 생각인지 그 중요한 목적지에 대해서는 전혀 추측할 수 없었다.

33

게이타로는 조금 더 듣다 보면 단서가 잡힐지도 모르겠다고 생각하면서 자기 앞에 놓인 접시 위의 나이프와 그 옆에 굴러다니는 빨간 당근 한 조각을 바라보고 있었다. 여자는 더욱 남자에게 강요하는 눈치였다. 남자는 그때마다 무언가 둘러대며 피하고 있었다. 하지만 상대방을 화나게 하지 않겠다는 멋진 태도는 변함없었다. 게이타로 앞에 새롭게 고기와 완두콩이 나왔을 때쯤 결국 여자도 꺾이기 시작했다. 게이타로는 속으로 여자가 끝까지 고집을 부리든가 남자가 적당히 손을 들든가 둘 중에 하나를 원했기 때문에 생각보다 여자가 강하게 나오지 않았을 때는 적잖이 아쉬운 기분이었다. 둘 사이에서는 말할 필요가 없어서 생략해온 그들의 목적지만이라도 대화중에 엿듣고 싶었지만 이렇게 얘기의 결론이 안 난다면 이들 대화는 자연히 다른 데로 옮겨가야 하기 때문에, 당분간 그런 바람도 꺾여 버렸다.

"그럼 안 가도 좋으니 그거나 주세요" 하고 결국 여자가 말을 꺼냈다.

"그거라니, 그냥 그거라면 알 수가 없지."

"그거 말에요 일전에 그것, 알잖아요?"

"모르겠는데 전혀."

"장난이죠? 아유, 알고 있으면서."

게이타로는 잠깐 뒤돌아보고 싶어졌다. 그때 계단 밟는 큰소리가 들리면서 세 명쯤 되는 손님들이 떠들썩하게 올라왔다. 그 중 한명은 카키색 옷에 장화를 신은 군인이었다. 바닥 위를 걷는 소리와 함께 허리에 찬 검이 챙그렁 챙그렁 울렸다. 세 사람은 올라와서 왼쪽 방으로 안내되었다. 그 소리가 남녀의 대화를 방해했기에 게이타로의 호기심도 번쩍이는 검의 광채가 진정되기까지 도중에 중단되었다.

"요전에 보여주신 거 말에요. 이제 알겠죠?"

남자는 안다고도 모른다고도 하지 않았다. 게이타로는 물론 상상도 할 수 없었다. 그리고 여자가 왜 그 물건의 이름을 확실히 말해 주지 않는지가 원망스러웠다. 게이타로는 딱히 이유는 없지만 그게 무언지 알고 싶었다. 그러자 남자가 말했다.

"그걸 지금 여기 왜 갖고 있겠어?"

"지금 갖고 있다는 게 아니에요. 그냥 달라는 거죠. 다음에 줘도 좋으니까."

"그렇게 갖고 싶다면 줄 수는 있지만……."

"아이 좋아라."

게이타로는 다시 뒤돌아서 여자의 얼굴이 보고 싶어졌다. 남자의 얼굴도 함께 봐 두고 싶었다. 하지만 여자와 일직선으로 등지고 앉은 자신의 위치를 고려해 볼 때 그 행동은 삼가야 했기에 어디를 볼지 난처해서 그저 멍하니 정면만 둘러보았다. 그러자 주방문 쪽에서 종업원이 하얀 접시 두 개를 갖고 와서 있던 것을 치우고 나서 두 사람 앞에 놓고 갔다.

"새요리인데 안 먹겠어?"

"전 이제 충분해요."

여자는 구운 새고기에 손도 대지 않는 모양이었다. 그 대신 여유가 생긴 입을 남자보다 열심히 움직였다. 둘의 대화로 미루어 볼 때 여자가 남자에게 달라고 조르는 건 산호구슬인 듯 했다. 남자는 그런 것에 대해 잘 안다는 투로 갖가지 설명을 여자에게 해주었다. 다만 게이타로에게는 호사가나 좋아할, 흥미도 없고 알지도 못하는 내용일 뿐이었다. 모조품에 지문을 찍어서 속여먹는 가짜가 있지만 그것은 감촉이 어딘가 거칠기 때문에 진짜 수입품과 바로 구별된다는 식으로 자세히 가르쳐주었다. 게이타로는 대화의 앞뒤를 종합해 볼 때 여자는 요즘 쉽게 손에 넣기 힘든 아주 진귀하고 오래된 구슬을 남자에게서 받기로 약속했다는 사실을 알게 되었다.

"주긴 주겠지만 그것을 받아서 뭐하려고 그래?"

"당신이야말로 그런 걸 갖고 뭐 하려고 그래요, 남자가."

34

잠시 후 남자는 여자에게 후식을 과자로 할지 과일로 할지 물었고 여자는 아무거나 좋다고 대답했다. 이윽고 그들의 식사가 끝나 간다는 신호로 보이는 이 간단한 대화는 지금껏 무심코 둘의 대화에 빠져 있던 게이타로에게 갑자기 자신의 임무에 주의하라는 말로 들렸다. 그는 요리점을 나간 뒤에도 둘의 행동을 관찰할 필요가 있다고 보고 그것까지 자신의 역할로 정했다. 두 사람과 동시에 내려가는 게 상책이 아니라는 것은 일찌감치 알고 있었다. 그렇다고 늦게 일어나는 것도 어두운 밤길에 혼잡한 사람들 때문에 담배 한 대를 태우기도 전에 그들을 놓칠 게 분명했다. 만약 실수 없이 뒤를 밟고 쫓아가려고 한다면 아무래도 한발 앞서 나가서 눈치 채지 못하게 잘 보이지 않는 곳에서 대기할 수밖에 없다고 생각했다. 게이타로는 얼른 계산을 해 두는 게 낫겠다 싶어서 바로 종업원을 불러 계산서를 청구했다.

남자와 여자는 아직도 침착하게 이야기하고 있었다. 다만 두 사람의 대화는 정해진 화제 거리가 없었기에 의견이나 감정을 교환할 기회도 없이 그저 구름처럼 이리저리 흘러 다니는 것에 불과했다. 남자의 특징인 눈썹 사이의 점도 우연히 여자 입에 올랐다.

"왜 그런 곳에 점이 났어요?"

"뭐 요새 생긴 게 아니라 태어날 때부터 있었어."

"그래도 보기 싫네요. 그런 데에 있으니."

"미워도 어쩔 수 없어. 갖고 태어난 거니까."

"얼른 대학병원에 가서 빼면 되잖아요."

이때 게이타로는 핑거볼에 제 얼굴이 비칠 만큼 얼굴을 숙이고 양손으로 관자놀이를 누르면서 킥킥대고 웃었다. 그때 종업원이 쟁반에 거스름돈을 담아서 갖고 왔다. 게이타로가 눈에 띄지 않게 슬쩍 일어나서 계단 입구로 점잖게 걸어가자 거기 서 있던 종업원이 손님 나가신다면서 큰 소리로 아래층에 알렸다. 동시에 게이타로는 조금 전 종업원에게 맡겼던 지팡이를 깜박하고 온 것이 생각났다. 그 지팡이는 아직 방 한구석의 모자걸이 밑에 꽂혀진 채 여자의 긴 코트 자락에 숨겨져 있다. 게이타로는 다시 방안에 있는 남녀의 눈을 피해서 살금살금 되돌아가서 가만히 지팡이를 꺼냈다. 뱀 머리를 잡았을 때 머플러의 매끈한 면과 폭신한 외투 안감이 가볍게 손등에 닿은 것을 느꼈다. 그는 발꿈치를 들다시피 조심스레 계단 앞까지 와서는 거기서부터 갑자기 태도를 바꿔서 쿵쿵쿵 소리 내어 종종 걸음으로 내려갔다. 밖으로 나오자 곧바로 건너편을 향해 전찻길을 가로질렀다. 막다른 곳에 헌옷점인지 양복점인지 모를 듯한 큰 가게가 있기에 그는 그 가게 불빛을 등지고 섰다. 이렇게만 있으면 음식점에서 나오는 두 사람이 큰길에서 오른쪽으로 가든 왼쪽으로 가든 요릿집 모퉁이를 따라 렌자쿠초連雀町 쪽으로 빠지든 입구에서 곧장 골목길을 따라 스루가다이駿河台 아래쪽을 향하든 어디로 가든지 놓칠 염려가 없다며, 든든한 마음으로 지팡이를 짚고 음식점 입구를 지켜보고 있었다.

십 분 정도 지나고 나자 애타게 주시하고 있는 음식점 입구의 불빛에 사람 그림자가 전혀 나타나지 않는 게 수상해지기 시작했다. 하는 수 없이 이층의 불 켜진 창문 쪽을 내부라도 들여다보듯이 바라보면서 그들이 얼른 자리에서 일어나기를 빌었다. 그리고 기다리다 지친 눈을 움직일 때마다 지붕 위로 펼쳐진 검은 하늘을 올려다보았다. 지금까지 지상을 비추는 인공적인 빛에 속아서 그 존재를 잊고 있던 광대하고 어두운 하늘은 아까부터 차가운 비라도 내릴 듯 게이타로의 마음을 울적하게 하였다. 문득 아까까지 쓸데없는 얘기만 나누던 두 사람이 자신이 일어나는 것을 보고 나서, 꼭 들었어야 하는 요긴한 의논이라도 시작한 건 아닌가 싶었다. 이런 의혹과 함께 어두운 하늘을 올려다보는 게이타로의 눈에는 두 사람이 마주하고 있는 모습이 그 속에 선명히 보이는 것 같았다.

35

게이타로는 너무 주의 깊게 생각했기에 지나치게 일찍 양식집을 나온 것이 후회스러웠다. 하지만 두 사람이 자신을 의식하고 있는 한 언제까지 뿌리내린 듯 앉아 있어도 결국 흔한 세상사 밖에는 들을 수 없었을 테니 지금까지 있었어도 결과는 일찍 자리를 뜬 것과 마찬가지라는 생각이 들자, 추운 걸 참더라도 여기서 지키고 있을 수밖에 없었다. 그때 모자챙에 비가 두 방울 떨어지는 것 같았기에 그는 다시 검은 하늘을 올려다보았다. 하늘은 어둠 외에 아무것도 보이지 않았고 그가 서 있는 전찻길과 달리 몹시 조용했다. 뺨 위에 비 한 방울을 맞아 볼 생각에 한참 고개를 들고 형체 모를 큰 어두움을 응시하고 있는 동안에 당장 비가 내릴 것 같다는 염려는 어디론가 사라지고 이렇게 침착한 하늘 아래서 왜 자신은 이런 침착하지 못한 짓을 하고 있나 라는 생각이 우연히 들었다. 동시에 모든 책임이 자신이 짚고 있는 이 지팡이에 있는 듯한 기분이 들었기에 게이타로는 평소처럼 뱀 머리를 쥐고서 추위에 대한 분풀이라도 하듯이 두세 번 세차게 흔들었다.

그때 애타게 기다리던 두 그림자가 나란히 음식점에서 나왔다. 게이타로는 무엇보다 먼저 여자의 가늘고 긴 목을 감싼 흰 머플러에 주목했다. 두 사람은 곧 큰길로 나와 조금 전과는 반대로 원래 왔던 길을 되돌아가기 시작했다. 게이타로도 꾸물거리지 않고 건너갔다. 그들은 번화한 장식의 가게를 들여다보듯이 천천히 발걸음을 옮겼다. 뒤를 쫓는 그는 두 사람과 보조를 맞추어야 하기 때문에 너무 느리게 걷는 것이 몹시 힘들었다. 남자는 향이 좋은 궐련을 입에 물고 어둠 속에 희미한 연기를 내뿜었다. 그것은 바람에 실려 기분 좋게 코 속으로 들어왔고 그는 궐련 향을 맡으면서 느린 걸음을 참고 성실하게 뒤를 밟았다. 남자는 키가 큰 탓에 뒤에서 보면 약간 서양인 같았다. 그가 피우는 진한 궐련이 그 착각을 더해 주었다. 그 상상은 동행한 사람에게로 옮아가서 여자는 마치 남편이 사준 장갑을 끼고 있는 서양인의 첩처럼 생각되었다. 게이타로가 문득 이런 공상을 하면서 혼자 흥미로워 하며 열중하는 동안에 두 사람은 처음 만났던 정류소 앞에 잠깐 멈추더니, 전찻길을 가로질러서 맞은편으로 갔다. 게이타로도 두 사람이 하는 대로 따라갔다. 그러자 둘은 미토시로초美土代町 코너에서 또 반대편으로 건넜다. 게이타로도 같은 방향으로 건넜다. 둘은 다시 남쪽으로 걷기 시작했다. 길모퉁이에서 오십 미터 남짓을 오자 거기에도 붉게 칠한 쇠기둥이 하나 있었다. 두 사람은 쇠기둥 옆에 기대어 섰다. 그들이 미타크䢂선 전차를 이용해서 남쪽으로 돌아가거나 그대로 가는 사람들이라는 사실을 비로소 깨달은 게이타로는 자신도 같은 전차를 타야겠다고 결심했다. 그들은 갑자기 약속이라도 한듯 게이타로 쪽을 뒤돌아보았다. 물론 자신이 서 있는 방향에서 전차가 골목을 돌아 들어오기 때문이긴 하지만 그래도 게이타로는 그다지 기분이 좋지 않았다. 그는 모자챙을 뒤집어서 아래로 쓱 내리기도 하고 손으로 얼굴을 쓰다듬기도 하고 처마 밑에 되도록 다가서기도 하고 일부러 엉뚱한 곳을 바라보기도 하면서 전차가 오기만을 힘들게 기다렸다.

이윽고 한 대가 들어왔다. 게이타로는 일부러 두 사람이 타고 난 다음에 올라타서 의심을 피해 볼 생각이었다. 그래서 잠깐 뒤에서 머뭇거리는데 여자가 긴 코트 자락을 밟히지 않을 정도로 끌면서 전차로 올라섰다. 하지만 뒤따라 탈 것으로 생각한 남자는 의외로 탈 기색이 없이 발을 모은 채 양손을 외투주머니에 넣고 서 있었다. 그제야 게이타로는 여자를 배웅하기 위해 남자가 굳이 여기로 왔다는 사실을 알아차렸다. 사실 게이타로는 남자보다 여자에게 한층 흥미가 있었다. 남자와 여자가 여기서 헤어진다면 물론 남자를 버리고 여자가 가는 쪽을 확인하고 싶었다. 하지만 자신이 다구치로부터 의뢰받은 것은 여자와는 상관없는 중절모를 쓴 사내의 행동뿐이었기에, 전차에 오르는 것을 꾹 참고 보류했다.

36

전차를 탈 때 여자는 남자에게 잠깐 목례를 했을 뿐 그대로 안으로 들어가 버렸다. 겨울밤이었기에 유리창은 모두 굳게 닫혀 있었고 여자는 특별히 창을 열고 안에서 얼굴을 내밀만큼의 애교도 보여주지 않았다. 그래도 남자는 우두커니 서서 차가 움직이는 것을 기다리고 있었다. 차가 움직이기 시작했다. 밝게 빛나는 차창은 마치 두 사람의 인사 교환이 더 이상 필요 없음을 인정한 것처럼 전기의 힘에 의해 남쪽으로 움직여 갔다. 남자는 그때 입에 물고 있던 궐련을 땅 위에 던졌다. 그리고는 발길을 돌려 삼거리 교차점까지 가더니 왼쪽으로 돌아서 양품점 앞에 멈췄다. 그곳은 게이타로가 사람에게 부딪혀서 지팡이를 떨어뜨린 기억이 생생한 정류장이었다. 남자 뒤를 몰래 여기까지 쫓아와서 더 이상 보고 싶지도 않은 양품점의 신식무늬 넥타이, 실크모자, 줄무늬 무릎담요 등을 들여다보며, 이렇게 조심만 하다가는 탐정의 재미도 잃고 말겠다는 생각이 들었다. 여자가 이미 떠나 버려서 이 일이 싫증났다고 하면 좀 뭐 하지만 답답함이 갑자기 심하게 느껴져서 참을 수 없었다. 그가 의뢰받은 것은 중절모 남자가 오가와마치에서 내린 뒤부터 두 시간의 행동이기 때문에 이것으로 탐정의 의무는 끝난 것이니까 하숙에 돌아가서 잘까도 생각했다.

그러던 중에 남자는 기다리던 전차가 왔는지 긴 손으로 손잡이를 잡자마자 완전히 서지도 않은 전차에 여윈 몸을 실었다. 여태까지 주저하고 있던 게이타로는 갑자기 이 순간을 놓쳐서는 안 되겠다 싶어서 바로 같은 전차를 탔다. 차안은 그다지 혼잡하지 않았기 때문에 승객들은 서로의 얼굴을 볼 여유가 충분했다. 게이타로가 차에 올라탐과 동시에 이미 앉아 있던 대여섯 명의 시선이 그에게 쏠렸다. 그 중에는 지금 막 자리를 잡은 검은 중절모의 사내도 섞여 있었는데 게이타로를 본 그의 눈에 놀라는 기색은 있었지만 '미행당하고 있구나' 하는 의혹은 별로 없어 보였다. 게이타로는 간신히 느긋한 기분이 되어서 남자와 같은 쪽으로 앉았다. 이 전차는 어디로 날 데려가나 싶어서 앞 쪽을 보니 검은 글자로 에도가와행이라고 적혀 있었다. 게이타로는 이 남자가 바꿔 타기라도 한다면 얼른 자신도 따라 내릴 작정으로 정류소에 설 때마다 남자의 동정을 살폈다. 남자는 시종 손을 주머니에 넣은 채 거의 정면이나 자기 무릎을 보고 있었다. 그 모습을 형용하면, 아무것도 생각하지 않으면서 무언가 생각에 빠진 듯한 모습이었다. 그런데 구단시타九段下에 왔을 무렵부터는 가끔 긴 목을 빼고 뭔가 확인하고 싶은 듯이 창밖을 보기 시작했다. 게이타로도 그를 따라 잘 보이지도 않는 바깥을 바라보았다. 마침내 달리는 전차가 울리는 소음 가운데서 유리창을 때리는 빗소리가 뚝뚝 귓전을 울리기 시작했다. 그는 대나무 지팡이를 바라보며 이것 대신에 우산을 갖고 나왔더라면 하고 생각했다.

그는 양식집에서 나온 이후 중절모를 쓴 남자의 인품과 세상을 의심치 않는 눈빛에 주목해 본 결과, 문득 '이렇게 거북해 하면서 필요 없는 정보를 모으기보다는 차라리 이쪽에서 당사자에게 노골적으로 말을 해서 본인에게 허락받은 사실만을 다구치에게 보고하는 게 이제 와서 늦은 듯해도 지혜롭지 않을까' 생각하고는 자신을 소개할 방법을 궁리하기 시작했다. 그러는 사이에 전차는 마침내 종점에 왔다.

비는 더욱 거세져서 전차가 멈추자마자 갑자기 쏴 하는 소리가 그의 귀를 엄습했다. 중절모 사내는 곤혹스러운 듯 외투 깃을 세우고 바짓단을 접어 올렸다. 게이타로는 지팡이를 짚으면서 일어섰다. 사내는 빗속으로 나가자 바로 다가오는 인력거를 잡았다. 게이타로도 뒤쳐지지 않도록 한 대를 세웠다. 차부는 인력거의 끌채를 올리며 행선지를 물었다. 게이타로는 앞차를 따라가라고 지시했다. 차부는 넷하고는 마구 달리기 시작했다. 외길로 야라이ꟻ⅍ 파출소까지 오더니 차부는 인력거의 끌채를 멈추고 어디로 가시냐고 다시 물었다. 그 남자가 탄 인력거는 아무리 목을 빼고 내다봐도 그림자도 보이지 않았다. 게이타로는 빗소리만 들리는 인력거 속에서 지팡이를 짚은 채 방향을 잃고 말았다.

보고

1

잠에서 깨자 게이타로는 익숙한 자기 방에 평소처럼 누워 있는 자신이 전혀 낯설게 느껴졌다. 어제의 일은 모두 실제 있었던 일 같았다. 또한 두서없는 꿈같기도 했다. 좀 더 정확히 말한다면 진짜 꿈같기도 했다. 취한 듯한 기분으로 길거리를 돌아다닌 기억도 있었다. 그보다 취한 기분이 온 세상에 가득 차 있다는 느낌이 더욱 강하게 들었다. 정류소도 전차도 취기로 가득했다. 보석상도 가죽가게도 청홍 깃발도 모두 그런 분위기에 취해 있었다. 연파랑색 페인트를 칠한 양식집 이층과 거기 있었던 미간에 점이 난 신사, 피부가 하얀 여자, 온통 같은 기운에 휩싸여 있었다. 두 사람의 이야기에 나오는 이름 모를 장소도 남자가 여자에게 주기로 약속한 산호구슬도 모두 거나한 취기를 띠고 있었다. 그런 기분에 제일 도취되어서 활약한 것은 대나무 지팡이였다. 그 지팡이를 짚은 채 인력거를 두드리는 빗속에서 방향을 잃었을 때의 기분이란 취기가 최고조에 달한, 마치 연극이 끝나기 전의 한 장면 같은 것으로 여우에게 홀린 듯한 느낌이었다. 그때 게이타로는 상점의 불빛이 적적하게 비추는 흠뻑 젖은 길거리와 고개 위에 조그맣게 보이는 파출소와 그 왼편에 어렴풋하게 비치는 나무숲을 둘러보면서 과연 이것이 오늘 일의 결말인지 의심하였다. 그는 어쩔 수 없이 차부에게 방향을 돌리게 해서 생각지도 않았던 홍고本鄕로 가라고 지시한 사실을 기억하고 있었다.

그는 누워서 천장을 바라보며 자신에게 최고로 새로웠던 어제의 세상을 몇 차례나 눈앞에 환원시켜 보았다. 그는 취기가 가시지 않는 눈과 머리로 누에가 실을 뽑듯이 연이어 등장하는 이 기념할 만한 장면들을 질리지도 않고 보다가, 결국에는 눈앞에 둥실둥실 떠다니는 꿈들이 번잡스러워서 견딜 수가 없었다. 그래도 이런 생각은 꼬리에 꼬리를 물고 제멋대로 떠올랐기에 게이타로는 제 정신이면서도 뭔가에 홀린 건 아닐까 하는 의문이 들었다. 그는 이 의문과 관련해서 그 지팡이를 떠올리지 않을 수 없었다. 어제 본 남자와 여자는 모두 그림같이 그의 눈에 선명했다. 용모는 물론이고 복장에서 걸음걸이에 이르기까지 전부 기억의 거울에 분명하게 비쳤다. 그러면서도 둘 다 먼 나라에 있는 듯한 기분이었다. 먼 나라에 있으면서도 바로 가까이 있는 것을 보는 것처럼 선명한 색깔과 형태를 갖추고 눈앞에 어른거렸다. 게이타로는 이 불가사의한 영향이 지팡이에서 나온 건지도 모른다는 생각을 어딘가에 갖고 있었다. 어젯밤 터무니없는 운임을 내고 하숙집으로 들어왔을 때 그는 무심코 그 지팡이를 들고 자기 방까지 와서는 이건 남의 눈에 띨 만한 곳에 둘 물건이 아니라는 얼굴로 장롱 안 고리짝 뒤에 처넣어 버렸던 것이다.

오늘 아침에는 뱀 머리에 별다른 의미가 없다는 생각도 들었다. 특히 이제부터 다구치를 만나 정탐한 결과를 보고해야 한다는 실제적 문제가 떠오르자 더욱 그런 느낌이었다. 어제 오후부터 밤까지 묘하게 어떤 분위기에 취한 듯한 기분으로 행동했다는 자각은 분명 있었지만 막상 그 일의 결과를 보통 사람이 처세에서 이용할 수 있도록 조리 있게 보고해야 할 단계에 이르자, 게이타로는 자신이 맡은 일이 성공했는지 실패했는지 전혀 알 수가 없었다. 따라서 지팡이의 덕을 본 건지 아닌지도 분명하지 않았다. 이부자리 속에서 일의 전말을 재고해 본 게이타로는 확실히 그 덕을 본 것도 같았다. 또한 결코 그렇지 않은 듯도 했다.

아무튼 취기부터 떨쳐 버리고 볼 일이라고 마음먹은 그는 급히 이불을 젖히고 벌떡 일어났다. 그리고 세면장으로 내려가서 얼어붙을 만큼 차가운 물로 머리를 박박 감았다. 이것으로 어제의 꿈을 모발 뿌리부터 털어 버리고 보통 사람으로 돌아 온 듯한 기분이었기에 그는 기운차게 자기 방으로 올라갔다. 창문을 활짝 열어젖힌 그는 동쪽을 보고 똑바로 서서 우에노上野숲 위로 높이 비치는 태양빛을 온몸으로 받으면서 열 번 정도 심호흡을 했다. 이렇게 정신 상태가 정상이 되도록 자극한 뒤에 잠시 쉬면서 다구치에게 보고할 일의 순서나 사항에 대해 되도록 실제적으로 궁리해 보았다.

2

자세히 생각해보니 다구치에게 도움이 될 만한 근거는 전혀 잡아내지 못한 것 같아서 게이타로는 좀 불안해졌다. 하지만 상대는 오늘 아침에라도 보고하기를 기다리는 것 같아서, 게이타로는 조급해져서 얼른 다구치의 집으로 전화를 걸었다. 지금 찾아가도 되는지를 물었더니 한참을 기다리게 한 뒤에 예전의 그 서생을 통해서 와도 좋다는 대답을 주었기에, 그는 지체하지 않고 우치사이와이초로 갔다.

다구치 집 앞에는 인력거 두 대가 기다리고 있었다. 현관에도 구두와 나막신이 한 켤레씩 있었다. 그는 지난번과는 달리 일본식 방으로 안내되었다. 그곳은 다다미 열 장짜리 넓은 객실로 도코노마[18]에 커다란 족자가 두 폭 걸려 있었다. 물잔처럼 깊은 차 그릇에 서생이 엽차를 담아왔다. 오동나무 속을 파내어 만든 화로도 서생이 갖다 주었고 부드러운 방석도 그 서생이 권해 주었지만 여자는 일체 나타나지 않았다. 게이타로는 넓은 방 한가운데 공손히 앉아서 주인의 발소리가 다가오기를 지루하게 기다렸다. 그런데 주인은 상담이 끝나지 않았는지 좀체 나타나지 않았다. 게이타로는 어쩔 수 없이 오래된 듯 누렇게 바랜 족자의 가격을 상상해보기도 하고 손화로 가장자리를 쓰다듬어 보는가 하면 하카마 무릎에 양손을 단정히 얹고 혼자 격식을 차려 보기도 하였다. 주위가 너무 깨끗이 정돈되어 있는 만큼 기분이 생소해서 쉽사리 안정이 되지 않았기 때문이다. 나중에는 선반 위에 있는 화첩 같은 것을 내려서 볼까도 생각했지만 멋진 표지가 이건 장식품이니 손대면 안 된다고 거절이라도 하듯이 으리으리했기 때문에 그는 결국 손댈 수가 없었다.

이렇게 게이타로의 신경을 피곤하게 한 주인은 거의 한 시간이나 기다리게 한 뒤에 겨우 응접실에서 나왔다.

"오래 기다리셨소. 먼저 온 손님이 돌아가지 않아서……."

---

18 다다미방 정면에 바닥을 한단 높게 만들어서, 벽에는 족자를 걸고 꽃병 등을 장식해 두는 곳.

게이타로는 그의 변명을 수긍하는 듯한 한마디 인사말과 함께 공손히 절을 했다. 그리고는 곧바로 어제의 일을 보고하려고 했지만 무슨 말부터 꺼내면 좋을지 갑자기 망설여져서 시작할 기회를 놓치고 말았다. 주인은 처음부터 자못 바쁘다는 식의 말과 행동을 하면서도 어딘가에 뱃속에 여유라도 쌓아 놓은 양, 결코 서둘러 정탐의 결과를 물어보려고 하지 않았다. 홍고에는 얼음이 얼었는지 삼층은 외풍이 세지는 않는지 하숙집에도 전화가 있는지, 분위기는 꽤 좋았지만 사실상 쓸데없는 얘깃거리뿐이었다. 게이타로는 상대의 질문에 따라서 그가 만족할 만한 대답을 했지만 주인은 이런 무의미한 대화를 이끄는 동안에도 은근히 그의 눈치를 살피는 듯했다. 거기까지는 게이타로도 어렴풋이 알아차렸지만 주인이 왜 그런 주의를 자신에게 기울이는지는 전혀 이해할 수 없었다. 그러자

"어땠나요 어제는? 일은 잘 됐습니까" 하고 느닷없이 주인이 물었다. 그가 이렇게 물어볼 거라는 것쯤은 게이타로도 처음부터 예상하고 있었지만, 바로 있는 대로 대답한다면 어땠느냐고 묻는 사람을 무시하는 건방진 대답이 되기에 그는 잠깐 말을 머뭇거린 뒤에

"네, 말씀하신 사람은 겨우 찾았습니다"라고 대답하였다.

"미간에 점이 있었나요?"

게이타로는 조금 불룩한 검은 점 하나를 확인했다고 대답했다.

"옷차림도 내가 말한 그대로던가요? 검은 중절모에 희끗한 외투를 입은."

"그렇습니다."

"그럼 대체로 틀림없겠군요. 네 시와 다섯 시 사이에 오가와마치에서 내렸지요?"

"시간은 좀 늦은 것 같습니다."

"몇 분이나?"

"몇 분인지 잘 모르겠지만 다섯 시는 훨씬 지난 것 같았습니다."

"훨씬 지나서라. 그렇다면 기다리지 않아도 되는 거 아닙니까? 네 시에서 다섯 시 사이라고 일부러 시간을 정해서 알려줬으니까 다섯 시가 넘었다면 댁의 의무는 이미 끝난 거나 마찬가지일 텐데. 왜 그냥 돌아가서 그대로 보고하지 않는 거죠?"

게이타로는 지금껏 기분 좋고 온화하게 말하고 있던 연장자한테 이렇게 당하리라고는 꿈에도 생각지 않았다.

3

게이타로는 지금껏 다구치를 시타마치下町¹⁹ 출신의 어르신으로 생각하고 있었다. 그 양반이 갑자기 규율로 일관하는 군인처럼 자신을 압박해오자 그는 미칠 듯한 심정이었다. 친구라면 '너를 위해서 그랬다'라는 말을 하거나 혼이라도 냈겠지만 이 경우에는 그것이 전혀 통하지 않았다.

"그냥 제 사정상, 시간이 지났지만 거기에 있었던 겁니다."

조금 전까지 정색을 하고 있던 다구치는 게이타로의 대답이 끝나기도 전에 태도를 풀고,

"뭐, 나한테는 아주 잘된 일이죠"라며 기분 좋게 받아들였지만 이어서,

---

¹⁹ 도시에서 상인이나 장인들이 많이 사는 지역.

"근데 당신의 사정이란 건 뭐요?" 하고 물었다. 게이타로는 조금 머뭇거렸다.

"아니, 그건 안 들어도 괜찮소, 당신 일이니까. 말하고 싶지 않으면 안 해도 상관없어요."

다구치는 이렇게 말하고는 휴대용 담배합을 자기 앞으로 끌어와서 서랍을 열고 그 안에서 뿔로 만든 가늘고 긴 귀이개를 찾아냈다. 그것을 오른쪽 귓속에 넣고 몹시 가렵다는 듯이 긁어댔다. 안 보는 척하면서도 자신을 보고 있고 한편으로는 귀에만 정신이 팔려 있는 것 같기도 한 다구치의 찌푸린 얼굴이 게이타로는 왠지 기분 나빴다.

"실은 정유소에 여자가 한명 서 있었습니다" 하고 그는 끝내 자백해 버렸다.

"늙은 여자입니까, 젊은 여자입니까?"

"젊은 여자입니다."

"과연."

다구치는 이렇게 한마디 하고는 더 이상 말을 잇지 않았다. 게이타로도 말문이 막히고 말았다. 둘은 마주앉은 채 한동안 입을 열지 않았다.

"뭐 젊은 여자든 늙은 여자든 그에 관해 묻는 건 아닌 것 같소. 그건 당신한테나 관심 있는 것일 테니 관두기로 하죠. 다만 나는 얼굴에 점이 있는 사내에 대한 조사결과만 들으면 되니까."

"하지만 그 여자는 점 있는 사내와 계속 함께 있었습니다. 처음에 여자가 남자를 기다리고 있었으니까요."

"그래?"

다구치는 좀 뜻밖이라는 표정이었지만 '그럼 여자는 당신이 알거나 하는 사람이 아닌 거군요?' 하고 물었다. 게이타로는 물론 아는 사이라고 대답할 용기가 없었다. 좀 쑥스럽기는 해도 본적도 들은 적도 없는 여자라고 솔직하게 말할 수밖에 없었다.

게이타로의 대답을 그러냐면서 편하게 들을 뿐 추궁할 기색은 전혀 보이지 않던 다구치는 갑자기 허물없는 태도로 바뀌더니 '어떤 여자던가, 그 젊은 여자는. 외모로 보면?' 하고는 흥미진진한 얼굴을 담배합 위에 내밀었다.

"뭐 그저 평범한 여자입니다."

게이타로는 전후 상황상 그렇게 대답해 버렸지만 실제 머릿속에서도 같은 느낌이었다. 사람이나 경우에 따라서는 용모가 아주 괜찮은 편이라고 할 수도 있었다. 다구치는 그저 평범한 여자라는 게이타로의 판단을 듣고는 갑자기 큰소리로 웃었다. 게이타로는 그 의미를 알 수 없었지만 어쩐지 머리 위에서 큰 파도가 부서지는 듯한 기분이 들면서 얼굴이 좀 뜨거워졌다.

"됐습니다. 그리고 나서는 어떻게 됐나요? 여자가 정류소에 기다리던 참에 남자가 와서는."

다구치는 원래의 분위기로 돌아가서 진지하게 사건의 경과를 듣고자 했다. 사실 게이타로는 먼저 이제부터 말하려는 일의 자초지종을 자신이 어떻게 파악할 수 있었는지 그 고생담을 먼저 설명하고 나서, 같은 이름의 두 정류소에서 헤맨 일부터 불가사의한 수수께끼가 담긴 그 지팡이를 어떻게 갖고 나와서 이용했는지에 이르기까지를 비교적 자신의 공이 묵직해 보이도록 상세하게 서술하고 싶었다. 하지만 만나자마자 네 시에서 다섯 시 사이라는 문제로 한차례 당했고, 미행시간을 맘대로 연장한 원인이 된 그 여자가 모르는 여자였다는 찝찝한 사실 때문에 자신을 광고할 용기가 완전히 꺾여 버렸다. 그래서 남자와 여자가 양식집에 들어간 후에 일어난 일만 극히 담백하게 이야기하고 나니, 집을 나설 때 자신이 걱정한 것처럼 한 줌의 회색구름을 다구치 앞에 펼쳐 보인 듯한 빈약한 보고가 되고 말았다.

4

그래도 다구치는 별로 싫은 기색을 보이지 않았다. 끝까지 침착하게 팔짱을 끼고서 그저 '으음' 혹은 '과연' 혹은 '그래서'와 같이 대화를 잇는 말만을 가끔씩 게이타로에게 던질 뿐이었다. 대신 보고가 끝났는데도 무언가를 기대하고 있는 것처럼 지금까지의 태도를 쉽사리 바꾸지 않았다. 게이타로는 어쩔 도리가 없어서 '이것뿐입니다. 하찮은 결과여서 죄송합니다' 하고 변명을 덧붙였다.

"아니, 아주 참고가 되었소. 수고 많이 했어요. 상당히 힘들었을 거요."

다구치의 인사말에 대단한 감사의 뜻은 당연히 들어 있지 않겠지만 자신이 바보스럽기만 한 지금의 게이타로에게는 이 정도 친절한 말로도 충분했다. 그는 이때 겨우 창피 당하지 않고 끝냈다는 안정감을 얻을 수가 있었다. 동시에 그런 안정된 기분은 곧 다구치를 향해서 나아갔다.

"도대체 그 사람은 누굽니까?"

"글쎄 누굴까, 당신은 어떻게 보았나요?"

게이타로 앞에는 검은 중절모를 쓰고 깃이 넓은 희끗한 외투를 입은 남자의 모습이 생생하게 나타났다. 그 사람의 모습도 말투도 걸음걸이도 빠짐없이 분명하게 보였지만 다구치의 질문에 대한 대답은 한마디도 생각나지 않았다.

"잘 모르겠습니다."

"그럼 성격은 어떤 것 같소?"

성격이라면 게이타로도 짐작 가는 것이 있었다.

"온화한 사람 같았습니다" 하고 관찰했던 대로 대답했다.

"젊은 여자와 얘기하는 것을 보고 그렇게 말하는 것 아니요?"

이 말을 할 때 다구치의 입가에 엷은 웃음의 그림자가 비치는 것을 본 게이타로는 뭔가 대답하려다가 입을 다물어 버렸다.

"젊은 여자에겐 누구든 상냥한 법이지요. 당신도 아주 경험이 없는 건 아니겠죠. 특히 그 남자의 경우는 몇 배나 더 그럴지도 모르니까" 하고 다구치는 호탕하게 웃음을 터트렸다. 하지만 웃으면서도 게이타로에게는 시선을 제대로 보내고 있었다. 게이타로는 자신이 분명 눈치도 없는 바보처럼 보일 거라고 생각하면서도 궁색한 기분으로 다구치와 함께 웃지 않을 수 없었다.

"여자는 누구 같았습니까?"

다구치는 갑자기 여자 쪽으로 화제를 옮기고 이번엔 자기가 질문을 던졌다. 게이타로는 곧 '여자 쪽은 남자보다 더 알기가 어렵습니다'라고 솔직하게 대답했다.

"여염집 여자인지 화류계인지 대략적인 구별도 안 가나요?"

게이타로는 '그렇다'고 대답하면서 잠시 생각해 보았다. 가죽장갑, 하얀 머플러, 아름답게 웃는 얼굴, 기다란 코트 등이 속속 기억의 표면으로 떠올랐지만 그런 것들을 종합해 보더라도 이 질문에 답할 수 있는 것은 없었다.

"비교적 수수한 코트를 입고 가죽장갑을 끼고 있었습니다만……."

여자 몸에 걸친 것 중 게이타로의 주의를 끌었던 이 두 가지가 다구치에게는 아무런 흥미도 주지 못한 모양이었다. 그는 곧 진지한 얼굴을 하고는

"그러면 남자와 여자의 관계에 대해 다른 의견은 없소?" 하고 물었다.

게이타로는 조금 전에 보고가 무사히 끝났다는 증거로 수고했다는 인사까지 듣고 난 뒤에, 이런 난제가 속출하리라고는 전혀 예상치 못했다. 게다가 답변에 궁했던 탓인지 질문이 거듭될수록 점점 더 어려운 쪽으로 몰아가는 느낌이 들어서 아주 난처해졌다. 그러자 다구치는 말문이 막힌 게이타로에게 다른 말로 다시 한 번 질문을 설명해 주었다.

"예를 들면 부부라든가 형제라든가 친구라든가 정부라든가, 이런 여러 가지 관계 중에 뭐라고 봅니까?"

"저도 여자를 봤을 때 처녀일까 유부녀일까 생각했습니다만……, 그래도 왠지 부부는 아닐 것 같습니다."

"부부는 아니더라도 말이죠. 육체적 관계가 있다고 보나요?"

5

게이타로의 심중에도 이런 의문이 생기지 않았던 것은 아니다. 자신의 마음을 다시 해부해 본다면 두 사람 사이에 비밀스런 관계가 성립되어

있다는 가정이 암암리에 그를 조종하였고 그로 인해 정탐에 대한 흥미가 한층 더 날카롭게 연마되었던 건지도 모르겠다. 그는 몸과 몸 사이에 발생하는 관계 외에 연구가치가 있는 남녀 사이의 교류는 있을 수 없다고 주장할 정도의 이론가는 아니지만 뜨거운 피를 지닌 청년이라면 보통 이런 관점에서 남녀를 바라볼 때 비로소 남녀다운 기분이 솟아난다고 생각하기 때문에, 되도록 그런 관점에서 세상을 바라보고 싶었던 것이다.

젊은 그의 눈에는 인간이라는 커다란 세계는 확실히 알 수 없는 대신 남녀라는 작은 우주는 이렇듯 선명하게 보였다. 따라서 그는 대부분의 사회적 관계를 되도록 이런 관점에 맞추어서 즐기고 있었다. 정류소에서 만난 두 사람의 관계도 자각하지는 못했지만 게이타로의 무의식에서는 이미 처음부터 그런 식의 남녀로 결부되어 있었던 듯하다. 또한 그는 배후에 있는 죄악을 상상하고 쓸데없이 두려워할 정도의 도덕가는 아니었다. 그는 평균적 도의심을 가진 사람 중 한명이었지만 그 도의심은 상상력과는 달리 웬만해서는 작동하지 않기 때문에 정류소에서 본 두 사람을 흥미로운 남녀 관계로 보면서도 그다지 불쾌함을 느끼지 않았다. 단지 두 사람의 나이차가 두드러지는 것은 의심스러웠다. 하지만 한편으로는 나이 차이가 오히려 그의 눈에 비친 '남녀 세계'의 특색을 농후하게 보여주는 것도 같았다.

두 사람에 대한 그의 마음은 부지불식간에 이렇게 관대해져 있었지만 마침내 다구치에게서 정식으로 이런 질문을 받고 보니 책임 여하와는 관계없이 확실한 대답은 떠오르지 않았다. 그래서 이렇게 말했다.

"육체적인 관계는 있을지도 모르지만 없을지도 모릅니다."

다구치는 웃을 뿐이었다. 그때 하카마를 입은 예전의 그 서생이 명함한 장을 쟁반에 담아 가지고 왔다. 다구치는 그것을 받아 든 채 게이타로에게 대답하기를 '잘 모르는 게 사실이겠죠'라고 하더니 곧 서생 쪽을 보고 '응접실로 안내해 두게'라고 지시했다. 아까부터 궁지에 빠져 있던 게이타로는 이 손님을 기회로 삼아서 여기서 일어나야겠다고 생각하고 적당히 채비를 차리자 다구치는 그것을 굳이 만류했다. 그리고는 개의치 않고 질문을 계속했다. 그중에서 명료하게 대답할 수 있는 것은 하나도 없었기 때문에 게이타로는 대학에서 구두시험을 치를 때보다도 더 힘들다고 생각했다.

"그럼 여기까지 하겠는데 남자와 여자의 이름은 알았소?"

다구치가 마지막이라면서 던진 이 질문에 대해서도 게이타로는 물론 만족할 만한 답을 갖고 있지 않았다. 양식집에서 둘의 대화에 주의를 기울이는 동안 누구누구 씨, 무슨무슨 코구, 오御 아무개라는 식의 이름이 언젠가는 나올 거라고 기다렸지만, 그들은 특별히 피해야 할 이유라도 있는 것처럼 이름은 물론 제삼자의 이름도 입 밖에 내지 않았다.

"이름도 전혀 모르겠습니다."

이 대답을 들은 다구치는 화로 몸체에 대고 있던 손을 움직이면서 박자를 치듯이 손가락 끝으로 가장자리를 두드리기 시작했다. 잠시 그것을 되풀이한 후에 '어떻게 된 건지 잘 알 수가 없군요'라고 하더니 곧 이어서 '그래도 당신은 정직해요. 그게 당신의 장점일 거요. 모르는 것을 아는 것처럼 보고하는 것보다 훨씬 나을지도 모르죠. 그 점이 아주 훌륭하군요' 하고 웃었다.

게이타로는 자신의 관찰이 실용적이지 못했던 것을 깨닫고 얼뜨기 같은 자신이 부끄러웠지만 설령 자기보다 열 배 더 용의주도한 사람에게 부탁했다고 해도 고작 두어 시간의 인내와 주의와 추측만으로는 다구치가 만족할 만한 결과는 얻을 수 없었을 거라고 믿었기 때문에, 그의 평가가 별로 고통스럽지는 않았다. 그 대신에 정직하다는 칭찬도 크게 기쁘지는 않았다. 이 정도의 정직함은 일반적인 것에 불과하다고 생각하기 때문이다.

6

조금 전부터 고개를 들지 않는 다구치 앞에서 게이타로는 단 한 마디라도 좋으니 과감하게 자기 속마음을 단도직입적으로 말해보고 싶다고 생각하고 있었는데, 문득 지금 말하지 않으면 기회가 없을 것 같았다.

"제대로 알 수 없는 결과뿐이어서 저도 매우 송구스럽습니다만 당신이 궁금해 하는 그런 자세한 내용을 그 시간 안에 저처럼 어리숙한 사람이 밝혀낼 수는 없다고 봅니다. 이렇게 말하면 건방지게 들릴지도 모르겠지만 그런 꾀를 써서 뒤를 밟는 것보다 직접 만나서 묻고 싶은 것을 기탄없이 물어보는 편이 수고도 덜 들고 확실한 사실을 알 수 있지 않을까 생각합니다."

여기까지 말한 게이타로는 세상사에 밝은 그에게 웃음거리가 될 거라고 생각하면서 다구치의 얼굴을 보았다. 그러자 다구치는 뜻밖에 도리어 진지한 태도로 '당신이 그렇게까지 생각하고 있었소? 감동이요'라고 했다. 게이타로는 일부러 대답을 보류하고 있었다.

"당신이 말한 방법은 가장 멍청한 것 같지만 가장 간편하고 정당한 방법이요. 그것을 깨닫고 있다면 인간으로서 멋진 겁니다."하고 다구치가 재차 말했을 때 게이타로는 점점 대답에 궁색해졌다.

"그렇게 분명한 생각이 있는 당신에게 하찮은 일을 부탁하다니 내가 나빴군요. 사람을 잘못 본 거나 마찬가지니까. 하지만 이치조가 당신을 소개할 때 당신은 탐정이 하는 일에 흥미를 갖고 계시다고 말했었죠. 그래서 그만 당치도 않은 일을 부탁했지 뭐요. 하지 말았어야 했는데……."

"아닙니다, 스나가 군에게 그런 이야기를 했던 기억은 확실히 있습니다"라고 게이타로는 답답한 심정으로 대답했다.

"그랬군요."

다구치는 게이타로의 모순을 이 한 마디로 잘라 버리고 더 이상 추궁하는 실수는 범하지 않았다. 그리고 곧 화제를 바꾸었다.

"그럼 어떻겠소, 당신이 말한 대로 잠자코 뒤나 쫓아다니지 말고 당당하게 그 집 현관으로 들어가 보면. 당신에게 그럴 용기가 있나요?"

"없을 것도 없습니다."

"그렇게 뒤쫓아간 다음에?"

"뒤쫓다니요, 저는 그에게 불명예스러운 관찰은 결코 하지 않았다고 봅니다."

"맞아요. 그렇다면 한번 가 봐요. 소개할 테니."

다구치는 이렇게 말하면서 큰 소리로 웃었다. 게이타로에게는 이런 제의가 농담으로만 들리지는 않았기에 게이타로는 소개장을 소지하고 실제로 미간에 점이 난 사내와 마주보고 이야기해 볼까 싶은 생각이 들었다.

"만날 테니 소개장을 써 주십시오. 그 사람과 이야기 해볼 마음이 있으니까요."

"좋을 거요. 이것도 경험이니 만나서 직접 연구해 보시요. 며칠 전에 다구치의 부탁으로 뒤를 밟았다는 말은 당신이 한 일이니 분명히 말할 테죠. 말하고 싶다면 해도 좋소. 나를 신경 쓸 필요는 없으니까 상관없소. 그리고 용기 있으면 여자와의 관계도 물어 봐요. 어떻게, 당신한테 그런 걸 물어 볼 배짱이 있나요?"

다구치는 여기서 잠깐 말을 끊고 게이타로의 얼굴을 보았지만 그가 대답하기 전에 이야기를 계속했다.

"그래도 서로 자연스럽게 이야기하게 되기 전까지는 물어보거나 말하지 않는 게 좋을 거요. 아무리 용기가 있어도 몰상식한 녀석으로 몰릴테니까. 그 정도가 아니라, 그 사내는 안 그래도 만나 보기 힘든 사람이니 무턱대고 그런 말을 하려고 들면 바로 돌아가라고 할지도 모르오. 소개해 주는 대신 그 부분은 조심하는 것이……."

게이타로는 물론 잘 알겠다고 대답하였다. 다만 속으로는 아무래도 검은 중절모의 사내를 다구치 말처럼 생각할 수가 없었다.

7

다구치는 벼루상자와 두루마리 종이를 가져오게 하고는 소개장을 줄줄 써내려 갔다. 마침내 수신자 이름까지 다 적고 나서 그는 그저 형식적으로 쓰면 되지 않겠냐고 하면서 화로 앞에 펼쳐 든 편지를 게이타로에게 읽어 주었다. 거기에는 본인의 말대로 이렇다 할 특별한 내용은 전혀 없었다. 그저 이 사람은 올해 막 대학을 졸업한 법학사이며 경우에 따라서 자신이 도와주어야 할 청년이기에 아무쪼록 만나서 이야기나 들려주라고 적혀 있을 뿐이었다. 다구치는 게이타로의 얼굴에서 이의가 없음을 확인하더니 종이를 둘둘 말아서 봉투에 넣었다. 그리고는 겉봉에 마쓰모토 쓰네조松本恒三 씨라고 크게 써서 일부러 봉하지 않은 채 게이타로에게 건넸다. 게이타로가 진지한 기분으로 '마쓰모토 쓰네조 씨'라는 다섯 자를 들여다보니 굵게 흘려 쓴 글씨체였는데 이 사람이 글씨를 이렇게 쓰나 싶을 정도로 서투르게 쓰여 있었다.

"그렇게 감동해서 한참을 들여다보고 있으면 곤란한 걸."

"번지수가 안 적힌 것 같은데요?"

"아 그래. 그건 내 실수군."

다구치는 다시 편지를 받아 들더니 수취인의 번지와 주소를 써 주었다.

"자 이거면 되겠죠? '맛도 없이 크기만 큰 건 토바土橋식 초밥'이라고들 하지요. 그래도 도움이 되기만 하면 되니까요."

"아니 좋습니다."

"쓰는 김에 여자 쪽에도 한 통 써 드릴까."

"여자도 알고 계십니까?"

"경우에 따라선 알지도 모르지"라고 대답한 다구치는 뭔가 의미심장한 미소를 지었다.

"괜찮으시다면 이참에 한 통 써 주셔도 좋습니다"라고 게이타로도 반농담 삼아서 부탁을 했다.

"뭐 그만두는 게 낫겠소. 자네 같이 젊은 사내를 소개했다가 사고라도 생기면 책임 문제가 있으니까. 자네 같은 젊은이에 대해서 로맨인가 뭔가라고 하잖소. 나야 학식이 없으니까 요즘 유행하는 하이칼라들 말을 금방 잊어버려서 말이요, 그 소설가가 뭐라고 했는데 그 말이 뭐더라……."

게이타로는 그 말은 바로 이것이라고 알려 줄 기분이 들지 않았다. 그저 바보처럼 흐흐 웃고 있었다. 그리고 오래 있으면 있을수록 더 놀림만 당할 것 같아서 속으로 얼른 끝내고 돌아가기로 했다.

"그러면 이삼 일 안에 이걸 들고 찾아가 보겠습니다. 상황 봐서 다시 찾아뵙죠."

그는 다구치가 준 소개장을 품에 넣고 부드러운 방석 위를 내려왔다. 다구치는 '수고 많으셨소'라며 정중하게 인사했을 뿐 로맨틱도 코스매틱도 깨끗이 잊어버린 듯한 표정으로 자리에서 일어섰다.

돌아가는 길에 게이타로는 지금 만난 다구치와 이제부터 만날 마쓰모토 그리고 마쓰모토를 기다리던 멋진 여자를 계속 붙였다 뗐다 하면서 그들의 관계에 대해 생각해 보았다. 그리고 생각하면 생각할수록 미궁으로 한발씩 끌려 들어가는 듯한 재미를 느꼈다.

오늘 다구치한테 얻은 수확은 마쓰모토라는 이름뿐이지만 그 이름은 자신을 위해서 여러 가지 뒤얽힌 사실들을 해결 지어 줄 신기한 주머니처럼 느껴졌기에 거기서 무엇이 나올지 기대가 컸다, 다구치의 설명에 의하면 다가가기 어려운 사람 같기도 했지만 그가 보기에는 다구치보다 훨씬 말하기가 편할 것 같았다. 오늘 다구치한테서는 사람을 노련하게 다루는 데 대한 감동과 어딘가 인품이 훌륭하다는 인상을 받기는 했지만 그 앞에 앉아 있는 동안은 뭔가에 묶여서 자유롭게 움직일 수 없는 듯한 갑갑함을 떨칠 수가 없었다. 마치 끝없는 감시하에 있는 듯한 그런 기분은 일시적인 게 아니라 만나는 횟수가 거듭되어도 희박해지지 않으리라는 느낌이 들 정도였다. 이렇게 마음이 놓이지 않는 다구치와는 반대로, 무얼 물어봐도 화낼 것 같지 않고 말소리 자체에 이미 그리움이 서린 듯한 마쓰모토를 게이타로는 상상해 마지않았다.

8

다음 날 아침 일찍 준비를 하고 마쓰모토를 찾아가려고 하자 공교롭게도 차가운 비가 내리기 시작했다. 삼층에서 살짝 창을 열고 밖을 내다보았을 때는 이미 온 세상이 다 젖어 있었다. 기와지붕에 스며든 적적한 색깔을 한동안 바라보던 게이타로는 다구치의 소개장을 책상 위에 놓고 나갈지 그만둘지를 고민했지만 얼른 만나보고 싶다는 생각이 더 강했기에 결국 책상 앞을 떠났다. 그리고 두부장수 나팔 소리가 음울한 공기를 가르며 날카롭게 울려 퍼지는 거리를 향해서 내려갔다.

마쓰모토의 집은 야라이쵸末였기에 게이타로는 그날 밤 여우에 홀린 듯한 기분이 들었던 파출소 아래 경치를 죽 생각하면서 그곳으로 가자, 언덕 위쪽과 아래쪽이 두 갈래로 갈라져 있고 경사길 한가운데만 불룩해져 있는 것이 눈에 들어왔다. 그는 하카마 자락에 차가운 비가 튀는 것도 마다하지 않고 발길을 멈추고 그날 밤 인력거 차부가 끌채를 쥔 채 오도 가도 못했던 곳이라고 짐작되는 곳을 둘러보았다. 오늘도 그날처럼 비가 주룩주룩 내려서 그가 밟고 있는 땅은 지하 배관까지 썩힐 정도로 젖어 있었다. 그래도 낮이어서 우중충하지만 주위가 밝았기 때문에 멈춰 섰을 때의 분위기는 그날과는 전혀 다른 느낌이었다. 게이타로는 뒤쪽의 높고 거무스름한 메지로다이目白台숲과 오른편 안쪽으로 몽롱하게 중첩된 미즈이나리水稲荷 신사의 나무숲을 보면서 언덕을 올라갔다. 그리고는 번지수가 같은 집이 몇 채씩이나 있는 야라이 동네를 빙빙 돌아다녔다. 처음에는 작은 골목을 오른쪽으로 돌거나 왼쪽으로 꺾거나 하면서 젖은 탱자나무 울타리를 들여다보기도 하고 오래된 동백나무가 우거진 묘지인 듯한 장소 앞을 지나기도 했지만, 마쓰모토의 집은 보이지 않았다. 결국 찾다가 지쳐서 어느 골목길 모서리의 인력거 집을 발견하고 거기 있는 젊은이에게 물었더니 아무 것도 아니라는 듯 쉽게 가르쳐주었다.

마쓰모토의 집은 그 인력거 집에서 대각선 쪽의 골목으로 들어가서 막다른 곳에 있는 대나무 울타리로 둘러싸인 깔끔한 집이었다. 문을 들어서니 아이의 북치는 소리가 들렸다. 현관에 들어가서 사람을 불러도 북소리는 그치지 않았다. 대신 주변이 아주 한적해서 사람 사는 기미조차 없는 것처럼 느껴졌다. 빗속에 갇힌 듯한 집 안으로부터 열대여섯 살쯤 되어 보이는 하녀가 나오더니 허리를 굽히고 소개장을 받고는 말없이 안으로 들어갔다. 잠시 후 나와서는 '대단히 죄송한 말씀입니다만, 비가 오지 않는 날에 오실 수 있겠습니까?'라고 했다.

지금껏 취직을 알아보고 돌아다니면서 곳곳에서 거절을 당한 경험이 있는 게이타로도 이번만큼은 이상하다고 생각되었다. 비가 내리면 왜 면회에 지장이 있는지 곧 되묻고 싶어졌다. 하지만 하녀와 언쟁하는 것도 이상한 일이었기에 '그럼 날씨가 좋은 날에 찾아오면 만나 뵐 수 있는 거군요?' 하고 확인 삼아 다시 물어보았다. 하녀는 그저 '네'라고 할 뿐이었다.

게이타로는 어쩔 수 없이 빗속으로 나왔다. 쏴 하는 빗소리가 갑자기

세차게 들려오는 가운데 아이의 북치는 소리는 아직도 둥둥 울리고 있었다. 그는 야라이 언덕길을 내려오면서 이상한 사내라는 생각을 수없이 되풀이했다. 다구치가 만나기 어려운 사람이라고 말한 게 이런 것을 말한 것이었나 싶기도 했다. 그날은 집에 돌아가서도 그런 기분만 지속되어 어떻게 해도 바꿀 수가 없어서 고통스러웠다. 오랜만에 스나가의 집이라도 가서 지금껏 있었던 얘기나 하면서 반나절을 보낼까도 생각했지만 기왕 갈 거면 이것을 일단락 짓고서 확실한 줄거리를 얘기하지 못할 바에야 말하고 싶지도 않아서 그냥 관두기로 했다.

그 다음 날은 어제와는 전혀 다르게 좋은 날씨였다. 아침에 일어날 때 세상의 모든 더러움이 비에 씻겨 내린 듯 깨끗하게 빛나는 푸른 하늘을 올려다 본 게이타로는, 오늘이야말로 마쓰모토를 만날 수 있겠다고 기뻐했다. 그는 요 전날 밤에 고리짝 뒤에 감춰 둔 그 지팡이를 꺼내 들고 가기로 작정했다. 그것을 짚고 다시 야라이의 비탈길을 올라가면서 그는, 어제 그 하녀가 다시 나타나서 오늘은 날씨가 너무 좋으니까 좀 흐린 날에 와 달라고 한다면 어떨까 상상해 보았다.

9

어제와는 달리 문을 들어서도 아이의 북치는 소리는 들리지 않았다. 현관에는 요전에 못 보던 장지문 칸막이가 하나 세워져 있었다. 칸막이에는 학 한 마리만 엷은 물감으로 그려져 있었는데 거울처럼 좁고 기다란 형태가 보통 칸막이의 치수와는 다르다는 점에서 게이타로의 눈길을 끌었다. 문으로 나온 이는 예전의 하녀가 틀림없었으나 그녀 뒤를 따라서 아이 두 명이 콩콩 발소리를 내며 칸막이의 그림자까지 와서는 신기하다는 얼굴로 게이타로를 쳐다보았다. 어제와 비교해서 이런 정도의 변화를 느낀 그는 마침내 들어오시라는 말과 함께 유리문이 닫혀져 있는 객실로 안내되었다. 하녀는 방 한가운데 있는 어항처럼 큰 도자기 화로의 양쪽에 각각의 방석을 놓은 다음, 그 중 하나를 게이타로 자리로 하였다. 방석은 사라사 무늬가 염색된 둥그런 모양이었기에 게이타로는 신기해하면서 그 위에 앉았다. 도코노마에는 솔로 아무렇게나 그린 듯한 산수화 족자가 걸려 있었다. 게이타로는 어디가 나무고 어디가 바위인지 분간할 수 없는 그림을 가치 없는 장식물로 생각하면서 바라보았다. 그 옆에는 징이 걸려 있고 두드리는 봉까지 함께 있어서 점점 더 특이하다고 생각되었다.

그러자 옆방에서 장지문을 열고 얼굴에 검은 점이 있는 주인이 나타났다. '잘 오셨습니다' 하고 곧 게이타로의 앞에 앉았는데 결코 분위기가 친절하고 다정한 쪽은 아니었다. 다만 어딘가 대범하고 유연해서 상대방에게 별로 관심을 두지 않는 점이 오히려 게이타로의 마음을 편안하게 했다. 그래서 화로 하나를 사이에 두고 서로 얼굴을 마주하면서도 게이타로는 그다지 거북함을 느끼지 않았다. 게다가 며칠 전에 자신의 얼굴을 본 기억이 분명히 있을 텐데도 이 주인은 기억을 하는지 못 하는지 말도 태도도 태연한 모습으로 전혀 그런 기색을 내비치지 않았기 때문에 게이타로는 더욱 더 신경 쓸 필요를 못 느꼈다. 또한 그는 어제 우천으로 면회를 사절한 이유에 대해서도 끝내 한마디의 해명도 없었다. 게이타로는 말하고 싶지 않은 건지 안 해도 상관없다고 생각한 건지 그것마저도 판단할 수가 없었다.

자신을 소개한 다구치에 관한 것부터 자연스레 이야기가 시작되었다. '자네는 이제부터 다구치 밑에서 일할 생각이로군'이란 말을 필두로 주인은 게이타로의 목표나 대학 성적 등을 한차례 물었다. 그리고는 종종 일찍이 게이타로가 생각해 본 적이 없는 사회관이나 인생관 같은 어려운 문제를 꺼내서 그를 힘들게 했다. 마쓰모토라는 남자는 세상에 드러나지 않은 학자 중 한 명이 아닐까 의문스러울 정도의 묘한 이론도 가끔씩 내비쳤다.

이밖에 마쓰모토는 다구치를 도움은 되지만 머리가 안 되는 사내라고 비난했다.

"무엇보다 그렇게 바빠서는 조직적인 사고를 할 시간이 없어서 틀려먹은 걸세. 그 녀석의 머리는 일 년 내내 절구에서 찧어진 된장 같은 거야. 활동이 너무 지나쳐서 그렇게 된 거지."

게이타로는 주인이 왜 이렇게 나쁜 말을 하는지 이유를 알 수 없었다. 다만 이처럼 격한 말을 하는 주인의 태도나 어조에 조금도 독기나 밉상스런 점이 보이지 않는다는 점도 이상했다. 그가 하는 비난의 말은 남을 욕해본 경험이 없는 듯한 안정감 있는 목소리를 통해서 게이타로의 귀에 울리기 때문에 반발한 기분이 나지 않는 것이었다. 그저 좀 특이한 사람이라는 느낌이 새삼스럽게 자극을 줄 뿐이다.

"그러면서도 그는 바둑을 두고 시를 읊고 여러 가지를 한다네. 하긴 어느 것도 다 잘 못하지만."

"그게 여유 있다는 증거가 아닐까요?"

"여유라니, 자네. 나는 어제 비가 왔기 때문에 자네에게 맑은 날에 오라고 거절했었지. 그 이유는 지금 말할 필요는 없지만 어쨌든 그렇게 제 멋대로 거절하는 게 있을 수 있다고 보나? 다구치라면 절대 그런 식의 거절은 못할 걸세. 다구치가 사람을 즐겨 만나는 게 왠지 아는가, 다구치는 세상에 추구하는 바가 많은 사람이기 때문이지. 다시 말해 나처럼 고등유민高等遊民이 아니기 때문이야. 남의 감정을 상하게 하고도 곤혹스러워하지 않는 여유가 없기 때문이라네."

10

"실은 다구치 씨한테 아무 얘기도 듣지 못하고 왔습니다만 지금 하신 고등유민이라는 말은 정말로 하시는 말씀이십니까?"

"나는 글자 그대로 일하지 않는 유민遊民이야. 왜 그러나?"

마쓰모토는 화로 가장자리에 양 팔꿈치를 대고 주먹으로 턱을 괴고서 게이타로를 보았다. 게이타로는 자신을 처음 보는 손님으로 여기지 않는 듯한 마쓰모토의 모습에서 과연 고등유민의 본색이 있다고 생각했다. 그는 담배 애호가인지 크고 둥근 대통이 달린 목재 파이프를 입에서 떼지 않고 아직 담뱃불이 꺼지지 않았다는 증거라도 되는 양 생각났다는 듯이 봉화 같은 진한 연기를 뻐끔뻐끔 뿜었다. 연기가 어느 새 그의 곁에서 사라져 가는 모습이 어디에도 얽매일 필요를 느끼지 않는 듯한 그의 얼굴과 어우러져서 지금껏 경험해 보지 못한 어떤 안정된 마음을 게이타로에게 주었다. 조금씩 빠지기 시작한 그의 머리카락은 가운데 가르마로 나뉘어져 있었기에 편편한 머리가 더욱 침착하게 보였다. 또 그는 보통 사람들이 입지 않는 무늬 없는 갈색 겉옷을 입고 같은 색깔 덧버선을 흰 버선 위에 겹쳐 신고 있었다. 그 색상이 스님의 법의를 연상시킨다는 점에서 게이타로에게는 특별한 남자로 비춰졌다. 고등유민을 자처하는 사람을 만난 게 처음이기는 하지만 뭔가 허를 찔린 듯한 기분이 드는 게이타로에게, 마쓰모토의 태도라든가 풍채는 너무나도 고등유민을 대표한다는 느낌을 준 게 사실이었다.

"실례지만 가족 분들은 많으십니까?"

게이타로는 자신을 고등유민이라고 말하는 사람에게 어찌된 이유인지 이런 질문을 던지고 싶었다. 마쓰모토는 아이가 많다고 대답하고는 게이타로가 잊고 있던 파이프에서 연기를 훅 품었다.

"사모님은……."

"물론 있지. 왜 묻나?"

게이타로는 어리석은 질문을 해서 볼썽사납게 된 것을 후회했다. 상대방이 그다지 기분 상한 것처럼 보이지는 않았지만 이상하게 자신의 얼굴을 쳐다보며 해결을 기대하는 한은 무언가 말하지 않으면 안 되는 상황이 되고 말았다.

"당신 같은 분이 평범한 이들처럼 가정적으로 지내는 게 가능할까 해서 여쭈어 본 것뿐입니다."

"내가 가정적으로…… 왜. 고등유민이라서 그러나?"

"그런 건 아닙니다만 뭔가 그런 기분이 들어서 여쭈었던 겁니다."

"고등유민은 다구치 같은 자보다 더 가정적이라네."

게이타로는 더 이상 아무 말도 할 수가 없었다. 그의 머리에는 대답이 막혀 버렸다는 곤란함과 화제를 바꾸려는 노력과 이것을 실마리로 가죽

장갑을 낀 여자와의 관계를 확인하고 싶은 바람, 이 세 가지가 함께 작용함으로써 원래도 별로 질서정연하지 않는 그의 사고에 한층 더 어두운 그림자를 드리웠다.

하지만 마쓰모토는 전혀 괘념치 않는 듯이 곤란해 하는 게이타로의 얼굴을 아무렇지 않게 바라보고 있었다. 만약 다구치였다면 보기 좋게 상대를 때려눕히는 대신에 때려눕히고는 바로 국면을 바꾸어 상대를 꼴사납게 우왕좌왕하게 만들지는 않는 훌륭한 수완을 갖고 있을 텐데, 하고 게이타로는 생각했다. 조심스럽지는 않지만 사람을 다루는 면에 세련된 노련함이 없는 마쓰모토 앞에서 게이타로는 공교롭게도 두 사람의 차이를 본 듯한 기분이 들었다. 그때 우연히 마쓰모토가 질문을 해 왔다.

"자넨 그런 문제를 생각해 본 적이 없는 모양이구먼."

"네. 전혀 생각해보지 않았습니다."

"생각할 필요가 없겠지, 혼자서 하숙을 하고 있는 이상. 그래도 넓은 의미에서 남녀 문제는 아무리 혼자라도 생각하겠지?"

"생각한다기보다 흥미가 있다는 쪽이 적당할지 모르겠습니다. 흥미는 물론 있습니다."

11

두 사람은 인간이라면 누구든 이해관계가 있는 이 문제에 대해 잠시 이야기했다. 하지만 나이 차이인지 단계 차이인지 몰라도 마쓰모토의 이야기는 중요한 살점을 빼고 뼈대만 늘어놓는 듯해서 게이타로의 핏속까지 녹아들어서 함께 흐를 정도의 절실한 기운은 전혀 없었다. 그런 반면 게이타로의 조리 없고 단편적인 말도 열기를 잃어서 전혀 마쓰모토의 가슴에 통하지 않는 듯 했다.

이렇게 연관도 없는 얘기를 서로 나누는 동안에 단 한 가지 게이타로의 귀에 새롭게 들어온 것이 있었다. 그것은 러시아 문학자 고리키gorky라는 사람이 자신이 주장하는 사회주의인지를 실행하기 위해 필요한 자금을 조달하려고 부부동반으로 미국으로 갔을 때의 이야기이다. 고리키는 큰 인기를 한 몸에 받아 초대나 환영 등으로 정신없이 바쁜 가운데 자신의 목적을 어렵지 않게 착착 진행시키고 있었다. 그런데 본국에서 데리고 온 아내가 본 부인이 아니라 정부라는 사실이 어딘가에서 밝혀지고 말았다. 그러자 기금까지 열광적이던 그의 명성은 순간 땅으로 떨어져서 그 넓은 신대륙에서 누구 하나 그와 악수하려는 사람도 없이 다 사라져버려서, 고리키는 하는 수 없이 그대로 미국을 떠났다는 줄거리였다.

"러시아와 미국은 남녀 관계의 해석이 이 정도로 다르다네. 러시아에서는 고리키의 행동이 아무 문제가 안 되는 사소한 일일 텐데 말이야. 시시하구먼."

이렇게 말하는 마쓰모토는 정말 하찮은 얘기라는 표정이었다.

"일본은 어느 쪽일까요?" 하고 게이타로는 물어보았다.

"뭐 러시아 쪽이겠지. 난 러시아파로 족해."하고는 마쓰모토는 다시 입에서 봉홧불 같은 진한 연기를 뻐끔 내뿜었다. 이야기가 여기까지 오자 게이타로는 지난 번 여자에 관해 물어보는 게 전혀 어렵지 않을 것 같은 생각이 들었다.

"요 전날 밤 간다의 양식집에서 제가 당신을 뵈었던 것 같습니다만."

"어. 만났지. 잘 기억하고 있네. 그리고 돌아 올 때도 전차에서 만나지 않았나? 자네도 에도가와江戸川까지 왔던 것 같은데 그 부근에서 하숙이라도 하고 있나? 그날 밤은 갑자기 비가 와서 난처했었지."

역시 마쓰모토는 게이타로를 기억하고 있었다. 그러면서도 처음부터 입 밖에도 내지 않고 지금 막 기억난 척하지도 않고 그저 말해도 그만 안 해도 그만이라는 식의 태도는, 단순함에서 나온 건지 배짱에서 나온 건지 타고난 대범함에서 나온 건지 게이타로는 판단하기가 어려웠다.

"누군가와 같이 있으셨던 것 같은데요."

"미인을 한명 데리고 있었지. 자네는 아마도 혼자였던가?"

"혼자였습니다. 돌아갈 때는 당신도 혼자이지 않았습니까?"

"그랬지."

조금은 활발하게 진행되던 대화가 여기서 뚝 끊기고 말았다. 마쓰모토가 다시 여자 이야기를 해 올까 해서 기다리고 있는데 '자네 하숙은 우시고매牛込인가 고이시가와小石川인가?' 하고 전혀 관계없는 질문을 해 왔다.

"홍고입니다."

마쓰모토는 이해할 수 없다는 얼굴로 게이타로를 보았다. 말하지는 않았지만 홍고에 살고 있는 그가 왜 에도가와 종점까지 왔는지의 이유를 듣고 싶어 하는 마쓰모토의 눈빛을 봤을 때 게이타로는 귀찮으니까 여기서 모든 걸 털어놓자고 결심했다. 만약 화를 내면 사죄하고 화가 나서 들어주지 않으면 정중하게 인사하고 돌아가면 된다고 각오하였다.

'실은 댁의 뒤를 밟아 일부러 에도가와까지 간 겁니다'라고 말하고 마쓰모토의 얼굴을 보자 의외로 표정이 변하지 않았기에 게이타로는 일단 안심했다. '무슨 이유로?' 하고 마쓰모토는 보통 때처럼 느긋한 어조로 물었다.

"누군가에게 부탁 받았습니다."

"부탁을 받아? 누구한테서."

마쓰모토는 비로소 조금 놀란 목소리에 강한 악센트로 이렇게 물었다.

12

"실은 다구치 씨에게 부탁받았습니다."

"다구치라면, 다구치 요사쿠田口要作말인가?"

"그렇습니다."

"근데 어째서 자네는 다구치의 소개장을 들고 나를 만나러 왔나?"

이렇게 하나하나 추궁 당하는 것보다는 자기 쪽에서 지금까지의 일을 한꺼번에 말해 버리는 게 편할 것 같아서 게이타로는 다구치의 속달편지를 받아 들고 오가와초 정류소로 미행하러 나간 모험의 시작에서부터, 전차가 에도가와 종점에 도착한 뒤 빗속에서 오도 가도 못하는 상태가 되기까지의 전말을 꾸밈없이 털어놓았다. 원래 요점만 말할 목적으로 과장은 물론 복잡한 부연설명도 가능하면 피했기에 시간이 별로 걸리지 않은 탓인지 마쓰모토는 얘기가 진행되는 동안 게이타로의 말을 한마디도 가로막지 않았다. 이야기가 끝나고도 바로 말을 하려는 분위기는 아니었다. 게이타로는 주인의 이런 침묵을 감정이 상한 결과가 아닐까 살펴보고는 화를 내지 않을 때 얼른 사죄하는 게 상책이라고 생각했다. 그러자 주인 쪽에서 갑자기 말하기 시작했다.

"다구치란 사내, 참 괘씸하구먼. 거기 이용당하는 자네도 자넬세. 대단한 멍청이야."

이렇게 말하는 주인의 얼굴을 보니 기가 막힌 기색은 뚜렷했지만 노여워하는 모습은 전혀 없었기 때문에 게이타로는 오히려 안심했다. 이 경우에 멍청하다고 불리는 것쯤은 아무것도 아니었다.

"정말 몹쓸 짓을 했습니다."

"사과 받고 싶지도 않네. 그냥 그런 자에게 이용당한 자네가 안됐으니까 하는 말이야."

"그렇게 나쁜 사람입니까."

"대체 무슨 이유로 그런 어리석은 일을 하게 된 건가?"

호기심에서 그 일을 맡았다는 말은 이 경우 도저히 입에서 나오지가 않았다. 게이타로는 어쩔 수 없이 생계를 해결하기 위해서 다구치에게 의존해야만 할 사정이 있었기에 바람직하지 않다는 걸 알면서도 승낙하고 말았다는 식으로 대답했다.

"먹고 살기 어렵다면 어쩔 수 없지만 이제부터는 관두는 게 좋겠네. 쓸데없는 일이야, 추운데 비 맞으며 남의 뒤를 쫓는 일 따위."

"저도 좀 질렸어요. 이제 더 이상 하지 않을 생각입니다."

이 술회를 들은 마쓰모토는 아무 말도 하지 않고 쓴웃음을 지었다. 게이타로에게 이것은 경멸의 의미로도 연민의 의미로도 느껴졌기에 어느 쪽이든 그는 자신이 몹시 떳떳치 못하다는 생각을 했다.

"자네는 내게 죄송한 일을 했다는 기색인데, 정말 그런가?"

자기의 근본적 의도를 소급해서 생각해 볼 때 별로 미안하지는 않았던 게이타로도 이 말을 들으니 이 상황에서 그렇다고 생각지 않을 수 없었다. 또 그렇다고 대답하지 않을 수 없었다.

"그럼 다구치한테 가서 요전에 나와 있던 여자는 고급 창녀라고, 내가 그렇게 말했다고 해주게나."

"정말로 그런 부류 여자입니까."

게이타로는 조금 놀란 표정으로 이렇게 물었다.

"뭐 아무래도 좋으니 고급 창녀라고 하게."

"예⋯⋯."

"그게 아니라 확실히 말해야 하네. 할 수 있겠나, 자네."

게이타로는 현대식 교육을 받은 청년으로서, 연장자 앞에서 예의 없이 이런 말을 하는 것을 주저하는 남자는 아니었다. 하지만 마쓰모토가 억지로 이 단어를 다구치의 귀에 집어넣으려는 의도에는 불쾌한 무언가가 숨겨진 것으로 생각되어서 가볍게 받아들일 마음이 아니었던 것이다. 그가 난처한 얼굴을 하고 인사를 머뭇거리자 '뭐 염려하지 않아도 되네. 상대방은 다구치니까'라고 하더니 잠시 후 생각났다는 듯이 '자네는 나와 다구치의 관계를 아직 모르고 있지?' 하고 물었다. 게이타로는 전혀 모른다고 대답하였다.

13

"다구치와 나의 관계를 말한다면 다구치에게 그녀를 고급 창녀라고 말할 용기가 나지 않을 테니 나한테는 손해지만, 아무 잘못도 없는 자네를 바보로 만드는 것도 미안하니까 말해 주겠네."

이런 전제하에 마쓰모토는 자신과 다구치가 사회적으로 어떤 관계인지를 설명해 주었다. 그의 설명은 지극히 간단했기에 게이타로는 더욱 놀랐다. 한마디로 말해 다구치와 마쓰모토는 가까운 친척관계였다. 마쓰모토에게 두 명의 누이가 있는데 한 명은 스나가의 어머니이고 한 명은 다구치의 아내라는 말을 듣자, 게이타로는 다구치의 처남인 마쓰모토가 숙부의 자격으로 다구치의 딸과 정류소에서 만나 어느 음식점에서 회식을 했다는 것은 세상에 흔해빠진 극히 평범한 일이라는 사실을 알게 되었다. 그것을 무슨 뒤얽힌 관계라도 숨겨진 양 열심히 열정을 다해서 뒤를 밟았다는 사실이 너무나 바보스럽게 느껴졌다.

"그 따님은 왜 거기까지 나와 있었던 겁니까. 단지 저를 유인하기 위해선가요?"

"스나가를 만나고 돌아오는 길이었네. 내가 스나가 집에서 있는데 그 애가 전화를 걸어와서 네 시 반쯤 그 정유소에서 기다릴 테니 돌아가는 길에 잠깐 보자고 하더군. 귀찮아서 안 가려고 했는데 꼭 봐야 된다는 둥, 졸라대는 통에 거기서 내렸던 참이었네. 오늘 아침 제 아버지한테서 듣기를 '마쓰모토 숙부가 연말에 반지를 사 준다고 했으니 정류소에서 기다리다가 도망가지 못하게 따라가서 사 달라고 하라'고 했기에 거기서 기다렸던 거라며, 남의 사정도 모르고 막무가내로 졸라댔던 거였네. 어쩔 수 없이 서양요리로 무마시키려고 그 음식점에 데리고 간 거고. ―다구치라는 자는 터무니없는 사내야. 굳이 그런 꾀까지 써서 쓸데없는 짓을 할 일이 아니지 않는가. 속임을 당하는 자네보다 다구치 쪽이 훨씬 나쁘네."

게이타로는 속았던 자신이 훨씬 멍청해 보였다. 그렇게 생각하니 결과를 보고할 때 좀 더 요령 있게 하지 못한 것도 낯 뜨거운 일이었다.

"당신은 전혀 모르고 계셨던 일이군요."

"어떻게 알겠나, 자네. 아무리 고등유민이라도 그런 시간이 날 리가 있겠어."

"그 따님은 어떻게 생각할까요. 아마도 알고 계실 거라 생각합니다만."

'그렇겠지' 하고 마쓰모토는 잠깐 고민하더니 잠시 후에 확실한 어투로 '아니 알 리가 없어'라고 단언했다.

"그 멍청한 다구치한테 한 가지 장점이 있는데 그 사내는 아무리 장난을 쳐도 당사자가 창피를 당하게 되려는 순간 바로 그만두거나 아니면 자신이 나서서 당사자의 체면에 금이 가지 않도록 깔끔히 정리한다네. 멍청한 건 틀림없지만 그 점은 감탄할 만하지. 즉 방법은 악랄해도 마지막에는 따뜻하고 인간적인 면을 보여준다네. 이번 일도 필시 저 혼자서 알고 말았을 거야. 자네가 우리 집에 안 왔다면 나도 분명 이 사건도 모르고 지나갔을 테고. 자기 딸에게 자네의 바보스러움을 증명하는 그런 책략을 발설할 만큼 무자비한 남자는 아니야. 그러니까 이런 장난도 그만두면 좋을 텐데 말이야. 그런데 절대 그만두지 않는다는 점이 말하자면 멍청하다는 거지."

다구치의 성격에 대한 마쓰모토의 이런 비판을 말없이 듣고 있던 게 이타로는, 자신의 바보스런 행동을 후회하거나 자신을 바보로 만든 상대를 원망하기보다 오히려 장난을 친 다구치가 믿음직하다는 생각이 강하게 드는 것을 느꼈다. 하지만 정말 그런 사람이라면 왜 그의 앞에서 얘기할 때 그렇게 답답한 느낌이 생기는가 하는 의문도 들었다.

"당신 이야기를 듣고 다구치에 대해 많이 알게 되었습니다만 나는 그 사람 앞에 가면 왠지 안정이 안 되고 이상하게 힘듭니다."

"그건 그 쪽에서도 자네에게 경계하는 마음을 풀지 않기 때문이지."

　그의 말을 듣고 보니 자신을 경계하는 다구치의 눈초리와 말투 등이 게이타로의 가슴에 생생하고 분명한 기억으로 떠올랐다. 하지만 다구치처럼 노련한 자가 어째서 이제 막 대학을 나온 풋내기 자신을 그렇게 염려하는지 이해가 되지 않았다. 게이타로는 지금까지 자신을 누구에게나 보이는 모습 그대로 통용되는 사람이라고 굳게 믿고 있었다. 남들이 자신을 서먹해 하거나 어려워할 자격조차 없는 청년으로 얕보고 있었던 만큼, 경험한 정도가 다른 연장자에게서 자신의 예상과는 다른 우대를 받는 게 오히려 이상하게 생각되었다.

　"제가 그렇게 표리부동한 사람으로 보입니까?"

　"글쎄, 그런 자세한 건 한번 보고는 알 수가 없겠지. 하지만 그렇든 안 그렇든 자네에 대한 내 태도는 전혀 관계없으니 상관이 없지 않나."

　"하지만 다구치 씨가 저를 그렇게 생각하신다면……."

　"다구치는 자네이기 때문에 그렇게 생각하는 게 아니라 누굴 봐도 그렇게 생각하니 어쩔 수가 없네. 오랫동안 그런 식으로 사람을 부리면서 상당히 속아 왔을 테니 말이야. 가끔 자연스럽고 아름다운 인간이 나타나더라도 역시 경계를 하게 되는 거지. 그것을 그 사람의 업이라고 생각하면 될 거야. 다구치는 내 매형이니 이렇게 말하면 이상하게 들리겠지만 원래는 좋은 성품이네. 결코 나쁜 사내가 아닐세. 다만 그렇게 오랫동안 사업의 성공만 안중에 두고 세상과 싸워 온 사람이라 인간을 보는 눈이 이상하게 뒤틀려서 '이놈은 도움이 될까 저놈은 안심하고 써먹을 수 있을까' 그런 일만 생각하고 있지. 그렇게 되면 여자가 반했다고 해도 자신에게 반한 건지 자기가 가진 돈에 반한 건지 그걸 의심하지 않고는 못 배긴다네. 미인한테도 그런 식이니까 자네 같은 친구가 답답한 취급을 당하는 건 당연하다고 봐야 할 걸세. 그 점이 다구치가 지닌 다구치다운 점이니까."

게이타로는 이 말을 듣자 다구치라는 사내를 훤히 꿰뚫은 듯한 기분이 되었다. 그러나 이런 식으로 납득이 가는 판단을 일일이 쇠망치로 두드리듯이 자기 머릿속에 집어넣는 마쓰모토는 도대체 어떤 사람인지에 대해서는 여전히 구름처럼 막막한 기분이었다. 마쓰모토에게 비판당하기 전의 다구치까지도 오히려 이 남자보다는 살아 있는 사람 같은 느낌이었다.

같은 마쓰모토에 대해서도 그날 밤 양식집에서 다구치의 딸을 상대로 산호 구슬에 대해 이런저런 얘기를 나누던 쪽이 훨씬 살아 움직이고 있었다. 지금 게이타로 앞에 앉은 사람은 큰 파이프를 문 나무 조각상의 혼령이 말하는 듯한 느낌을 줄 뿐이었기에 그는 이 사람의 정체가 무엇인지 고심할 뿐이었다. 게이타로가 한편으로는 마쓰모토의 명료한 비판에 감탄하면서 한편으로는 마쓰모토가 어떤 사람인지 계속 생각하는 자신을, 머리가 모자라고 둔한 인간이라고 생각하기 시작했을 때 막연하게만 보였던 마쓰모토가 다시 입을 열었다.

"그래도 다구치가 터무니없는 짓을 시켜서 자네한테는 오히려 잘 된 일이야."

"왜 그렇습니까?"

"분명히 뭔가 일자리를 만들어 줄 걸세. 그걸로 내버려 둘 다구치가 아니지. 내가 보증하겠네. 오히려 시시한 건 나야, 쓸데없이 정탐만 당했으니까."

　두 사람은 마주보고 웃었다. 게이타로가 둥근 사라사 방석에서 일어났을 때 주인은 굳이 현관까지 마중을 나왔다. 학이 그려진 수묵화 칸막이 앞에서 길고 마른 몸을 잠시 멈추고 구두를 신고 있는 게이타로의 뒷모습을 잠시 바라보던 마쓰모토가 '묘한 지팡이를 가지고 있군. 어디 좀 보여 주게'라고 했다. 그리고 그것을 게이타로의 손에서 받아 들고는 '뱀의 머리로군. 아주 잘 새겼는데, 산거요?' 하고 물었다 '아닙니다. 아마추어가 조각한 걸 얻었어요'라고 대답한 게이타로는 그것을 흔들면서 야라이矢来 언덕에서 에도가와江戸川 쪽으로 내려왔다.

비 내리는 날

1

　마쓰모토가 비오는 날 면회를 사절하는 이유는 끝내 본인 입으로 들을 기회를 얻지 못한 채 한참이 지나갔다. 게이타로도 그 동안 정신이 없어서 잊어버리고 말았다. 그 이유를 듣게 된 것은 그가 다구치의 도움으로 어떤 일을 얻게 되어 거리낌 없이 그 집을 들락거릴 수 있게 된 후였다. 당시 게이타로에게 그 정류소에 대한 기억은 이미 생기를 잃고 희미해져 가고 있었다. 스나가가 가끔 그 얘기를 꺼내면 그는 씁쓸하게 미소 지을 뿐이었다. 스나가는 왜 미리 자신에게 털어놓지 않았냐고 자주 묻곤 했다. 우치사이와이초의 이모부가 속임수로 장난을 치는 것 정도는 어머니한테 들어서 잘 알고 있지 않느냐고 나무란 적도 있었다. 마지막에는 네가 너무 여자에게 관심이 많기 때문이라고 놀려댔다. 게이타로는 그때마다 '바보 같은 소리'라는 말로 일관했지만 마음속으로는 언제나 스나가의 집 앞에서 본 뒷모습의 여자를 떠올렸다. 그 여자가 곧 정류소의 여자라는 사실도 떠올렸다. 그리고 왠지 쑥스러운 기분이 들었다.

그 여자 이름이 치요코千代子이며 여동생이 모모요코百代子라는 사실도 현재의 게이타로에게는 이미 귀한 정보가 아니었다.

마쓰모토를 만나서 속사정을 다 들은 뒤에 다구치를 만나면 불편할 것 같았지만 만나지 않으면 마무리가 되지 않는다는 생각에서 게이타로는 비웃음을 당할 각오로 다시 다구치의 집을 찾아 갔는데, 그때 그는 역시 큰소리로 웃었다. 하지만 그 웃음에는 스스로의 계략을 자만하는 거만한 울림보다는 방황하는 사람을 원위치로 되돌려 놓았다는 승리의 기쁨이 묻어나는 것으로 게이타로는 해석했다. 다구치는 그때 교훈을 주기 위해서였다든가 교육의 한 방법이었다는 식으로 자신이 은혜를 베풀었다는 말은 일체 하지 않았다. 그저 악의가 아니었으니 화내지 말라고 양해를 구하고 그 자리에서 곧 어울리는 일자리를 만들어 주겠노라고 약속했다. 그리고 손뼉을 쳐서 정류소에서 마쓰모토를 기다렸던 큰 딸을 불러서 자기 딸이라고 특별히 소개했다. 그리고 딸에게 이 분은 스나가이치조須永市蔵의 친구라며 게이타로에 관해서 알려주었다. 딸은 왜 이 사람을 소개하는지 영문을 모르는 듯 아주 서먹하게 공손한 인사를 하였다. 게이타로가 치요코라는 이름을 알게 된 것은 이때였다.

이것을 계기로 다구치 가족을 처음으로 접하게 된 게이타로는 그 뒤로도 용무나 방문이라는 인연으로 그 집을 드나드는 일이 많아졌다. 때로는 현관 옆 서생의 방에 들어가서 예전에 전화통화를 했던 그 서생과 잡담도 나누었다. 물론 안채에 들어갈 필요도 생겼다. 부인이 불러서 집안 용무를 보는 경우도 있었다. 중학교에 들어가는 장남한테서 영어에 관한 질문을 받고 막히는 경우도 종종 있었다. 이렇게 드나드는 횟수가 잦아짐에 따라 자연히 두 딸에게 접근할 기회도 많아졌지만 무능력한 그의 상황과 비교적 긴장된 다구치의 가풍과 마주앉을 시간의 결여 등으로 게이타로는 쉽게 마음을 털어놓기 힘든 경우에 처해 있었다. 그들 사이에 주고받는 말이 형식적이고 딱딱한 것만은 아니었지만 대부분은 오 분도 안 걸리는 일상적 대화에 불과했기 때문에 친밀감이 생길 틈은 없었다. 그들이 전례 없이 오랜 시간 무릎을 맞대고 편하게 담소한 것은 일월 중순의 카루타 놀이에서였다. 그때 게이타로는 치요코로부터 아주 둔하다는 말을 들었고, 모모요코는 게이타로와 같은 편은 싫다면서 지게 마련이라고 화를 냈었다.

그리고 다시 한 달쯤 지나서 신문에 매화꽃 소식이 실릴 즈음, 게이타로는 어느 일요일 오후를 오랜만에 스나가집 이층에서 보내고 있었는데 거기서 우연히 놀러 온 치요코와 마주치게 되었다. 셋이서 이런저런 이야기가 이어지는 가운데 마쓰모토에 대한 평판이 치요코의 입에 올랐다.

"그 숙부님도 아주 특이하세요. 한동안 비가 오면 손님을 거절했었는데 지금도 그러시려나."

2

"실은 나도 비오는 날 찾아가서 거절당했던 사람인데……."

게이타로가 말을 꺼내자 스나가와 치요코는 서로 약속이라도 한 듯 웃기 시작했다.

"자네도 꽤나 운이 없는 사람이군. 하지만 그 지팡이는 안 들고 갔겠지?" 하고 스나가를 놀리기 시작했다.

"그건 무리지, 비오는 날 지팡이를 들고 가는 건. 안 그래요 다가와 씨?"

이치에 들어맞는 치요코의 변호를 듣고 게이타로도 씁쓸하게 웃었다.

"도대체 다가와 씨의 지팡이란 어떻게 생겼어요? 나도 좀 보고 싶네. 보여주세요 다가와 씨. 아래층에 내려가서 보고와도 되요."

"오늘은 안 갖고 왔습니다."

"왜 안 갖고 왔어요? 오늘은 날씨도 그런대로 좋은데."

"소중한 지팡이라 날씨가 좋아도 보통 날은 안 갖고 다닌대."

"정말?"

"그렇다고 해두죠."

"그럼 국경일에만 가지고 다니세요?"

게이타로는 혼자서 두 사람을 상대하는 게 좀 힘들었다. 다음번 우치 사이와이초에 올 때는 꼭 갖고 가서 보여주겠다는 약속을 하고 겨우 치요코의 추궁에서 벗어났다. 그 대신 치요코한테서 마쓰모토가 왜 비 오는 날에 면회를 사절하는지의 이유를 듣기로 하였다.

그것은 드물게 흐렸던 어느 가을날, 11월의 오후였다. 치요코는 어머니의 부탁으로 마쓰모토가 좋아하는 성게알을 가지고 야라이에 왔다. 오랜만에 좀 놀다 가겠다면서 일부러 타고 온 차까지 돌려보내고 천천히 눌러 앉았다. 마쓰모토에게는 열세 살 난 딸을 첫째로 아들, 딸, 아들 순서로 번갈아 태어난 네 명의 자녀가 있었다. 두 살 터울로 태어나서 모두 다 남부럽지 않게 성장하고 있었다. 이렇게 가정에 화사한 향기를 주는 생기 넘치는 장식품들 외에 마쓰모토 부부는 만 두 살이 되는 요이코를 반지에 박힌 진주알처럼 소중하게 품고 지냈다. 그녀는 진주처럼 투명하고 새하얀 피부와 칠흑처럼 진하고 큰 눈을 지니고 지난해 삼월 하나

명절날[20] 밤에 마쓰모토 부부에게로 왔다. 치요코는 다섯 명 중 이 아이를 가장 귀여워했고 올 때 마다 뭔가 장난감도 꼭 사다 주었다. 어떤 때는 단 것을 너무 많이 주어서 숙모가 화를 낸 일도 있었는데 그러면 치요코는 소중하게 요이코를 안고 툇마루로 나가 '그치 요이코'라고 하고는 일부러 둘이 친한 모습을 숙모에게 보여주었다. 숙모는 웃으면서 '너네는 싸우지도 않는구나'라고 말했고 마쓰모토는 그렇게 그 아이가 좋으면 결혼 축의금 대신 줄 테니 시집갈 때 가져가라고 놀렸다.

그날도 치요코는 눌러앉자마자 요이코를 상대로 놀기 시작했다. 요이코는 아직 태어나 한 번도 머리를 자른 적이 없었기에 머리털이 아주 가늘고 보드랍게 자라 있었다. 그리고 창백한 피부 탓인지 햇빛에 비치면 모발이 보랏빛을 머금고 윤기 있게 반짝이며 곱슬곱슬해져 있었다. 치요코는 '요이코, 머리 묶어 줄게' 하고 정성껏 빗질을 했다. 그리고 부족한 모발을 한 묶음 떼어서 뿌리 부분에 빨간 리본을 달았다. 요이코의 머리는 제수용 떡처럼 동글납작하게 펼쳐져 있다. 그녀는 작은 손을 간신히 머리 한쪽에 올려 리본에 대고서 엄마가 있는 데까지 아장아장 와서는 '이본이본'이라고 했다. 엄마가 '아유 예쁘게 묶었네' 하고 칭찬하자 치요코는 기쁜 듯이 아기의 뒷모습을 보면서 이번에는 아빠한테 가서 보여드리라고 시켰다. 요이코는 다시 넘어질 듯 걸어가서 마쓰모토의 서재 입구까지 와서는 그대로 엎드려 버렸다. 그녀가 아빠께 인사할 때는 반드시 네 발로 엎드리는 게 보통이다. 거기서 엉덩이를 있는 대로 높이 들고 제수용 떡 같은 머리를 바닥에서 두세 치 정도까지 숙이고는 다시

---

20 여자아이들의 명절(雛の節句). 3월 3일.

'이본, 이본'이라고 했다. 책 읽기를 잠시 멈춘 마쓰모토가 '예쁜 머리구나, 누가 묶어 주었니' 하고 물으면 요이코는 머리를 숙인 채 '치이, 치이'라고 대답했다. 혀가 잘 안 돌아가는 그녀가 치요코를 부를 때 늘 쓰는 말이었다. 뒤에 서서 보던 치요코는 작은 입술에서 나오는 자기 이름을 듣고 다시 기쁜 듯이 큰 소리로 웃었다.

3

그러는 사이에 아이들이 모두 학교에서 돌아왔기에 지금까지 빨간 리본에 점령당하고 있던 집안에 갑자기 몇몇 색깔의 화사함이 더해졌다. 유치원에 다니는 일곱 살 남자아이가 소용돌이무늬가 그려진 북 같은 걸 들고 와서는 '요이코, 두드리게 해줄 테니 이리 와' 하고 데리고 갔다. 치요코는 그때 주머니 모양의 빨간 털버선이 복도를 지나가는 것을 보고 있었다. 털버선 끈 앞에는 동그란 술이 달려 있어서 작은 발이 움직일 때마다 톡톡 튀었다.

"저 버선, 네가 짜 준 거 맞지?"

"네, 귀엽죠."

치요코는 거기 앉아서 한동안 숙부와 이야기를 했다. 그 사이 흐린 하늘에서 쓸쓸한 비가 내리기 시작하더니 금세 세찬 소리를 내며 벌거숭이가 된 오동나무를 적시기 시작했다. 마쓰모토도 치요코도 약속이라도 한 듯 유리창 너머 비를 바라보면서 화로에 손을 쬐었다.

"파초가 있어서 한층 빗소리가 크네요."

"파초는 오래 가는 나무지. 며칠 전부터 언제 시드는지 매일 보는데 잘 시들지가 않아. 애기동백이 떨어지고 벽오동이 다 져도 여전히 푸르 거든."

"별 걸 다 감동하시네요. 그래서 마쓰모토는 한가로운 사람이라고 하는 거예요."

"그래도 너의 아버지는 파초 살피는 일 같은 건 죽을 때까지 못하실 거다."

"어쩔 수 없죠 뭐. 그래도 숙부님은 아버지보다 정말 학자 같으세요. 저는 정말 감동했어요."

"주제넘은 말이야."

"정말이에요. 뭐든지 물어보면 다 아시잖아요."

두 사람이 이런 이야기를 하고 있는데 하녀가 소개장인 듯한 걸 갖고 와서 어떤 분이 찾아오셨다며 마쓰모토에게 건넸다. 마쓰모토는 '치요코 기다리고 있어. 있다가 또 재미난 걸 가르쳐줄 테니' 하고 웃으면서 일어 섰다.

"됐어요. 또 요전 날처럼 서양 담배 이름이나 잔뜩 외우게 하려고요."

마쓰모토는 아무 대답도 하지 않고 응접실로 갔다. 치요코도 거실로 돌아갔다. 내리는 비에 가려진 태양빛을 보충하기 위해서 거기엔 이미 전등이 켜져 있었다. 부엌에는 벌써 저녁 준비가 시작된 듯 가스 풍로가 둘 다 부지런히 불꽃을 토하고 있었다. 마침내 아이들은 커다란 식탁에 둘씩 마주보고 앉았다. 요이코만은 하녀가 따로 데리고 밥을 먹이는 게 보통이었는데 이날 밤은 치요코가 밥을 먹여 주게 되었다. 그녀는 조그 만 주홍색 밥그릇과 작은 접시에 담은 생선살을 쟁반 위에 담아 가지고 세 평짜리 옆방으로 요이코를 데리고 갔다. 그곳은 집안사람들이 옷을 갈아입기 위해 쓰는 방이어서 서랍장 두 개와 거울 하나가 벽에서 튀어나온 것처럼 놓여 있었다. 치요코는 그 거울 앞에 장난감처럼 생긴 그릇과 밥공기를 담은 쟁반을 놓았다.

"자, 요이코 맘마 먹자, 기다렸지."

치요코가 죽을 한 숟갈씩 떠서 입에 넣어 줄 때마다 요이코는 '맛있어'라는가 '주세요'라든가 하는 온갖 재롱을 부렸다. 마지막에 저 혼자 먹겠다면서 치요코에게서 숟가락을 가져가자 그녀는 요이코에게 숟가락질하는 법을 정성껏 가르쳤다. 요이코는 아주 짧은 말 밖에는 발음할 수 없었다. '그렇게 쥐는 게 아니야' 하고 주의를 주면 제사떡 같은 편평한 머리를 갸우뚱하고는 '이렇게? 이렇게?' 하고 다시 물어보았다. 그 모습이 재미나서 치요코는 몇 번이나 되풀이하던 중, 늘 하던 대로 이렇게?라고 말하려던 요이코가 살짝 옆으로 치뜬 눈으로 치요코를 올려다보더니 갑자기 오른손에 쥔 숟가락을 팽개치고 치요코의 무릎 위에 엎어져 버렸다.

"왜 그래!"

치요코는 영문을 모른 채 요이코를 안아 일으켰다. 손에 닿는 느낌이 마치 잠든 아기를 안은 것처럼 축 처져 있을 뿐이었기에 큰 소리로 다급히 요이코, 요이코 하고 불렀다.

4

치요코는 막 잠든 것처럼 반눈을 감고 입을 반쯤 벌린 요이코를 무릎 위에 앉히고는 손바닥으로 등을 두어 번 두드렸지만 아무 효과가 없었다.

"숙모님, 큰일 났어요. 얼른 오세요."

어머니는 놀라서 숟가락과 공기를 던져두고 발소리를 내며 뛰어 들어왔다. 어떻게 된 거냐면서 아기를 불빛 아래 눕히고 얼굴을 보니 입술은 이미 엷은 보라색을 띠고 있었다. 입에 손바닥을 대어 봐도 숨 쉬는 소리가 나지 않았다. 어머니는 숨 막힐 듯 괴로운 소리로 하녀에서 젖은 물수건을 가져오게 했다. 그것을 요이코 이마에 올려놓고 맥이 있는지를 치요코에게 물었다. 치요코는 곧 작은 손목을 짚어 보았지만 맥이 어디 있는지 전혀 알 수 없었다.

"숙모님, 어떡하면 좋아요."하고 새파란 얼굴로 울음을 터트렸다. 어머니는 영문도 모른 채 서 있는 아이들에게 빨리 아버지를 불러 오라고 했다. 아이들은 네 명 모두 응접실로 달려갔다. 그 발소리가 복도 끝에 멈추는가 싶더니 마쓰모토가 심상치 않은 얼굴로 나타났다. 무슨 일이냐고 물으며 아내와 치요코 뒤에서 요이코를 들여다보더니 급히 미간을 찌푸렸다.

"의사는……?"

의사는 지체하지 않고 왔다. 상태가 이상한 것 같다고 하더니 즉시 주사를 놓았다. 하지만 아무 효과도 없었다. '안 되겠습니까'라는 괴롭고 긴장된 질문이 굳게 닫힌 주인의 입에서 흘러나왔다. 그리고 절망에 대한 두려움으로 가득한 세 사람의 눈은 일제히 의사를 향했다. 거울을 꺼내서 동공을 살펴보던 의사는 요이코의 옷자락을 걷고 항문을 보았다.

"어쩔 수가 없습니다. 동공도 항문도 열려 버렸으니까요. 정말 안됐습니다."

의사는 이렇게 말했지만 다시 주사 한대를 심장부에 시도해 보았다. 물론 아무런 소용도 없었다. 투명한 딸의 피부에 주삿바늘이 꽂힐 때 마쓰모토는 저절로 미간이 오그라들었다. 치요코의 무릎에는 눈물이 방울방울 떨어졌다.

"원인이 뭡니까?"

"이상합니다. 그저 이상하다는 말밖에 달리 드릴 말씀이 없군요. 아무리 생각해도……."

의사는 고개를 갸우뚱했다. '뜨거운 겨자물이라도 사용해 보면 어떨까요' 하고 문외한인 마쓰모토가 의견을 냈다. 의사는 곧 '상관없겠지요' 하고 대답했지만 그 얼굴에는 전혀 고려하는 기색이 없었다.

마침내 무럭무럭 나는 뜨거운 물을 대야에 담아 와서 겨자 한 봉지를 풀어 넣었다. 어머니와 치요코는 요이코의 옷을 풀었다. 의사는 열탕 속에 손을 넣어 보고 '물을 좀 더 넣읍시다. 뜨거워서 화상이라도 입으면 안 되니까'라며 주의를 주었다.

의사의 손에 안겨진 요이코는 탕 속에 오류 분을 잠겨 있었다. 셋은 숨을 죽이고 보드라운 피부색을 지켜보았다. '이제 됐습니다. 너무 길어져도……'라며 의사는 요이코를 대야에서 꺼냈다. 어머니는 곧 받아서 안고는 타월로 정성껏 닦아 원래대로 옷을 입혀 주었지만 축 처진 요이코의 모습은 전과 다름이 없었기에 '잠시 이대로 누워 있게 하지요'라며 한스러운 듯 마쓰모토의 얼굴을 보았다. 마쓰모토는 그러는 게 좋겠다고 대답하고 다시 응접실로 되돌아가서 의사를 배웅했다.

작은 이불과 베개가 요이코를 위해 선반에서 내려졌다. 그 위에 뉘어진, 여느 밤처럼 편안히 잠든 것으로밖에 생각되지 않는 요이코의 모습을 바라보던 치요코는 갑자기 큰소리로 울었다.

"숙모님, 큰일을 저질렀습니다……."

"네 잘못이 아니니까……."

"하지만 제가 밥을 먹이고 있었으니까요……. 숙모님 숙부님께 정말 죄송합니다."

치요코는 조금 전 저녁을 먹일 때 보았던 평소와 다름없는 요이코의 건강한 모습을 띄엄띄엄 몇 번이나 되풀이해서 말했다. 마쓰모토는 팔짱을 끼고서 정말로 이상하다고 하고는 '여기 뉘어 두는 건 불쌍하니까 저 방으로 데리고 가지' 하고 아내 오센御仙에게 재촉했다. 치요코도 함께 도왔다.

5

적당한 병풍이 없었기에 아무 것도 치지 않은 채 괜찮은 위치를 택해서 머리를 북쪽으로 뉘었다. 오센은 거실에서 아침에 갖고 놀던 풍선을 가져와서 머리맡에 놓아주었다. 얼굴에는 표백한 하얀 목면을 덮었다. 치요코는 가끔씩 그것을 걷어서 들여다보고는 울었다. 오센은 마쓰모토를 돌아보며 '여보 잠깐만요' 하더니 '관음보살처럼 사랑스런 얼굴이에요'라며 코를 훌쩍였다. 마쓰모토는 앉은 자리에서 '그런가'라며 요이코의 얼굴을 들여다보았다.

마침내 칠하지 않은 민나무 책상 위에 붓순나무와 선향과 흰 경단이 놓이고 촛불이 약한 빛을 발할 때에, 세 사람은 비로소 영구히 잠들어 버린 요이코와 그들이 멀리 떨어지게 되었다는 허전함에 사로잡혔다. 그들은 교대로 향을 올렸다. 향이 타는 냄새는 그들을 두 시간 전과는 전혀 다른 세계로 이끌면서 끊임없이 코를 자극했다. 다른 아이들은 평소처럼 일찍 잠자리에 들고 사키코咲子라는 열세 살 난 장녀만 선향 옆을 떠나지 않았다.

"너도 자거라."

"우치사이와이초에서도 간다에서도 아직 아무도 안 오네."

"이제 올 거야. 괜찮아 어서 자."

사키코는 일어나서 복도로 나가더니 뒤돌아보며 치요코를 불렀다. 치요코가 일어나서 복도로 나가자 무서우니까 변소에 같이 가 달라고 작은 소리로 부탁했다. 변소에는 전등이 없었다. 치요코는 성냥으로 초롱에 불을 켜고는 사키코와 함께 복도를 돌아서 나갔다. 돌아올 때 하녀 방을 들여다보니 부엌일 하는 하녀가 화로를 사이에 두고 차부와 뭔가 소곤소곤 얘기하고 있었다. 그 모습은 요이코의 불행에 대해 얘기하는 것일 거라고 치요코는 생각했다. 다른 하녀는 손님 맞을 준비로 거실에서 화분을 닦거나 그릇을 놓거나 하고 있었다.

그러는 사이에 연락을 받은 친척 두어 명이 왔다. 다시 올 거라면서 돌아간 사람도 있다. 치요코는 누군가 올 때마다 요이코의 갑작스런 죽음을 거듭 되풀이해서 얘기했다. 열두 시가 지나자 오센은 밤을 새는 사람들을 위해 일부러 고타츠[21]를 마련해서 방에 들여놓았지만 아무도 쓰지 않았다. 주인 부부는 사람들의 권유로 침실에 들었다. 그 후 치요코는

---

21 일본식 실내 난방장치의 하나. 나무틀에 화로를 넣고 그 위에 이불 등을 씌운 것.

짧아진 향을 몇 차례 새것으로 바꾸었다. 비는 계속해서 내렸다. 저녁 무렵 파초에 떨어진 빗소리는 더 이상 들리지 않는 대신 함석으로 된 차양에 떨어지는 낙숫물 소리가 무척 슬프고 쓸쓸하게 그녀의 귓전을 울렸다. 이 빗속에서 그녀가 가끔씩 요이코의 얼굴을 덮은 목면을 걷고 흐느껴 우는 동안 날이 밝았다.

그날은 여자들이 모두 모여 요이코의 수의를 지었다. 우치사이와이초에서 모모요코가 새로 오고 가깝게 지내는 부인이 두 명쯤 왔기에 작은 소매와 옷자락은 사람들 손에서 손으로 건네졌다. 치요코는 종이와 붓과 벼루를 갖고 다니며 모두에게 '나무아미타불' 여섯 자를 쓰도록 했다. 그녀는 '이치조 씨도 써 주세요'라며 스나가 앞에 왔다. 스나가는 '어떻게 쓰지?' 하고 신기하다는 듯이 붓과 종이를 받아 들었다.

"작은 글씨로 쓸 수 있는 한, 가득 써 주세요. 나중에 여섯 글자씩 직사각형으로 잘라서 관 속에 뿌릴 거니까요."

모두들 정좌해서 나무아미타불 여섯 자를 적었다. 사키코는 보지 말라며 소매로 가리고 꼬불꼬불하게 적었다. 열한 살 된 남자 아이는 한자가 아니라 일본 글자로 쓸 거라고 하더니 전보용 글자인 가타카나로 몇 개씩이나 적었다. 오후가 되서 입관할 즈음에 마쓰모토는 치요코에게 요이코의 옷을 갈아입혀 주라고 했다. 치요코는 대답도 없이 울면서 차가운 요이코를 벗겨서 안아 일으켰다. 등에는 보라색 반점이 전체에 생겨 있었다. 옷 갈아입히는 일이 끝나자 오센이 작은 염주를 손에 걸어 주었다. 작은 삿갓과 짚신도 관에 넣었다. 어제 저녁까지 신었던 빨간 털버선도 넣었다. 끈 앞에 달린 둥근 술이 달랑달랑 움직이는 모습이 치요코 눈에 선했다. 사람들이 주었던 장난감도 발과 머리 쪽에 넣었다. 마지막으로 '나무아미타불' 종이를 눈처럼 뿌린 다음에 뚜껑을 덮고 하얀 비단을 씌웠다.

6

오센이 도모비키友引[22] 날에 장례식을 하는 것은 좋지 않다고 해서 하루를 연기했기 때문에 집안은 음울한 분위기 속에서도 평소보다 떠들썩했다. 일곱 살 된 사내아이 가키치嘉吉는 늘 하던 대로 북을 치다가 야단을 맞고는, 가만히 치요코 옆에 와서 요이코는 이제 안 돌아오느냐고 물었다. 스나가가 웃으면서 가키치도 내일 화장터에 데려가서 요이코랑 같이 태워 버릴 작정이라고 놀리자 가키치는 그런 계획은 싫다며 큰 눈을 굴리면서 스나가를 보았다. 사키코는 '나도 내일 장례식에 가고 싶어요' 하고 오센을 졸랐다. 아홉 살 난 시게코도 가고 싶다고 했다. 오센은 마침내 생각났다는 듯이 안방에서 다구치 부부와 이야기하고 있는 남편을 불러서 '당신 내일 가시죠?' 하고 물었다.

"가야지. 당신도 가는 게 좋겠어."

"네, 가요. 아이들은 뭘 입히면 될까요."

"가문家紋이 박힌 예복이면 되지 않을까?"

"근데 무늬가 너무 화려해서."

"하카마를 입히면 돼. 남자애들은 세일러복으로 충분하고. 당신은 검

---

22 음양오행에서, 이날 장례식을 치르면 그 화(禍)가 친구에게 미친다고 하는 날.

정예복일 테고, 검정 허리띠는 있나?"

"있어요."

"치요코, 너도 상복이 있으면 입고 함께 서 주렴."

마쓰모토는 이렇게 조언해 주고 다시 안으로 들어갔다. 치요코도 새 향을 피우려고 일어났다. 관 위를 보니 어느 새 어여쁜 화환이 놓여 있었다. 옆에 있던 모모요코에게 언제 왔냐고 물어보니 모모요코는 작은 목소리로 '조금 전에' 하더니 '숙모가 어린애니까 흰 꽃만으론 쓸쓸하다며 일부러 빨간 꽃을 섞으라고 했대'라고 설명했다. 자매는 한참 거기 나란히 앉아 있었다. 십 분 정도 지나자 치요코는 모모요코의 귀에 대고 '모모요코, 죽은 요이코의 얼굴 봤어?' 하고 물었다 모모요코는 '응' 하고 끄덕였다.

"언제?"

"조금 전 입관할 때 보았잖아, 왜?"

치요코는 그것을 잊어버리고 있었다. 만약 동생이 보지 않았다면 둘이서 관 두껑을 열어 한 번 더 보려고 생각했던 것이다. '그만 둬. 무서우니까' 하고 모모요코는 고개를 저었다.

밤에는 밤새 독경으로 기원하는 스님이 와서 경을 읊었다. 치요코가 옆에서 들어보니 마쓰모토는 스님을 붙잡고 삼부경이 어떻고 찬가가 어떻다는 등의 이상한 얘기를 하고 있었다. 그 중에는 신란親鸞이나 렌뇨蓮如라는 스님 이름도 가끔 나왔다. 열 시가 좀 지났을 때 마쓰모토는 스님 앞에 과자와 시주를 내놓고는 이제는 돌아가서도 좋다고 양해를 구했다. 스님이 돌아간 뒤에 오센이 이유를 묻자 '스님도 빨리 주무시는 게 좋아. 요이코도 불경 같은 거 듣기 싫어해' 하고는 아무렇지도 않게 말했다. 치요코와 모모요코는 얼굴을 마주보며 웃었다.

다음 날은 바람 한 점 없는 맑은 하늘 아래 작은 관이 조용히 떠나갔다. 거리의 사람들은 그것을 마치 불가사의한 무엇인 양 말없이 눈으로 전송했다. 마쓰모토가 흰 종이를 바른 초롱과 민나무 가마가 싫다면서 요이코의 관을 영구차에 넣었던 것이다. 영구차 주위로 늘어진 검정 휘장이 흔들릴 때마다 흰 비단을 덮은 작은 관위에 놓인 화환이 언뜻언뜻 보였다. 주변에서 놀던 아이들이 다가와서 신기하다는 듯 차안을 들여다보았다. 차와 마주쳤을 때 모자를 벗고 지나간 사람도 있었다.

절에서는 독경도 분향도 형식대로 끝냈다. 치요코는 넓은 본당에 앉아 있는 동안 신기하게도 눈물이 나지 않았다. 숙부 숙모의 얼굴을 봐도 두드러지게 슬픔에 잠긴 모습은 없었다. 분향할 때 시게코가 향을 향로 안에 피우는 것을 잘못해서 재를 집어서 말향抹香 속에 넣었을 때는 우스워서 웃음이 터졌을 정도이다. 식이 끝나고 나서 마쓰모토와 스나가 외에 두어 명이 함께 관을 따라 화장터로 갔기 때문에 치요코는 다른 사람들과 다시 야라이로 돌아왔다. 인력거에서 치요코는 애절함이 가라앉은 지금보다도 숨 막힐 듯이 슬펐던 어제와 그제의 기분이 더 맑고 아름다운 무언가가 포함된 것처럼 생각되어서 그때 맛본 통렬한 비애가 오히려 그리워졌다.

7

화장하고 남은 유골을 담아 오는 일은 오센과 스나가와 치요코 그리고 평소에 요이코를 돌보던 기요淸라는 하녀까지 모두 네 명이서 갔다.

가시와기柏木역에 내리면 이 백 미터 정도의 거리인데도 잘 몰라서 집에서부터 인력거를 타고 왔기 때문에 시간이 오히려 더 걸렸다. 치요코에게 화장터의 경험은 태어나서 처음이었다.

오랫동안 못보고 지낸 교외 풍경도 마치 잊어버린 것들이 생각난 듯이 기뻤다. 푸른 보리밭과 무밭 그리고 상록수에 적, 황, 갈색이 다양하게 섞인 숲의 색깔이 눈에 들어왔다. 앞서 가던 스나가는 가끔 뒤를 돌아보며 여기가 아나하치만穴八幡 신사며 스와諏訪 숲이라는 식으로 치요코에게 가르쳐주었다. 인력거가 어둡고 완만한 고갯길에 왔을 때 그는 다시 치요코를 위해 높은 삼나무 숲 속에 있는 가늘고 긴 탑을 가리켰다. 거기는 '홍법대사 천오십 년 공양탑'이라고 새겨져 있었다. 그 아래에는 얼룩조릿대가 우거지고 우물을 판 찻집 한 칸이 있었기 때문에 다리 옆길은 무척 시골길다웠다. 이따금 헐벗기 시작한 높은 나뭇가지에서 빛바랜 작은 나뭇잎이 하나씩 떨어졌다. 공중에서 나뭇잎이 재빠르게 빙빙 돌면서 춤추는 모습이 치요코의 눈을 자극했다. 쉽게 땅에 떨어지지 않고 언제까지나 공중에서 팔랑거리는 것도 그녀에겐 색다른 광경이었다.

화장터는 햇볕이 잘 드는 평지에 남쪽을 향해 지어져 있기에 인력거가 문 안으로 도착했을 때는 생각보다 밝은 그림자가 치요코 가슴을 비추었다. 사무소 앞에서 오센이 마쓰모토라고 이름을 대니 우체국 접수창구 같은 유리창 안에 앉은 남자가 '열쇠는 갖고 오셨죠?'라고 물었다. 오센은 당황한 얼굴로 황급히 품속과 허리띠 사이를 찾아보았다.

"큰일이네, 열쇠를 거실 서랍장 위에 놓고 깜박했나 봐……."

"안 갖고 왔어요? 어떡하나……. 아직 시간이 남았으니 얼른 이치에게 갖고 오라고 하면 되요."

뒤에서 둘의 대화를 냉담하게 듣고 있던 스나가는, 열쇠는 내가 가지고 왔다며 차고 무거운 걸 소맷자락에서 꺼내어 숙모에게 건넸다. 오센이 그것을 접수부에 보여주고 있는 사이에 치요코는 스나가를 나무랐다.

"이치 씨는 정말 밉다니까요. 갖고 있다면 빨리 꺼내 놔야죠. 숙모가 요이코 때문에 정신이 없어서 그러시는데."

스나가는 그저 웃으면서 서 있었다.

"당신처럼 매정한 이는 차라리 안 오는 게 낫겠어요. 요이코가 죽어도 눈물 한 방울 안 흘리고."

"매정한 게 아니야. 아직 아기가 없으니까 부모 자식의 정을 잘 모르는 거지."

"아유, 숙모 앞에서 태평한 얘기는 잘도 하시네요. 그럼 저는 어떤데요, 저는 뭐 언제 아기 낳아 본 적이 있나요?"

"있는지 없는지 난 모르지. 하지만 치요코는 여자니까 남자보다는 따스한 마음이 있을 테지."

오센은 둘의 언쟁을 못들은 사람처럼 용무를 끝내고 바로 대합실로 갔다. 거기 앉아서 서 있는 치요코를 손짓으로 부르자 치요코는 즉시 숙모 옆으로 가서 앉았다. 스나가도 이어서 들어왔다. 그리고는 두 사람 건너편에 있는 평상 같은 데에 걸터앉았다. 하녀 기요에게도 앉으라며 자기 자리를 좀 비켜 주었다.

넷이서 차를 마시며 대기하고 있을 동안 유골을 담으려고 온 사람들이 두어 팀 보였다. 처음에는 촌스런 할머니가 혼자 왔는데 오센과 치요코의 차림새에 조심스러운 듯 말을 아꼈다. 다음에는 부자지간이 왔다. 활달한 목소리로 항아리를 달라고 하더니 그 중 제일 싼 것을 십육 전에 사갔다. 세 번째는 산발한 머리에 각대를 맨 남자인지 여자인지 알 수 없는 맹인이 보라색 바지를 입은 여자아이의 손에 이끌려서 왔다. 그리고 '아직 시간이 남았지?' 하고 확인하더니 품속에서 꺼낸 담배를 피우기 시작했다. 스나가는 이 맹인을 보고는 밖으로 나간 채 좀체 돌아오지 않았다. 그러던 중 사무소 직원이 오센에게 오더니 준비가 되었으니 들어오시라고 재촉을 했기에 치요코는 스나가를 부르러 뒷마당으로 나갔다.

8

신주표찰에 누구 누구씨라고 쓴 보통 크기의 가마가 좌우로 으스스하게 늘어선 것을 보며 뒤편으로 빠져나오니, 넓은 공터 한구석에 소나무 장작이 산처럼 쌓여 있었다. 주위에는 예쁜 죽순대가 푸릇푸릇 무성하게 자라 있었다. 그 아래는 보리밭으로 그 너머로는 높은 기슭이 구불구불 이어졌기에 북쪽의 전망은 한층 청정했다. 그 공터의 가장자리에서 스나가는 시야에 펼쳐진 넓은 세상을 멍하니 바라보고 있었다.

"이치 씨, 이제 준비가 됐대요."

스나가는 치요코의 목소리를 듣고 말없이 돌아오더니 '저 대숲은 정말 훌륭하군. 왠지 죽은 자의 기름이 비료가 되어 저렇게 잘 자란 듯한 느낌이 들어. 여기서 나오는 죽순은 분명 맛있을 거야'라고 했다. 치요코는 '아, 싫다' 하더니 얼른 가마 사이를 빠져 나갔다. 요이코의 가마는 상등품 1호였기에 문 위에 보라색 휘장이 쳐져 있었다. 그 앞에는 시들기 시작한 어제의 화환이 선반 위에 조용히 놓여 있었다. 그것이 마치 요이코의 육신을 태운 기념품처럼 느껴져서 치요코는 갑자기 답답해졌다. 묘지기가 세 명 나왔다. 그 중 가장 나이가 많은 사람이 '봉인을……'이라고 하자 스나가는 괜찮으니 그냥 열어 달라고 하였다. 묘지기는 황송해 하면서 봉인을 자르고는 찰카닥 소리를 내며 자물쇠를 뺐다. 검은 철문이 좌우로 열리자 어두컴컴한 안쪽에서 둥글고 검고 허연 것들이 잿빛을 띠고 형체도 없이 덩어리져 있는 것이 희미하게 보였다. 묘지기는 '지금 꺼냅니다'라며 미리 알린 뒤에 레일 두 줄을 앞쪽으로 당겨 놓고 관대의 가장자리에 쇠고리 같은 것을 두 개 거는가 싶더니, 갑자기 와르르르 하는 소리와 함께 형체도 없이 타 버린 유골 한 덩어리가 네 명이 서 있는 앞으로 나왔다. 거기서 제사용 떡을 닮은 둥그런 요이코의 두개골이 살아 있을 때 모습대로 남아 있는 걸 보자 치요코는 곧 손수건을 입으로 가져갔다. 묘지기는 두개골과 협골에 두세 개 큰 뼈를 남기고 '나머지는 잘 추려가지고 오지요'라고 했다.

　네 사람은 각자 나무젓가락과 대젓가락을 하나씩 가지고 받침대 위의 백골을 조심스레 주워서 하얀 항아리에 담았다. 그리고는 약속이라도 한 듯 울었다. 다만 스나가만은 창백한 얼굴로 말도 없었고 코도 훌쩍이지 않았다. 묘지기가 치아는 따로 두겠느냐고 물으며 작은 용기에 따로 담아 주었을 때 턱뼈를 부수어서 그 속에서 두세 개 꺼내는 것을 본 스나가는 '이렇게 보니 사람 같은 느낌이 전혀 안 드네. 모래 속에서 작은 돌을 줍는 것 같군' 하고 혼잣말처럼 중얼거렸다. 하녀가 바닥 위에 눈물을 뚝뚝 흘렸다. 오센과 치요코는 젓가락을 놓고서 손수건을 얼굴로 가져갔다.

　인력거를 탈 때 치요코는 삼나무 상자에 넣은 하얀 항아리를 안아서 무릎 위에 올려놓았다. 인력거가 움직이자 무릎 덮개와 삼나무 상자 사이로 차가운 바람이 불어왔다. 높다란 느티나무가 빛바랜 줄기를 길 좌우로 늘어뜨리고 그들을 환영하듯이 가느다란 가지를 흔들었다. 가는 가지들이 머리 위 높은 곳에서 교차할 정도로 양쪽에서 무성하게 뻗어나와 있었기에 지나가는 곳이 의외로 밝은 것을 이상하게 생각한 치요코는 가끔 머리를 들고 먼 하늘을 바라보았다. 집에 도착해서 유골을 불단 앞에 놓자 아이들이 가까이 와서 뚜껑을 열어서 보여 달라고 하는 것을 그녀는 단연코 거절했다.

마침내 식구들이 같은 방에 모여 점심상을 받게 되었다. 스나가가 '이렇게 보면 아이들이 많은 것 같아도 벌써 한 명은 빠져 버렸군' 하고 말을 꺼냈다.

"살아 있을 땐 그 정도로 소중하다고 생각지 않았는데 가고 나니 제일 아까운 거 같아. 이 중에 누군가가 대신 할 수 있으면 좋겠다고 생각될 정도야" 하고 마쓰모토가 말했다.

"너무해" 하고 시게코가 사키코에게 소곤댔다.

"숙모님, 다시 분발해서 요이코랑 꼭 닮은 아기를 낳아 주세요. 귀여워해 줄게요."

"요이코와 같은 애는 소용없지. 진짜 요이코라야 말이지. 밥그릇이나 모자하고는 달라서 대신할 수 있을지는 몰라도 잃어버렸다는 기억을 잊을 순 없으니까."

나는 비 내리는 날에 소개장을 가지고 나를 만나러 오는 사내가 싫어졌다.

스나가 이야기

1

스나가의 집 앞에서 '뒷모습의 여인'을 본 이후, 게이타로는 늘 그 두 사람을 연결하는 인연의 끈을 상상했다. 그 끈은 꿈과 같은 향기가 있었기에 눈앞에서 실제로 스나가와 치요코를 바라볼 때는 어디론가 사라져 버리는 경우가 많았다. 하지만 그들이 게이타로의 눈앞에서 현실적인 자극을 주지 않을 때에는 다시 그 인연의 끈이 나타나서 떨어질 수 없는 운명처럼 두 사람 사이를 묶어 놓았다. 다구치의 집을 드나들게 된 뒤에도 두 사람의 관계에 대해서는 전혀 들을 수가 없었고 또한 그들의 모습을 직접 관찰해 봐도 평범한 사촌 이상의 분위기는 없었지만, 그는 처음부터 이러한 상상에 지배되어 두 사람을 한 쌍의 남녀로 바라보는 경향이 있었다.

말하자면 결혼 안한 젊은 남자나 젊은 여자는 게이타로가 보기에는 자연스럽지 못한 반쪽에 불과하기 때문에 자신이 아는 그들을 머릿속에서 그렇게 짝지은 것은 아직 반쪽 처지에서 갈팡질팡하는 두 사람에게 하늘이 베풀어준 자격을 빨리 부여해 주고 싶다는 도의심에서 나온 건지도 모른다. 어찌 되었든 어려운 얘기니까 게이타로를 변호할 필요는 없겠지만, 최근에 우연히 치요코의 혼담을 듣게 된 게이타로가 상상의 세계와 현실 사이의 모순에서 한동안 의아해 했던 것은 분명한 사실이다.

그는 이 얘기를 서생 사에키佐伯한테 들었다. 하긴 사에키 같은 자가 일이 매듭지어지기도 전에 자세한 내막을 알고 있을 리 없고, 단지 막연한 표정의 얼굴을 평소보다 긴장시키면서 대충 이러한 소문이라고 할 뿐이었다. 치요코를 데려갈 사람의 이름은 물론 알지 못했으나 신분이 실업가라는 사실은 확실한 것 같았다.

"치요코 씨는 스나가한테 시집가는 걸로 알고 있었는데 그게 아니었나."

"그러지는 않겠죠."

"왜?"

"왜냐고 물으면 저도 확실히 대답하기 힘들지만, 생각해 보면 좀 어려울 것 같은데요."

"그럴까, 난 딱 좋은 부부라고 생각하는데. 친척이면서 나이도 대여섯 살 차이니까 어색하지 않고."

"모르는 사람이 보면 정말 그렇게 보이지만. 속으로는 여러 가지 복잡한 사정도 있는 것 같으니까요."

게이타로는 사에키가 말하는 소위 복잡한 사정이라는 것을 꼬치꼬치 물어보고 싶었지만 왠지 자신을 아무 것도 모르는 사람으로 취급하는 듯한 그의 말이 거슬리기도 했고, 고작 현관 당번인 서생한테서 가정의 내막을 캐물었다는 말이라도 들으면 자신의 품격에도 지장이 있으며, 본인 말처럼 자세히 사정을 알고 있을 리도 없기에 그것으로 얘기를 그만두었다. 겸사겸사 안으로 들어가서 부인에게 인사하고 잠시 이야기를 나누었지만 평소와 별로 다른 분위기도 아니었기에 축하한다고 말할 용기도 나지 않았다.

이것은 게이타로가 스나가의 집에서 치요코에게 마츠모토네 아기의 불행에 대해서 듣기 이삼일 전의 일이었다. 그날 그가 오랜만에 스나가를 찾은 것도 실은 결혼 문제에 관한 생각을 확인해 보려는 의도에서였다. 스나가가 어디 사는 누구와 결혼을 하고 치요코가 어디 사는 누구에게 시집을 가든 게이타로가 상관할 바는 아니었지만, 이 둘의 운명이 그렇게 미련 없이 좌우로 갈라질 수 있는 건지 혹은 자신의 상상대로 환상의 끈이 보이지 않는 인연이 되어 두 사람을 부지불식간에 이어주고 있는지. 아니면 꿈으로 엮은 띠처럼 어른거리는 그 무엇이 어느 때는 두 사람 눈에 뚜렷이 보였다가 또 어느 때에는 완전히 끊어져서 그들을 각각 독립시키는지, 이런 것들이 게이타로는 알고 싶었다.

물론 이것은 단순한 호기심에 불과했다. 자신도 확실히 그렇게 알고 있었다. 다만 스나가에 대해서라면 이 호기심을 만족시켜도 결례가 되지 않는다는 것도 자각하고 있었다. 뿐만 아니라 그는 자신의 호기심을 만족시킬 권리가 있다고까지 믿고 있었다.

2

그날은 공교롭게도 치요코가 방해를 했고 나중에는 스나가의 어머니까지 나왔기 때문에 오래 앉아 있었음에도 불구하고 자세한 이야기는 전혀 꺼낼 기회가 없었다. 다만 우연히 자기 앞에 앉은 이 세 사람의 모습이 지금 이대로도 잘 어울리는 부부와 시어머니 같다는 생각이 문득 들었을 때, 게이타로는 이들을 일반적인 사람들이 하는 식으로 성사시키는 것은 너무나 쉬운 일이라고 생각하며 돌아왔다.

다음 일요일은 따뜻하고 좋은 날씨여서 쉬기 좋은 날이었기에 게이타로는 아침 일찍부터 스나가를 찾아가서 교외로 나가자고 할 생각이었다. 게으르고 제멋대로인 스나가는 현관까지 나와서도 좀체 나가려고 하지 않았는데, 어머니가 억지로 권유해서 마지못해 구두를 신었다. 일단 구두를 신으면 그는 게이타로의 생각대로 어디든 가주는 사람이었다. 그 대신 아무리 의논을 하더라도 어떤 곳에 가자고 확실하게 주장하는 남자도 아니었다. 그와 야라이의 마쓰모토 숙부가 함께 외출하면 두 사람 다 목적지를 생각지 않고 걷기 때문에 함께 엉뚱한 곳에 와 있을 때도 있었다. 게이타로는 그런 얘기를 그의 어머니에게서 실제로 들었던 것이다.

이날 그들은 료코쿠兩國에서 기차를 타고 고우노다이鴻台로 가서 내렸다. 그리고 아름답고 넓은 강을 따라서 제방 위를 천천히 걸었다. 게이타로는 오랜만에 화창하고 좋은 기분이 되어 물과 언덕, 돛단배 같은 것을 둘러보았다. 스나가도 경치만큼은 칭찬하면서도 아직 세찬 바람이 부는 제방을 거닐 계절은 아니라면서 추운데 가자고 꾀어낸 게이타로를 원망하였다. 빨리 걸으면 따뜻해진다고 주장한 게이타로는 성큼성큼 걷기 시작했고 스나가는 어이없다는 얼굴로 따라갔다. 두 사람은 시바마타柴又의 다이샤쿠텐帝釈天 옆까지 가서 가와진川甚이라는 곳에서 밥을 먹었다. 거기서 스나가는 주문한 장어구이가 너무 달아서 못 먹겠다며 다시 언짢은 얼굴을 했다. 아까부터 둘의 기분이 식어 있었기 때문에 차분한 대화를 나눌 수 없어서 답답해하던 게이타로는 이때 스나가에게 '에도사람은 호사스럽군. 아내를 얻을 때도 그렇게 호사스런 말을 하려나' 하고 물었다.

"할 수만 있다면 누구든 하지, 에도사람만 하지는 않아. 자네 같은 촌놈도 그런 말을 할 거야."

스나가는 이렇게 대답하고 태연하게 있었다. 게이타로는 어쩔 수 없이 '에도 사람은 무뚝뚝하구먼' 하고 웃음을 터뜨렸다. 스나가도 갑자기 재미가 났는지 웃었다. 그 다음부터는 둘의 대화도 그들의 기분처럼 원만하게 흘러갔다. 스나가가 '자네도 요즘은 꽤 안정된 모양이야' 하고 평해도 게이타로는 '좀 성실해졌는지도 모르지'라고 점잖게 받아들이는가 하면 게이타로가 스나가에게 '자네, 점점 더 괴팍해진 건 아닌가?' 하고 놀려도 스나가는 '왠지 나도 내가 싫어질 때가 있어'라며 자기 약점을 기분 좋게 인정할 뿐이었다.

이렇게 두 사람이 서로의 속을 솔직하게 꿰뚫어 보고도 불편해 하지 않을 무렵에 치요코 이야기가 나온 것은, 속사정이 듣고 싶었던 게이타로에게는 우연한 행운이었다. 게이타로는 일주일 전쯤 우연히 들었던 치요코가 머잖아 결혼할지도 모른다는 소문을 시작으로 먼저 스나가를 공격했다. 스나가는 전혀 흥분한 기색을 보이지 않았다. 오히려 평소보다 가라앉은 어조로 '또 무슨 혼담이 들어 온 모양이지. 이번엔 성사되면 좋을 텐데'라고 대답하더니 갑자기 말투를 바꾸어 '자네는 잘 모르겠지만 지금까지 몇 번이나 그런 일이 있었어' 하고 진부하다는 듯이 설명해 주었다.

"자네는 데려올 생각이 없나?"

"내가 데려올 것처럼 보이나?"

이런 식으로 둘의 대화는 서로 밀고 당기면서 점점 앞으로 나아갔는데 드디어 결정적인 것을 털어놓거나 그렇지 않으면 화제를 바꿀 수밖에 없는 지점까지 왔을 때에, 스나가는 게이타로에게 '또 지팡이를 갖고 왔구먼' 하더니 쓴웃음을 지었다. 게이타로도 웃으면서 툇마루로 나갔다. 그러고는 그 지팡이를 갖고 들어와서 여기 있다며 스나가에게 뱀 머리를 보여주었다.

3

스나가의 이야기는 게이타로의 예상보다 훨씬 길었다.

나의 아버지는 일찍 세상을 떠났다. 내가 부자지간의 정을 잘 알 수 없는 어린아이일 때 갑자기 돌아가셨다. 나는 아직 내 자식이 없기 때문에 피를 나눈 혈육에 대한 따뜻한 정은 희박할지 모르지만 그 후에 날 낳아 준 부모를 그리워하는 마음은 상당히 깊어졌다. '지금과 같은 마음을 당시에도 가졌더라면' 하고 생각할 때도 적지 않았지만, 당시의 나는 한마디로 아버지에겐 몹시 냉담했다. 하긴 아버지도 결코 자상한 분은 아니었다. 지금 내 가슴에 그려진 아버지 얼굴이란 광대뼈가 나오고 좋지 않은 혈색에 친근감 없는, 그런 엄격한 표정으로 가득한 초상에 불과하다. 난 거울 속의 내 얼굴을 볼 때마다 가슴속에 간직한 아버지의 용모와 많이 닮았다는 생각으로 불쾌해진다. 나도 아버지처럼 남에게 싫은 인상을 주지 않을까 하는 걱정으로 주눅이 들기 때문만은 아니다. 지금 내 피 속에는 내 음울한 눈썹과 이마가 나타내는 것보다 훨씬 따뜻한 정이 흐르고 있다는 사실로 미루어 볼 때, 그렇게 냉혹해 보였던 아버지도 마음 깊은 곳에서는 나 이상의 뜨거운 눈물을 간직하고 있었던 게 아닐까 싶은 생각을 하면, 아버지의 유품으로 좋지 않은 껍데기만을 기억하고 있는 내가 자식으로서 너무나 몰인정하다는 기분이 들기 때문이다. 아버지는 죽기 이삼 일 전 머리맡으로 나를 불러서 '이치조, 내가 죽으면 어머니의 보살핌을 받아야 한다. 알고 있느냐?'라고 하셨다. 태어날 때부터 어머니의 보살핌을 받아왔기에 새삼스럽게 그런 말을 하시는 게 이상했다. 잠자코 앉아 있었더니 아버지는 뼈만 남은 얼굴의 근육을 힘들게 움직이며 '지금처럼 장난꾸러기면 어머니도 안 봐주실 거다. 좀 어른스러워져야 돼'라고 하셨다. 나는 지금껏 어머니가 돌봐 주었으니까 지금 이대로의 나로 충분할 거라는 생각이었기에 아버지의 잔소리를 쓸데없는 참견으로 생각하면서 병실을 나왔다.

아버지가 죽었을 때 어머니는 몹시 우셨다. 아버지 장례가 나가기 전에 나는 옷을 갈아입고 무료해서 혼자 툇마루로 나가 푸른 하늘을 목을 빼고 올려다보고 있는데, 소복을 입은 어머니가 무슨 생각을 하셨는지 갑자기 나에게 왔다. 다구치와 마쓰모토를 비롯해서 함께 서 있는 사람들은 모두 저쪽에서 북적거리고 있었기 때문에 주위에는 아무도 없었다. 어머니는 갑자기 내 까까머리에 손을 얹고는 울어서 부은 눈으로 나를 바라보았다. 그러고는 작은 소리로 '아버지가 돌아가셔도 어머니가 지금처럼 귀여워해 줄 테니 걱정마라' 하고 말했다. 나는 아무 대답도 하지 않았고 눈물도 흘리지 않았다. 그때는 그걸로 지나갔지만 성장한 다음까지도 부모님에 대한 기억을 그늘지게 하는 것은 이때 두 분이 했던 말 때문이라는 생각이 점점 강하고 뚜렷해졌다.

어떤 의미도 둘 필요가 없는 그 말에 대해 나는 왜 깊은 의혹의 감정을 가져야만 했는지는 스스로에게 물어보아도 전혀 설명할 길이 없었다. 가끔 어머니에게 직접 캐묻고 싶은 기분도 들었지만 어머니의 얼굴을 보는 순간 용기가 꺾이곤 했다. 그리고 마음속 어딘가에, 이 생각을 털어놓는 것을 마지막으로 부모자식 관계가 멀어져서 다시는 지금처럼 다정한 상태로 될 수 없을 것이라고 속삭이는 무언가가 있었다. 그렇지 않더라도, 어머니는 내 진지한 얼굴을 보면서 그런 적이 있었냐며 웃음으로 얼버무릴 것 같았기 때문에 내 질문을 그렇게 대충 넘겨 버리는 잔혹한 결과를 예상하고는, 도저히 입 밖에 낼 말이 아니라고 생각을 바꾸고는 입을 다물었다.

나는 어머니에 대해 결코 유순한 아들이 아니었다. 아버지가 죽기 전에 머리맡으로 불려가서 주의를 들을 정도로 어릴 적부터 어머니 말을 듣지 않았다. 커서는 어머니 혼자니까 좀 다정하게 해야겠다는 분별력이 생겼지만 역시 어머니가 시키는 대로 하지는 않았다. 특히 최근 이삼 년은 걱정만 끼쳤다. 하지만 아무리 내 입장만 내세우더라도 모자간이라서 이 소중한 관계를 다치게 한 기억은 크든 작든 여태 없었다고 생각했기 때문에, 만약에 그 문제를 끄집어내서 두 사람 모두에게 후회라는 흉터가 남는 상처를 입는다면 그야말로 돌이킬 수 없는 불행이라고 생각하고 있었다. 이런 두려움은 신경질적인 성격을 타고난 내 자신이 만들어 낸 것일지도 모른다는 의심도 해보았다. 하지만 이 문제는 내게 현재보다는 분명 미래로 존재하고 있을 때가 많았다. 그래서 나는 아버지와 어머니가 했던 말을 그대로 기억에서 지워 버리지 못한 것을 지금도 한심스럽게 생각한다.

4

　아버지와 어머니 사이가 어느 정도 좋았는지 나는 모른다. 나는 아직 아내를 얻어 본 경험이 없으니까 이런 문제를 말할 자격이 없을지도 모르지만, 어떤 사이좋은 부부도 가끔은 서로 어색할 수 있는 게 인간의 일상일 테니 그들도 오래 함께 사는 동안 마음속으로 각자의 오점을 발견하고는 남들도 모르고 상호간에도 말하지 않은 불만을 홀로 맛보면서 참았던 경우도 있었으리라고 본다. 다만 아버지는 화를 잘 내는 성격에 비해 소극적인 사내였고 어머니는 옛 노래를 읊을 때 외에는 큰소리를 못내는 성미라서, 두 사람이 말다툼하는 현장을 나는 아버지가 돌아가시기까지 본 적이 없었다. 요컨대 세상 사람들 눈에 우리 집만큼 조용하게 정돈된 가정은 보기 힘들었을 것이다. 그렇게 노골적으로 심하게 남의 흉을 보는 마쓰모토 숙부조차 지금껏 그렇게 인정하며 믿고 있다.

　어머니는 내게 돌아가신 아버지를 이야기할 때 세상 아버지들 중에 거의 완벽한 사람처럼 설명하신다. 그것은 내 마음에 흐린 모습으로 잠겨 있는 아버지에 대한 기억을 청정케 하기 위한 변호로도 생각되었다. 혹은 어머니의 기억을 시간이라는 행주로 닦아서 점점 광택을 내려는 의도로도 여겨졌다. 그런데 아버지를 자애에 넘치는 부모로 내게 소개할 때 어머니의 태도는 완전히 바뀐다. 평소 내가 아는 그 온화한 어머니가 왜 그렇게 진지해지는지 놀랄 정도의 엄숙한 분위기에 압도되는 일도 있었다. 하지만 그건 내가 중학교에서 고등학교로 올라가던 당시의 일이다. 지금은 아무리 어머니를 졸라서 같은 얘기를 다시 들어봐도 그런 고귀한 기분이 들지 않는다. 그 무렵부터 학교 졸업 때까지, 나의 정서는 최근 소설의 주인공처럼 완전히 삭막해져 버린 것이리라. 요즘 세상 분위기에 중독된 자신이 원망스러울 때면 단 한 번이라도 좋으니 어머니 앞에서 그런 숭고한 감정을 맛보고 싶지만 그 소망이 이루어질 수 없는 과거의 꿈이라는 생각에 슬퍼진다.

어머니 성격은 예로부터 익히 쓰는 자상한 어머니라는 말 이외에 표현할 길이 없다. 내가 볼 때 어머니는 이 말을 위해 태어나 이 말을 위해 죽는다고 해도 상관이 없다. 참으로 딱하지만 어머니는 삶의 만족을 여기에만 쏟고 있기에 나만 충분히 효도를 한다면 그녀에게 이보다 큰 기쁨은 없다. 다만 만약 내가 그녀의 뜻을 어기는 일이 많다면 그만한 불행 또한 그녀에겐 결코 없는 셈이다. 그걸 생각하면 몹시 맘 아픈 일이 있다.

생각났으니 잠시 말해 두면 나는 날 때부터 외아들은 아니다. 어릴 적에 다에ⁿ라는 여동생과 매일 놀던 일을 기억하고 있다. 여동생은 항상 큰 무늬가 있는 덧옷을 입고 인형처럼 머리를 잘라서 늘어뜨리고 있었다. 그리고 나를 오빠라고 부르지 않고 늘 '이치조 짱'이라고 이름을 불렀다. 이 여동생은 아버지가 돌아가시기 몇 년 전에 디프테리아로 죽었다. 그 땐 아직 혈청 주사가 발명되지 않았기에 치료도 무척 곤란했을 것이다. 난 물론 디프테리아라는 병명도 몰랐다. 집으로 병문안 온 마쓰모토가 '너도 디프테리아니?' 하고 놀렸기에 '아니요 난 군인이에요'라고 대답했던 것을 지금도 잊지 않고 있다. 여동생이 죽고 나서 한동안은 어렵기만 했던 아버지의 얼굴이 무척 자상해 보였다. 어머니에게 정말 미안하게 되었다고 말하던 아버지 표정이 특히 온화했기 때문에 어린아이였지만 그 말까지 작은 가슴에 새겨 두었다. 하지만 어머니가 그 말에 대해 어떻게 대답했는지는 전혀 모르겠다. 아무리 떠올려 봐도 생각나지 않는 걸 보면 처음부터 기억하지 못했던 것 같다. 이렇게 예민하게 아버지를 관찰하는 능력을 어릴 적부터 갖고 있는 내가 어머니에 대한 주의력이 결여되어 있는 건 신기한 일이다. 인간은 자신보다 남을 더 알고 싶어하는 습성이 있는 거라면 나는 아버지를 어머니보다 훨씬 더 남처럼 느꼈었는지도 모른다. 역으로 말해 어머니는 관찰할 가치가 없을 정도로 나에게 친숙했던 것이다. 어쨌든 여동생은 죽었다. 그리고 나는 아버지에게도 어머니에게도 외아들이었다. 아버지가 죽은 후 나는 지금 어머니에게 외아들이다.

5

그래서 나는 가능한 한 어머니를 소중히 생각해야만 한다. 그러나 실제로는 같은 이유에서 도리어 더 제멋대로 하고 있다. 나는 작년에 학교를 졸업하고 나서 지금까지 취직이라는 문제를 단 하루도 신경 쓴 적이 없다. 학교 성적은 좋은 편이었다. 석차를 기준으로 사람을 채용하는 지금의 관례를 이용하려고 들면 친구들의 부러움을 살만한 좋은 자리에 앉을 기회도 없지 않았다. 실제로 한번은 어떤 분야에서 추천 의뢰를 받은 모 교수가 나를 불러서 의향을 물어 본 일도 있다. 그래도 내 마음은 움직이지 않았다. 물론 자만심으로 이렇게 말하는 것은 아니다. 진의를 털어놓자면 오히려 자만의 반대인 신념의 결핍에서 기인된 소극성이기 때문에, 기분이 좋지 않다. 아침부터 밤까지 열심히 일해서 세상 사람의 칭찬을 받아 봤자 무슨 소용 있으랴 하는 방자함은 처음부터 나와 붙어 다녔다. 나는 시류를 타서 출세하기 위해 태어난 남자가 아니라고 본다. 법률 따위를 배우지 않고 식물학이나 천문학이라도 했더라면 천성에 맞는 일을 하늘로부터 부여받은 것일지도 모르겠다고 생각하였다. 나는 세상에 대해서 몹시 소심한 주제에 자신에 대해서는 아주 참을성이 많은 사내이기 때문에 그렇게 생각하는 것이다.

이처럼 내가 계속 이렇게 내 마음대로 살 수 있는 것은 물론 아버지가 남겨주신 얼마 안 되는 재산 덕분이다. 만약 그 재산이 없었다면 난 아무리 힘들어도 법학사라는 직함을 이용해서 세상과 싸워야만 했을 거라고 생각하면 돌아가신 아버지에게 새삼 감사의 뜻을 전하고 싶다. 동시에 내 방자함이란 재산 덕분에 겨우 그 존재가 허용되는 것이기에 상당히 불안정하고 얄팍한 것이 틀림없다고 생각한다. 그리고 거기에 희생되고 있는 어머니가 한층 더 가엾어진다.

어머니는 옛날 완고한 교육을 받은 여성들이 그렇듯이 무엇보다 가문의 이름을 떨치는 것이 자식 된 사람의 첫째 도리로 생각하신다. 다만 어머니가 가문의 이름을 떨친다고 말하는 것은, 명예의 의미인지 재산의 의미인지 권력이나 덕망의 의미인지 그에 대한 분별은 없다. 그저 막연하게 하나가 머리 위에 떨어지면 다른 모든 것이 뒤따라서 문 앞으로 폭주할 거라는 정도로 생각하신다. 하지만 나는 이런 문제에 대해 아무것도 어머니에게 설명해 줄 용기가 나지 않는다. 설명해 드리려면 내가 지당하다고 인정한 방식으로 가문의 이름을 떨치고 난 다음이 아니라면 내게 그럴 자격이 없기 때문이다. 나는 어떤 의미에서든 가문의 이름을 떨칠 남자가 아니다. 그저 더럽히지 않을 정도의 견식만을 생각하고 있을 뿐이다. 그리고 그 견식은 어머니를 기쁘게 하기는커녕 어머니와는 동떨어진 전혀 관계없는 것이기 때문에 어머니도 불안할 것이고 나도 쓸쓸하다.

내가 어머니에게 끼치는 수많은 걱정 중에 제일 먼저 꼽아야만 할 것이 바로 지금 말한 이런 결점이다. 다만 이 결점을 고치지 않고도 어머니와 부족함 없이 살 수 있을 정도로 나를 사랑하시니까, 죄송한 마음만 잃지 않고 이대로 지내면 되겠지만 이 방자함보다 어머니를 더 아프게 실망시킬까 봐 내가 남몰래 가슴 아파하는 것이 바로 결혼 문제이다. 결혼 문제라고 하기보다는 나와 치요코를 둘러싼 주변 상황이라고 하는 쪽이 적절할지도 모른다.

이것을 설명하려면 이야기 순서상 먼저 치요코가 태어나기 전으로 소급할 필요가 있다. 당시 다구치는 결코 지금 같은 권세가도 자산가도 아니었다. 그저 장래성 있는 사내라서 아버지가 어머니의 여동생인 이모를 시집가게끔 주선했던 것이다. 다구치는 원래 나의 아버지를 선배로 존경하고 있었다. 무슨 일이 있으면 상담도 하고 도와주기도 했다. 양가 사이에 새로 성립한 이 친밀한 관계가 세월과 함께 점점 원만하게 진행되던 중에 치요코가 태어났다. 그때 내 어머니는 무슨 생각에선지 나중에 크면 이치조의 신부로 줄 것을 다구치 부부에게 부탁했다고 한다. 어머니 말에 의하면 당시 그들은 어머니의 부탁을 쾌히 승낙했다고 한다. 물론 그 뒤로 모모요코가 태어나고 고이치라는 아들도 생겼으며 치요코도 시집보내려면 어디든 보낼 수가 있었기에 반드시 내게 보내야만 할 만큼 확실하게 약속을 했던 것인지 어떤지는 나도 알 수가 없다.

6

아무튼 나와 치요코 사이에는 철들기 전부터 이미 이런 굴레가 있었다. 하지만 그 굴레는 우리 두 사람을 맺어 주기에는 지극히 미심쩍은 것이었다. 두 사람은 하늘로 오르는 종달새처럼 자유롭게 자랐다. 굴레를 엮었던 사람마저도 그것을 단단히 움켜잡고 있다는 기분은 아니었을 것이다. 어머니를 생각하면 나는 이 야릇한 굴레를 기이한 인연이라고 말할 수가 없기에 무척 슬프다.

내가 고등학교에 들어갔을 때 어머니는 치요코 일을 넌지시 비추셨다. 그 무렵 나는 당연히 이성에 대한 관심이 있었다. 다만 미래의 아내라는 개념은 전혀 없었다. 그런 말을 받아들일 만큼 차분하지도 않았다. 특히 어릴 때부터 함께 놀기도 하고 싸우기도 하면서 한집에서 성장한 것과 다름없이 친하게 지낸 여자는 너무 가까워서 그런지 극히 평범해 보여서 이성으로서 자극을 주기에는 부족했다. 이것은 내 쪽만 그런 게 아닐 것이다. 치요코도 분명 같은 마음이리라 생각한다. 그 증거로는 오랜 교제 기간 동안에 나는 단 한 번도 그녀에게 남자로 취급 받은 기억이 없다. 그녀 쪽에서 본 나는 화를 내든 울든 애교를 부리든 추파를 던지든 항상 변함없는 사촌 오빠에 불과했다. 물론 이것은 천성적으로 순수한 그녀의 성격 때문이기도 하고―그 점에서는 나만큼 그녀를 잘 아는 사람도 없겠지만—단순히 그것만으로 남녀 간의 장벽이 없어질 리도 없을 것이다. 단 한번은…… 그러나 이것은 나중에 이야기하는 게 좋을 것으로 본다.

어머니는 내가 어머니 말에 귀 기울이지 않는 것을 수줍음 때문으로 해석하고, 다시 때를 기다리는 사람처럼 이 문제를 마음속에 보류하셨다. 나라고 해서 수줍음을 부정할 용기는 없다. 하지만 내가 치요코에게 생각이 있어서 수줍어하는 것으로 받아들인 어머니는 사실을 완전히 반대로 해석한 셈이다. 요컨대 어머니는 미래를 준비하는 뜻에서 우리 둘을 사이좋게 키우고자 노력한 결과, 남녀로서는 차츰 멀어지게 만들었던 것이다. 어머니는 그것을 모르고 있었다. 그 사실을 어머니가 알 수밖에 없도록 만든 나는 너무나 잔인했다.

그날의 일을 얘기하는 건 내게 정말 고통이다. 어머니는 고등학교 시절에 내비쳤던 치요코 문제를 내가 대학교 이학년이 될 때까지 혼자 조용히 품고 지내 온 듯 했는데 어느 날 밤—꽃소식이 들리던 봄 방학 즈음—슬그머니 내 앞에 꺼내 놓으셨다. 그 땐 나도 상당히 어른스러워졌기에 조용히 그 문제를 받아들여 안팎으로 진지하게 생각해볼 여유가 있었다. 어머니도 그때는 그저 넌지시 암시하는 게 아니라 당신의 바람이 정당하다는 뜻도 잊지 않고 내비쳤다. 나는 별 생각 없이 사촌 동생은 혈족이기 때문에 싫다고 대답했다. 어머니는 치요코가 태어났을 때부터 달라고 부탁해 두었으니까 맞아들이면 된다는 말로 나를 놀라게 하셨다. 왜 그런 걸 부탁했는지 물었더니 '그냥 내가 좋아하는 아이니까 내 아들이 싫어할 리 없어서 그랬다'라는, 만약 치요코가 아기였을 때 이 말을 들었다면 말도 되지 않았을 그런 대답으로 나를 곤란하게 했다. 좀 더 캐물어 보았더니 끝내는 눈물을 글썽이며 실은 나를 위해서가 아니라 오로지 자신을 위해 부탁한 거였다고 했다. 게다가 그게 어째서 어머니를 위한 게 되는지 라는 이유에 대해서는 아무리 물어봐도 얘기하지 않으셨다. 그리고는 어찌됐든 치요코는 싫으냐고 물으셨다. 나는 싫은 것도 좋은 것도 아니라고 대답했다. 하지만 당사자도 내게 올 마음이 없고 다구치 이모부나 이모도 내게 보내고 싶지 않을 테니 그런 제의는 그만두는 편이 좋겠고 상대방을 귀찮게 할 뿐이라고 가르쳐주었다. 어머니는 약속이니까 귀찮게 해도 상관이 없고 또 귀찮아할 리도 없다고 주장하시면서 옛날에 다구치가 아버지에게 신세를 지거나 성가시게 했던 예를 일일이 늘어놓으셨다. 나는 하는 수 없이 이 문제는 졸업 때까지 결정하지 말고 그냥 놔두자고 제안했다. 어머니는 불안 속에서 한 가닥 희망 띤 얼굴로 한 번 더 신중하게 생각해 보라고 부탁하였다.

이런 사정으로 해서, 어머니 혼자 품고 있던 문제를 그 후 나도 함께 품지 않을 수 없게 되었다. 다구치 이모부 또한 이 문제를 자기 식대로 마음에 품고 있는 것은 아닐는지. 만약 치요코를 다른 데 시집보낸다 하더라도 일단 이쪽의 승낙을 얻을 필요가 있다고 생각되는 경우에는 이모부도 신경 쓰일 게 틀림없다.

7

나는 불안해졌다. 어머니 얼굴을 볼 때마다 어머니를 속이면서 그날그날 가식적으로 보내고 있는 듯한 기분이 들어서 죄송스러웠다. 어느 때는 할 수만 있다면 마음을 바꿔 먹고 어머니의 바람대로 치요코를 맞이하고 싶다는 생각도 했었다. 그래서 나는 용무가 없는데도 일부러 다구치 집으로 놀러 가서 이모부와 이모의 분위기를 넌지시 살펴보기도 했다. 그들의 말과 행동에서 내 어머니가 다가오는 것을 견제하기 위해 나를 멀리하는 듯한 기색은 전혀 보이지 않았다. 그 정도로 경박하거나 불친절한 사람들은 아니었다. 다만 내가 그들 눈에 자기 딸의 미래 남편감으로 얼마나 불쌍하게 보이는 것은, 내가 전부터 간파하고 있던 사실과 조금도 달라지지 않았을 뿐만 아니라 최근 들어 점점 더 현저해지는 듯했다.

그들은 먼저 내 빈약한 체격과 창백한 안색을 사윗감으로 못마땅해하는 듯했다. 난 신경이 예민해서 사물을 과장되게 생각하기도 하고 불필요하게 왜곡해서 보는 습관이 있기 때문에, 여기서 내 속에 담아 둔 이모와 이모부에 대한 생각들을 자세히 기술하는 실례는 피하고 싶다.

하지만 한마디로 말해 그들은 당시에 치요코를 내 아내로 주겠다고 분명하게 말했을 것이고 최소한 그래도 좋다는 생각 정도는 했을 것이다. 다만 그 후 그들이 차지한 사회적 지위와 그들과는 반대로 나아가는 내 성격이 이중으로 그것을 실행하기 어렵게 함으로써 그저 흐릿해져 버린 껍데기 의리만을 그들 머릿속 어딘가에 남겨 두고 떠나 버린 것으로 생각하면 지장 없으리라고 본다.

나와 그들은 결혼 문제에 대해 많이 얘기 나눌 기회는 갖지 못했지만 언젠가 이모와 나는 이런 대화를 주고받았다.

"이치도 이제 슬슬 아내감을 찾아야겠네. 언니는 벌써부터 걱정하는 것 같던데."

"좋은 사람 있으면 어머니께 말해 주세요."

"이치한테는 얌전하고 상냥하고 친절한 간호사 같은 여자가 좋지 않을까."

"간호사 같은 신부를 찾더라도 아무도 나한텐 안 올 걸요."

내가 쓴웃음을 지으며 자조하듯 이렇게 말했을 때 구석에서 뭔가를 하던 치요코가 뜻밖에 얼굴을 들었다.

"내가 가 줄까요?"

나는 그녀의 눈을 깊이 쳐다봤다. 그녀도 나의 얼굴을 보았다. 하지만 둘 다 거기서 어떤 의미도 찾을 수 없었다. 이모는 치요코를 돌아보지도 않았다. 그리고는 '너처럼 그렇게 속없이 드러내 놓는 애가 이치 마음에 어떻게 들겠니?'라고 말했다. 나는 이모의 낮은 목소리에서 어쩐지 타이르면서도 우려하는 듯한 여운을 느꼈다. 치요코는 그저 재미있다는 듯이 깔깔 웃었을 뿐이었다. 그때 동생 모모요코도 옆에 있었다. 그 애는 치요코의 말을 듣고 미소를 지으며 일어섰다. 이런 이모의 말을 형식을 갖추지 않은 거절로 해석한 나도 잠시 후 자리에서 일어났다.

이 사건 뒤로 나는 그 문제와 관련해서 어머니를 만족시키기 위한 노력을 더욱 제대로 할 수가 없었다. 자존심 강한 아버지의 자식인 나는 이런 점에서는 자신도 놀랄 만큼 과민하다. 물론 이모에 대해 감정이 상하지는 않았다. 아직 이쪽으로부터 정식 제의를 받지 않은 이모로서는 그런 식으로밖에 의향을 내비칠 수가 없었을 것이다. 치요코에 관해서도 그녀가 무슨 말을 하든 또는 웃든 간에 자기 자신을 거리낌 없이 그대로 나타낸 것뿐이라고 생각한다. 그녀의 말과 모습에서 내게 시집오고 싶어 하지 않는다는 사실만은 그전처럼 확실하게 보았지만, 동시에 만약 내 어머니와 마주앉아 차분히 이야기라도 한다면 '그런 이유 때문이라면 시집가겠어요' 하고 바로 그 자리에서 승낙하지 않는다는 보장도 없겠구나 싶어서, 혼자 은근히 염려스러웠을 정도였다. 그녀는 그런 때에 자신의 이해관계나 부모의 의사를 아무렇지도 않게 희생할 수 있는 지극히 순수한 여자라고 나는 항상 믿고 있었기 때문이다.

8

고집이 센 나는 어머니를 기쁘게 하기보다는 가능하면 내 자아가 상처 입지 않기를 원했다. 그 결과 치요코가 나도 모르는 사이에 어머니에게 설득 당하는 것을 우려해서 그것을 막을 대책을 궁리했다. 어머니는 그녀가 갓 태어났을 때 이미 내 아내로 결정했던 만큼 많은 조카들 중 특히 귀여워했다. 치요코도 어렸을 적부터 우리 집을 제 집처럼 생각하고 허물없이 자고 가기도 했다. 따라서 두 집이 옛날에 비해 비교적 소원해진 요즈음도 치요코만은 이모님 이모님하며 자신을 낳아 준 부모라도 보듯이 명랑한 얼굴로 곧잘 드나들었다. 단순한 그녀는 가끔 자기한테 들어오는 혼담까지도 숨김없이 어머니에게 털어놓았다. 사람 좋은 어머니 또한 그것을 순순히 들어줄 뿐 원망스런 눈길 한번 보내지 않았다. 이렇게 관계가 깊은 두 사람 사이라서 그런 일이 생기지 않는다고 장담할 수도 없었던 것이다.

이 일에 대한 나의 궁리란 당분간 어머니 입을 막아두고자 조심하는 것뿐이다. 그런데 막상 정색을 하고 어머니께 말하려고 하면, 내 생각을 관철시키기 위해서 부모님의 자유를 빼앗는 것은 매정한 아들이라는 생각이 들어서 그만 두는 때가 많았다. 물론 나이 든 어머니의 눈살을 찌푸리게 만드는 건 한심한 일이라는 생각만으로 그만둔 것은 아니다. 치요코와 그렇게 친한 사이면서도 과감히 털어놓지 못한 어머니니까 당분간 내버려둬도 괜찮을 것이라는 생각이 다소 나를 자제시킨 것이다.

그래서 나는 치요코와 관련된 어떤 명료한 조치도 취하지 않은 채 지나갔다. 물론 그렇게 불안하게 지내는 시기에도 다구치집과 왕래가 끊어진 것은 아니었기에 때로 어머니가 기뻐하는 모습을 볼 목적만으로 우치사이와이초까지 전차를 타고 간 적도 있었다. 그러던 어느 날 밤, 치요코가 직접 배워 만든 음식을 대접하겠다고 붙들어서 나는 오랜만에 다 같이 저녁상에 앉게 되었다. 집을 비우는 일이 많은 이모부도 그날은 마침 집에 계셔서 식사 중에 허물없이 이야기를 나누었기에 젊은 사람들의 쾌활한 웃음소리가 장지문에 울릴 만큼 집안이 활기찼다. 식사가 끝난 뒤 숙부는 무슨 생각에선지 '이치, 오랜만에 바둑 한판 둘까?'라고 하셨다. 나는 그다지 내키지 않았지만 모처럼의 제안이라서 그러겠다고 말하고 이모부와 함께 별실로 물러났다.

두 사람은 거기서 두어 판을 두었다. 바둑이 서투른 사람끼리의 승부였기에 시간이 걸릴 리 없어서 바둑알을 정리하고 나서도 그다지 늦은 시간이 아니었다. 두 사람은 담배를 피우며 이야기를 시작했다. 그때 나는 적당한 기회를 잡아서 '치요코의 혼담은 아직 성사되지 않았습니까?' 하고 숙부에게 물었다. 그것은 물론 내가 치요코에게 별 뜻이 없다는 것을 나타내기 위해서였다. 한편으로는 하루 빨리 이 문제가 해결되면 나도 안심이고 치요코도 행복할 것이라고 생각했기 때문이다. 그러자 숙부는 과연 남자답게 서슴지 않고 이렇게 말했다.

"아니 아직 그럴 것 같지가 않네. 그런 얘기로 찾아오는 사람은 더러 있지만 아무튼 쉽지 않은 문제라서 말이지, 만만치가 않구먼. 자세히 알아보면 볼수록 성가시기만 하고. 적당한 자리가 나서면 그냥 보내 버릴까 생각하는데, 혼담이라는 게 묘해서 말이지. 지금이니 자네한테 말하는 거지만 실은 치요코가 태어났을 때 네 어머니가 그 애를 이치조의 아내로 달라고 했었지. 갓 태어난 아기였을 뿐인데."

이모부는 이때 웃으며 내 얼굴을 보았다.

"어머니는 진심으로 하신 말이라고 하셨습니다."

"진심이지, 처형은 솔직한 사람이니까. 정말 좋은 사람이야. 지금도 가끔 네 이모한테 진지하게 그 이야기를 하는 모양이더라."

이모부는 다시 큰 소리로 웃었다. 나는 이모부가 이 일을 이렇게 가볍게 해석한다면 어머니를 위해서 변명을 좀 해 드릴까도 싶었다. 다만 만약에 세상 이치에 밝은 이모부가 내게 알아채리라고 교묘하게 하는 말이라면 이 상황에서 한마디라도 하는 건 어리석은 짓이라고 생각하고는 말없이 가만히 있었다. 이모부는 친절한 사람이며 이치에 매우 밝은 사람이기도 하다. 그의 말을 어떤 관점에서 봐야 좋을지는, 지금도 모르겠다. 다만 그 이후 내가 치요코를 데려오지 않겠다는 쪽으로 점점 기울었던 것은 사실이다.

그리고 나서 두 달 정도 나는 다구치 집 근처에도 가지 않았다. 어머니의 걱정만 없었다면 더 이상 우치사이와이초에는 발길을 끊어 버렸을지도 모른다. 설사 어머니가 걱정을 한다 해도 치요코에 관한 걱정뿐이었다면 난 끝까지 내키는 대로 고집했을지도 모른다. 나는 천성적으로 그렇게 태어난 남자다.

그런데 두 달 정도 지났을 때 문득 내 고집을 꺾지 않으면 불리하다는 사실을 나는 알게 되었다. 실은 내가 다구치 집안과 소원해지면 질수록 모든 기회를 동원해서 어머니는 내가 치요코와 만날 수 있게끔 애를 썼던 것이다. 그리고 언제 어느 시에, 내가 가장 두려워하고 있는 담판에 직접 나서서 치요코에게 물어보지 않는다고 장담할 수도 없는 분위기로 점점 압박해 왔던 것이다. 나는 이 위기를 다음으로 미루겠다고 마음먹고 그 결심과 함께 다시 다구치 이모부 집을 드나들기 시작했다.

그들이 나를 대하는 태도는 물론 변화가 없었다. 내가 그들을 대하는 모습도 두 달 전 그대로였다. 나와 그들은 원래대로 웃고 장난치고 서로 말꼬리를 잡고 늘어지기도 했다. 요컨대 내가 다구치 가에서 보낸 시간은 소란스러울 정도로 밝고 활기찼다. 솔직히 말하면 나로서는 지나치게 쾌활했었고 따라서 마음속은 늘 공허한 노력으로 지쳐 있었다. 예리한 눈으로 주의 깊게 본다면 어딘가 위선의 그림자가 드리워져 본래의 자신을 추하게 채색하고 있었을 것이다.

그러던 가운데 내 말과 기분이 종이의 양면처럼 꼭 들어맞는 유쾌함을 느꼈던 기억이 딱 한 번 있었다. 그것은 다구치 가족이 연례적으로 한

두 번 다 같이 놀러 가는 날의 일이었다. 나는 그것도 모르고 집 안으로 들어가서 치요코가 혼자 조용히 앉아 있는 것을 보고는 깜짝 놀랐다. 그녀는 감기에 걸린 듯 목에 찜질을 하고 있었다. 보통 때와 달리 창백한 안색도 쓸쓸하게 느껴졌다. 치요코가 웃으면서 '나, 오늘은 집지키는 당번이에요'라고 했을 때 비로소 다들 나갔다는 사실을 눈치 챘다.

그날 그녀는 아파서인지 보통 때보다도 숙연하고 차분했다. 내 얼굴만 보면 야유를 늘어놓고 험담을 주고받아야만 직성이 풀리는 그녀가 묘하게 가라앉은 모습을 보니, 갑자기 가련하다 싶은 생각이 들어서 자리에 앉자마자 저절로 따뜻한 위로의 말이 흘러나왔다. 그러자 치요코는 좀 이상하다는 표정으로 '오늘은 참 다정하군요. 아내를 얻으면 그렇게 잘 해줘야 해요'라고 말했다. 친하다고만 생각해서 상대를 헤아려 주지 못했던 나는 여태까지 치요코에게 무뚝뚝하게 대해도 상관없다고 생각했었음을 그때 처음으로 깨달았다. 그리고 치요코의 눈에서 미미하지만 기쁜 듯한 기색이 떠도는 것을 보고 내가 나빴다고 후회하였다.

두 사람은 함께 성장한 것과 다를 바 없는 그들의 과거를 뒤돌아보았다. 지나간 추억들이 그들의 입에서 흘러나오자 당시의 기억이 되살아났다. 나는 치요코가 나보다 훨씬 기억력이 좋아서 세세한 부분까지 선명하게 알고 있는 것에 놀랐다. 그녀는 지금부터 사 년 전, 내가 현관에선 채 하카마의 뜯어진 부분을 그녀에게 꿰매 받은 일까지 기억하고 있었다. 그때 그녀가 사용한 실이 무명실이 아닌 비단실이었다는 것도 알고 있었다.

"난 아직 당신이 그려 준 그림을 갖고 있어요."

들고 보니 치요코에게 그림을 그려 준 기억이 있었다. 그것은 그녀가 열두어 살 때 자신이 다구치가 사준 물감과 종이를 내 앞에 내밀고 그리게 시킨 것이었다. 그날 이후 붓을 잡은 적이 없다는 데서 나의 그림에 대한 소양을 알 수 있을 것이다. 아마도 그녀의 눈에 붉고 푸른 단순한 자극이 한 번 투영되고 흥미는 끝났을 게 틀림없는데 그것을 보관하고 있다고 하자, 나는 무슨 민폐라도 끼친 양 씁쓸히 웃지 않을 수 없었다.

"보여줄까요?"

나는 안 봐도 좋다고 거절했다. 그녀는 상관치 않고 일어나더니 자기 방에서 내 그림을 보관해 둔 손궤를 가지고 왔다.

10

치요코는 그 속에서 내가 그린 그림 대여섯 장을 꺼내어 보여주었다. 그것은 빨간 동백, 보라색 과꽃, 여러 색깔의 다알리아 같은 걸 그린 그림인데 단순한 화초 사생에 불과했지만 불필요한 곳까지 공을 들여서 세심하고 예쁘게 칠해서 지금 내가 보기에 놀라운 솜씨였다. 나는 이렇게 세심했던 과거의 나 자신에 대해 감탄했다.

"이걸 그려 주었던 그때는 지금보다 훨씬 더 친절했어요."

갑자기 치요코가 이렇게 말했다. 나는 그 말의 의미를 전혀 알 수 없었다. 내가 그림에서 눈을 들어 그녀를 보자 그녀의 검고 큰 눈동자도 나를 가만히 응시하고 있었다. 나는 무슨 이유로 그렇게 말하는지를 물었다. 그녀는 대답도 하지 않고 내 얼굴을 바라보더니 마침내 보통 때보다 작은 목소리로 말했다.

"이젠 부탁해도 그렇게 정성껏 그려 주지는 않겠죠."

나는 그려 준다고도 안 그려 준다고도 대답할 수 없었다. 그저 속으로 그녀의 말이 맞다고 동의했다.

"그래도 아주 잘 보관해 두었군."

"난 시집 갈 때도 가지고 갈 거예요."

이 말을 듣고 나는 이상하게 슬퍼졌다. 그리고 슬픈 기분이 치요코의 가슴에도 전해질 것 같아서 두려웠다. 그 순간 눈물이 쏟아질 듯한 치요코의 검고 큰 눈을 상상했던 것이다.

"그렇게 시시한 건 안 갖고 가는 게 좋아."

"괜찮아요, 내 것 내가 가져가는 거니까."

그녀는 이렇게 말하면서 빨간 동백이랑 보라색 과꽃을 포개서 다시 손궤 안에 넣었다. 나는 기분을 바꾸기 위해 일부러 그녀에게 언제쯤 시집을 갈 거냐고 물어보았다. 그녀는 머지않아 간다고 대답했다.

"그래도 아직 정해진 건 아니잖아?"

"아니요, 정해졌어요."

그녀는 분명하게 대답했다. 지금까지 내 자신을 안심시키기 위한 마지막 수단으로 하루 빨리 그녀의 혼담이 성사되면 좋겠다고 빌었던 내 심장은 이 대답과 함께 철썩하고 파도가 쳤다. 그리고 갑자기 모공에서 기어 나오는 듯한 진땀이 등줄기와 겨드랑이를 덮쳤다. 치요코는 손궤를 안고 일어섰다. 장지문을 열 때 위에서 나를 내려다보며 분명하게 말했다.

"거짓말이에요."

한마디를 하더니 자기 방으로 가 버렸다. 나는 움직이지 않고 그 자리에 앉아 있었다. 내 가슴에는 어떤 불길한 생각도 들지 않았다. 치요코가 시집을 가느냐 안 가느냐가 내게 어떤 영향을 주는지를 그때 비로소 깨달을 수 있었던 나는, 그 사실을 자각하게 했던 그녀의 희롱에 감사했다. 지금까지 나는 스스로 깨닫지 못한 채 그녀를 사랑하고 있었는지도 모른다. 혹은 그녀가 깨닫지 못한 채 나를 사랑하고 있었을지도 모른다. 나는 자신을 아는 일이 이렇게 힘들고 무서운 것이었나를 생각하면서 잠시 멍하게 있었다. 그러자 저쪽에서 따르릉 전화벨이 울렸다. 치요코가 마루를 따라 총총히 와서는 함께 전화를 걸어 달라고 부탁했다. 나는 전화를 함께 건다는 말을 이해할 수 없었지만 곧바로 일어나서 전화기 앞으로 갔다.

"벌써 걸어놨는데, 난 목이 쉬고 아파서 말을 못 하겠으니까 대신 좀 말해 줘요. 듣는 건 내가 할 테니."

나는 상대방 이름도 모르고 또 상대의 말도 들을 수 없는 통화를 하기 위해서 상반신을 구부리고 준비했다. 치요코는 이미 수화기를 귀에 대고 있었다. 수화기를 통해서 전해지는 말은 그녀 혼자 들었고 나는 단지 그녀가 작은 목소리로 하는 말을 상대에게 크게 전달할 뿐이었다. 처음에는 우스워도 상관치 않고 시간이 걸려도 마다지 않고 태연하게 했지만 점차 호기심을 자극하는 대답과 질문이 치요코의 입에서 나오기 시작했기에, 나는 상체를 숙인 채 '잠깐 그 수화기 좀 줘 봐' 하고 치요코에게 왼손을 내밀었다. 치요코는 웃으면서 고개를 옆으로 저어 보였다. 나는 자세를 바로 하고 그녀 손에서 수화기를 뺏으려 했다. 그녀는 절대 놓치지 않았다. 둘 사이에서 뺏고 뺏기지 않으려는 실랑이가 벌어지자 그녀는 재빨리 전화를 끊었다. 그리고 크게 웃기 시작했다.

11

그 후 나는 '만약 이런 광경이 지금부터 일 년 전에 있었더라면' 하는 생각을 몇 번이고 거듭했고 그런 생각을 할 때마다 너무 늦었다, 때는 이미 지났다는 운명의 선고라도 받는 기분이었다. 앞으로도 한두 번 더 이런 일이 생길 수 있는 기회가 오지 않겠느냐고 운명이 나를 암암리에 부추기는 날도 있었다. 두 사람이 서로 애정의 눈빛을 보여주는 일을 주저하지 않았다면 치요코와 나는 그날을 기점으로 시작했어도 지금쯤 인간의 힘으로는 떼어놓을 수 없는 사랑에 빠졌을지도 모른다. 하지만 나는 그것과는 정반대 방법을 취했던 것이다.

다구치 부부의 의향이나 어머니의 바람은 마치 남이 일러주는 지혜처럼 내게는 무의미했고, 나는 평소에 두 사람의 천성만을 비교한다면 우린 절대 하나가 될 수 없다고 믿고 있었다. 왜냐고 물으면 만족할 만한 대답은 할 수 없을지도 모른다. 나는 남에게 설명하기 위해서 그렇게 믿는 것은 아니니까.

나는 일찍이 문학을 좋아하는 친구로부터 다눈치오와 한 소녀의 사랑 이야기를 들은 적이 있다. 다눈치오는 지금 이탈리아에서 가장 유명한 소설가라고 하는데, 친구의 의도는 물론 다눈치오의 위세를 내게 소개할 생각이었지만 나는 거기 인용된 소녀 쪽에 훨씬 흥미가 있었다. 이야기는 이러하다.

어느 날 다눈치오가 모임에 초대를 받아서 갔다. 문학가를 국가의 장식처럼 극구 칭찬하는 서양이므로 다눈치오는 모인 사람들로부터 큰 존경과 사랑을 받으며 위인 같은 대우를 받았다. 그가 사람들의 주목을 한 몸에 받으며 대중들 사이를 돌아다니던 중에 우연히 손수건을 바닥에 떨어뜨렸다. 혼잡한 탓에 그는 물론 주위 사람들도 전혀 모르고 있었다. 그러자 나이 어린 아름다운 소녀가 그 손수건을 주워서 다눈치오에게로 왔다. 그녀는 그것을 다눈치오에게 건네 줄 생각에 '이거 당신 건가요?' 하고 물었다. 다눈치오는 고맙다고 한 뒤 그녀의 아름다움에 호감을 보여주고 싶었는지 '당신 것이라 생각하고 가지십시오, 드리겠으니' 하고 그녀가 기뻐할 것을 예상하며 말했다. 그녀는 아무 대답 없이 손가락 끝으로 손수건을 집어 들고는 난로 옆으로 가서 갑자기 불 속으로 던져 버렸다. 다눈치오는 제쳐놓고, 그 자리에 있던 사람들 모두 웃고 말았다.

이 이야기를 듣고 나는 갈색 모발의 젊은 이탈리아 미인을 떠올리기보다는 곧 치요코의 눈과 눈썹을 상상했었다. 그리고 만약 치요코가 아닌 동생 모모요코였다면, 속마음은 어떻든 간에 그 자리에서는 고맙다고 인사하고 기분 좋게 수건을 받았을 게 틀림없다고 생각했다. 단 치요코는 그렇게 할 수가 없다.

입이 거친 마츠모토 숙부는 이 자매의 별명을 큰 두꺼비와 작은 두꺼비라고 부른다. 두 자매는 입술이 얇은 데 비해 긴 편이기 때문에 두꺼비 입 모양의 동전지갑 같이 생겼다고 해서 두 자매를 웃게도 하고 화나게도 했다. 이는 성격과는 상관없이 얼굴에 관한 말이지만, 숙부가 입버릇처럼 '작은 두꺼비는 얌전해서 좋은데 큰 두꺼비는 좀 사납다'라고 할 때마다 나는 치요코를 보는 그의 안목에 의문을 품게 된다.

치요코의 말이나 행동이 거칠어 보이는 이유는 그녀가 여자답지 못하고 버릇없는 면을 속에 숨기고 있어서가 아니라 도리어 여자답고 아름다운 감정에 전후 가리지 않고 자신을 내던지기 때문이라고 나는 믿어 의심치 않는다. 그녀가 선악이나 시비를 판단하는 건 학문이나 경험과는 관계가 없다. 그저 직감적으로 가늠하고 불태울 뿐이다. 따라서 상대방은 경우에 따라 벼락을 맞은 듯한 기분이 된다. 그녀의 반응이 강하고 거친 것은 가슴에서 순수한 덩어리가 한꺼번에 다량으로 튀어나온다는 의미이지, 가시나 독이나 부식제 같은 것을 내뿜고 끼얹는 것과는 전혀 다르다. 그 증거로, 그녀가 아무리 격하게 화를 낼 때도 나는 그녀가 깨끗한 무언가로 내 몸을 씻어 주는 듯한 기분이 들었던 적이 여러 번 있었다. 간혹 고귀한 무언가를 만난 듯한 기분까지 들었을 정도이다. 나는 세상 사람들 앞에 홀로 서서 그녀는 모든 여자들 중에 가장 여자다운 여자라고 변호하고 싶기도 하다.

12

그렇게 좋게 생각하고 있는 치요코를 아내로 삼아서 문제될 게 뭐가 있나, 실은 자신에게 이렇게 물어본 적이 있다. 그러자 나는 이유를 생각해보기도 전에 먼저 두려워지기부터 했다. 그리고 두 사람을 오랫동안 부부로 상상해 보는 건 참을 수가 없었다. 이 사실을 어머니에게 말하면 분명 놀랄 것이다. 동년배 친구들에게 말해도 어쩌면 통하지 않을지 모른다. 다만 이런 생각을 억지로 침묵 속에 묻을 필요도 없기 때문에 나만의 감정으로 두지 않고 고백하자면, 한마디로 말해 치요코는 두려운 것을 모르는 여자이다. 그리고 나는 두려운 것만 알아 버린 남자다. 따라서 단순히 어울리지 않을 뿐만 아니라 부부가 된다면 정반대가 되어야만 하는 것이다.

나는 늘 생각한다. '순수한 감정만큼 아름다운 것은 없다. 아름다운
것만큼 강한 것은 없다'라고. 강한 자가 두려워하지 않는 건 당연하다.
내가 만일 치요코를 아내로 삼는다면 아내 눈에서 나오는 강렬한 빛을
참지 못할 것이다. 그 빛이 반드시 분노를 나타내는 건 아니다. 연민의
빛이든 사랑의 빛이든 혹은 갈망하는 빛이라도 나는 마찬가지이다. 그
빛과 같거나 혹은 더 빛나는 것을 그녀에게 답례로 주기에는 나는 감정
적 면에서 너무 빈약하기 때문이다. 나는 마치 향이 좋은 청주 한통을 받
고도 마음껏 술을 즐기지도 못하는 사람처럼 지금껏 세상 교육을 받으며
성장한 것이다.

치요코가 내게 시집온다면 반드시 호된 실망을 경험하게 될 것이다.
그녀는 천부적인 아름다운 감정을 가졌기에 그것을 아낌없이 남편에게
쏟는 한편, 남편은 그 정신적 영양분을 받고 세상에서 크게 활약하는 것
을 보답으로 기대할 것이 틀림없다. 어린 나이, 부족한 학문, 좁은 견식
등으로 볼 때 안됐다고 해야만 할 그녀는 두뇌와 수완으로 세상을 정복
해서 눈에 보이는 권력이나 재력을 잡지 못한다면 남자가 아니라고 생각
하고 있다. 단순한 그녀는 내게 시집을 오더라도 역시 그것을 내게 요구
할 것이고 요구하지 않더라도 그렇게 내가 할 수 있을 것으로 믿고 있다.
두 사람 사이 불행은 근본적으로 여기에 있다고 해도 좋다. 나는 방금 말
한 대로 그런 아내로서의 아름다운 감정을 큰 도량으로 받아들일 수가
없는 극히 응어리진 성격이며, 설령 그녀의 생각을 타는 돌에 물을 부었
을 때처럼 남김없이 빨아들인다고 해도 나는 도저히 그녀의 바람대로 될
수는 없을 것이다. 만약 순수한 그녀의 영향이 내 어딘가에 나타난다 하

더라도, 그건 그녀로서는 절대 알 수 없는 뜻밖의 장소에서 이해할 수 없는 형태로 발현될 뿐이기 때문이다. 그리고 그녀에게 그것이 보인다고 해도 화장품으로 칠한 내 얼굴이나 비단버선으로 감싼 내 발보다도 달가워하지 않을 것이다. 말하자면 그녀로서는 아름다운 것을 영구히 나에게 낭비함으로써 결혼의 불행을 점점 한탄하게 될 뿐인 것이다.

나는 나와 치요코를 비교할 때마다 어김없이 '두려워하지 않는 여자와 두려워하는 남자'라는 말이 되풀이하고 싶어진다. 마지막에는 내가 만든 말이 아니라 서양 소설에 그대로 나오는 말인 듯한 느낌도 든다. 강담을 좋아하는 마츠모토 숙부에게서 시와 철학의 차이에 대해 들은 뒤부터는, 두려워하지 않는 여자와 두려워하는 남자라고 하면 불현듯 나오는 거리가 먼 시와 철학을 상기하게 된다. 숙부는 학문에 서투르지만 그 방면에 흥미를 가진 만큼 이것저것 재미난 얘기를 들려주는데, 나를 시인처럼 평가해서 '너처럼 감성적인 사람은' 하고 말하는 것은 틀린 것이다. 내가 보기에는 두려워하지 않는 것이 시인의 특색이며 두려워하는 것은 철학의 운명이다. 내가 과감하지도 못하고 꾸물거리는 것은 무엇보다 먼저 결과를 생각하고 먼저 쓸데없이 걱정하기 때문이다. 치요코가 바람처럼 자유롭게 행동하는 것은 앞이 보이지 않을 만큼 강한 감정이 가슴에서 단번에 솟아나기 때문이다.

그녀는 내가 아는 사람들 중에 가장 두려워하지 않는 한 명이고 그래서 두려워하는 나를 경멸하는 것이다. 나 또한 감정이라는 자기무게에 넘어질 것만 같고 운명의 아이러니함을 풀 수 없는 시인과도 같은 그녀를 몹시 가엾게 여긴다. 아니 때로 그녀를 위해서 전율한다.

13

스나가가 한 이야기의 마지막 부분은 게이타로가 조금 이해하기 힘들었다. 사실을 말하면 게이타로도 나름대로 시인이나 철학자라고 할 수 있는 남자다. 하지만 그건 옆에서 보는 사람들이 평가하는 말일 뿐 자신은 결코 그렇게 생각지 않았다. 따라서 시나 철학 같은 것은 달세계에서나 도움이 될 법한 꿈같은 얘기로, 일고의 가치가 없다고 간주하였다. 게다가 그는 이론을 몹시 싫어했다. 좌나 우로 몸을 움직일 수 없는 이론은 아무리 잘 만들어진 것이라고 해도 그에게는 쓸모없는 위조지폐와 같았다. 따라서 두려워하는 남자와 두려워하지 않는 여자라는 점괘 같은 문구를 묵묵히 듣고 있을 리 없었지만 그래도 인간미 나는 신변 얘기에 감상이 더해져서, 잘 알아들을 수는 없지만 순순히 귀 기울일 수밖에 없었던 것이다. 스나가도 그것을 알아차렸다.

"이야기가 이론을 파고들어 어려워져 버렸군. 너무 혼자 신나서 떠들다보니 말이지."

"아니 상관없어. 재미있네."

"지팡이의 효과가 있는 거 아닐까?"

"신기하게도 있는 것 같아. 하는 김에 좀 더 얘기해 줄 수 없나?"

"이젠 더 없네."

스나가는 그렇게 단정하고는 잔잔한 물 위로 눈을 돌렸다. 게이타로도 한동안 잠자코 있었다. 방금 들었던 시인지 철학인지 알 수 없는 그의 얘기는 신기하게도 뭉게구름처럼 머리 속에 솟아올라 쉽게 사라질 것 같지가 않았다. 말없이 그의 앞에 앉아 있는 스나가도 보통 때와는 다른 기이한 인물처럼 보였다. 아무래도 아직 연속된 이야기가 더 있는 게 분명하다고 생각한 게이타로는 방금 마지막으로 한 이야기가 언제쯤의 일인지를 스나가에게 물었다. 그는 대학 삼학년 때쯤의 일이라고 대답했다. 게이타로는 지난 일 년여 동안 그들의 관계가 어떤 경로를 밟아 어떻게 진행되었고 지금은 그걸 어떻게 해석하고 있는지 다시 물어보았다. 스나가는 쓴웃음을 짓고는 우선 밖으로 나가서 얘기하자고 하였다. 두 사람은 계산을 끝내고 밖으로 나왔다. 스나가는 앞에 선 게이타로가 자랑스럽게 흔드는 지팡이의 그림자를 보고 다시 씁쓸히 웃었다.

시바마타柴又의 다이샤쿠텐帝釈天 경내로 간 그들은 평범한 사당이지만 의리상 참배했다는 듯한 얼굴로 금세 문을 나왔다. 그리고 두 사람은 도쿄로 돌아가고 싶어서 곧장 역으로 왔다. 답답한 시골 기차의 출발 시간은 아직도 꽤 남아 있었다. 두 사람은 곧 근처에 있는 찻집에 들어가서 휴식을 취했다. ─다음 이야기는 거기서 게이타로가 들은, 앞서 스나가가 말하겠다던 이야기이다.

내가 대학교 삼학년에서 사학년이 되던 여름방학 때의 일이다. 이층내 방에 틀어박혀서 이 무더위를 어떻게 보내면 좋을까 생각하고 있는데 어머니가 올라오더니 시간나면 가마쿠라鎌倉에 잠시 다녀오는 건 어떻겠냐고 물었다. 가마쿠라에는 일주일쯤 전부터 다구치 집안 식구들이 피서를 가 있었다. 다구치 이모부는 원래 해변을 별로 좋아하지 않는 성격이라서 가족들은 매년 가루이자와軽井沢의 별장으로 갔지만 그 해에는 꼭 해수욕이 하고 싶다는 딸들의 바람을 받아들여 자이모쿠자材木座에 있는 어떤 사람의 저택을 빌렸던 것이다. 출발하기 전에 치요코는 인사도 할 겸 알리러 와서는, 아직 가 보진 않았지만 산그늘이 시원한 벼랑 위에 이층인가 삼층으로 지은 넓은 집이라니까 꼭 놀러 오시라며 어머니께 권하는 것을 나는 옆에서 들었다. 그래서 나는 어머니야말로 가서 좀 놀다 오면 기분 전환에도 좋을 거라고 권해 드렸다.

어머니는 품에서 편지를 꺼내 보여주었다. 편지는 치요코와 모모요코가 쓴 것으로 나와 어머니가 함께 와주길 바란다는 이모의 말을 전하는 식으로 적혀 있었다. 어머니가 가겠다고 하시면 노인 혼자 기차를 타는 것도 염려스러우니 내가 꼭 따라가야만 했다. 편벽한 나로서는, 그렇게 복잡한데 두 사람이 간다면 방해는 안 된다고 하더라도 미안해서 싫었다. 그래도 어머니는 가고 싶은 표정이었다. 그리고 그건 나를 위해서 그러는 것으로 보여서 더욱 싫었다. 어쨌든 결국에는 가기로 정했다. 이렇게 말하면 남들은 이해할 수 없을지 모르겠으나, 나는 고집이 세면서도 또한 고집이 약한 남자인 것이다.

14

어머니는 내성적인 성격이어서 평소에 여행을 별로 안 좋아하셨다. 옛날 방식을 중시하는 엄격한 아버지가 살아 계실 때는 외출도 자주 하시지 않는 것 같았다. 사실 내게는 부모님이 함께 놀러 가기 위해 집을 비웠던 기억이 없다. 아버지가 돌아가시고 자유로워진 다음에도 어머니에게는 가고 싶은 때에 좋아하는 곳으로 갈 기회가 주어지지 않았다. 혼자서 멀리 가거나 오래 집을 비우지를 못했던 그녀는 모자 둘만 있는 가정에서 그렇게 수년을 늙어 온 것이다.

가마쿠라에 가려고 생각한 날, 나는 어머니를 위해서 가방 하나를 들고 직행 열차에 탔다. 기차가 움직이기 시작했을 때 어머니는 옆에 앉은 나에게 기차도 오랜만이라고 웃으며 말했다. 그 말을 듣는 나도 실은 경험이 많지는 않았다. 기분이 새로워진 두 사람의 대화는 평소보다 생기에 넘쳤다. 무슨 말을 했는지 기억도 나지 않는 얘기들을 계속 나누는 사이에 기차는 목적지에 닿았다. 미리 통지하지 않았기 때문에 아무도 역으로 마중 나오지는 않았지만 인력거를 타고 아무개 씨 별장이라고 했더니 인력거꾼은 바로 알아듣고 움직이기 시작했다. 한참을 못 와 본 사이에 갑자기 새 집이 많아진 모랫길을 지나는 동안, 나는 소나무 사이로 보이는 먼 밭 한가운데 핀 아름다운 노란 꽃을 바라보았다. 얼핏 보면 유채꽃과 비슷한 느낌이 나는 생소한 꽃이었는데 나는 저 언뜻 언뜻 보이는 색깔이 대체 무얼까 생각하다가 갑자기 호박꽃이라는 것을 알아차리고는 혼자 재미있었다.

인력거가 별장 앞에 닿았을 때, 미닫이문을 떼어낸 방 안에서 사람 그림자가 오가는 것이 길에서도 잘 보였다. 그 중에 흰 유카타를 입은 남자가 있는 것을 본 나는 분명 어제쯤 이모부가 도쿄에서 와서 묵고 있는 것으로 생각했다. 그런데 집에 있는 사람 모두가 우리를 맞으러 현관으로 나왔지만 그 남자의 얼굴은 보이지 않았다. 물론 이모부라면 그럴 수도 있겠다고 생각하고 방으로 들어가 보니 거기에도 모습이 보이지 않았다. 내가 두리번거리는 동안 이모와 어머니는 기차 안이 덥지 않았냐는 등 경치 좋은 자리를 얻어서 좋았다는 등 나이 든 여자들만의 수다스러운 인사를 주고받기 시작했다. 치요코와 모모요코는 어머니를 위해서 유카타를 권하기도 하고 벗은 옷을 널어서 말려 주기도 했다. 나는 하녀가 안내하는 목욕탕으로 가서 얼굴과 머리를 씻었다. 해안에서 꽤 거리가 있는 고지대의 주택인데도 물이 의외로 나빴다. 수건을 짜고 나서 금속 대야의 바닥을 보았더니 금세 모래 같은 침전물이 가라앉았다.

'이거 쓰세요'라는 치요코의 목소리가 등 뒤에서 났다. 돌아보니 내 어깨 위로 하얀 마른 수건을 내밀고 있었다. 난 수건을 받아서 일어났다. 치요코는 옆에 있는 경대 서랍에서 빗을 꺼내 주었다. 내가 거울 앞에 앉아 머리를 빗는 동안 그녀는 목욕탕 입구 기둥에 몸을 기대고 서서 내 젖은 머리를 바라보고 있었는데, 내가 아무 말도 하지 않으니까 '물이 나쁘죠?' 하고 먼저 물었다. 나는 계속 거울을 보면서 '물 색깔이 왜 이렇지' 하고 말했다. 물에 대한 이야기가 끝나자 나는 빗을 경대 위에 두고 어깨에 수건을 두르고 일어났다. 치요코는 나보다 먼저 기둥 곁을 떠나 방으로 가려고 했다. 나는 느닷없이 뒤에서 그녀 이름을 부르고는 이모부는 어디에 계신지를 물었다. 그녀는 멈춰 서서 뒤돌아보았다.

"아버지는 사오일 전 잠깐 오셨다가 그저께 볼일이 생겼다고 다시 도쿄로 가셨어요."

"여기에 안 계신 거야?"

"네, 왜요? 어쩌면 오늘 저녁에 고이치를 데리고 다시 오실지도 몰라요."

치요코는 내일 날씨가 좋으면 다함께 고기잡이 나가기로 했기 때문에 이모부가 시간 내서 저녁때까지 와주지 않으면 곤란하다고 했다. 그리고 내게도 꼭 같이 가자고 권했다. 나는 물고기보다도 아까 본 유카타 차림의 남자의 소재가 알고 싶었다.

15

"조금 전에 누군가 남자 한 명이 방에 있지 않았어?"

"아, 다카기高木 씨에요. 아키코秋子의 오빠. 알고 있죠?"

나는 안다고도 모른다고도 하지 않았다. 그러나 마음속으로는 다카기라는 사람이 누군지 바로 생각났다. 모모요코의 동기생 중 다카기 아키코라는 여자애가 있다는 사실은 전부터 알고 있었다. 아키코의 얼굴도 모모요코와 함께 찍은 사진으로 알고 있었고 글씨체도 그림엽서에서 보았다. 오빠 한 명이 미국에 가 있다는 등 이제 막 돌아왔다는 등 하는 얘기도 그 무렵에 들었다. 가정형편이 어렵지 않을 테니 그가 가마쿠라에 놀러 와 있다는 사실쯤은 이상할 게 없었다. 설사 여기에 별장을 가지고 있다 해도 이상할 건 없었다. 나는 다카기라는 사내가 살고 있는 집을 치요코한테 물어보고 싶었다. 치요코는 '바로 요 아래에요'라고 대답할 뿐이었다. 나는 다시 물었다.

"별장이야?"

"네."

두 사람은 더 이상 얘기하지 않고 방으로 돌아왔다. 방에서는 어머니와 이모가 아직도 바다색이 어떻다는 등 큰 불상이 어느 방향으로 향해 있다는 등 대수롭지도 않은 얘기를 무슨 문제라도 되는 양 서로 나누고 있었다. 모모요코는 치요코에게 아버지가 저녁때까지 오겠다고 알려 온 사실을 말해 주었다. 둘은 벌써부터 내일 고기잡이 갈 일을 그려보면서 이미 즐거움을 움켜쥔 사람처럼 서로 이야기했다.

"다카기 씨도 가는 거죠?"

"이치 씨도 가요."

나는 안 간다고 했다. 이유로는 집에 일이 좀 있어서 오늘 밤 도쿄로 돌아가지 않으면 안 된다는 설명을 더했다. 다만 속으로는 안 그래도 복잡한데 이모부가 고이치를 데리고 오면 그야말로 내가 잘 자리마저 없을 거라는 염려 때문이었다. 게다가 나는 이 자매를 잘 아는 다카기라는 사내를 보는 게 싫었다. 그 사내는 아까까지 두 사람과 내 얘기를 하고 있다가 내가 오는 걸 보고는 배려해서 뒷문으로 돌아갔다는 말을 모모요코에게 들었을 때, 나는 거북함을 피할 수 있어서 잘 됐다고 좋아했다. 나는 그 정도로 모르는 사람을 두려워하는 성격이다.

내가 돌아가겠다고 하자 두 사람은 놀란 얼굴로 나를 만류하기 시작했다. 특히 치요코는 애가 타서 안달이었다. 그녀는 나를 보고 이상한 사람이라고 했다. 어머니를 혼자 남겨 놓고 금세 돌아가는 법이 어디 있냐며, 간다고 해도 돌려보내지 않겠다고 했다. 그녀는 동생들에게 말할 때보다 내게 말할 때에 훨씬 자유롭게 하는 특징이 있다. 평소에 내가 그녀가 나를 대할 때처럼 솔직하고 대담하고 위압적으로(가끔은 선의이기도 하지만) 남에게 처신할 수만 있다면 나처럼 결점 많은 사람도 분명 세상을 유쾌하게 살아갈 수 있을 거라고 생각하고, 나는 이 작은 폭군을 크게 부러워했다.

"아주 무섭구먼."

"당신은 불효자예요."

"그럼 이모님께 물어보고 올 테니, 만약에 이모님이 자고 가는 게 좋다고 하면 그렇게 해요. 알았죠?"

모모요코는 중재하려는 듯한 말투로 이렇게 말하고 어른들이 말씀 나누는 방으로 갔다. 어머니 의향은 들을 것도 없었기에 모모요코가 두 어른에게서 들은 대답을 여기서 말하는 건 사족에 불과하다. 요컨대 나는 치요코의 포로가 되었던 것이다.

마침내 나는 잠깐 동네 산보 나갔다 오겠다는 것을 핑계로, 오후의 뜨거운 햇살을 양산으로 가리면서 별장 부근을 배회하였다. 오랫동안 못 본 이곳의 옛 모습을 그려보기 위한 것이라고 할 수도 있겠지만 내게 그런 예스런 기분을 즐기는 풍류가 있다고 하더라도 지금은 거기에 빠질 만큼 안정감도 여유도 없었다. 나는 그저 이리저리 근방의 문패를 읽고 다녔다. 그리고 비교적 훌륭한 단층 건물의 문기둥에서 다카기라는 두 글자를 보았을 때 여기구나, 싶어서 잠시 문 앞에 멈추어 섰다. 그런 다음에 다시 아무 목적도 없이 느릿한 걸음으로 십오 분 정도 걸어 다녔는데, 이것은 내가 굳이 다카기의 집을 보기 위해 나온 게 아니라고 내 자신에게 통고하는 것과 같은 행위였다. 나는 곧 되돌아갔다.

16

사실을 말하자면 나는 이 다카기라는 사내에 대해 거의 아무 것도 알지 못했다. 그저 딱 한 번 그가 적당한 배우자를 찾고 있다는 말을 모모요코한테 전해 들었을 뿐이다. 그때 모모요코가 마치 의논이라도 하듯이 '언니한테는 어떻겠느냐'라며 내 안색을 살폈던 사실을 기억한다. 나는 여느 때처럼 냉담한 어조로 좋을지도 모르니 어머니나 아버지에게 얘기해 보라고 말한 것으로 기억한다. 그 이후 내가 다구치 이모부 집에 발을 들여놓은 횟수가 몇 번인지는 모르지만 다카기라는 이름은 적어도 내가 있는 자리에서는 아무도 꺼내지 않았다. 별로 친하지도 않고 얼굴조차 본 적 없는 사내의 집에 무슨 흥미가 있어서, 나는 굳이 모래알이 타는 더위를 무릅쓰고 외출했던 것일까? 오늘까지 난 아무한테도 그 이유를 말하지 않았다. 내 자신에게도 당시를 잘 설명할 수가 없었다. 우선 어떤 막연한 불안감이 나를 움직이게 했다는 느낌이 가슴에 어렴풋이 꽂힐 뿐이었다. 그런데 가마쿠라에 머문 이틀 동안에 그 불안감이 확실한 어떤 형태로 발전한 결과를 보고 나니, 지금에야 나를 산보로 유혹했던 힘 또한 그것이었다고 생각되는 것이다.

별장으로 돌아가서 한 시간이 채 안 되었을 때, 내가 주시했던 문패 이름의 사내가 홀연 내 앞에 나타났다. 다구치 이모는 다카기高木 씨라며 그 남자를 내게 친절하게 소개했다. 그는 얼핏 봐도 몸이 다부지고 혈색이 좋은 청년이었다. 나이는 어쩌면 나보다 많을지도 모르겠다 싶었지만 활기찬 얼굴을 형용하려면 반드시 청년이란 글자가 필요할 정도로 그는 생기로 가득했다. 나는 이 사내를 처음 보았을 때 하늘이 정반대 타입을 비교하기 위해 일부러 한 방에서 두 사람을 나열해서 보여주는 건 아닌가 싶은 생각이 들었다. 물론 불리한 건 내 쪽이었기에 새삼스레 소개받는 것이 내게는 우스갯소리처럼 느껴질 뿐이었다.

두 사람의 용모는 이미 고약한 대조를 보여주고 있었고 분위기라든가 사람을 대하는 태도에서는 더욱 극심한 차이를 느끼지 않을 수 없었다. 내 앞에 있는 사람은 어머니와 이모나 사촌 같은 친밀한 혈족뿐인데도 이들에게 둘러싸여 있는 내가 오히려 다카기에 비해 손님으로 보일 정도로, 그는 거리낌 없이 자유롭게 게다가 자기 품위를 떨어뜨리지 않으면서 나를 다루는 기술을 터득하고 있었다. 잘 모르는 사람을 두려워하는 내가 볼 때 이 사내는 태어나자마자 사교장에 버려져서 거기서 오늘까지 성장한 것이라고 평하고 싶었다. 그는 십 분도 지나지 않아 모든 대화를 내게서 빼앗아 갔다. 그리고 그것을 모두 자신에게로 집중시켜 버렸다. 대신에 내가 왕따가 되지 않도록 주의를 기울여서 가끔 내게도 한두 마디씩 건넸다. 그 말이 공교롭게도 내게는 흥미가 없는 화제뿐이었기에 나는 모두를 상대로 말할 수도 없었고 다카기 한 사람을 상대로 말할 수도 없었다. 그는 다구치 이모를 친근하게 어머니, 어머니 하고 불렀다. 치요코에게는 나와 마찬가지로 친구 사이에서 쓰는 치요라는 이름을 극히 자연스럽게 썼다. 그리고 내게는, 아까 도착했을 때 마침 치요와 내 얘기를 하던 중이었다고 말했다.

나는 그의 외모를 처음 보았을 때부터 그가 부러웠다. 대화하는 것을 듣고는 곧바로 필적할 수 없다고 생각했다. 그것만으로도 이런 나를 불쾌하게 하기에 충분했을지도 모른다. 하지만 점점 다카기를 관찰하는 동안 자신이 잘하는 부분을 열등한 내게 보여주려는 의도에서 자신만만한 얼굴을 하고 있는 건 아닐까 하는 의문이 들었다. 그때 난 갑자기 그가 미워졌다. 그리고 내가 말해야 하는 기회가 돌아와도 일부러 침묵을 지켰다.

지금처럼 안정된 기분으로 그때 일을 돌이켜 보면 그렇게 해석한 것은 어쩌면 내 비뚤어진 성격 때문일지도 모른다. 나는 곧잘 남을 의심하는 대신에 남을 의심하는 나 자신도 동시에 의심하지 않고는 못 견디는 성질이기 때문에 결국 남과 이야기할 때에도 확실한 것을 말하기가 힘들다. 만약에 그것이 실제로 비뚤어진 내 근성 때문이라면 그 이면에는 아직 응집된 형태로 나타나지 못한 어떤 질투가 숨겨져 있는 것이리라.

17

　내가 남자로서 질투심이 강한지 어떤지는 나도 잘 모르겠다. 경쟁자 없는 외아들로 소중히 자란 나는 적어도 가정 내에서 질투심이 생길 일은 없었다. 소학교나 중학교에서도 다행히 나보다 성적이 좋은 학생이 별로 없었던 탓인지 아주 태평하게 지나온 것 같다. 고교부터 대학까지는 석차를 그리 중시하지 않는 게 일반적 관습이었고 매 해마다 자신의 가치를 높이는 견식이라는 것이 더해지기에 점수가 높고 낮은 건 큰 고민거리가 아니었다.

　이것 외에도 나는 아직 통절한 사랑에 빠진 경험이 없다. 한 여자를 두고 두 사람이 경쟁을 했던 기억은 더더욱 없다. 고백하자면 나는 젊은 여자 특히 아름답고 젊은 여자에 대해 특별히 세심한 주의를 기울일 수 있는 남자다. 길을 걷다가 예쁜 얼굴과 옷을 보면 구름 사이로 밝은 햇살이 비칠 때처럼 화사한 기분이 된다. 간혹 그것을 소유해 보고픈 생각도 든다. 다만 곧 그 얼굴과 옷이 얼마나 덧없이 변할 수 있는 것인지를 떠올리고는 취기가 사라져서 갑자기 오싹해졌을 때처럼 한심함을 느낀다. 나로 하여금 미인을 끈질기게 따라다니게 하지 않는 것은 바로 이러한, 술이 깬 다음의 쓸쓸한 기분이 그것을 방해하기 때문일 뿐이다. 이런 기분으로 바뀔 때마다 젊은 자신이 갑자기 노인이나 중이 된 건 아닐까 싶어서 몹시 불쾌해진다. 하지만 혹은 이 때문에 사랑의 질투라는 것을 모르고 지낸 건지도 모르겠다.

나는 평범한 인간이고 싶은 바람을 갖고 있기에 내게 질투심이 없는 것을 자랑하고 싶은 것은 아니지만, 지금 말한 것처럼 다카기라는 사내를 눈앞에서 직접 보기까지는 질투라는 이름의 감정에 강하게 마음을 빼앗긴 적이 없었다. 나는 당시 다카기에게서 받은 형용하기 힘든 불쾌감을 뚜렷이 기억하고 있다. 그리고 내 소유도 아니고 또 소유할 마음도 없는 치요코가 원인이 되서, 이런 질투심이 타오르게 되었다고 생각했을 때 난 어떻게 해서든 이 질투심을 억제하지 않으면 내 인격에게 미안할 것 같은 기분이었다. 나는 존재할 권리를 잃어버린 질투심을 품고 누구에게도 보이지 않는 혼자만의 속앓이를 시작했다. 다행히도 치요코와 모모요코가 햇볕이 약해져서 해변에 나간다고 했기에 다카기도 반드시 그들을 따라갈 게 틀림없다고 생각한 나는, 얼른 나 혼자 남아 있게 되기를 바랐다.

역시나 자매는 다카기에게 나가자고 했다. 그런데 뜻밖에 다카기는 뭔가 구실을 만들어서 쉽게 움직이려고 하지 않았다. 나는 그것이 나에 대한 배려인 것 같아서 더욱 언짢아졌다. 그 다음 그들은 나에게 가자고 했다. 나는 물론 응하지 않았다. 다카기 면전에서 한시바삐 벗어날 기회는 주어지지 않으면 손을 뻗어서 빼앗고 싶을 정도였지만, 이런 기분으로 자매와 함께 해변으로 가는 노력은 하기 싫었다. 어머니는 실망한 듯한 표정으로 같이 갔다 오라고 했다. 나는 말없이 멀리 바다 위를 바라보고 있었다. 자매는 웃으면서 일어났다.

"여전히 괴팍해요, 당신은. 말썽꾸러기 어린애 같군요."

치요코에게 이런 비난을 받은 난 실제로 누구 눈에도 훌륭한 말썽꾸러기로 보였으리라. 스스로도 말썽쟁이 아이와 같은 마음이 있었다. 눈치 빠른 다카기는 자매를 위해 툇마루에서 삿갓처럼 생긴 큰 밀짚모자를 가져와 건네주며 다녀오라고 인사했다.

둘의 뒷모습이 별장 문으로 사라진 뒤에 다카기는 한동안 어른들을 상대로 얘기를 했다. 이렇게 피서를 오면 편안하고 좋지만 어떻게 시간을 보내야 할지가 문제라 오히려 힘들다고 하면서, 실제로도 더위와 지루함에 활기찬 몸을 어쩔 줄 몰라 하는 듯 했다. 이윽고 혼잣말처럼 '이제부터 저녁때까지 뭘 하지' 하더니 문득 생각났다는 듯 내게 당구는 어떻겠냐고 물어보았다. 다행히도 난 태어나서 지금껏 당구라는 놀이를 해본 적이 없었기 때문에 곧 거절했다. 다카기는 딱 좋은 상대라고 생각했는데 아쉽다면서 돌아갔다. 활발하게 움직이는 그의 뒷모습을 바라보니 지금부터 자매가 있는 해변 쪽으로 갈 것이 틀림없다는 기분이 들었다. 하지만 나는 내 앉은 자리에서 움직이지 않았다.

18

다카기가 간 뒤에 어머니와 이모는 잠시 그에 대해 이야기를 나누었다. 어머니는 처음 본 사람인만큼 특히 인상 깊었던 것 같았다. 소탈하고 아주 자상한 사람 같다고 칭찬하자 이모는 어머니의 말을 일일이 실례를 들어 설명하는 것 같았다. 이때 나는 내가 다카기에 대해 알고 있는 빈약한 지식의 대부분을 정정해야 한다는 사실을 발견했다. 그가 모모요코에게 듣기로는 미국에서 돌아왔다고 했지만 이모 말에 의하면 그게 아니라 줄곧 영국에서 교육받은 사내였다. 이모는 영국풍 신사라는 말을 누구한테 들었는지 두어 번 이 말을 써서 아무 것도 모르는 어머니를 놀라게 했고, 그래서 뭔가 품위가 있다고 어머니께 설명해 주기도 했다. 어머니는 그저 놀라서 감탄할 뿐이었다.

두 사람이 이렇게 이야기하는 동안에 난 거의 한 마디도 하지 않았다. 하지만 겉으로는 평소와 다를 바 없는 어머니가 이 순간 다카기와 나를 비교해서 속으로 어떻게 생각하실까 생각하니 어머니가 안쓰럽기도 하고 또 원망스럽기도 했다. 한쪽에 치요코와 나라는 오래된 관계를 두고 다른 한쪽에서 치요코와 다카기라는 새로운 관계를 상상하는 어머니의 심정이 어떨지를 생각하니, 비록 사소한 불안이라도 피하려면 피할 수 있었던 것을 오히려 어머니께 안겨 드리기 위해서 여기까지 동행한 꼴이 되어 버렸기에, 나로서는 그렇지 않아도 불쾌한데 '어머니한테까지 죄송스럽다'라는 고통까지 하나 더 더해졌다.

전후 상황으로 추측할 뿐 실제 나타나지 않았기에 뭐라고 말하기는 어렵지만, 이모는 이때를 이용해서 만약 연이 된다면 치요코를 다카기에게 보낼 생각이라는 고백을—상담인지 선언인지 모를 형식으로—우리 모자에게 하려는 생각이었을지도 모른다. 모든 것을 알면서도 이럴 땐 도리어 나보다 둔한 어머니가 이것을 어떻게 생각했는지는 모르겠지만, 나는 거기서 나와 치요코를 영원히 떼어놓을 담판의 말이 이모의 입에서 나올 것으로 예상했던 것이다. 다행인지 불행인지 이모가 아무 말도 꺼내기 전에 치요코 자매가 밀짚모자의 넓은 챙을 팔랑거리며 해변에서 돌아왔다. 나는 내 예상이 맞지 않았음을 어머니를 위해서 기뻐했지만 동시에 이 사건이 날 초조하게 했던 것도 사실이다.

저녁 무렵, 나는 도쿄에서 올 이모부를 마중하러 역에 다녀오라는 어머니의 명령을 받고 자매와 함께 집을 나섰다. 그들은 똑같은 유카타를 입고 하얀 버선을 신고 있었다. 뒤에서 그 모습을 바라보는 이모님의 눈에는 그들이 얼마나 자랑스럽게 보였을까. 또한 치요코와 나란히 걷는 내 모습이 내 어머니에게는 또 얼마나 가치 있고 고귀한 그림이었을까. 나는 내가 운명적으로 어머니를 기만하는 재료로 쓰이고 있는 사실이 답답해서 문을 나설 때 뒤돌아보았더니, 어머니와 이모는 아직 이쪽을 보고 있었다.

치요코는 도중에 생각났다는 듯 갑자기 멈춰서더니 '아, 다카기 씨한테 가자고 하는 걸 깜박했어'라고 했다. 모모요코는 곧 내 얼굴을 보았다. 나는 걸음은 멈췄지만 입은 열지 않았다. '어쩔 수 없잖아, 여기까지 왔는데' 모모요코가 말했다. '그래도 조금 전에 불러 달라고 부탁했단 말이야' 하고 치요코가 말했다. 모모요코는 내 얼굴을 보며 머뭇거렸다.

"이치 씨 시계 있죠, 지금 몇 시에요?"

나는 시계를 꺼내 모모요코에게 보여주었다.

"아직 늦진 않을 거야, 같이 갈 거면 불러 가지고 와. 난 먼저 가서 기다리고 있을 테니."

"이미 늦었어 언니. 만약 다카기 씨가 올 생각이면 분명 혼자라도 오시겠지, 나중에 잊어 먹었다고 사과하면 되잖아."

자매는 두어 번 옥신각신하더니 결국 돌아가지 않기로 했다. 다카기는 모모요코의 예상대로 기차가 도착하기 전에 총총히 역구내로 들어오더니 자매에게 그렇게 부탁했는데 심했다고 말했다. 그리고 '어머니는?' 하고 묻고서 끝에는 나를 보고 아까는 실례했다고 붙임성 있게 인사를 했다.

19

 그날 밤은 이모부와 사촌 동생이 함께하고 우리 모자도 새롭게 가세했기 때문에 식사 시간이 평소보다 꽤 늦어졌고 염려한 대로 혼잡한 가운데 젓가락과 밥그릇이 움직이는 광경이 펼쳐졌다. 이모부는 웃으며 '이치, 꼭 불난 집 같지? 그래도 가끔은 이렇게 시끌벅적하게 식사하는 것도 재미있군' 하고 돌려서 변명했다.

 한가한 밥상에 익숙한 어머니는 이모부의 말대로 실제로 이 떠들썩함이 유쾌하다는 표정이었다. 어머니는 내성적이면서도 이런 유쾌한 자리를 좋아한다. 그녀는 우연히 화제에 오른 소금에 살짝 절인 전갱이가 맛있다며 계속 칭찬을 했다.

 "고기잡이한테 말해 두면 얼마든지 마련해 줘요. 괜찮으면 갈 때 가지고 가세요. 처형이 좋아해서 드리려고 했는데 기회가 통 없었죠. 게다가 잘 상해서 말에요."

 "나도 언젠가 오이소大磯에서 특별 주문해서 도쿄까지 들고 간 적이 있는데 아주 조심하지 않으면 가는 도중에……."

 "썩나요?" 하고 치요코가 물었다.

 "이모, 오키츠 도미는 싫어요? 나는 그것보다 오키츠 도미가 맛있던데" 하고 모모요코가 말했다.

 "오키츠 도미도 그것대로 좋지." 어머니는 부드럽게 말했다.

 이런 장황한 대화를 왜 내가 기억하는가 하면 나는 그때 어머니 얼굴에 나타난 자못 만족스런 표정에 주목하고 있었고 또 다른 하나는 내가 어머니처럼 얼간 전갱이를 좋아하기 때문이다.

말 나온 김에 하자면 나는 취향이나 성격에서 어머니와 아주 비슷한 면과 전혀 다른 두 가지 면이 있다. 이것은 누구에게도 말하지 않은 비밀인데 실은 과거 몇 년 동안 나는 어머니와 내가 어디가 어떻게 다르고 어디가 어떻게 닮았는지를 내가 알아둬야 할 사항으로 생각하고 남몰래 자세히 연구해 왔다. 왜 그런 짓을 했느냐고 어머니가 묻는다면 대답하기는 힘들다. 내가 스스로에게 물어봐도 확실한 대답을 할 수 없기에 그 이유는 말할 수가 없다. 다만 결론부터 말하자면 이렇다. 난 결점이라도 어머니와 함께 갖춘 것이라면 기뻤고 장점이라도 어머니에게는 없고 나에게만 있으면 몹시 불쾌했다. 그 중에서 가장 마음에 걸렸던 것은 내 얼굴이 아버지만 닮고 어머니와는 전혀 다르게 생겼다는 것이다. 나는 지금도 거울을 볼 때마다 외모가 좀 떨어져도 좋으니까 어머니의 인상을 더 많이 물려받았다면 어머니의 아들다워서 기분이 좋았을 거라고 생각한다.

식사가 늦어지고 잘 시간도 미뤄졌기에 시간이 꽤 흘렀다. 게다가 갑자기 사람이 늘어나서 이모는 이부자리 위치나 방을 정하는 것으로도 애를 먹었다. 남자 셋은 한데 모여서 같은 모기장에서 잤다. 이모부는 뚱뚱한 몸을 주체하지 못하고 부채를 계속 펄럭였다.

"이치, 어떠냐 덥지? 이거 원, 도쿄 쪽이 훨씬 편하겠군."

나와 내 옆에 있는 고이치도 도쿄가 더 편안하다고 했다. 그런데 뭐 하러 굳이 가마쿠라까지 내려와서 좁은 모기장에서 서로 부대끼면서 자는지 이모부도 고이치도 나도 설명할 길이 없었다.

"이것도 작은 즐거움이지."

의문은 이모부의 이 한마디로 곧 풀렸지만 더위는 좀처럼 가시지 않아서 누구도 금방 잠들지 못했다. 고이치는 젊은이답게 내일 고기잡이에 대해서 아버지에게 계속 질문했다. 이모부는 진심인지 농담인지, 배에 타기만 하면 물고기가 소문을 듣고 찾아올 거라고 재미난 얘기를 해주었다. 그런데 자기 아들만 상대로 하지 않고 가끔씩 '그렇지, 이치?' 하면서 그 말에 전혀 냉담한 나까지 동참시켰기에 좀 이상했다. 아무튼 난 거기 상응하는 대답을 하지 않을 수 없었기에, 대화가 끝나기 전까지 나는 당연히 내일 그와 동행할 사람으로 그 말에 응수하는 꼴이 되고 말았다. 나는 물론 갈 생각이 없었기 때문에 이런 변화는 내게 의외의 느낌이었다. 태평스럽게 보이는 이모부는 그 사이 크게 코를 골기 시작했다. 고이치도 잠이 들었다. 그저 나만 억지로 눈을 감고서 밤 깊을 때까지 여러 가지 생각을 했다.

20

다음날 눈을 뜨니 옆에서 자고 있던 고이치의 모습은 이미 보이지 않았다. 나는 아직 잠에서 덜 깬 머리를 베개에 붙인 채 꿈도 사색도 아닌 길을 더듬으면서 마치 별종의 인간이라도 훔쳐보듯 호기심으로 잠자는 이모부 얼굴을 바라보았다. 그리고 내가 자고 있을 때 나를 옆에서 본다면 나 역시 이렇게 걱정 없는 얼굴을 하고 있을까 생각해 보았다.

그러자 고이치가 들어와서 날씨가 어떻겠느냐고 물어보았다. 잠깐 일어나 보라고 재촉하기에 툇마루에 나가보니 바다 쪽은 부드러운 안개가 전체적으로 드리워져 가까운 곳의 나무숲마저 다른 색으로 보였다. 지금 비가 오고 있냐고 내가 묻자 고이치는 곧장 마당으로 내려가더니 하늘을 바라보고는 조금 온다고 대답했다.

그는 오늘 뱃놀이를 못하게 될까 봐 무척 신경이 쓰이는지 두 누나까지 마당으로 끌어내서 계속 '어떻겠느냐'를 되풀이했다. 마지막에는 최종 심판자인 아버지의 의견이 필요하다고 생각했는지 아직도 자고 있는 이모부를 깨웠다. 이모부는 날씨 따윈 아무래도 좋다는 듯 졸린 눈을 하고 하늘과 바다를 휙 둘러보더니 이런 상태면 분명 금방 개일 거라고 했다. 고이치는 그 말에 안심하는 듯 했으나 치요코는 믿지 못할 무책임한 예보라고 하고는 내 얼굴을 보았다. 나는 어떻다고 할 수가 없었다. 이모부는 '뭘, 괜찮아 괜찮아' 하고 큰소리치면서 목욕탕 쪽으로 갔다.

식사가 끝나 갈 무렵부터 가는 안개비가 내리기 시작했다. 그래도 바람은 없어서 바다는 평소보다 오히려 평온한 듯 했다. 예상치 못하게 흐린 날씨 탓에 자상한 어머니는 모두를 딱하게 여겼고 이모는 이제 분명 본격적으로 내릴 테니 오늘은 그만두는 게 좋겠다고 주의를 주었다. 그래도 젊은 사람들은 다들 나가는 쪽을 주장했다. 다구치 이모부는 그러면 할머니들만 남겨 놓고 젊은 사람들은 나가자고 말했다. 그러자 이모는 이모부에게 '그럼 할아버지는 어떻게 하실 거냐'고 말해서 모두를 웃게 했다.

"오늘은 이래봬도 젊은 사람 쪽이라고."

이모부는 이 말을 증명하기 위해선지 재빨리 일어나서는 유카타 뒷자락을 허리에 지르고 아래로 내려갔다. 세 명의 자녀도 그대로 마루에서 내려갔다.

"너희도 걷어 올리지 그래."

"싫어요."

나는 산적처럼 털북숭이 정강이를 드러낸 숙부와 시즈카고젠靜御前 삿
갓 비슷한 밀짚모자를 쓴 두 자매와 검은 허리띠를 동여맨 남동생을 툇마
루에서 내려다보면서, 도시와는 동떨어진 이상한 집단 같다고 생각했다.

"이치 씨가 또 무슨 흉을 보려고 우릴 보고 있네."

모모요코가 엷게 웃으면서 내 얼굴을 보았다.

"얼른 내려오세요." 치요코가 야단치듯이 말했다.

"이치에게 망가진 나막신을 빌려주면 되겠어" 하고 이모부가 주의를
주었다.

나는 두말없이 내려갔지만 약속했던 다카기가 오지 않았기에 그게 다
시 문제였다. 아마도 날씨가 흐려서 지켜보는 중일 거라는 게 모두의 의
견이었으므로, 천천히 걸어가는 동안에 고이치가 달려가서 불러오기로
하였다.

이모부는 늘 하듯이 쉴 새 없이 내게 말을 걸었다. 나도 상대해 주면
서 보조를 맞췄다. 그러는 동안 남자 걸음이다 보니 어느새 자매를 추월
하였다. 내가 한번 뒤돌아보았지만 두 자매는 뒤떨어진 것을 개의치 않
는 듯 따라오려고 애쓰지 않았다. 나에게는 그 모습이 나중에 올 다카기
를 짐짓 기다려 주기 위한 것으로 밖에 보이지 않았다. 그것은 함께 가자
고 한 사람에 대한 예의로 그들이 마땅히 취해야 할 행동이리라. 하지만
당시의 나는 그렇게 생각할 수가 없었다. 그렇게 생각할 여지는 있더라
도 그렇게 느낄 수가 없었다. 빨리 오라고 손짓을 할 생각에 뒤를 돌아본
나는 손짓을 그만두고 다시 이모부와 걷기 시작했다. 그리고 그대로 고
쓰보小坪에 들어가는 입구인 곳까지 왔다. 그곳은 바다로 튀어나온 산자
락을 사람이 다닐 정도의 좁은 폭으로 깎아서 건너편으로 둘러 갈 수 있

게 만든 언덕이었다. 이모부는 제일 높은 언덕모퉁이에 와서 멈춰 섰다.

21

이모부는 갑자기 자신의 체격에 어울리는 커다란 목소리로 자매를 불렀다. 고백컨대 나는 그때까지 몇 번이고 뒤를 돌아보려고 했다. 하지만 신경이 날카롭다고 해야 할지 자존심이 허락지 않는다고 해야 할지, 돌아보려고 할 때마다 목이 멧돼지처럼 굳어져서 뒤로 돌아가지 않았던 것이다.

뒤돌아보니 두 여자는 아직도 백 미터 정도 뒤에 있었다. 그리고 바로 뒤에는 다카기와 고이치가 오고 있었다. 이모부가 터무니없이 큰소리로 어-이 하고 불렀을 때 자매는 동시에 우리를 올려다보더니 치요코는 곧 뒤에 있는 다카기를 보았다. 그러자 다카기는 쓰고 있던 밀짚모자를 오른손에 들고 우리 쪽을 보며 계속 흔들어 보였다. 그래도 네 명 중 소리 내어 이모부에게 응답한 사람은 고이치뿐이었다. 고이치는 학교에서 호령연습이라도 했는지 바다와 벼랑에 울릴 것 같은 대답과 함께 양손을 한꺼번에 머리 위로 올렸다.

이모부와 나는 벼랑 가장자리에 서서 그들이 오는 것을 기다렸다. 그들은 이모부가 부르고 나서도 부르기 전처럼 느릿하게 무언가를 이야기하면서 올라왔다. 나는 그것이 예사롭지가 않고 아주 시시덕거리는 것처럼 보였다. 다카기는 헐렁한 갈색외투 같은 것을 입고 가끔 손을 주머니에 넣었다. 이렇게 더운데 설마 외투는 안 입었겠지 싶어서 처음엔 신기하게 바라보았는데 점점 가까워 오자 얇은 비옷이라는 걸 알게 되었다. 그때 이모부가 느닷없이 '이치, 요트 타고 근방을 놀러 다녀도 재미있겠지?'라고 했기에 나는 정신을 차려서 다카기에게서 눈을 돌려 발아래를 보았다. 그러자 물가 가까이에 새하얀 배 한 척이 잠잠한 파도 위에 떠 있었다. 가랑비보다도 가는 비가 그치지 않고 내렸기에 바다는 온통 흐려서 평소라면 손에 잡힐 듯이 보이는 건너편 절벽의 나무도 바위도 모두 같은 색으로 보였다. 그 사이 그럭저럭 네 사람은 우리 옆까지 왔다.

"많이 기다리게 했군요. 실은 수염을 깎다가, 도중에 그만둘 수도 없어서……" 하고 다카기는 이모부의 얼굴을 보자마자 변명을 하였다.

"그렇게 굉장한 옷을 겹쳐 입고서, 덥지 않소?" 하고 이모부가 물었다.

"더워도 벗을 수는 없지요. 위는 하이칼라지만 아래는 야만칼라[23]니까" 하고 치요코가 웃었다. 다카기는 비옷 속에 위는 얇은 반팔 셔츠를 입고 아래는 이상한 반바지에 정강이를 드러내 놓은 채 검정 버선에 큰 나막신을 신고 있었다. 그는 이렇게 입었다며 우리에게 비옷 속에 입은 걸 보여준 뒤에 일본에 오면 복장이 자유로워서 숙녀 앞에서도 신경 쓸 게 없어서 좋다고 말했다.

일행이 줄을 지어 도로 폭이 여섯 자 정도인 지저분한 어촌으로 들어가자 뭔가 불쾌한 냄새가 코를 찔렀다. 다카기는 주머니에서 흰 손수건을 꺼내어 짧은 모발 위에 덮었다. 다구치 이모부는 거기서 우리를 보고 있던 아이에게 갑자기 '서쪽 사람인데 남쪽에서 양자로 온 사람의 집이 어디냐'라는 희한한 질문을 했다. 아이는 모른다고 했다. 나는 치요코에

---

23 하이칼라의 반대말. 옷차림이나 언동이 거칠고 품위 없거나 그러한 사람을 뜻함.

게 왜 그런 말도 안 되는 질문을 하느냐고 물어보았다. 그녀가 '간밤에 하인을 보내서 그걸 물어보려고 했던 집의 주인이 말하기를, 이름을 까먹었으니 이러이러한 남자라고 하고 찾아다니면 알 수 있을 거라고 했기에'라고 대답했을 때, 나는 너무나 여유 없고 좀스러운 자신과 이런 태평스런 문답을 비교해 보고는 묘하게 부러운 생각이 들었다.

"그걸로 알 수 있을까요?" 하고 다카기가 신기하다는 표정이었다.

"안다면 상당히 희한한 거죠" 하고 치요코가 웃었다.

"괜찮아, 알거다." 이모부가 장담했다.

고이치는 반 재미 삼아, 사람만 보면 서쪽 사람인데 남쪽에서 양자로 온 사람의 집이 어디냐고 물어봐서 그때마다 모두를 웃게 했다. 맨 마지막에는 밀짚 삿갓을 쓰고 흰 토시와 각반을 낀 월금 켜는 젊은 여자가 쉬고 있는 누추한 주막에서 할머니께 같은 질문을 하자, 할머니는 뜻밖에 '저기'라면서 바로 가르쳐주었기에 모두들 다시 박수를 치며 웃었다. 할머니가 말한 곳은 길에서 산이 있는 방향으로 세 단으로 구분된 돌계단을 다 올라간, 다소 높은 곳에 있는 작은 초가집이었다.

22

좁은 돌계단을 제각기 다른 복장을 한 여섯 명이 줄줄이 올라가는 모습을 옆에서 본다면 분명 이상한 광경이었으리라. 게다가 여섯 명 중 이제부터 무엇을 할지 확실히 생각하고 있는 사람은 아무도 없으니 심히 느긋하다. 중요한 이모부마저 그저 배를 탈거라는 사실만 알 뿐, 그 다음은 그물인지 낚시인지 어디까지 저어 갈 건지 전혀 생각하지 못한 듯 했다. 닳아서 군데군데 파인 돌계단을 밟으면서 모모요코의 뒤를 따르던 나는, 이런 무의미한 행동에 자신을 맡기고도 후회하지 않는 것이 바로 피서의 낭만이라고 하는 걸까라고 생각하며 올라갔다.

동시에 이 무의미한 행동 속에서 어떤 남자와 여자는 암암리에 의미심장한 드라마의 한 장면을 연출하고 있는 건 아닐까 의심스러웠다. 그리고 연극 장면 중 내가 맡아야 하는 역할이 있다면 평안한 얼굴을 한 운명에 가볍게 희롱 당하는 역할 외에는 없으리라고 생각했다. 어떤 타산도 없이 간단히 처리해 버리는 스타일인 이모부가 연극의 마지막을 완성한다고 한다면, 이모부야말로 이를 데 없이 교묘한 수단을 가진 작가로 불려야 할 것으로 생각되었다. 내 머릿속에 이런 그림자가 드리워졌을 때 내 뒤를 따라 올라오던 다카기가 더 이상 더워서 못 참겠으니 실례지만 비옷을 벗겠다고 말했다.

그 집은 아래에서 볼 때보다 훨씬 작고 지저분했다. 문간에는 국자가 하나 걸려 있고 거기에 '백일감기 요시노 헤이키치吉野平吉 일가일동'이라고 씌어 있어서 겨우 주인 이름을 알 수 있었다. 그것을 발견하고 모두에게 들리도록 읽은 것은 눈치 빠른 고이치였다. 집 안을 들여다보니 천정이나 벽이 전부 검게 빛나고 있었고 사람이라곤 할머니 한 명이 있을 뿐이었다.

그 할머니는 '오늘은 날씨가 안 좋아서 손님이 안 오실 거라면서 일찍 바다로 나갔으니, 얼른 내려가서 불러오겠다'고 양해를 구했다. 이모부가 배를 타고 나갔느냐고 묻자 할머니는 아마 저 배일 거라며 바다 위를 가리켰다. 안개는 아직 걷히지 않았어도 아까보다는 하늘이 상당히 밝아졌기 때문에 앞 바다는 비교적 선명하게 보이는 가운데 할머니가 가리킨 배는 저쪽 멀리에 조그맣게 떠 있었다.

"저 배라면 큰일이군" 하고 다카기는 들고 온 쌍안경을 들여다보며 말했다.

"정말 태평이에요. 부르러 가다니 어떻게 저런 곳까지 데리러 갈 수가 있죠?" 하더니 치요코는 웃으면서 다카기의 손에서 쌍안경을 받았다.

할머니는 '뭐 금방인걸요'라며 짚신을 신은 채 돌계단을 뛰어 내려갔다. 다구치 이모부는 '시골사람은 태평하구먼' 하고 웃고 있었다. 고이치는 할머니를 뒤쫓아 갔다. 모모요코는 우두커니 지저분한 툇마루에 앉았다. 나는 마당을 둘러보았다. 마루 앞은 마당이란 말이 아까울 정도로 다섯 평도 안 되는 공간이었다. 구석에는 무화과나무가 한 그루 있어서 비린내 나는 공기 속에 푸른 잎이 조금 자라나 있었다. 나뭇가지에는 아직 익지 않은 열매가 몇 개 열려 있고 줄기 사이에는 텅 빈 벌레바구니가 걸려 있었다. 그 아래에서는 마른 닭 두어 마리가 발톱을 높이 세우고 굶주린 부리로 땅속을 쪼아대고 있었다. 나는 그 옆에 엎어놓은 철사로 짠 새집 비슷한 것을 바라보면서 그 모양이 마치 불수감나무처럼 불규칙적으로 뒤틀려 있는 것이 어딘가 익살스럽다고 생각했다. 그러자 갑자기 이모부가 좋지 않은 냄새가 난다고 했다. 모모요코는 '나는 물고기는 아무래도 좋으니 얼른 돌아가고 싶다'며 불안한 듯이 말했다. 그때까지 계속 쌍안경으로 바다 쪽을 보면서 치요코와 이야기를 나누던 다카기가, 뒤를 돌아보았다.

"뭘 하는 건지, 잠깐 가서 상황을 좀 보고 올게요."

그는 이렇게 말하고 들고 있던 비옷과 쌍안경을 놓기 위해서 마루 쪽으로 돌아보자, 옆에 서 있던 치요코는 그가 움직이기 전에 손을 내밀었다.

"이리 주세요. 갖고 있을 테니까."

그리고는 다카기한테서 두 개의 물건을 받아 들었을 때 그녀는 다시 다카기의 반소매 차림을 보고 웃으며 '드디어 야만칼라가 됐네요' 하고 평했다.

다카기는 쓸쓸히 웃고는 곧 바닷가 쪽으로 내려갔다. 나는 급히 돌계단을 내려가기 위해 팔을 흔들 때마다 운동선수처럼 발달한 다카기의 어깨 근육이 움직이는 모습을 뒤에서 묵묵히 주의 깊게 바라보았다.

23

배를 타기 위해서 모두 바닷가로 내려간 것은 그로부터 약 한 시간 뒤였다. 바닷가는 무슨 축제 전후인지는 모르지만, 모래 속에 깊이 묻힌 긴 막대기 두 개가 눈길을 끌었다. 고이치는 어딘가에서 물가 쪽으로 밀려온 마른 가지를 주워 와서 넓은 모래 위에 큰 글자와 얼굴을 몇 개나 그려 놓았다.

중머리 뱃사공이 '자, 타요'라고 했기에 여섯 사람은 두서없이 어수선하게 뱃전에 올랐다. 우연하게도 치요코와 나는 뒷사람에게 밀려 뱃머리 쪽에 있는 나눠진 자리에 무릎을 맞대고 앉았다. 이모부는 맨 앞쪽의 선실처럼 넓은 곳에 가장답게 양반다리를 하고 앉았다. 그리고는 다카기를 그날의 손님으로 모실 생각인지 거기로 안내했기에, 그는 좋든 싫든 이모부 옆에 자리를 잡았다. 모모요코와 고이치는 그 다음 칸쯤에 뱃사공과 함께 있었다. '어때요, 이쪽이 비어 있는데 오시겠습니까?' 하고 다카기가 바로 뒤에 있는 모모요코를 돌아보았다. 모모요코는 고맙다고 했을 뿐 옮기지는 않았다.

　나는 처음부터 치요코와 한 돗자리에 앉은 걸 유쾌하게 생각지 않았다. 내가 다카기에게 질투를 느꼈다는 사실은 이미 분명히 밝혀 두었다. 질투의 크기는 어제와 오늘이 같을지 모르나, 경쟁심만은 추호도 싹트지 않았다. 나도 남자니까 앞으로 언제 어떤 여자와 격렬한 사랑에 빠지지 않는다고 할 수 없다. 하지만 나는 단언한다. 만약에 이 정도로 격렬하게 경쟁하지 않으면 사랑하는 사람을 얻지 못하는 경우라면, 나는 어떤 고통과 희생을 감수하더라도 손을 품속에 넣은 채 초연히 연인을 버리고 말 생각이다. 남들이 남자답지 못하다고 용기가 없다고 또 의지가 약하다고 비판한다면 얼마든지 해도 좋다. 하지만 그렇게 안타까운 경쟁을 하지 않으면 내 것이 되기 힘들만큼 어디로도 갈 수 있는 여자라면, 나는 경쟁할 가치가 없는 여자로 볼 수밖에 없다. 나는 내게 마음이 기울지 않는 여자를 무리해서 안는 기쁨보다는 상대방의 사랑을 자유로운 들판에 놓아주었을 때의 남자다운 기분으로 내 실연의 상처를 쓸쓸히 지켜보는 쪽이, 내 양심에 훨씬 더 만족스럽다고 생각하기 때문이다. 난 치요코에게 이렇게 말했다.

　"치요, 저쪽으로 가면 어때, 더 넓고 편해 보이는데."

　"왜요, 여기 있으면 방해되나요?"

　치요코는 이렇게 말한 채 움직이려고 하지 않았다. 나로서는 그녀가 내 말을 노골적으로 듣든 비아냥으로 받아들이든, 다카기가 있으니 저쪽으로 가라는 설명을 입에 담을 용기가 나지 않았다. 다만 그녀에게서 그런 대답을 들은 내 가슴에 어떤 기쁨이 번뜩였던 것은 내 말과 마음이 얼마나 상반되는지를 폭로하는 좋은 증거로, 스스로 내 약한 본성을 깨닫지 못했던 나에게 아픈 타격이었다.

이런 기분 탓인지 어제 만났을 때보다는 조금 겸손해진 것처럼 보이는 다카기는 치요코와 나 사이의 이런 대화를 들으면서도 모르는 척하고 있었다. 배가 출발했을 때는 '하늘이 아주 알맞게 개는데요. 햇빛이 쨍쨍나는 것보다 오히려 좋군요. 뱃놀이하기에는 아주 적격입니다'라는 말을 이모부와 나누기도 했다.

이모부는 느닷없이 큰 목소리로 '선장, 대체 무얼 잡을 거요?' 하고 물었다. 이모부도 다른 사람들도 그때까지 뭘 잡을 건지도 모르고 있었다. 중머리 뱃사공은 문어를 잡을 거라고 거칠게 대답했다. 그 대답에 모모요코와 치요코는 놀랐다기보다 재미있었는지 소리 내어 웃었다.

"문어가 어디에 있나?" 이모부가 다시 물었다.

"이 근방에 있죠." 뱃사공은 대답했다.

그리고는 목욕탕 물바가지보다 조금 깊을 듯한 크기의 바닥을 유리로 바꿔 끼운 타원형 물통을 물 위에 엎어놓고, 그 안에 얼굴을 밀어 넣고 바다 속을 들여다보기 시작했다. 뱃사공은 이 묘한 도구를 거울이라고 부르면서 두세 개 여분으로 가져온 것을 우리에게 빌려주었다. 제일 먼저 그것을 사용한 사람은 뱃사공 옆에 자리를 잡은 고이치와 모모요코였다.

24

각자에게 그 거울이 차례차례 돌아갔을 때 이모부는 '이거 선명하군, 뭐든지 보여'라며 크게 감탄했다. 이모부는 대체로 세상 모든 일에 정통한 탓인지 만사를 대수롭지 않게 여기면서도 이런 자연계 현상을 보면 즉시 놀라는 성격이다. 나는 마지막으로 치요코가 건네 준 거울을 받아서 유리 한 장을 사이로 해저를 보았는데 상상한 것과 다를 바 없는 극히 평범한 바다일 뿐이었다. 거기엔 작은 바위가 요철을 그리며 늘어서 있고 사이사이에 검푸른 해초가 끝없이 만연해 있었다. 해초는 미지근한 바람이 간질이기라도 하듯이 너울거리는 파도에 가늘고 긴 줄기를 앞뒤로 조용히 오래도록 흔들었다.

"이치 씨, 문어가 보여요?"

"안 보이는데."

나는 고개를 들었다. 치요코는 다시 머리를 집어넣었다. 그녀가 쓴 하늘거리는 밀짚모자의 테가 물에 잠겨서 배의 움직임을 거스를 때마다 작은 물결이 졸랑졸랑 일었다. 나는 그녀 뒤로 보이는 검은 머리카락과 하얀 목덜미를 그녀의 얼굴보다 아름답게 바라보고 있었다.

"치요는 찾았어?"

"안 보여요. 문어 같은 거 없어요."

"꽤 익숙하지 않으면 쉽게 찾기 어렵다고 하네요."

이것은 다카기가 치요코를 위해서 설명해 준 말이었다. 그녀는 양손으로 통을 누른 채 뱃전으로 내밀은 몸을 다카기 쪽으로 돌리면서 '왠지 안 보이더니' 하고는 그대로 양손으로 누른 통을 장난치듯 부걱부걱 움직이고 있었다. 모모요코가 저쪽에서 언니라고 불렀다. 고이치는 문어가 어디 있는지도 모르면서 마구 찔러댔다. 문어를 찌를 때는 삼사 미터쯤 되는 가늘고 긴 대나무 끝에 이삭 같은 것을 매달아 놓은 이상한 물건을 이용한다. 뱃사공은 배가 움직이는 동안 통을 이로 물고 한 손으로 장대를 쓰면서 문어가 있는 곳을 찾자마자 기다란 대나무로 솜씨 좋게 흐물흐물한 괴물을 찔렀다.

사공은 혼자서 몇 마리나 배 위로 잡아 올렸지만 크기가 다 비슷해서 놀라운 것은 없었다. 처음에는 모두들 신기해서 잡힐 때마다 떠들었지만 마지막에는 활달한 이모부도 지겨웠는지 '문어만 잡으니 별 수 없구면' 하고 말했다. 다카기는 담배를 피우면서 배 바닥에 엉켜 있는 잡힌 문어들을 바라보았다.

"치요 씨, 문어가 헤엄치는 거 본 적 있어요? 이것 좀 보세요, 정말 신기합니다."

이렇게 말하면서 다카기는 치요코를 부르더니, 옆에 앉은 나를 보고는 '스나가 씨 어때요, 문어가 헤엄치고 있습니다' 하고 덧붙였다. 나는 '그래요? 재미있겠네요'라고 대답했을 뿐 일어날 생각이 없었다. 치요코는 '어디?'라고 하더니 다카기 옆으로 가서 자리 잡았다. 나는 내 자리에서 치요코에게 문어가 아직 헤엄치고 있는지를 물었다.

"네, 재미있어요. 얼른 와서 보세요."

문어는 여덟 개 다리를 직선으로 모아 한 구간씩 가늘고 긴 몸통이 배 바닥에 부딪칠 때까지 단숨에 쓱쓱 나아갔다. 그 중에는 오징어처럼 검은 먹물을 뿜는 것도 섞여 있었다. 나는 엉거주춤한 자세로 잠깐 그 광경을 들여다보고는 원래 자리로 돌아갔지만 치요코는 그 다음에도 다카기 옆을 떠나지 않았다.

이모부는 뱃사공을 보고 문어는 이제 그만 됐다고 했다. 뱃사공은 돌아갈 건지를 물었고, 문어만으로는 섭섭하다고 생각한 이모부는 저 멀리 큰 대바구니 같은 게 몇 개 떠 있는 것을 보고는 그 중 하나의 옆으로 배를 저어 가게 했다. 약속이라도 한 듯 모두 배에서 일어나서 바구니 속을 들여다보니, 이삼십 센티나 되는 물고기가 좁은 물속을 종횡으로 움직이고 있었다. 어떤 것은 비늘이 물색에 가까운 파란 빛을 띠고서 마치 물결이 몸통을 통과하는 것처럼 반짝이고 있었다.

"한 마리 잡아 올려 보세요."

다카기는 치요코에게 큰 뜰채 손잡이를 쥐어 주었다. 치요코는 재미 삼아 그것을 받아 들고 물속에서 휘저으려고 했지만 꼼짝도 하지 않았기에 다카기는 자신의 손을 얹어서 둘이 함께 바구니 속을 이리저리 휘저었다. 그래도 고기가 잡힐 것 같지 않자 치요코는 뜰채를 뱃사공에게 돌려주었다. 뱃사공은 이모부 지시대로 몇 마리나 물에서 건져냈다. 우리는 문어의 단조로움을 타파해 버린 벤자리, 농어, 감성돔과 같은 색다른 생선에 기뻐하면서 다시 벼랑으로 올라갔다.

25

그날 밤 나는 혼자 도쿄로 돌아왔다. 어머니께서는 모두가 만류하는 바람에 고이치나 다른 사람이 바래다준다는 조건으로 이삼일 더 머물기로 했다. 나는 어머니가 왜 그렇게 남이 권하는 대로 쉽게 안주해 버리는

지, 예민한 내가 볼 때 지나치게 느긋하신 어머니가 답답했다.

그 후로 끝내 다카기와 얼굴을 대할 일은 없었다. 나와 치요코에 다카기를 더해 소용돌이를 일으켰던 관계가 더 이상 발전하지 못한 채 끝이 나고, 패배자에 해당하는 내가 다가올 운명을 예상이라도 한 듯 도중에 그 소용돌이 밖으로 달아난 것은 이 얘기를 듣는 사람들이 원하는 바는 아닐 것이다. 나 자신도 얼마간 불길이 잡히기도 전에 서둘러서 소방대를 철수해 버린 듯한 기분이다. 이렇게 말하면 내가 처음부터 어떤 의도가 있어서 가마쿠라에 갔다고 생각할지도 모르겠지만, 질투심만 있고 경쟁심은 없는 내게도 그에 상응한 자만심만큼은 침침한 내 가슴 어딘가에 피어올랐던 것이다. 나는 내 모순을 분석해 보았다. 그리고 나의 생각과 감정들이 치요코에 대한 자만심을 적극적으로 발동치 못하도록 내 마음을 흔들고 빼앗는 혼란스러움으로 괴로워했던 것이다.

때로 그녀는 세상에 단 한 사람인 나만을 사랑하는 것처럼 보였다. 다만 그래도 난 나아갈 수가 없었다. 미래는 상관하지 말고 과감하게 나갈까 고민하는 동안에 그녀는 홀연히 내 손을 벗어나 완전히 타인 같은 표정이 되는 게 보통이었다. 가마쿠라에서 보낸 이틀 동안도 이런 조류의 간만은 두세 차례 있었다. 어떤 때는 자기 의지대로 변화를 지배하여 일부러 다가오고 멀어지고 하는 건 아닐까 하는 작은 의심마저 내 가슴에 타올랐다. 그것만이 아니다. 나는 그녀의 언행을 한 가지 의미로 해석한 뒤에 같은 말을 다시 정반대의 의미로 해석하고는 정말 어느 쪽이 옳은지 모르겠다 싶어서 화가 치밀었던 경우도 적잖았다.

나는 가마쿠라에서의 이틀 동안 결혼할 생각도 없는 여자에게 끌려갈 뻔했다. 그리고 다카기라는 남자가 재미없게 눈앞에 나타나는 한은 끝까지 끌려가게 될 듯한 기분이었다. 나는 앞서 다카기와 경쟁할 마음이 없다고 했지만 오해를 막기 위해서 다시 한 번 말하고 싶다. 만약에 사랑이든 연애든 정이든, 치요코와 다카기와 내가 삼각관계가 되어 소용돌이 친다면 나를 움직이는 힘은 다카기를 이기려는 경쟁심이 아님을 단언한다. 그것은 높은 탑 위에서 아래를 보면 두려워짐과 동시에 뛰어내리지 않고는 참을 수 없는 신경작용과도 같은 것으로, 다카기에게 이기거나 지는 결과를 두고 말한다면 경쟁으로 보일지도 모르지만 그 힘은 완전히 다른 별개의 작용이다. 그리고 그 힘은 다카기만 없다면 결코 나를 덮치지 않는다. 나는 그 이삼 일간 그 괴상한 에너지가 번쩍이는 것을 엄청나게 느꼈다. 그리고 강한 결심과 함께 곧 가마쿠라를 떠났다.

나는 강한 자극에 가득 찬 소설을 읽지 못할 정도로 약한 남자다. 그런 소설을 실행하는 일은 더더욱 할 수 없는 남자다. 나는 내 기분이 소설이 되려는 찰나에 놀라서 도쿄로 돌아 온 것이기에 돌아가는 기차 속의 나는 반은 우월하고 반은 열등한 사람이었다.

비교적 승객이 적은 보통 열차 안에서 나는, 내가 쓰기 시작하고 내가 찢어 버린 듯한 소설의 후속편을 이래저래 상상해 보았다. 거기에는 바다가 있고 달이 있고 해변이 있었다. 젊은 남자와 젊은 여자의 그림자가 있었다. 처음에는 남자가 거칠어져서 여자가 울었다. 나중에는 여자가 거칠어져서 남자가 울었다. 결국에는 서로 손잡고 조용한 모래 위를 걸었다. 또는 액자가 있고 다다미가 있고 시원한 바람이 불었다. 거기서 두 젊은이가 의미 없는 언쟁을 벌인다. 젊은 피는 점점 얼굴로 달아오르고 끝내 서로 인격적이지 못한 말을 할 수밖에 없는 상황이 된다. 마지막에는 일어나서 서로 주먹을 휘둘렀다. 또는……. 이런 연극 장면과도 같은 광경은 몇 차례나 그려졌다. 나는 그 어떤 것도 시도해 볼 기회를 잃고 오히려 내겐 잘됐다고 기뻐하였다. 사람들은 나를 늙은이 같다고 비웃을 것이다. 만일 시詩에만 호소해서 세상을 사는 자를 늙은이라고 한다면 나는 비웃음거리가 되어도 좋다. 하지만 만약 시가 고갈되어 말라 버린 게 늙은이라면 나는 그런 평가는 받기 싫다. 나는 시종일관 시를 추구해서 몸부림치고 있는 것이다.

26

나는 도쿄로 돌아가서의 기분이 어떨지를 생각해 보고는, 바로 눈앞에서 자극받는 가마쿠라에 머무는 것보다 더 초조해 하지는 않을까 하고 염려했었다. 그리고 오직 상대도 없이 혼자서 조바심치는 극심한 마음의 고통을 예상했었다. 하지만 우연히도 결과는 다른 쪽으로 빗나갔다. 나는 내가 원했던 대로 평소와 같은 안정과 냉정과 무관심을 비교적 쉽게 쓸쓸한 내 방으로 불러올 수 있었다. 나는 새 것 냄새가 나는 모기장을 방에 가득치고 처마에서 울리는 풍경소리를 즐기면서 잠들었다. 저녁에는 거리로 나가서 꽃 화분을 안고 돌아와서 격자문을 여는 일도 있었다.

어머니가 안 계셔서 모든 집안일은 사쿠作라는 식모가 했다. 가마쿠라에서 돌아와 처음 밥상을 받았을 때 시중들기 위해 검정색 둥근 쟁반을 무릎 위에 놓고 내 앞에 꿇어앉은 사쿠의 모습을 보고 나는 새삼스레 가마쿠라에 있는 자매와의 차이를 느꼈다. 사쿠는 물론 용모가 예쁜 것도 아니었다. 하지만 내 앞에 공손히 꿇어앉는 것밖에 알지 못하는 그녀 모습이 내게는 너무나 조신하고 공손하게 또 여자로서 너무나 가련해 보였다.

그녀는 사랑이 뭔지 생각하는 것조차 자기 신분으로는 건방진 것으로 여기는 듯한 모습으로 조신하게 앉아 있었다. 드문 경우지만 난 그녀에게 친절하게 말을 건넸다. 그리고 그녀에게 몇 살이냐고 물었다. 그녀는 열아홉이라고 대답했다. 나는 다시 시집가고 싶지 않느냐고 물었다. 그녀는 얼굴을 붉히고 아래만 보고 있었기에 노골적으로 물어 본 내가 미안했다. 나와 사쿠는 그때까지 용무 외에는 말을 한 적이 없었다. 나는 가마쿠라에서 새로운 기억을 갖고 돌아온 그 반작용으로 그때 비로소 집에서 부리고 있는 하녀의 여자다운 면을 깨달았던 것이다. 사랑이란 물론 그녀와 나 사이에 할 수 있는 말이 아니다. 난 그저 그녀에게 감도는 안정되고 편안하고 온순한 기운을 사랑했던 것이다.

내가 사쿠 덕분에 위안을 얻었다고 하면 스스로도 이상하게 들린다. 그렇지만 지금 생각해도 그것 외에 다른 이유는 전혀 생각나지 않으므로 역시 사쿠 아니 그녀가 대표로 보여준 여성의 어떤 특성이 상상 속 자극에도 초조해 하던 내 머리를 진정시켜 주었다고 생각한다. 고백하자면 이따금 가마쿠라의 풍경이 눈에 떠오르고 그 속에는 물론 인간들이 움직이고 있었다. 하지만 나와는 전혀 동떨어진, 이해관계를 함께 할 수 없는 사람들의 활동처럼 느껴졌던 것은 행복이었다.

나는 이층에 올라와서 서재정리를 시작했다. 깔끔한 것을 좋아하는 어머니가 항상 신경 써서 청소를 했는데도 책을 하나하나 다시 정리하자 의외로 보이지 않는 구석에서 먼지가 나왔기에, 남김없이 치우기까지는 시간이 꽤 걸렸다. 무더위에 어울리는 한가한 작업이므로 나는 보고 싶은 책이 있다면 시간이 걸려도 푹 빠져서 읽어보겠다는 느긋한 계획으로 달팽이처럼 그 일을 진행했다. 사쿠는 때 아닌 먼지떨이 소리를 듣고 이쵸가에시[24] 모양의 머리를 계단 위로 내밀었다. 나는 그녀에게 책장의 일부를 걸레로 닦아 달라고 했다. 하지만 얼마나 걸릴지도 모르는 일을 끝날 때까지 도우게 하는 것도 미안해서 곧 아래층으로 보냈다. 나는 한시간 정도 책을 꽂다가 빼내다가 하다가 지쳐서 담배를 피우며 쉬고 있는데 사쿠가 다시 계단에서 쳐다보았다. 그리고 뭐든지 도와주겠다고 했다. 나는 사쿠에게 뭔가 시키고 싶었지만 불행히도 서양 글자를 읽지 못하는 그녀는 손을 댈 수가 없는 서적 정리이기 때문에 안됐지만 괜찮다고 거절하고 다시 아래층으로 보냈다.

사쿠에 관해서 이렇게 자세히 말할 필요는 없겠지만 앞서 한 얘기에 이어서 당시의 행동이 기억났기에 말했다. 나는 담배 한 대를 다 피우고 다시 정리를 시작했다. 이번엔 사쿠에게 나만의 세계를 방해받을 염려 없이 서가의 둘째 단을 단숨에 정리했다. 그때 나는 우연히 오래전 친구에게 빌렸다가 깜박하고 돌려주지 못한 묘한 책을 책꽂이 뒤에서 발견했다. 그 책은 얇고 작아서 다른 책의 뒤쪽으로 떨어진 채 먼지투성이가 되어 오늘까지 내 눈을 피해 있었던 것이다.

27

내게 이 책을 빌려준 사람은 문학을 좋아하는 어떤 친구였다. 일찍이

---

24 여자 머리 모양의 하나로, 정수리에서 모은 머리를 좌우로 갈라 반원형으로 틀어 맨 것.

그와 소설에 관해서 얘기하다가 나는, 사려가 깊은 사람은 만사 생각에만 빠질 뿐 그 일을 단행할 용기가 없으므로 소설로 그려내도 재미가 없을 거라고 말했다. 내가 소설을 즐겨 읽지 않는 것은 소설 속 인물이 될 자격이 부족한 까닭이고 자격이 부족하다는 건 생각만 하고 꾸물거리기 때문이라고 생각하고 있었기에 이런 질문이 던져 보고 싶었던 것이다.

그는 그때 책상 위에 있던 이 책을 가리키며 여기 그려진 주인공은 아주 눈부신 사려와 대단히 과감한 행동을 동시에 갖추고 있다고 말해 주었다. 나는 대체 어떤 내용이냐고 물어보았더니 그는 그냥 읽어보라면서 그 책을 내게 건넸다. 책 제목은 독일어로 '게당케'라고 적혀 있는데 러시아 책을 번역한 것이라고 그가 가르쳐 주었다. 나는 얇은 책을 손에 받아 들고 대략의 줄거리를 재차 그에게 물어보았다. 그는 줄거리 같은 건 아무래도 좋다고 했다. 그리고 소설의 내용이 질투인지 복수인지 심각한 장난인지, 호기심의 계략인지 진지한 행동인지 미치광이의 추리인지, 정상인의 계산인지 알 수 없지만 여하튼 화려한 행동과 화려한 사려를 함께 동반하고 있으니까 읽어보라고 했다. 나는 그 책을 빌려 가지고 왔지만 읽을 기분은 아니었다. 나는 소설을 탐독하지도 않는 주제에 소설가들을 다 바보 취급하는 데다가, 친구가 했던 말에도 마음이 움직일 만한 흥미를 결코 느낄 수 없었기 때문이다.

나는 그 일을 깨끗이 잊어버리고 있었기에 아무 생각도 없이 『게당케』를 책장 뒤에서 꺼내서 두꺼운 먼지를 털었다. 그리고 어딘가 본 기억이 있는 독일어로 된 표제에 눈이 가면서 동시에 문학을 좋아했던 그 친구와 그 말이 떠올랐다. 그러자 갑자기 뭔지 모를 호기심에 사로잡혀서 곧 첫 페이지를 펼쳐서 읽기 시작했다. 거기에는 가공할 이야기가 씌어 있었다.

어떤 여자를 마음에 두고 있던 한 남자가, 그녀가 자신을 상대해 주지 않을 뿐더러 도리어 자신과 가까운 사람에게 시집을 가 버리자 원한을 품고 그녀의 남편을 죽일 계획을 세웠다. 단 그냥 죽이는 것이 아니라 그 녀가 보는 앞에서 죽이지 않으면 시시했다. 또한 자기 손에 죽는 것을 보 면서 전혀 손쓸 방도 없이 바라볼 수밖에 없도록 교묘한 방법으로 죽이 지 않으면 성에 차지 않았다. 그 수단으로 한 가지 방법을 고안했다. 어 느 날 만찬에 초대된 기회를 이용해서 그는 갑자기 격렬한 발작을 일으 키는 시늉을 했다. 옆에서 보면 미친 사람으로 볼 수밖에 없는 행동으로 동석한 사람 모두가 그가 완전히 미쳤다고 생각하는 것을 확인한 뒤 그 는 자신의 책략이 들어맞은 것을 속으로 자축했다. 그는 사람들 눈에 잘 띄는 파티 장소에서 같은 짓을 두어 번 더 반복해서, 발작으로 정신이 이 상해지는 위험한 사람이라는 평판을 사람들에게 두루 얻어내었다. 그는 이렇게 수고스러운 준비를 한 다음에 어떻게도 손쓸 수가 없는 살인죄를 만들어 낼 작정이었다. 이처럼 빈번한 발작이 화려한 사교장을 어둡게 물들이자 그때까지 친하게 왕래하던 사람들이 그를 향한 문을 굳게 닫히 게 되었다. 하지만 그건 전혀 걱정할 일이 아니었다. 그에게는 여전히 자 유롭게 드나들 수 있는 집이 한 곳 있었고 그것은 바로 그가 죽음으로 밀 어 넣으려고 하는 친구와 그 부인이 사는 집이었다. 어느 날 그는 아무렇 지 않은 얼굴로 그 친구 집의 문을 두드렸다. 그는 일상의 이야기로 시간 을 보내는 척하면서 눈앞에 있는 그에게 덤벼들 기회를 엿보았다. 그러 던 그는 느닷없이 책상 위에 있던 무거운 문진을 들고 '이것으로 사람을 죽일 수 있을까'라고 물었다. 친구는 물론 그 질문을 진지하게 받아들이지 않았고, 그는 그걸 개의치 아니하고 온 힘을 문진에 실어 부인이 보는 앞에서 남편을 쳐서 죽였다. 그리고는 광인이라는 이름하에 정신병원에 보내졌다.

이상의 사건 전말에 대해서 그는 놀랄 만한 사려와 분별과 추리력으로 자신이 결코 광인이 아님을 변명하고 그런가 하면 다시 그 변명을 의심한다. 게다가 그 의심을 다시 변명하려고 하였다. 그는 과연 제 정신일까 미치광이일까?—나는 책을 손에 든 채 두려움으로 오싹해졌다.

28

내 머리는 내 마음을 억제하기 위해서 만들어졌다. 결과적으로 심한 후회는 남기지 않았던 내 과거를 뒤돌아 볼 때 그것은 정상적 상태라는 생각도 든다. 그래도 가슴이 뜨거워질 때마다 머리의 위력이 가해진다는 것은 누구나 경험하듯이 심한 고통이다. 나는 고집이 세면서도 어둡고 화를 잘 내는 성격이기 때문에 마음의 발작이 이성에 의해 저지당할 때 생기는—마치 자동차가 급히 속력을 줄이는 듯한—그런 고통은 맛본 적은 없다. 그런데도 때로 생명의 중심축이 무리하게 뒤틀렸다고 해야 할 만큼 활력이 연소되는 것을 속으로 느낀다. 이성과 감정이 싸울 때마다 늘 머리의 명령에 굴복해 온 나는, 내 이성이 강해서 굴복시킨다고 생각하기도 하고 내 감정이 약해서 굴복 당한다고도 생각했지만 아무래도 이 싸움은 살기 위한 투쟁임과 동시에 몰래 내 생명을 깎아 먹는 일이라는 두려움에서 벗어날 수가 없었다.

그래서 나는 『게당케』의 주인공을 보고 놀랐던 것이다. 친구의 생명을 벌레 목숨처럼 가볍게 보는 그는 이성과 감정 사이에서 어떤 모순도 거부감도 느끼지 않았다. 그가 가진 모든 지혜는 복수를 위한 연료가 되어 잔인한 행동을 능숙히 해치우는 방편으로 제공되지만 후회라는 것은 전혀 몰랐다. 그는 자신의 주도면밀한 생각을 통솔해서 온몸의 독혈을 상대방 머리에 퍼부을 수 있었던 대단한 배우였다. 또는 보통 이상의 두뇌와 정열을 겸비한 광인이었다. 평소의 나와 비교할 때 그렇게 한 가지 마음으로 스스럼없이 행동할 수 있는 『게당케』의 주인공이 나는 몹시 부러웠고 동시에 땀이 흐를 정도로 무서웠다. 그렇게 할 수만 있다면 분명 통쾌하리라, 저지른 뒤에는 분명 견디기 힘든 양심의 고문을 당하게 되리라고 생각했다.

만약에 불가사의하게도 다카기에 대한 내 질투심이 향후 지금보다 몇 배나 더 격렬하게 내 몸을 불태운다면 어떨지를 생각해 보았다. 하지만 난 그런 나를 상상할 수가 없었다. 처음에는 원래 타고난 천성이 다르니까 그런 짓을 할 수 없다는 견지에서 곧 이 문제를 기각하고자 했다. 다음에는 나도 분명 이 정도의 복수는 충분히 해치울 수 있다는 기분이 들었다. 마지막에는 나처럼 평소에 머리와 가슴의 싸움으로 고민하며 꾸물거리는 사람이야말로 이렇게 흉악한 짓을 냉정하고 타산적으로 또 조직적으로 할 거라는 생각이 들었다. 내가 마지막에 왜 그런 생각을 했는지는 나도 모른다. 다만 그렇게 생각했을 때 갑자기 이상한 기분이 엄습했다. 그 기분은 순수한 공포나 불안이나 불쾌감이 아니라 훨씬 복잡한 것이었다. 정리해서 말하면, 점잖은 사람이 술로 대담해져서 모든 걸 할 수 있다고 만족하면서도 동시에 자신의 품성이 타락한 걸 깨닫고는 술로

인한 타락이니 인간은 어떻게도 피할 수가 없다고 체념해 버리는 것과 같은 심정이다. 이런 이상한 느낌과 함께 나는 치요코가 보는 앞에서 다카기의 정수리에 무거운 문진을 뼈 속까지 명중시키는 꿈을 커다란 눈을 뜬 채로 꾸고는 놀라서 일어났다.

아래층으로 내려가자마자 곧 목욕탕으로 가서 머리에 물을 끼얹었다. 거실의 시계를 보니 이미 정오가 넘었기에 내려간 김에 거기서 점심을 먹기로 했다. 밥 시중은 평소처럼 사쿠가 들었다. 나는 말없이 밥 덩어리 두어 개를 볼이 터지도록 넣고 먹다가 갑자기 그녀에게 내 얼굴색이 이상한지 물어보았다. 사쿠는 놀란 눈을 크게 뜨고 아니라고 대답했다. 이걸로 말이 끊어지자 이번엔 사쿠 쪽에서 무슨 일이 있는지를 물었다.

"아니, 아무 것도 아니야."

"갑자기 날이 더워졌기 때문이죠."

나는 묵묵히 두 공기의 밥을 비웠다. 차를 따르게 해서 마시기 시작할 때 나는 또 느닷없이 사쿠에게 '가마쿠라 같은 데 가서 북적거리는 것보다 집에 있는 쪽이 조용하고 좋군' 하고 말했다. 사쿠는 '그래도 그 쪽이 시원하겠지요'라고 했다. 나는 '아냐 오히려 도쿄보다도 덥지. 그런 곳에 있으면 기분만 불안하고 안 좋아'라고 설명해 주었다. 사쿠는 당분간 어머니는 거기 계시는지를 물어보았다. 난 곧 오실 거라고 대답했다.

29

나는 내 앞에 앉은 사쿠의 모습을 보고 일필휘지—筆揮之로 그린 나팔

꽃 같다는 기분이 들었다. 고귀한 대가의 손에 그려지지 않은 건 유감이 지만 그런 식으로 쉽고 간단히 완성되었다고 볼 수밖에 없었다. 왜 사쿠 의 인품을 그림에 비유하느냐고 할지도 모르겠다. 깊은 의미는 없지만, 사실 그녀의 시중으로 밥 먹는 동안 방금 『게당케』를 읽은 자신과 검정 칠 쟁반을 들고 꿇어앉은 그녀를 비교해 보니, 내 속은 왜 이렇게 칙칙한 유화처럼 복잡한가 싶어서 놀랐기 때문이다.

고백컨대 나는 지금까지 내 머리가 남보다 복잡하게 작용하는 것을 고등교육을 받은 증거라고 자만해 왔다. 그런데 언제부턴가 그런 머리 의 작용에 지쳐 있었다. 무슨 인과로 이렇게 모든 일을 세세히 신경 쓰지 않으면 살아갈 수 없는가 생각하니 한심했다. 나는 밥공기를 상에 놓으 면서 사쿠의 얼굴을 보고 귀하다는 느낌이 들었다.

"사쿠, 너도 여러 가지로 생각에 잠길 때가 있느냐?"

"저 같은 건 특별히 생각할 만한 일이 없답니다."

"생각하지 않는다고. 그게 좋은 거야. 생각할 일이 없는 게 최고지."

"있어도 지혜가 없으니까 갈피를 못 잡아요. 완전히 엉터리입니다."

"행복하구나."

난 나도 모르게 이런 말을 해서 사쿠를 놀라게 했다. 사쿠는 갑자기 내 게서 놀림이라도 받은 것처럼 느꼈을 지도 모른다. 미안한 기분이었다.

그날 저녁 무렵 생각지도 않았는데 어머니가 가마쿠라에서 돌아왔 다. 나는 그때 해 저무는 이층 툇마루에 등나무 의자를 들고 나와 사쿠가 맨 발로 마당에 물 뿌리는 소리를 듣고 있었다. 아래층으로 내려가 현관 에 나갔을 때 어머니를 바래다주기로 한 고이치 대신 치요코가 어머니를 뒤따라 들어서는 것을 보고 깜짝 놀랐다. 나는 등의자에서 치요코는 전혀 생각지 않고 있었고 생각했더라도 그녀와 다카기를 떼어놓을 수 없었을 것이다. 그리고 두 사람은 당분간 가마쿠라라는 무대를 떠날 수 없다고 믿고 있었다. 나는 햇볕에 타서 얼굴색이 검어진 듯한 어머니를 보고 인사 나누기도 전에, 먼저 치요코를 향해 왜 왔는지가 묻고 싶었다. 난 실제로 그 말을 맨 먼저 꺼냈다.

"이모님 모셔다 주러 왔어요. 왜요, 놀랐어요?"

"그거 고맙군" 하고 나는 대답했다. 치요코에 대한 감정은 가마쿠라에 가기 전과 후가 많이 달라져 있었다. 가마쿠라에 있을 때와 돌아온 뒤 또한 꽤 달라져 있었다. 다카기와 있는 그녀를 대할 때와 이렇게 혼자 따로 떨어진 그녀를 대할 때 또한 달랐다. 그녀는 연로한 어머니를 고이치에게 맡기는 게 염려가 되서 자신이 왔다고 하고는 사쿠가 발을 씻는 동안 장롱에서 어머니의 홑옷을 꺼내기도 하고 새 옷으로 갈아 입혀 드리기도 하면서 평소 하던 대로 부지런히 움직였다. 나는 어머니께 그 후 재미있는 일이 있었는지를 물었다. 어머니는 흡족한 얼굴로 특별한 일은 없었다고 하셨지만 그래도 덕분에 기분 전환에 좋았다고 하셨다. 내게는 그 말이 옆에 있는 치요코에 대한 인사말로 들렸다. 나는 치요코에게 오늘 가마쿠라로 되돌아가는지를 물었다.

"자고 갈 거예요."

"어디서?"

"글쎄요. 우치사이와이초에 가도 좋지만 너무 넓어서 쓸쓸하니까. 오랜만에 여기서 잘까 봐, 그럴까요 이모님?"

나는 치요코가 처음부터 우리 집에서 잘 생각으로 온 것처럼 보였다. 고백하자면 나는 눈앞에 보이는 그녀의 언행을 십 분도 지나지 않아 또 다른 입장에서 관찰하고 평가하고 해석하고 있었던 것이다. 그것을 깨달았을 때 나는 심한 불쾌감을 느꼈다. 또한 내 신경이 그런 노력을 하기에는 지쳐 버렸다는 사실도 느꼈다. 내가 자신을 거역하고 부득이하게 마음을 쓰는 건지 아니면 치요코가 싫다는 나를 억지로 움직이게 만드는 건지, 어느 쪽도 난 화가 났다.

"치요코 말고 고이치가 와도 충분했을 텐데."

"그래도 내게 책임이 있잖아요. 이모님을 초대한 건 나니까."

30

"그럼 나도 초대를 받았으니 데려다 달라고 할 걸 그랬군."

"그러니까 사람 말을 듣고 좀 더 있었으면 좋았잖아요."

"그게 아니라 내가 돌아올 때 말야."

"그렇게 말하니 내가 꼭 간호사 같네요, 좋아요 간호사라도. 따라와 드리죠, 왜 그렇게 말하지 않았어요?"

"말해도 안 들을 것 같았으니까."

"나야말로 거절당할 것 같았어요. 맞죠 이모님? 어쩌다 한번 초대에 와 주고서는 언짢은 얼굴만 하고 있었으니까. 당신 정말 좀 병이에요."

"그러니까 치요코가 따라와 주길 바랐던 거겠지" 하고 어머니가 웃으면서 말했다.

나는 어머니가 돌아오시기 한 시간 전까지도 치요코가 오리라고는 예상치 못했다. 동시에 나는 어머니가 다카기에 대한 소식을 가지고 올 것은 확실히 믿고 기대했었다. 온화한 어머니 얼굴이 불안과 실망으로 흐려질 때 내가 송구스러울 것도 예상하고 있었다. 나는 지금 그러한 예상과 전혀 반대의 결과를 눈앞에서 보고 있다. 그들은 평소와 다름없이 친한 이모와 조카였고 특유의 따뜻함과 서글서글함을 여느 때와 다름없이 서로에게 또 나에게 흔쾌히 더해 주었다.

그날 저녁에는 산보시간을 아껴서 두 여자와 같이 이층으로 올라가 더위를 식히며 이야기를 나누었다. 나는 어머니가 하라는 대로 일곱 화초가 그려진 기후岐阜초롱을 처마 끝에 걸고 그 안에 가는 촛불을 켰다. 더우니까 전등을 끄자고 제안한 치요코는 다다미방의 불을 제멋대로 꺼버렸다. 바람은 없고 달은 높이 떠 있었다. 기둥을 기대고 있던 어머니는 가마쿠라가 생각난다고 하셨고 얼마 전까지 해변에 머물렀던 치요코는 전차소리가 들리는 곳에서 달을 보는 게 왠지 어색하다고 했다. 나는 조금 전 그 등나무의자에 앉아서 부채질을 하고 있었다. 사쿠가 두 번 정도 올라왔다. 한 번은 담배합의 불을 바꿔서 내 발아래에 놓고 갔다. 두 번째 왔을 때에는 근처에서 주문한 아이스크림을 쟁반에 담아 가지고 왔다. 나는 그때마다 봉건시대 엄중한 계급제도 하에 태어나기라도 했듯이 비천한 하인을 평생의 분수로 알고 있는 사쿠와, 누구에게나 숙녀로 통용되는 기품을 갖춘 치요코를 비교하지 않을 수가 없었다. 치요코는 사쿠가 와도 다른 여자가 왔을 때처럼 전혀 신경을 쓰지 않았다. 사쿠는 계단으로 가서 내려가려는 순간 고개를 돌려 치요코의 뒷모습을 보았다. 나는 내가 다카기를 보면서 보냈던 가마쿠라의 이틀간을 떠올리고는 생각할 일이 없어서 아무 것도 생각지 않는다고 밝힌 사쿠에게 치요코라는 하이칼라에 독성을 띤 재료가 주어진 것을 가엾게 바라보았다.

'다카기는 어떻게 됐나'라는 질문이 누차 입에서 맴돌았지만, 그건 단순히 소식에 대한 흥미 외에 어떤 불순한 감정에서 비롯된 것이기에 물어보고 싶을 때마다 무언가가 나를 비겁하다고 비난하는 것 같아서 끝내 묻는 건 수치스럽게 생각되었다. 게다가 치요코가 돌아가고 어머니만 남으면 그 이야기는 기탄없이 할 수 있다고 생각되었다.

하지만 사실을 말하자면 치요코 입에서 직접 다카기 이야기를 듣고 싶었다. 그리고 그녀가 다카기를 어떻게 생각하는지 그것을 확실히 가슴에 담아 두고 싶었다. 이건 질투의 작용일까? 만약 이 얘기를 듣는 사람이 질투라고 한다면 난 이견은 없다. 내가 생각해도 왠지 다른 이름은 붙이기는 어려울 듯하다. 그렇다면 내가 그 정도로 치요코를 사랑하고 있었던 걸까? 문제가 그렇게 바뀌면 나도 대답에 궁해질 수밖에 없다. 사실 난 그녀에게서 맥박이 뛰는 열렬한 사랑을 느끼지는 않기 때문이다. 그렇다면 나는 남보다 몇 배 더 질투심이 많은 셈이 되는데 어쩌면 그럴지도 모른다. 하지만 더 적절히 평한다면 내 천성이 제멋대로인 게 그 원인이라고 본다. 단, 거기에 한마디 덧붙이고 싶다. 가마쿠라를 떠난 뒤에도 새삼 다카기에 대한 질투심이 불타오른다면 그건 내 성격의 결함뿐만 아니라 치요코에게도 무거운 책임이 있는 것이다. 나는 상대가 치요코이기 때문에 내 약점이 이렇게 진하게 내 가슴에 남아 있다는 사실을 분명히 밝혀 둔다. 그렇다면 치요코의 어떤 부분이 내 인격을 타락시켰을까? 그것은 정말 모르겠다. 어쩌면 그녀의 친절이 아닐까 싶기도 하다.

31

치요코는 늘 그렇듯 개방적이고 스스럼없는 모습이었다. 그녀는 어떤 문제도 주저 없이 말했다. 그것은 분명 마음속에 아무 것도 생각지 않는 증거로 해석할 수밖에 없다. 그녀는 가마쿠라에서 혼자 수영연습을 시작해서 지금은 키가 닿지 않는 곳까지 가는 게 즐겁다고 했다. 조심성 많은 모모요코가 그걸 위험하게 생각해서 마치 사정이라도 하듯 슬픈 목소리로 만류하는 것이 재미있다고 했다. 어머니는 반 걱정에 반 질린 표정으로 '여자가 그렇게 마구 행동하다니, 부탁이니 이제 이모를 봐서라도 그런 위험한 장난은 하지 말아'라고 하였다. 치요코는 웃으며 '괜찮아요' 하더니 갑자기 툇마루 의자에 앉은 나를 뒤돌아보고 '이치 씨도 그런 말괄량이는 싫겠죠?' 하고 물었다. 나는 그저 별로 안 좋아한다고 말하고는 달빛이 구석구석 비치는 큰길을 바라보고 있었다. 내가 만일 내 품위를 존중하는 것을 깜박 잊었더라면 이 말에 이어서 '그래도 다카기 씨 마음에는 들 거야' 하고 덧붙였을 것이다. 거기까지 말하지 않은 것은 체면상 다행스런 일이었다.

이런 식으로 치요코는 늘 스스럼이 없었다. 하지만 그녀는 밤이 깊어서 어머니가 자야겠다고 할 때까지 끝내 다카기에 대한 말은 한마디도 화제에 올리지 않았다. 나는 그것을 아주 고의적인 것이라고 판단했다. 하얀 백지 위에 한 점의 검은 잉크가 떨어진 듯한 기분이었다. 나는 가마쿠라에 가기 전까지는 치요코를 세상 여자들 중 가장 순수한 한 명으로 믿고 있었지만 고작 이틀을 머무는 동안 그녀의 기교를 처음으로 의심하기 시작하였다. 그 의심이 지금 마침내 내 가슴에 뿌리를 내리려고 했다.

"왜 다카기 얘기를 안 하는 걸까?"

나는 자면서도 이런 생각으로 고심했다. 동시에 이 문제로 잠잘 시간을 빼앗기고 있는 자신이 어리석다는 것도 잘 알고 있었다. 그래서 고심한다는 게 바보스러워서 더 화가 났다. 나는 평소처럼 이층에서 혼자 잤다. 어머니와 치요코는 아래층 방에서 이불을 나란히 펴고 한 모기장에 누워 있었다. 나는 내 바로 아래에서 편히 자고 있을 치요코를 떠올리며, 이렇게 뒤척이고 고민하는 나는 졌던 것으로 생각할 수밖에 없었다. 나는 뒤척이는 것마저도 싫어졌다. 아직 잠들지 못하는 나의 나약함이 치요코에게는 승리의 통지로 전해지는 것을 굴욕적으로 생각했기 때문이다.

내가 이렇게 이래저래 생각하는 동안, 그 문제는 내게 여러 가지로 비춰졌다. 그녀가 다카기에 대해 말하지 않는 것은 나에 대한 호의에 불과하다. 그녀는 나를 기분 나쁘지 않게 하겠다는 친절함에서 그것을 삼갔던 것이다. 그렇게 해석하자, 단순한 그녀가 다카기라는 이름을 알릴 용기를 잃을 정도로 내가 가마쿠라에서 비합리적이고 불쾌하게 행동했던 것 같았다. 만약 그렇다면 난 남을 기분 나쁘게 하려고 사람에게 다가가는 불쾌한 인간이다. 집에 틀어박혀서 교제만 하지 않으면 그걸로 되리라.

하지만 만약에 친절을 가장한 기교가 그녀의 본심이라면……. 나는 기교라는 두 글자를 잘게 나누어서 생각해 보았다. 다카기를 미끼로 나를 낚을 작정인지. 나를 낚는 것은 궁극적인 목적도 없으면서 자신에 대한 내 애정을 일시적으로 자극해서 즐기려는 의도에서인지. 아니면 어떤 면으로 나에게 다카기처럼 되라고 하는 뜻인지. 그렇다면 나를 사랑할 수도 있다는 뜻인지. 아니면 다카기와 내가 싸우는 것을 보면서 재미있었다고 할 생각인지. 아니면 다카기를 내 앞에 보여주고 이런 사람 있으니 빨리 단념하라는 뜻인지. 나는 기교라는 두 글자를 어디까지나 세분해서 생각해 보았다. 그러고 나서 기교라면 전쟁이라고 생각했다. 전쟁이라면 어떻게든 승부를 지어야겠다고 생각했다.

나는 잠 못 이루는 자신이 억울하게 느껴졌다. 전등은 모기장을 칠 때 꺼 버렸기 때문에 방안은 만연한 어둠으로 숨 막힐 정도로 답답했다. 나는 어둠 속에서 눈을 뜬 채 머리만 움직이는 고통을 참기가 힘들었다. 몸을 뒤척이는 것마저 참던 나는 갑자기 일어나서 방의 불을 켰다. 겸사겸사 툇마루로 나와 덧문을 조금 열었다. 달이 기운 하늘 아래, 바람마저 없었다. 난 그저 조금 서늘한 공기를 피부와 목으로 느꼈을 뿐이었다.

32

다음날은 혼자서 자던 때보다 한 시간 반이나 일찍 잠에서 깼다. 곧바로 일어나 아래층으로 내려가니 올린 머리에 흰 수건을 쓰고 물 끓이는 화로의 재를 추리던 사쿠가 벌써 일어나셨냐며 세수할 도구를 목욕탕에 놓아주었다. 돌아갈 때 나는 먼지투성이 거실을 발끝으로 걸어 현관 쪽으로 빠져나갔다. 지나가는 길에 두 사람이 자는 방을 모기장 너머로 들여다보니 잠귀가 밝은 어머니도 어제의 기차 여행이 피로했는지 아직도 조용히 잠들어 있었다. 치요코는 물론 꿈나라에 빠진 듯 정신없이 베개에 머리를 파묻고 있었다. 나는 아무 목적 없이 밖으로 나갔다. 늘 변함없는 거리 모습은 아침산책의 즐거움을 오랫동안 잊고 있던 나에게 더위와 혼잡함에 물들지 않은 안식일처럼 평온해 보였다. 전차 선로에 햇빛이 비춰서 지면 위에 맑고 깨끗하게 쭉 뻗어 있는 것도 안정된 느낌이었다. 다만 나는 산보가 하고 싶어서 나온 게 아니었다. 그저 너무 일찍 일어나서 생긴 우수리 시간을 운동으로 메울 생각에 걷고 있었기에 하늘도 땅도 거리도 별로 흥미롭지 않았다.

한 시간 정도 지나서 내가 도리어 피곤한 얼굴로 돌아왔을 때 어머니도 치요코도 이상하게 여겼다. 어머니는 어디 갔다 왔느냐고 묻고는 이어서 안색이 좋지 않다고 하셨다.

"어젯밤에 잘 못 잤죠?"

치요코의 이 말에 난 어떻게 대답할지를 몰랐다. 실은 자신 있게 '아니, 잘 잤다'라고 대답하고 싶었다. 불행하게도 난 그런 기교는 부릴 수가 없었다. 그렇다고 솔직히 잘 못 잤다고 자백하기에는 너무 자존심이 강했다. 나는 아무 대답도 할 수 없었다.

세 사람이 같은 식탁에서 아침식사를 끝내자마자 어머니가 어제 선선한 시간에 오라고 부탁해 둔 미용사가 왔다. 새로 세탁한 흰 천을 가슴에 두른 그녀는 문지방을 짚고 절을 하면서 잘 다녀오셨느냐고 익숙한 인사말을 했다. 그녀는 직업상 공통되는 상냥한 말투를 쓰고 있었다. 그녀는 그 말투를 훌륭히 사용해서 내성적인 어머니가 피서를 자랑스럽게 말할 기회를 구구절절 만들어 냈다. 어머니는 만족스러워 보였지만 수다스럽게 떠들지는 않았다. 미용사는 말이 잘 통할 상대로 젊은 치요코를 선택했다. 치요코는 원래 사람을 가리지 않고 누구나 허물없이 대하는 여자였기에 아가씨라고 불릴 때마다 그에 상응하는 응답으로 대화에 활기를 더했다. 치요코의 수영 이야기가 나오자 미용사는 '활달해서 좋습니다. 요즘 아가씨들은 모두 수영연습을 하세요' 하고 어느 누가 들어도 꾸며

낸 듯한 빈말을 했다.

이상한 말을 하는 것 같아서 그렇지만, 사실 나는 여자가 머리하는 모습을 보는 것을 좋아한다. 어머니가 모자라는 머리카락을 애써 틀어 올리신 모습은 아무리 잘 하는 이가 했더라도 별로 볼품 있어 보이는 건 아니지만, 심심풀이로는 그것도 그런대로 위안이 되었다. 나는 미용사가 손을 움직이는 동안 자연스레 완성되어 가는 어머니의 작은 올림머리를 바라보고 있었다. 그리고 속으로 치요코의 머리를 일본식으로 빗질하면 분명 보기 좋을 거라고 생각했다. 그녀의 머리는 색이 곱고 곱슬머리도 아니며 숱이 많은 모발이기 때문이다. 평소의 나라면 이런 경우 분명히 치요도 하는 김에 해 보라고 권했을 것이다. 하지만 지금의 나는 그런 친밀한 요구를 그녀에게 하고픈 기분이 아니었다. 그런데 치요코 쪽에서 우연히 자기도 머리를 올려 보고 싶다고 말했다. 어머니도 오랜만에 올려 보라고 권유했다. 미용사는 꼭 한번 해보라면서 처음부터 그냥 묶고 계시기에는 아깝다고 생각했다며 자못 머리를 올려 주고 싶은 말투였다. 치요코는 이윽고 경대 앞에 앉았다.

"어떤 식으로 할까"

미용사는 시마다島田 스타일을 권했다. 어머니도 같은 의견이었다. 치요코는 긴 머리를 등 뒤로 늘어뜨린 채 갑자기 '이치 씨' 하고 불렀다.

"당신은 뭐가 좋아요?"

"서방님도 분명 시마다가 좋다고 하실 거여요."

나는 갑자기 움찔했다. 치요코는 전혀 아무렇지도 않은 듯했다. 일부러 내 쪽을 돌아보면서 '그럼 시마다 식으로 올려서 보여줄게요' 하고 웃었다. 괜찮을 거라고 대답하는 내 목소리는 아주 둔탁했다.

33

나는 치요코의 머리가 끝나기도 전에 이층으로 올라왔다. 나처럼 신경질적인 사람이 무언가에 구애받게 되면 관계없는 사람이 보기에는 마치 어린애 같은 행동을 과감히 해 버린다. 나는 도중에 경대 곁을 떠남으로써 멋진 시마다 머리를 한 여자가 남자한테 강제로 빼앗아 가는 감탄이라는 의무를 모면할 생각이었다. 나는 그렇게 그녀의 허영심에 아첨할 정도의 호의를 갖고 있지 않았던 것이다.

나는 내 자신을 이래저래 감싸서 좋게 말하고 싶지는 않다. 하지만 나 같은 이도 이런 장화로長火鉢[25] 옆에서 생기는 전략보다는 고상한 문제에 머리를 쓸 수 있으리라. 다만 내 약점은 일단 신경이 쓰이기 시작하면 좀체 빠져나오지 못한다는 것이다. 나는 그것이 하찮은 일이라는 걸 잘 알고 있었던 만큼, 그렇게 행동해 버린 자신을 더욱 증오하고 채찍질했다.

나는 허세와 비열함을 동등하게 싫어하는 인간이기에 작고 부족해도 되도록 자기다운 자신을 드러내는 일을 명예로 삼고 감추지 않는다. 그렇다면 세상이 인정하는 훌륭한 사람과 고상한 사람은 모두들 화로나 부엌에서 생기는 비천한 인생의 갈등을 초월하고 있는 것일까? 나는 고작 학교를 졸업했을 뿐인 풋내기이지만 내 지혜와 상상력에 비추어 볼 때 그런 훌륭한 사람이나 고귀한 사람은 어디에도 존재하지 않는 것 같다.

나는 마쓰모토 숙부를 존경한다. 하지만 숙부 같은 사람은 노골적으로 말해 훌륭해 보이는 사람 또는 고귀해 보이려는 사람이라고 해도 좋

25 물 끓이는 그릇 등이 달린 직사각형 나무화로. 거실 등에서 사용.

다고 본다. 나는 내 경애하는 숙부에게 가짜나 위조품이라고 하는 무례나 편견을 피하고 싶다. 하지만 그는 세속에 구애받지 않는 얼굴을 하고 있으면서도 실제 마음으로는 구애를 받고 있다. 사소한 일에 아등바등하지 않고 팔짱을 끼고 있으면서도 머리로는 구애되는 것이다. 겉으로 드러내지 않는 것만으로도 보통 사람보다는 품위 있다는 찬사를 보내고 싶다. 겉으로 드러내지 않는 건 재산, 나이, 학문, 견식, 수양의 덕분이다. 또한 가족과의 관계가 조화롭기 때문이며 사회관계가 역행하는 듯해도 순조롭게 가고 있기 때문이기도 하다. ―얘기가 옆길로 빗나갔다. 나의 여유 없고 좀스러운 부분을 너무 지나치게 오래 변명한 것 같다.

나는 지금 말한 대로 이층으로 올라와 버렸다. 이층은 태양이 가깝기에 아래층보다 훨씬 더워서 힘들지만 늘 머무르는 탓에 하루의 대부분을 여기서 보낸다. 나는 늘 하듯이 책상 앞에 앉아 턱을 괴고 멍하게 있었다. 오늘 아침 담뱃재를 털었던 마조리카 재떨이가 깨끗이 닦여져 내 팔꿈치 앞에 놓여 있는 것을 눈치 챈 나는 그 속에 그려진 두 마리 거위를 바라보면서 재를 비운 사쿠의 손을 상상해 보았다. 그러자 아래층으로부터 계단 밟는 소리가 나면서 누군가가 올라왔다. 나는 발소리를 듣자마자 금방 사쿠가 아니라는 것을 알았다. 나는 지겨워하며 멍하게 앉은 모습을 치요코에게 보이는 건 굴욕이라고 생각했다. 반면 옆에 있던 책을 펴놓고 읽고 있던 척을 하는 약삭빠른 임기응변도 좋아하지 않았다.

"머리 다 했으니까 봐주세요."

나는 이렇게 말하며 내 앞에 앉는 그녀를 보았다.

"이상하지 않아요? 오랜만에 한 거라서."

"아주 예쁘게 됐어. 이제 늘 시마다 머리로 올리면 되겠네."

"두세 번씩 풀었다가 올렸다가 해야만 해요. 머리카락의 길이 잘 안 들어서요."

이런 식으로 서너 차례 주고받는 사이에 나는 어느덧 예전처럼 아름답고 순하며 악의 없는 치요코를 눈앞에 보는 듯한 기분이 들었다. 내 기분이 무언가에 의해 부드러워진 건지 나를 대하는 치요코의 태도가 어딘가 달라진 건지 그건 분명히 알 수 없다. 이렇다고 설명할 수 있는 건 없었다고 기억한다. 만약 이렇게 마음 편한 상태가 한두 시간만 더 이어졌다면 그녀에게 품었던 엉뚱한 의혹은 곧 과거로 거슬러 올라가서 오해라는 이름하에 지워 버릴 수 있었을지도 모른다. 그런데 나는 그만 시시한 소리를 하고 말았다.

34

시시한 말이란 별 게 아니다. 잠시 치요코와 이야기하던 중에 그녀가 단순히 머리를 보여주러 올라온 게 아니라 이제 가마쿠라로 돌아가야 해서 인사하려고 얼굴을 내밀었다는 사실을 알게 되었을 때 나는 그만 실수를 저지르고 말았다.

"빠르네. 벌써 돌아가는 거야?"

"빠른 거는 아니고요, 벌써 하룻밤 지났으니까요. 그래도 이런 머리로 가면 뭔가 이상하겠죠? 시집가는 것도 아닌데"라고 치요코가 말했다.

"아직 모두들 가마쿠라에 있는 거야?" 하고 내가 물었다.

"네, 왜요?" 치요코가 되물었다.

"다카기 씨도?" 내가 다시 물었다.

지금껏 다카기라는 이름은 치요코도 입에 담지 않고 나도 화제에 올리는 것을 굳이 피해 왔다. 그런데 어떤 계기로, 평소처럼 스스럼없이 털어놓는 그녀의 성격이 되살아났기에 거기에 말려든 순간 나는 무심코 다카기란 말을 하고 만 것이다. 얼떨결에 이런 질문을 던지고 나서 그녀의 얼굴을 본 나는 곧 후회했다.

내가 우유부단하고 이해심 없는 남자로 그녀에게 경멸을 받는다는 사실은 이미 말한 바로, 사실을 말하자면 그녀와의 교제는 이것을 서로 묵인함으로써 겨우 친밀하게 지내는 것이었다. 그 대신 다행스럽게도 치요코가 나를 항상 존경하는 점이 하나 있었다. 그것은 내가 과묵하다는 것이다. 그녀처럼 만사를 드러내어 속을 보여야만 되는 사람에게는 꽁하고 시무룩한 태도를 취하는 내 태도가 마음에 들리는 없지만, 거기에는 간과할 수 없는 마음이 묘하게 존재했기 때문에 옛날부터 그녀는 나를 제대로 알지 못했고 따라서 경멸하면서도 어딘가 두려운 구석이 있는 남자로 어떤 의미에서 나를 존경하고 있었던 것이다. 이 사실은, 드러내놓고 말하지는 않았지만 치요코도 마음속 깊이 인정하고 있었고 나도 부지불식간에 나의 권리로 그녀에게 요구하고 있었던 사실이다.

그런데 내가 우연히 다카기라는 이름을 입에 올렸을 때, 갑자기 나는 이 존경심을 영원히 빼앗긴 듯한 기분이었다. 왜냐하면 '다카기 씨도?'라는 질문을 들은 치요코의 표정이 갑자기 변했기 때문이다. 나는 그것을 꼭 승리의 표정으로 판단하고 싶지는 않지만 그녀의 눈에서 일찍이 보지 못했던 일종의 모멸감이 빛나고 있었음은 의심할 수 없는 사실이었다. 나는 예기치 못한 순간에 따귀를 얻어맞은 사람처럼 뚝 멈춰 버렸다.

"다카기 씨가 그렇게 신경이 쓰여요?"

이렇게 말한 그녀는 양손으로 귀를 막고 싶을 정도로 크게 웃었다. 나는 심한 모욕감을 느꼈다. 하지만 그 순간 어떤 대답도 할 수가 없었다. 그녀가 이어서 말했다.

"당신은 비겁해요."

이런 갑작스러운 표현에 나는 놀랄 수밖에 없었다. 나는 '너야말로 비겁해, 부르지 않아도 될 곳에 군이 사람을 오라고 해 놓고는' 하고 말하고 싶었지만 연약한 여자에게 그녀가 한 것처럼 격한 말을 하기에는 이르다고 생각하고 참았다. 치요코도 가만히 있었다. 나는 겨우 '왜?'라는 한마디 질문을 던졌다. 그러자 치요코의 진한 눈썹이 움직였다. 그녀는 내가 비겁하다는 말의 의미를 충분히 알면서도 약점을 숨기기 위해서 시치미를 떼는 것으로 해석하는 듯했다.

"왜라뇨, 그건 당신 스스로 잘 알잖아요?"

"잘 모르니까 알려줘" 하고 내가 말했다.

나는 아래층에 어머니도 계시고 감정에 호소하는 그녀의 기질도 이해하고 있었기에 가능하면 그녀를 편안하게 해서 대화를 안정시키려고 나로서는 무리할 정도로 조용하고 느긋하게 말했지만 그것이 오히려 치요코의 마음에 안 들었던 모양이다.

"그걸 모르면 당신은 바보에요."

나는 분명 내 얼굴이 창백했을 것이라 생각한다. 나는 그저 가만히 치요코를 응시했던 것을 기억하고 있다. 그때 난 아무 것도 두려워하지 않는 치요코의 눈과 내 눈이 무언중에 마주쳐서 잠시 멈추었던 사실도 기억하고 있다.

35

"치요처럼 활달한 사람이 나처럼 소극적인 사람을 보면 당연히 비겁하다고 생각하겠지. 나는 생각한 것을 바로 말하거나 행동으로 나타내거나 하는 용기가 없는 아주 결단성 없는 사내니까. 그걸 비겁하다고 한다면 어쩔 수는 없지만……."

"누가 그걸 갖고 비겁하다고 했나요?"

"그래도 경멸은 하고 있을 테지, 잘 알고 있어."

"당신이야말로 날 경멸하고 있잖아요? 내가 더 잘 알고 있어요."

난 그녀의 말을 긍정할 필요가 없는 것 같아서 일부러 대답을 미루었다.

"당신은 나를 못 배우고 이치도 모르는 하찮은 여자로 보고 속으로 완전히 바보 취급하고 있어요."

"그건 네가 나를 매사에 꾸물거린다고 얕보는 것과 마찬가지야. 비겁하다고 해도 상관없지만 만약 도의적 의미에서 비겁하다고 말한다면 그건 네가 틀렸어. 나는 적어도 치요와 관계된 일에서 도덕적으로 비겁한 행동은 한 적이 없어. 머뭇거린다든가 미지근하다고 해야 할 것을 비겁하다고 한다면 뭔가 도의적으로 용기가 없는 아니 그보다 도의를 모르는 야비한 사람처럼 들려서 아주 기분이 나쁘니까 정정해 주었으면 해. 내가 그런 의미에서 치요에게 뭔가 잘못한 게 있다면 거리낌 없이 말해 봐."

'그럼 비겁하다는 뜻을 말해 드리죠' 하고 치요코는 울기 시작했다. 나는 여태 치요코를 나보다 강한 여자로 생각하고 있었다. 다만 그녀가 강하다는 것은 부드러운 외곬에서 나온 여자다운 심성 때문으로 해석했었다. 하지만 지금 내 앞의 그녀는 오기에 가득 찬 흔하고 세속적인 여성일 뿐이었다. 내 마음은 움직이지 않았고 난 그 눈물 사이로 어떤 설명이 나올지를 기다리고 있었다. 그녀의 입술에서 흘러나올 말은 자기체면을 세우기 위한 변명일 뿐일 거라고 굳게 믿었기 때문이다. 그녀는 젖은 속눈썹을 두어 번 깜박였다.

"당신은 나를 말괄량이 바보로 생각하고 늘 비웃고 있죠. 당신은 날 사랑하지 않아요. 말하자면 나와 결혼할 생각이……."

"그건 치요코도……."

"들어보세요. 그건 서로가 마찬가지라고 하는 거죠? 그렇다면 좋아요. 나를 받아 달라고 하지는 않아요. 근데 왜 사랑하지도 않고 아내로 삼을 생각도 없는 내게……."

그녀는 여기서 갑자기 말을 머뭇거렸다. 나는 둔해서 그 다음에 무슨 말이 나올지 알 수 없었다. 재촉하듯이 '생각도 없는 너에게?' 하고 물었다. 그녀는 갑자기 무슨 용단이라도 내린 듯이,

"왜 질투하세요?"라고 잘라 말하고는 보다 격하게 울기 시작했다. 나는 양 볼에 피가 확 오르면서 얼굴이 달아오르는 것을 느꼈다. 그녀는 그런 나를 주목하지 않는 듯했다.

"댁은 비겁해요. 도의적으로 비겁해요. 내가 이모님과 당신을 가마쿠라로 초대했던 그 마음조차 의심했어요. 그게 이미 비겁한 거죠. 그게 문제가 아니에요. 초대에 응해 놓고도 왜 평소처럼 유쾌하지 않았던 거죠? 나는 댁을 초대한 탓에 수치를 당한 거나 마찬가지에요. 당신은 우리 집 손님에게도 모욕을 줬고, 결과적으로 내게도 모욕을 주었어요."

"모욕을 주었던 기억은 없어."

"있어요. 말이나 행동은 아무래도 상관없지만 당신 태도가 모욕을 줬

어요. 태도가 아니더라도 당신의 마음이 준 거죠."

"나는 그렇게 나에게 파고들어서 간섭하는 말을 들을 의무가 없어."

"남자는 비겁하니까 그런 구차한 대답이 가능할 테죠. 다카기 씨는 신사니까 당신을 받아들일 아량이 얼마든지 있지만 당신은 다카기 씨를 결코 수용하지 못해요, 비겁하니까."

마쓰모토 이야기

그러고 나서 이치조와 치요코의 사이가 어떻게 되었는지는 나는 모르네. 별로 달라진 건 없을 거야, 적어도 옆에서 볼 때 둘의 관계는 지금까지 전혀 변함없는 듯 하니까. 두 사람에게 물어보면 많은 얘기를 하겠지만 그건 그때 기분에 좌우되어 앞뒤도 맞지 않는 말을 영구 가치라도 있는 듯이 자연스레 말하는 거라고 보면 맞을 걸세. 난 그렇게 믿어.

그 사건이라면 나도 당시에 들었지, 그것도 양쪽으로부터. 사실 그건 오해도 무엇도 아니야. 둘 다 그렇게 믿고 있고 또 그렇게 믿는 게 무리가 아니니까 극히 당연한 충돌이라고 해야겠지. 따라서 부부로 엮이든 친구로 지내든 그런 충돌은 도저히 피할 수 없는 두 사람의 운명으로 밖에 볼 수 없네. 그런데 불행하게도 어떤 의미에서 둘은 서로 가깝게 끌리고 있어. 게다가 그렇게 서로 끌리는 건 주위 사람이 어떻게도 할 수 없

---

26 이 章은 마쓰모토가 게이타로에게 '스나가 이치조'에 관해서 들려주는 이야기 형식으로 되어 있음.

는 운명의 힘에 지배당하는 것이기에 두려운 거지. 경구驚句를 인용하자면 그들은 헤어지기 위해 만나고 만나기 위해 헤어지는 그런 가엾은 한 쌍이네. 이렇게 말하면 자네가 알아들을지 모르겠지만 그들이 부부가 되면 불행을 만들어 낼 목적으로 결혼한 듯한 결과에 빠질 것이며 또 부부가 되지 않으면 불행을 지속하겠다는 생각에서 결혼하지 않은 것과 같은 불만을 느끼게 될 거야. 그러니까 둘의 운명은 그저 흐르는 대로 맡겨 두고 자연스럽게 해결되도록 하는 게 상책이라고 생각하네. 자네나 내가 쓸데없이 도와주려고 애쓰는 건 도리어 좋지 않아. 자네가 아는 대로 난 이치조에게도 치요코에게도 남이 아닐세. 특히 스나가 누님께는 두 사람에 관해서 부탁을 받거나 상담을 받기도 한 예가 몇 번이나 있었어. 하지만 하늘도 해결하지 못하는 것을 내가 어찌 결론지을 수가 있겠나. 말하자면 누님은 혼자서 무리한 꿈을 꾸고 있는 걸세.

스나가 누님도 다구치 누님도 나와 이치조의 성격이 너무 많이 닮아서 놀란다네. 나도 친척 중에 이런 괴짜가 어떻게 둘씩이나 나왔는지 신기하다 싶어. 스나가 누님은 지금의 이치조를 온전히 내게서 감화 받은 결과라고 보는 것 같네. 내게는 누님 마음에 들지 않는 점이 얼마든지 있지만 그 중에 가장 그녀를 불쾌하게 하는 것은 내가 스나가에게 끼쳤다고 믿는 그 악영향일세.

지금까지 내가 이치조를 대해 온 태도를 돌이켜 보면 그 비난은 당연하다 싶어. 그래서 이치조를 다구치한테서 멀어지게 했다는 불평도 인정하는 거고. 하지만 두 누님이 나와 이치조를 판박이처럼 똑같은 괴팍한 사람으로 간주해서 우리에게 눈썹을 찌푸리는 것은 분명히 잘못된 걸세.

이치조라는 남자는 세상과 접촉할 때마다 내부로만 파고들어서 몸을 사리는 성격이네. 따라서 하나의 자극을 받으면 그 자극이 계속 돌고 돌아서 점점 깊고 세밀하게 마음속으로 파고들지. 그렇게 어디까지나 끝없이 파고 들어가는 작용이 계속되어 그를 괴롭히는 거라네. 마지막에는 어떻게 해서든 그런 내면의 활동을 피하려고 간절히 원할 정도로 고민하지만 제 힘으로는 절대 풀 수 없는 저주처럼 끌려가게 되지. 그리고는 그런 노력 때문에 언젠가 혼자 쓰러질 수밖에 없으리라는 두려움을 품게 되고 그리고 미치광이처럼 지친다네. 이것이 이치조의 삶의 근원에 가로놓인 일대 불행이야.

이 불행을 행복으로 바꾸려면 내면으로만 향하는 삶의 방향을 반대로 바꾸어서 외부로 응하는 것 밖에는 방법이 없네. 외부의 사물을 머리에 집어넣으려고 자기 눈을 사용하는 대신에 외부의 사물을 머리로 바라본다는 기분으로 사용할 수 있어야만 해. 천하에 오직 하나라도 좋으니 자신의 마음을 빼앗길 수 있는 훌륭한 것, 아름다운 것, 온화한 것을 찾아내야만 한다네. 한 마디로 말해서 좀 더 가벼워지지 않으면 안 되네. 이치조는 애당초 가벼운 것을 경멸하고 있었지. 다만 지금은 그 가벼운 것을 갈망하고 있네. 그는 자신의 행복을 위해 어떻게든 가볍게 훨훨 날아다니는 경박한 자가 되고 싶다고 신에게 진심으로 빌고 있어. 가볍게 떠다닐 수 있는 것 외에는 천하에 자신을 구할 길이 없다는 것을 충고하기 전에 그는 이미 알고 있었지. 다만 아직도 실행하지 못해서 허우적거리고 있다네.

2

나는 이런 이치조를 만들어 낸 책임자로서 암암리에 친척들의 원망을 받고 있는데 그 점에 대해 스스로도 가책을 느끼는 부분이 많으니 어쩔 수 없네. 나는 당사자 성격에 맞게 사람을 이끌어 주는 방법을 터득치 못했어. 그저 내 기호를 전할 수 있는 한 이치조에게 전하면 족하겠다는 무분별함에서 내 멋대로 젊은이의 유연한 정신을 감화시켜 온 것이 화근이 된 듯하네. 내가 과실을 깨달은 것은 지금부터 이삼 년 전이야. 하지만 깨달았을 때는 이미 늦었기에 난 어쩔 수 없이 그저 팔짱을 끼고 속으로 탄식했을 뿐이었지.

한마디로 말해 지금 내 생활은 나에겐 가장 적당하나 이치조한테는 결코 맞지가 않네. 난 원래 곧잘 기분이 바뀌는 성격으로 쉽게 말해 타고난 변덕쟁이에 불과하다네. 내 마음은 항상 외부를 향해서 흐르고 있고 따라서 외부의 자극에 따라 어떻게도 변한다네. 이 말만으로는 이해가 안 가겠지만 이치조는 기존 사회를 교육하기 위해 태어난 남자이고, 나는 통속적 세상에서 교육받기 위해 태어난 인간이네. 나는 이 나이에도 아직 젊은 구석이 있는 반면 이치조는 고등학생 때부터 이미 노숙했었지. 그는 사회를 생각의 재료로 삼지만 난 사회에 대한 생각으로 옮겨 탈 뿐이야. 거기에 그의 장점이 있고 또한 불행도 숨어 있네. 또 거기에 나의 단점이 있고 행복이 있지. 나는 다도를 하면 조용한 기분이 되고 골동품을 다루면 예스러운 기분이 된다네. 그리고 공연장, 연극, 씨름 모두 거기에 맞는 기분이 될 수 있어. 결과적으로 눈앞의 사물에 지나치게 마음을 뺏기기 때문에 난 내가 없다는 공허한 느낌에 빠질 수밖에 없네. 그래서 이렇게 초연한 생활을 해서 억지로 자아를 내세우려는 거고. 반면에 이치조는 처음부터 자아 외엔 아무 것도 없는 사내야. 그의 결점을 보충하는 아니 그의 불행을 줄이는 생활이란 그저 속으로 파고들지 말고 외부로 응하는 것 외에 방법이 없네. 그런데도 그를 행복하게 할 수 있는 유일한 대책을 내가 간접적으로 빼앗고 말았으니 친척들이 원망하는 것은 당연해. 나는 그가 날 원망하지 않는 걸 그나마 다행으로 생각할 정도라네.

지금부터 일 년쯤 전의 일일 거야. 아무튼 이치조가 졸업하기 전인데 어느 날 우연히 찾아와서는 인사를 하고 금방 어디로 가 버렸는지 보이지가 않았네. 그때 난 누군가의 부탁으로 서재에서 일본의 꽃꽂이 역사를 조사하고 있었지. 일에 여념이 없어서 그가 얼굴을 내밀었을 때 '왔구나' 하고 돌아보기만 했는데, 안색이 안 좋았던 게 마음에 걸려서 일을 일단락 짓자마자 그를 찾아 서재를 나왔지. 그는 내 아내와도 사이가 좋았기 때문에 거실에서 이야기하고 있으려니 생각했는데 아무 데도 보이지가 않더군. 아내에게 물으니 애들 방에 있을 거라고 해서 마루로 나가서 방문을 열었더니 그는 사키코咲子의 책상 앞에 앉아 여성 잡지의 표지에 나오는 어느 미인 사진을 보고 있었네. 그는 나를 돌아보며 잡지책에서 미인을 발견해서 아까부터 십 분 정도 보는 중이라고 하더군. 그 얼굴을 보는 동안 머릿속 고통을 잊고 저절로 유쾌해진다고 했네. 나는 곧 어디 사는 어떤 아가씨인가 물어봤더니 신기하게도 그는 그 사진 아래에 적힌 여자의 이름은 보지 않고 있었네. 내가 이치조를 얼뜨기라고 했었지. 그렇게 마음에 드는 얼굴이라면 왜 먼저 이름부터 알아두지 않는지를 물었네. 경우에 따라 아내로 맞이하는 것도 가능하다고 난 생각했기 때문일

세. 하지만 그는 이름이나 주소를 기억하는 게 왜 필요하냐는 눈빛으로 나를 이상하게 생각했다네.

요컨대 내게 사진은 어디까지나 실물을 대신하는 것이지만 그는 사진을 사진으로만 보고 있었던 거야. 만약 사진 뒤에 실제 주소나 신분, 교육, 성격을 붙여서 더 실감나게 했다면 마음에 든 그 얼굴마저도 던져 버렸을지도 모르네. 이게 나와 이치조의 근본적인 차이점일세.

3

이치조가 졸업하기 두세 달 전에 아마도 작년 사월 경인 것 같은데 이치조의 어머니가 내게 그의 결혼에 대해 이제까지 없던 긴 시간 상담을 해 왔네. 누님의 의사는 물론 다구치의 딸을 이치조의 아내로 맞이하고 싶다는 단순하고도 완고한 것이었지. 나는 여자에게 이론을 얘기하는 것을 남자의 수치로 여기는 경향이 있어서 가능하면 어려운 말은 삼갔지만, 이런 문제에서 본인의 자유를 허락하지 않는 것은 부모의 의무를 어기는 것과 같다는 사실을 옛날 사람인 누님이 납득할 수 있게 자세히 설명했네.

누님은 알다시피 지극히 온화하지만 여차하면 같은 의견을 수없이 반복하는 여자들의 공통된 특성을 남 못지않게 갖고 있다네. 난 그녀의 집요함을 미워하기보다 그녀의 지나친 끈기에 묘한 연민이 생기더군. 그래서 이치조가 친척 중 존경하는 이는 나뿐이니 한번 불러서 찬찬히 이야기해 봐 주지 않겠느냐는 그녀의 요구를 쾌히 받아 들였지.

내가 그 일을 위해서 이 방에서 이치조를 만난 것은 그로부터 사흘째 되는 일요일 아침으로 기억하네. 그는 졸업시험을 목전에 두고 몹시 분주했지만 자리에 앉더니 시험 같은 건 아무래도 상관이 없다면서 씁쓸히 웃었네. 그의 설명에 의하면 이 이야기는 어머니께 수없이 들었고 또 수없이 확답을 미루었던 진부한 얘기라고 하더군. 하지만 문제에 대한 그의 태도는 진부함과는 반대로 아주 애절해 보였네. 그가 가장 최근에 어머니의 설득을 들었을 때는, 졸업한 뒤에 어떻게든 해결을 할 테니 그때까지 기다려 달라고 부탁해 놓았다고 했지. 그런 상황인데 시험도 끝나기 전에 내게 불려 왔으니, 귀찮아 보였을 뿐만 아니라 노인은 성미가 급해서 곤란하단 말까지 하며 내게 호소를 했네. 나도 당연하다고 생각했다네.

내가 추측컨대 그가 학교를 나올 때까지 대답을 미룬 것은 그 사이에 치요코의 혼담이 자기보다 적당한 후보자에게로 결정될 것을 계산해서 자신이 직접 어머니를 실망시키는 대신 주위 상황이 어머니의 의사를 바꾸게끔 자연스레 압박하는 것을 기다리는, 일종의 도피수단이라고 생각되더군. 나는 이치조에게 그런 거 아니냐고 물었고, 이치조는 그렇다고 했네. 난 어머니를 만족시킬 생각은 없는가를 물어보았지. 그는 뭐든 어머니를 만족스럽게 하고 싶은 마음은 굴뚝같다고 대답했네. 하지만 치요코를 데려오겠다는 말은 끝내 하지 않더군. 내가 오기로 안 데려오는 거냐고 묻자 어쩌면 그럴지도 모르겠다고 잘라 말했네.

만약에 다구치가 딸을 데려가도 좋다고 하고 치요코가 시집오겠다고 한다면 어떻게 하겠느냐고 확인했더니 이치조는 아무 대답도 없이 가만히 내 얼굴을 바라보더군. 그 얼굴을 보니 이야기를 계속 끌고 갈 마음이 생기지 않았네. 두려움이라고 하면 지나치고 동정이라고 하면 불쌍하게 들리고, 그 얼굴에서 받은 느낌을 어떻게 말할지 모르겠으나 영원히 상대를 단념해야만 한다는 절망감에 두려움과 다정함이 더해진 착잡한 표정이었네.

잠시 후 이치조는 갑자기 '사람들은 왜 이렇게 나를 싫어하는 건지'라는 뜻밖의 한탄을 했지. 나는 의외이기도 하고 평소의 그와도 어울리지 않아서 깜짝 놀랐네. 왜 그런 푸념을 늘어놓느냐고 타이르듯이 반문했다네.

"푸념이 아닙니다. 사실이니까 말하는 거예요."

"그럼 누가 널 싫어하는데?"

"지금 그렇게 말하는 숙부님부터 저를 싫어하시는 거 아닙니까."

나는 그에게 다시 놀랐네. 너무 이상해서 두어 차례 언성을 높이다가 생각해 보니 그의 표정에 짓눌려서 하던 말을 멈춘 내 태도를 자신에 대한 혐오로 받아들인 것 같더군. 나는 그 오해를 풀어야겠다고 생각했지.

"내가 무슨 이유로 너를 미워하겠느냐. 어릴 적부터 지내 온 우리의 관계만 봐도 알 수 있을 테지. 바보 같은 소리 말아라."

이치조는 내 꾸지람에 격앙된 기색도 없이 더 정색을 하고 나를 바라보았네. 나는 도깨비 불 앞에 앉아 있은 듯한 기분이었어.

4

"난 내 숙부야. 세상에 조카를 미워하는 숙부가 어디 있겠어."

이치조는 이 말을 듣자마자 얇은 입술을 실룩이며 쓸쓸히 웃었네. 난 그 쓸쓸함의 이면에서 깊은 경멸의 빛을 보았지. 고백컨대 그는 뭔가 이해면에서는 나보다 뛰어난 두뇌의 소유자야. 나는 그것을 잘 알고 있지. 그래서 그와 접촉할 때에는 그에게 바보 취급당할 정도의 어리석음은 되도록 삼가고 드러내지 않으려고 조심했어. 그렇지만 때로는 연장자라는 교만으로 그를 깔보기도 하고 천박한 줄 알면서도 점잖은 척 무의미한 훈계를 늘어놓은 적도 없지 않았지. 영리한 그는 나를 수치스럽게 하려고 자기의 우월함을 이용할 정도로 품위 없는 행동은 하지 않았지만 나로서는 그때마다 그에 대한 내 가치가 떨어지는 듯한 굴욕을 느끼곤 했다네. 나는 곧 내 말을 바로잡으려고 했네.

"뭐 세상은 넓으니까 원수 같은 부자지간도 있을 거고 생명을 위협하는 부부도 없다고 할 순 없겠지. 하지만 일반적으로 형제나 숙부, 조카라는 이름으로 엮여진 이상, 그 정도 친밀함은 어딘가 있지 않겠나? 너는 교육도 꽤 받았고 머리도 있으면서 뭔가 묘하게 비뚤어진 데가 있어. 그게 너의 약점이다. 반드시 고쳐야만 해, 옆에서 봐도 유쾌하지 않아."

"그래서 숙부님까지 절 싫어한다고 하는 겁니다."

나는 말문이 막혔다. 스스로 깨닫지 못했던 내 모순을 그에게 지적당한 듯한 기분도 들었다.

"비뚤어진 것만 버린다면 아무것도 아니잖아" 하고 난 대수롭지 않은 듯 말했다. 그러자 이치조는 침착하게 물었다.

"내게 비뚤어진 점이 있나요?"

"있지" 하고 난 무심코 대답했다.

"어떤 점이 비뚤어져 있는지요? 확실히 말해 주세요."

"어떤 점이라니, 그런 데가 있어서 있다고 하는 거야."

"자 그렇다면, 그건 어디에서 나왔을까요?"

"그건 네 일이니 스스로 생각해보면 알겠지."

"불친절하군요."

이치조는 단념한 듯 침통하게 말했다. 나는 먼저 그의 말투에 당황했다. 그리고는 그의 눈빛을 보고 위축되었다. 그의 눈이 너무나 원망스럽다는 듯 내 얼굴을 바라보았기에 나는 거기서 단 한마디도 대답할 수 있는 용기가 나지 않았다.

"저는 숙부께 그런 말을 듣기 전부터 생각하고 있었어요. 숙부님 이전에, 제 문제니까 생각하고 있었던 거죠. 그 누구도 가르쳐주지 않아서 혼자 생각했습니다. 매일 밤낮없이 생각했어요. 너무 많이 생각해서 머리도 몸도 따라올 수 없을 때까지 생각했지요. 그래도 몰라서 물어보았던 겁니다. 당신은 분명 내 숙부라고 말하시고 숙부니까 남보다 친절하다고 하십니다. 하지만 지금 그 말씀은 숙부님 입에서 나왔어도 제게는 남의 말보다도 더 냉정하게 들리는군요."

나는 그의 뺨에 흐르는 눈물을 보았네. 어릴 적부터 정이 들어 지금까지 친밀하게 지내 온 사이에서, 이런 광경은 한 번도 없었다는 것을 분명히 말해 두고 싶어. 그래서 이 흥분한 청년을 어떻게 다루어야 좋을지 전혀 알 수 없었던 것도 함께 밝혀 두겠네. 난 그저 멍하게 팔짱을 끼고 있었지. 이치조는 내 태도를 고려해서 말을 조절할 여유가 없더군.

"저는 비뚤어졌을까요?. 분명 비뚤어져 있겠지요. 말씀하시지 않아도 잘 알고 있습니다. 저는 비뚤어져 있습니다. 숙부님이 주의를 주지 않아도 잘 알아요. 저는 그저 왜 이렇게 되었는지 그 이유가 알고 싶은 겁니다. 아니요, 어머니도 다구치 이모님도 당신도 모두 그 이유를 잘 알고 있습니다. 저만 모릅니다. 내게만 알려주지 않은 거죠. 저는 세상사람 중에 당신을 가장 신뢰하기 때문에 물어보았습니다. 그런데 당신은 잔혹하게 거절했어요. 이제부터 전 숙부님을 평생 적이라고 원망할 겁니다."

이치조는 일어났네. 나는 그 즉시 결심했지. 그리고 그를 불러 세웠다네.

5

나는 일찍이 어느 학자의 강연을 들은 적이 있어. 그 학자는 일본의 개화를 분석하고 이렇게 개화의 영향을 받은 우리는 분명 피상적이 되거나 신경쇠약에 걸리고 말거라고 청중 앞에서 넉살좋게 폭로했었지. 그리고 사물의 진상이란 모르고 있을 때는 알고 싶은 법이지만 막상 알고 나면 오히려 모르는 게 약이었던 옛날이 부러워져서 스스로를 후회하는 경우도 적지 않은데, 본인의 결론도 이와 비슷한 것 같다며 쓴웃음을 짓고 강단에서 물러나더군. 나는 그때 이치조를 떠올리고는, 이런 씁쓸한 진리를 받아들여야 하는 일본인도 안 됐지만 이치조처럼 자기 비밀의 정체를 잡으려 하다가는 두려워하고, 두려워하다가는 다시 잡으려 하는 청년은 더욱 비참할 것 같아서 속으로 그를 위한 동정의 눈물을 흘렸다네.

이건 단순히 우리 집안의 문제일 뿐 자네와는 전혀 관계없는 얘기니까 오래 전부터 이치조를 걱정해 준 자네의 친절이 없었다면 털어놓지 않겠지만, 사실을 말하자면 이치조의 태양은 그가 태어난 날부터 이미 흐려져 있었네.

나는 누구에게도 서슴지 않고 단언하는바, 모든 비밀은 그것을 밝힌 다음에야 비로소 모든 게 자연스러워질 수 있다는 가치관을 갖고 있기에 원만함이라든가 현상유지 같은 말에는 비중을 두지 않네. 그래서 내가 여태 이치조가 태어난 당시로 올라가 그의 운명을 밝히지 않았던 것은 나로서는 불가사의한 실수였다고 해야 할 거야. 지금 생각하면 이치조가 날 저주한다는 말을 듣기까지 내가 왜 그 사건을 비밀로 해 왔는지 그 의미를 모르겠어. 비밀을 발설해서 모자관계가 나빠지게 되는 일은, 꿈에도 상상할 수 없었기 때문이지.

'이치조의 태양은 그가 태어나던 날부터 흐려 있었다'는 말에 숨겨진 의미는 이치조와 아주 절친한 자네 귀에 들리는 순간 이미 구체적으로 그 뜻이 이해되었을지도 모르겠군. 한마디로 말해서 그들은 친모자간이 아니야. 오해 없도록 좀 덧붙이자면 친 모자지간보다도 훨씬 사이좋은 계모와 의붓아들이라네. 그들은 피를 나누어서 성립하는 통속적인 친자관계를 경멸해도 좋을 만큼 운명적인 정과 사랑으로 떨어지지 않게 묶여져 있네. 어떤 악마가 도끼날을 휘둘러도 그 실을 끊을 수는 없으니 어떤 비밀을 털어놓아도 두려워할 필요가 없었던 것일세. 그런데도 누님은 몹시 두려워했지. 이치조도 무척 두려워했고. 누이는 비밀을 손에 쥔 채 또 이치조는 비밀을 손에 쥐게 될 것을 기다리면서 둘 다 두려워하고 있었네. 마침내 난 그들이 두려워하는 것의 정체를 이치조 앞에 꺼내어 늘어놓았다네.

난 당시의 대화를 낱낱이 자네에게 다시 설명할 용기는 부족하네. 애당초 별로 큰 사건으로 보지도 않았고 또 태연한 듯 꾸밀 필요도 있었기 때문에 나는 아무 것도 아니라는 듯이 말했지만 이치조는 필사적으로 긴장해서 그것을 목숨이 걸린 통보처럼 받아들였네. 앞에서 이어지는 이야기이니 사실만 간략히 말하면 이치조는 누님의 아이가 아니라 몸종의 배에서 태어난 아이일세. 내 집에서 일어난 일도 아니고 게다가 이십오 년이 지난 옛날 일이니까 나도 자세한 내막은 알 수 없지만, 어쨌든 몸종이 스나가를 아이로 가졌을 때 누님은 상당한 돈을 줘서 그녀를 그만두게 했다고 했네. 그 후에 임부가 사내애를 낳았다는 통지를 기다려서 아이만 데려와서는 표면상 자기 아이로 양육했던 걸세. 이는 남편에 대한 누님의 의리이기도 하지만 마침 아이가 생기지 않아서 고민하던 중이었기에 진심으로 제 아들처럼 애지중지하겠다는 생각도 분명 있었을 거야. 자네가 본 대로 또 우리가 본대로 또 실제로도, 그들은 아주 친밀한 모자간으로 오늘까지 왔으니까 그런 사정을 밝힌다고 해도 지장이 있을 리는 없지. 내가 보기에는 세간에 흔한 잘 맞지 않는 부모 자식보다는 오히려 얼마나 자랑스러운지 모르겠네. 두 사람도 그 사실을 알고 난 뒤에 지금껏 정답게 살아 온 것을 회고해 본다면 얼마나 더 유쾌하겠는가. 적어도 나는 그러네. 그래서 난 그를 위해서 이 아름다운 사실을 힘닿는 데까지 채색하려고 애썼던 거야.

6

"나는 그렇게 생각해. 그러니까 조금도 숨길 필요가 없다고 본다. 너도 건전한 정신을 갖고 있다면 나처럼 생각할 거 아니냐? 만약 그렇게 생각할 수 없다면 그게 바로 너의 비뚤어진 점이다. 알겠지?"

이치조는 거듭 '잘 알겠습니다'라고 대답했고 나는 그럼 이제 됐으니 그 문제에 대해 이래저래 말하는 것은 그만두도록 하자고 했네.

"이제 그만 두겠습니다. 다시는 그 일로 걱정 끼치는 일은 없을 겁니다. 저는 정말 숙부님 말씀대로 비뚤어진 생각만 했습니다. 저는 그 얘기를 듣기까지 몹시 두려웠어요. 가슴이 저릴 만큼 두려웠지요. 하지만 그 이야기를 듣고서 모든 게 명백해지니 오히려 안심이 되고 마음이 편안해졌습니다. 이젠 두려운 것도 불안한 것도 없습니다. 그 대신 갑자기 뭔가 허전해졌어요. 쓸쓸하군요. 세상에 홀로 서 있는 듯한 기분이 듭니다."

"그래도 어머니는 예전 어머니 그대로야. 나 역시 그대로고. 아무도 너에게 달라질 사람은 없어. 너무 지나치게 신경 쓰면 안 된다."

"신경을 쓰지는 않겠지만 몹시 허전하군요. 집에 가서 어머니 얼굴을 뵈면 전 분명 울게 되겠죠. 그걸 생각하면 지금부터 몹시 허전하고 힘들군요."

"어머니한테는 묵묵히 있는 게 좋을 테지."

"물론 이야기 안 합니다. 말하면 어머니가 너무 괴로워하실 테니까요."

두 사람은 말없이 마주하고 있었네. 나는 무료하게 담배통의 재떨이를 두드렸고 이치조는 머리를 숙이고 자기 무릎을 바라볼 뿐이었지. 마침내 그가 쓸쓸한 얼굴을 들었네.

"하나 더 여쭈어 보고 싶은 게 있는데요, 물어봐도 될까요."

"내가 알고 있는 거라면 뭐든지 말해 주지."

"저를 낳은 어머니는 지금 어디 있습니까."

그의 생모는 그를 낳고 곧 죽고 말았네. 그 이유는 산후 회복이 나빴기 때문이 아니면 무슨 병 때문이었다고 들었는데 자세히 얘기해 줄 만큼의 정보가 내겐 없었기에 굶주린 그의 눈을 안정시키기엔 부족했지. 생모의 마지막에 관한 내 이야기는 겨우 이삼 분으로 끝나고 말았어. 그

는 유감스런 표정으로 그녀의 이름을 묻더군. 다행히도 난 오유미御ゆみ라는 고풍스런 이름을 잊지 않고 있었네. 그 다음엔 그녀가 몇 살에 죽었는지를 물었지만 그에 관해서는 확실히 알고 있는 게 없었지. 마지막으로 그는 자기 집에서 일을 하던 당시의 그녀를 본 적이 있는지를 물었네. 나는 있다고 대답했고 그는 다시 어떤 여자였는지 물었지. 미안하게도 내 기억은 너무나 희미했네. 그때 난 열대여섯 살 소년에 불과했으니까.

"아마 머리를 틀어 올렸던 적이 있었지."

이 정도 대답밖에는 할 수 없어서 무척 유감스러웠다네. 이치조는 겨우 체념했다는 눈빛으로 마지막에 '그럼 절이라도 가르쳐 주시겠습니까. 어머니가 어디에 묻혔는지 그것만이라도 알고 싶으니까요'라고 했네. 다만 오유미의 위패를 안치한 절을 내가 알 리가 없었어. 나는 어쩔 수 없이 누님께 물어보는 수밖에 없을 거라고 대답했네.

"어머니 외에 알고 있는 사람은 없을까요."

"아마 그럴게야."

"그럼 몰라도 괜찮습니다."

나는 이치조에게 안타깝고 미안한 기분이 들었네. 그는 잠시 정원 쪽으로 향해 화창한 햇살 속에 핀 커다란 동백을 바라보고 있더니 이윽고 시선을 돌려서

"어머니가 치요코를 얻겠다는 것도 혈통을 생각해서 친척 중 누군가를 제 아내로 삼고 싶다는 의미인 거죠."

"바로 그거지, 그것밖에는 없어."

이치조는 '그렇다면 치요코와 결혼하겠다'고 말하지 않았다네. 나도 '그렇다면 데려오겠느냐'고 묻지는 않았어.

7

이렇게 스나가를 만나서 이야기 한 것은, 내게는 아름다운 경험 중 하나였네. 양쪽 다 숨김없이 모든 것을 털어놓을 수 있었다는 점에서 내 부족한 과거를 장식해 주었지. 상대인 이치조도 태어나서 처음 받은 위로가 아니었을까 싶어. 어쨌든 그가 돌아간 뒤 내 머리에는 선한 공덕을 베풀었다는 유쾌한 느낌이 남더군.

"만사 내가 다 책임질 테니 아무 걱정하지 마라."

나는 현관까지 배웅하면서 이런 말을 그의 뒤에서 따뜻하게 건네주었지. 대신 누님에게 면담의 결과를 보고할 때에는 거북하더군. 난 별 수 없이 졸업하고 정신적으로 여유가 생기면 어떻게든 마무리 짓겠다고 했으니 졸업할 때까지 기다리는 게 좋겠고 지금 이래저래 책망하는 건 시험에 방해될 뿐이라고 적당히 듣기 좋은 선에서 일단 진정시켜 두었네.

그리고 난 다구치에게도 사정을 말해서 치요코의 혼담이 가능하면 이치조의 졸업 전에 이루어지도록 머리를 썼지. 사연을 들은 다구치의 말은 평소처럼 시원시원하고 간결했네. 그는 말하지 않아도 사정을 다 이해한다고 하더군.

"그래도 시집은 본인을 위해서 보내는 거니까 (이렇게 말하면 뭐하지만) 처형이나 이치조의 편의를 봐서 치요코의 결혼을 무리하게 앞당기거나 연기하거나 할 수는 없겠지."

"물론이네."

난 인정하지 않을 수 없었어. 다구치 집안과는 친척으로 교류는 많지만 사실 딸의 혼담에 나서서 간섭한 적도 없고 그쪽에서 상담을 해온 일도 없었네. 그래서 지금껏 치요코에게 어떤 신랑감이 있는지 간접적인 소문조차 듣지를 못했어. 다만 작년에 이치조가 가마쿠라인가에서 보게 되어 기분이 좋지 않았다는 다카기만은 이치조와 치요코한테 들어서 알고 있지. 난 느닷없이 그 사내는 어떻게 되었는지 다구치에게 물어보았네.

다구치는 익살맞게 웃고는 다카기는 애당초 신랑감 후보로 나선 게 아니라고 하더군. 그렇지만 상당한 신분과 학식이 있는 남자는 누구든 후보가 될 권리가 있으니 결코 아니라고 단정할 수도 없다고 했네. 난 그 애매한 남자에 대해 좀 더 자세히 물었지. 그리고 그가 지금 상하이에 있다는 사실과 언제 돌아올지는 모른다는 것을 확인했네. 그 뒤로 그와 치요코 사이는 아무런 진전이 없지만 편지 왕래는 있고 그 편지는 부모가 먼저 본 다음에 본인에게 넘기는 조건으로 주고받는다는 것까지 알았다네. 나는 곧 치요코에게는 그 남자가 좋지 않겠냐고 했어. 다구치는 다른 데 욕심이 있는지 아니면 따로 생각이 있는지 그렇게 할 생각이라고 밝히지는 않더군. 다카기가 어떤 인물인지 전혀 모르는 나로서는 더 이상 권해 볼 권리도 없었기에 그 정도로 해 두고 물러났다네.

나와 이치조는 그 후 한참을 못 만났어. 한참이라고 해도 고작 한 달 반 정도지만, 졸업시험을 목전에 두고 가정사에 마음을 쓸 그가 몹시 신경이 쓰이더군. 그래서 조용히 누님을 찾아가 넌지시 그의 근황을 알아보았지. 누이는 아무렇지 않은 듯 '아무튼 무척 바쁜 것 같아. 졸업 때가 되서 그렇겠지' 하고 할 뿐이었네. 그래도 난 마음이 안 놓여서 어느 날 이치조에게 식사나 하자고 한 시간쯤 시간을 내게 해서 집 근처 양식집에서 저녁을 먹으면서 그의 모습을 살폈지. 그는 평소처럼 침착했네. '시험 같은 건 뭐 그럭저럭 봅니다'라고 큰소리치는 것을 꼭 허세라고만 볼 수도 없었네. 내가 걱정 없냐고 확인했더니 그는 갑자기 한심하다는 얼굴로 '인간의 머리는 생각보다 견고한가 봐요. 실은 스스로도 견딜 수 없이 두려운데 이상하게도 여태 안 망가지네요. 뭐 이 상태라면 당분간은 쓸 수 있겠죠'라고 하더군. 농담 같기도 하고 진실 같기도 한 이 말이 내게 묘한 측은지심을 주었네.

8

신록의 계절이 지나, 홑겹 목욕가운의 앞섶에 부채질이 하고 싶어지는 어느 날 이치조가 다시 찾아왔다네. 그의 얼굴을 보자마자 내가 맨 처음 던진 말은 시험은 어찌 됐느냐는 한 마디였지. 어제 겨우 끝났다고 하더군. 그리고 내일부터 여행을 좀 다녀올 생각이어서 인사하러 왔다고 했네. 나는 성적도 아직 안 나왔는데 멀리 떠나는 그의 심리상태가 의심스러워서 다소 걱정스러웠지. 그는 교토 부근에서부터 스마須磨와 아카시明石를 거쳐서, 경우에 따라 히로시마広島 부근까지도 가고 싶다고 하더군. 나는 여행 규모가 비교적 크다는 데 놀랐다네. '합격이 결정되기라도 했다면 가도 좋겠지만' 하고 반대의 뜻을 넌지시 비치자, 의외로 그는 시험 결과 따위에는 냉담한 대답을 했다네. '그런 일에 신경 쓰는 숙부님이야말로 평소와 어울리지 않은 거 아닙니까' 하고 상대해 주지 않더군. 나는 얘기 중에 그의 결단이 붙고 떨어지는 성적과는 다른 동기에서 비롯되었다는 사실을 발견했네.

"사실은 그 일 이후로 묘하게 신경이 쓰여서요, 요새는 차분히 서재에 앉아 있는 게 힘들어졌어요. 아무래도 여행이 필요하니까, 뭐 그래도 시험은 도중에 관두지 않았으니 잘했다고 칭찬해 주고 허락해 주세요."

"그야 네 돈으로 가고 싶은 곳에 가는 거니까 상관없지. 이곳저곳 돌아다니면서 기분 전환을 좀 하는 것도 좋을 거야. 다녀와라."

그는 내 말에 만족스러워 하면서도 이런 말을 덧붙였네.

"사실 떠드는 것도 죄송하고 송구스럽지만, 숙부님께 그 얘기를 듣고부터는 어머니 얼굴을 볼 때마다 참을 수없이 이상한 기분이 됩니다."

나는 기분이 불쾌해 지느냐고 물었지.

"아니요, 그저 죄송한 겁니다. 처음에는 허전해서 견딜 수 없던 것이 점점 죄송한 마음으로 바뀌었습니다. 사실대로 말씀드리면 요새는 조석으로 어머니 얼굴을 보는 일이 고통스러워요. 전부터 졸업하면 어머니께 간사이關西와 미야지마宮島를 구경시켜 드려야겠다고 생각했는데, 이번에도 예전 같으면 어머니와 함께 갈 생각으로 숙부님께 빈집을 봐달라고 부탁하러 왔을 테지만 지금 말씀드린 대로 상황이 완전히 반대가 되서 어머니 곁을 잠시라도 떠나 있었으면 하는 마음뿐입니다."

"큰일이구나, 그런 기분이라면."

"전 떨어져 있으면 분명 어머니가 다시 그리워질 것 같은데, 그렇게 잘 될 수는 없을까요?"

이치조는 걱정된다는 듯이 이렇게 물었다. 이치조보다 경험이 많은 연장자임을 자부하는 나도 장래에 이 문제가 어떻게 될지는 상상할 수가 없었네. 다만 스스로에게 신념이 없어서 자기 마음을 남에게 물어봐서 안심을 얻으려 하는 그의 마음을 애처롭게 생각했지. 겉으로는 아주 양순해 보이지만 실제로는 고집이 센 그가 이처럼 약한 말을 한 적은 별로 없었기 때문이야. 나는 내 힘이 닿는 데까지 그의 마음을 안심시켜 주었네.

"그런 걱정은 할수록 손해다. 내가 책임져 주마. 괜찮으니까 다녀와라. 네 어머니는 내 누님이고 게다가 나만큼 배우지는 못해도 아주 양순하고, 누구에게서든 경애 받아 마땅할 부인이야. 그런 누님과 너처럼 정이 많은 아들이 어찌 멀어지겠느냐. 괜찮으니 안심해도 된다."

이치조는 내 말을 듣고 실제로 안심하는 것 같았고 나도 조금 안심이 되었네. 하지만 한편으로는 이런 하찮은 위로가 명석한 두뇌의 이치조에게 그런 영향을 줄 수 있었다면 그건 그의 신경이 뭔가 비정상인 탓이 아닐까 싶은 의문이 들더군. 나는 갑자기 극단적 사건이 떠올라서 그가 혼자 여행가는 게 불안해졌네.

"나도 함께 갈까?"

"숙부님과 함께요?" 하고 이치조는 쓴웃음을 지었어.

"안 되겠나?"

"평소 같으면 제 쪽에서 가자고 부탁드렸겠지만 언제 어디로 떠날지, 요컨대 내 마음 가는 대로 예정이 뒤바뀌는 여행이니까 죄송해서요. 그리고 숙부가 있으면 저도 자유롭지 않을 테니 재미없고……."

"그러면 관두지" 하고 나는 곧 자청했던 것을 철회하였네.

9

이치조가 돌아간 후에도 한동안은 이상하게 그가 신경 쓰이더군. 내가 그의 머리에 어두운 비밀을 새긴 이상, 거기서 나오는 책임은 모두 내가 져야 한다는 생각 때문이었어. 나는 누님을 만나서 누님의 상태도 보고 이치조의 근황도 물어보고 싶어졌네. 거실에 있던 아내를 불러 상담도 할 겸 얘기 했더니 아내는 의외로 별로 놀라지도 않고 '당신이 쓸데없는 말을 해서 그래요'라며 처음엔 받아들이지 않다가 나중에는 '이치한테 무슨 사고가 생기겠어요. 나이는 젊지만 당신보다 훨씬 분별 있는 사람에요' 하고 혼자 큰소리를 치더군.

"그렇다면 도리어 이치조가 날 걱정하고 있다는 얘긴가."

"물론이죠, 당신이 외제파이프나 물고 팔짱끼고 있는 것을 본다면 누구든지 걱정할 걸요."

그 사이에 아이들이 학교에서 돌아와 갑자기 집안이 떠들썩해졌기에 그만 이치조에 대한 것은 잊어버리고 저녁때까지 생각할 겨를이 없었네. 그러다가 누님이 갑자기 찾아왔을 때는 나도 모르게 가슴이 철렁했지.

누님은 늘 하듯이 가족들 한가운데 앉아서 격조했던 것에 대한 사과나 계절 안부를 아내와 장황하게 나누었네. 나도 거기에 함께 자리한 채 일어날 기회가 없었어.

'이치조가 내일부터 여행 간다는 것 같던데요?' 나는 적당한 타이밍에 물었지. '그게 말이야……' 하고 누님은 진지하게 내 얼굴을 보더군. 난 누님 말을 다 듣지 않고 '뭐 가고 싶다면 보내 주세요. 시험 보느라고 잔뜩 머리를 썼으니. 조금은 쉬어 주지 않으면 몸에 해로우니까' 하고 마치 이치조의 행동을 변호하듯 말했지. 물론 누님도 같은 생각이라고 했다네. 다만 그의 건강이 여행을 견딜 수 있을지 어떨지 신경 쓰일 뿐이라면서 마지막에는 내가 보기에는 어떤지를 물었어. 나는 괜찮다고 했네. 아내도 괜찮다고 했고. 누님은 안심했다기보다 오히려 뭔가 아쉬운 표정이더군. 누님이 했던 건강이란 말이 신체가 아니라 정신을 의미하는 게 분명하다 싶어서 나는 속으로 좀 마음이 아팠다네. 누님은 내 얼굴에 영향을 받은 듯 불안한 표정으로 '쓰네, 아까 이치조가 여기 왔을 때 뭔가 이상한 데는 없었니?' 하고 물었네.

"그럴 리가 있겠어요, 보통 때 이치조죠. 그렇지 오센?"

"네, 전혀 다르지 않았어요."

"나도 그렇다고는 생각하는데, 왠지 요전부터 분위기가 이상해서."

"어떤데요?"

"그렇게 물어보면 딱히 뭐라고 할지는 모르겠지만……."

"모두 시험 탓이라고" 하고 나는 바로 부정해 버렸어.

"형님이 신경을 너무 써서 그래요" 하고 아내도 거들더군.

우리 부부는 함께 누님을 위로했네. 마지막에는 다소 납득하는 표정으로 저녁때까지 이야기에 열중했어. 누님이 돌아갈 때는 아이들을 데리고 산책 겸 전차까지 배웅했지만 그래도 마음이 불편해서 애들을 먼저 돌려보내고 거절하는 누님 옆에 자리를 잡고는 결국 누님 집까지 갔다네.

나는 다행히 이층에 있던 이치조를 누이 앞으로 불러서, 어머니가 네 걱정이 너무 되어 일부러 야라이까지 왔기에 내가 여러 가지 말로 간신히 안심시킨 상황이라고 알려주었네. 그러니 너를 여행 보내는 건 곧 내 책임이니까 어머니께 걱정 끼치지 않도록—도착하면 도착한 곳에서 떠나면 떠나는 곳에서 머물면 머무는 곳에서—연락을 게을리 하지 않도록 하고, 언제든 일이 생기면 곧 되돌아오게 할 수 있게 신경을 써주면 좋겠다고 했네. 이치조는 '그 정도의 수고는 주의를 주지 않아도 충분히 알고 있다'면서 어머니 얼굴을 보며 웃더군.

나는 이것으로 얼마간 누님의 마음을 편하게 해 드렸다고 믿고는 열한 시쯤 전차로 야라이에 되돌아왔네.

현관으로 나를 맞으러 나온 아내는 몹시 기다렸던 듯이 어떻게 됐는지 물었네. 나는 안심해도 좋을 거라고 했지. 실제 내 기분도 안심이 되었어. 그래서 다음날은 신바시新橋로 그를 전송하러 나가지도 않았네.

10

약속했던 소식은 가는 곳마다 보내왔네. 세어 보면 대략 하루 한 통정도 꼴인데, 대신 대부분은 여행지의 그림엽서에 두어 줄 문구를 쓴 간략한 것이었어. 엽서가 올 때마다 나는 일단 안심했다는 표정이 되는 바람에 아내에게 웃음거리가 되었다네.

한번은 내가 '이렇게 소식을 주니 안심이군. 어쩐지 당신 예언이 들어맞은 것 같소'라고 했더니 아내는 '당연하죠, 삼면기사나 소설 같은 일이 자주 생겨서야 되겠어요?' 하고 뚱하게 대답하더군. 내 아내는 소설과 사회면 기사를 같은 것으로 본다네. 그리고 둘 다 거짓으로 철석같이 믿을 정도로 로맨스와는 거리가 먼 여자일세.

엽서에 만족한 내가 봉투에 넣은 편지를 받았을 때는 더욱 표정이 밝아졌다네. 그 이유는 내가 걱정했던 것처럼 편지지를 음울한 색깔로 물들인 흔적은 어디서도 찾을 수 없었기 때문이지. 엽서보다 봉투 속에 든 문구들이 그의 변화된 기분을 얼마나 선명하게 잘 보여주는지는 실제 읽어보지 않으면 알 수 없지. 여기 두어 통 갖고 있다네.

그의 기분을 변화시키는 데 크게 힘을 준 것은 교토京都의 공기라든가 우지宇治의 물이라든가 여러 가지가 있겠지만 도쿄에서 자란 그에게는 그 지방에서 쓰는 말이 제일 흥미로운 자극이 된 것 같아. 여러 번 그 쪽으로 가본 경험이 있는 사람에겐 하찮아 보일 테지만 당시 이치조의 예민한 신경에는 그런 조용하고 원활한 말투가 진정제 이상으로 좋은 영향을 줄 수 있었던 게 아닌가 싶어. 뭐 젊은 여성 말투냐고? 그건 모르네. 물론 젊은 여자가 말한다면 더욱 효과적이겠지. 젊은 사내니까 자진해서 그런 곳으로 갔을지도 모르겠고. 하지만 여기 편지에 적힌 예는 신기하게도 할머니의 경우일세.

"저는 이곳 사람들의 말투를 들으면 미미한 취기에 몸을 맡긴 듯한 기분이 됩니다. 어떤 이는 끈적거려서 싫다고 합니다만 전 전혀 반대에요. 싫은 건 도쿄 말입니다. 뾰족하게 모난 별사탕과 같은 말투를 의기양양하게 내뱉지요. 듣는 이의 마음을 황폐하게 하고도 으스댑니다.

저는 어제 쿄토에서 오사카로 왔어요. 오늘 아사히신문사에 있는 친구를 찾아갔더니 그가 미노오箕面라는 단풍의 명소로 안내해 주었어요. 계절이 아니어서 물론 단풍은 볼 수 없었습니다만 계곡이 있고 산이 있고 산 속 깊은 곳에 폭포가 있는 아주 좋은 곳이었습니다. 친구는 내가 쉴 수 있도록 회사의 클럽인가 하는 이층 건물로 안내했습니다. 들어가 보니 폭 넓고 긴 봉당이 집 정면부터 앞뒤로 뻗어 있었습니다. 또한 바닥에 전체적으로 납작한 기와가 깔려 있는 모습은 중국의 절에라도 온 듯 차분한 기분을 주었어요. 이 집은 누군가 처음에 별장으로 지은 것을 아사히신문에서 사들여서 클럽으로 쓰는 거라도 들었습니다만, 혹 별장이라고 해도 기와를 깔아서 만든 이 넓은 봉당은 무얼 위한 것일까요. 저는 너무 신기해서 친구에게 물어보았죠. 친구는 모르겠다고 했습니다. 하긴 이것은 아무 상관도 없는 일지만 숙부님은 이런 일에 밝으시니 혹시 아실 지도 모르겠다 싶어서 사족을 붙였을 뿐입니다. 제가 알려드리고 싶은 것은 넓은 봉당이 아니고 봉당에 있던 할머니가 문제였어요.

할머니는 두 분이었는데 한 명은 서 있고 또 한 명은 의자에 앉아 있었지요. 근데 둘 다 까까중머리예요. 우리가 들어서자 서 있던 분이 제 친구한테 인사를 했습니다. '미안하구먼요. 지금 팔십팔 세 할머니의 머리를 깎던 참이었네요. 할머니 가만히 계셔요, 곧 끝나니까. 남김없이 잘 깎았으니 걱정할 거 없어유' 하고 사투리를 썼습니다. 의자에 앉은 할머니도 머리를 만지며 사투리로 '고맙다'는 인사를 하더군요. 친구는 저를 보며 할머니의 사투리에 소박한 정취가 있다면서 웃었어요. 저도 웃었습니다. 그냥 웃기만 한 게 아니라 백 년 전 옛날 사람으로 태어난 듯, 느긋한 기분이 들었습니다. 저는 이 기분을 선물로 갖고 도쿄에 돌아가고 싶습니다."

나도 이치조가 이러한 기분을 누님께 선물로 갖고 와 주었으면 좋겠다고 생각했다네.

11

다음 편지는 아카시明石에서 온 것인데 앞의 것보다 좀 복잡한 만큼 이치조의 성격이 더 뚜렷이 나타나 있네.

오늘밤 이곳으로 왔습니다. 뜰은 달이 떠서 마당은 훤하지만 내 방은 그늘이 져서 어두운 느낌입니다. 밥을 먹고 담배를 피우며 바다 쪽을 바라보니 바다는 바로 뜰 앞에 있습니다. 잔물결조차 치지 않는 조용한 밤이기에 바다의 풍경은 강가인지 시냇가인지 알 수 없는 풍경인데 거기에 배 한 척이 흘러 들어왔습니다. 어두워서 잘은 모르겠지만 폭이 넓고 바닥이 평평한 게 어쩐지 바다에 띠우는 배 같지 않은 평온한 형태였고 지붕은 확실히 있었던 것 같습니다. 처마에는 물감 들인 초롱이 몇 개나 달려 있었고요. 희미한 불빛 속에는 물론 사람이 앉아 있는 듯 했어요. 샤미센 소리도 들렸습니다. 하지만 전체적으로 아주 차분하게 미끄러지듯이 제 앞을 흘러가더군요. 조용히 지나가는 배 그림자를 바라보면서 저는 할아버지 젊은 시절의 이야기를 떠올렸습니다.

숙부님은 물론 알고 계시겠지요. 할아버지가 옛날 풍류객들이 하던 달맞이 뱃놀이를 실제로 했었다는 이야기를요. 전 어머니께 두어 번 들은 적이 있습니다. 지붕이 있는 작은 배를 저어 아야세綾瀬 강까지 올라가서는 조용한 달빛이 잠잠한 파도에 반사되는 가운데서 준비해 둔 은박 부채를 펼쳐서 멀리 밤빛 속으로 던졌다고 하잖습니까. 부채가 빙글빙글 돌면서 종이에 칠한 은가루를 반짝이며 떨어지는 광경은 정말로 볼만했을 거라고 생각해요. 그것도 하나가 아니라 배에 탄 사람들이 총출동해서 팔랑이는 은빛 부채를 앞 다투어 던지는 광경이란 상상만 해도 절묘합니다. 할아버지는 구리 술병에 술을 가득 담아 뜨거운 술을 만든 뒤에 나머지는 버리게 할 정도로 호사스러운 사람이었다고 하니, 부채 백 개 정도 한 번에 흘려보내도 아무렇지도 않겠지요. 그리고 보면 유전인지는 몰라도, 실례지만 숙부님도 가난한 셈치고는 어딘가 사치스러운 데가 있는 것 같고 그렇게 내성적인 어머니도 옛날부터 화사한 걸 좋아하는 면이 있었습니다. 단지 저는—이렇게 말하면 또 그 얘기를 꺼내는 거라고 지레 짐작하실지 모르겠지만—더 이상 숙부님이 염려하는 대로 그것을 마음에 두고 있지 않으니까 안심해 주세요. 단지 저만은, 이건 절대로 언짢은 의미에서 하는 것은 아닙니다, 단지 저는 그런 점에서는 숙부님과도 어머니와도 천성적으로 다르다고 말씀드리고 싶은 것입니다. 저는 비교적 편하게 자랐고 물질적으로도 행복한 아이였기에 사치라는 것도 모르고 사치를 하면서도 아무렇지도 않았던 겁니다. 옷 같은 것도 어머니가 신경 써 줘서 남 앞에 부끄럽지 않게 입으면서도 그것을 당연하게만 생각했었죠. 그러나 그건 오랜 습관에 익숙해진 결과 느끼지 못하는 불민함에서 나온 것이기에 그것을 깨닫고 나면 갑자기 불안해집니다. 옷이나 식사와는 별로 관계가 없겠지만 저는 일전에 어떤 부호가 마구 돈을 쓰는 얘기를 듣고는 두려워진 적이 있습니다. 그 사내는 기생과 남자 예능인을 잔뜩 불러 놓고 그들 앞에서 가방에서 꺼낸 지폐 다발을 잘게 찢어서 팁이라며 나누어 주었답니다. 그리고는 멋진 옷을 입은 채 욕탕에 들어갔다 나와서는 그 옷을 일꾼에게 주었다고 하더군요. 그의 난폭한 행동은 이밖에도 많지만 모두 하늘 무서운 줄을 모르는 나쁜 행동이지요. 저는 그 얘기를 들었을 때 물론 그를 미워했어요. 다만 저는 기개가 부족해서 미워하기보다 차라리 두려워했습니다. 제가 볼 때 그 소행은 강도가 칼을 빼서 바닥에 꽂고 양민을 협박하는 듯한 느낌입니다. 저는 실은 '하늘과 도리와 신불에 대해 면목이 없다'라는 종교적 의미에서 두려워했던 것입니다. 저는 이렇게 겁 많은 인간입니다. 사치에 다가가기도 전에 사치가 절정에 달해서 미쳐 날뛰는 사람을 상상하고는 참을 수 없이 두려워지는 거죠. 저는 이런 생각으로 조용한 파도 위를 흘러가는 배를 지켜보면서, 인간에겐 저 정도의 위안이 가장 적당할 거라고 생각했습니다.

저도 숙부님이 조언해 준 것처럼 점점 가벼운 사람이 되어 가고 있습니다. 칭찬해 주세요. 달빛 비치는 이층에 있는 손님은 고베神戶에서 놀러 왔다는데 내가 싫어하는 도쿄 말을 쓰면서 때때로 시를 읊습니다. 그 속에는 요염한 여자 목소리도 섞여 있었는데 이삼십 분 전부터 갑자기 점잖아졌어요. 하녀에게 물었더니 이미 돌아갔다고 하는군요. 이제 밤도 많이 깊었으니 저도 쉬겠습니다.

12

간밤에도 편지를 썼습니다만 오늘도 다시 아침부터 있었던 일을 알려 드리겠습니다. 이렇게 계속 편지 드리면 숙부님은 분명 조금 짓궂게 웃으시며 '이 녀석이 아무데도 편지 쓸 데가 없으니까 할 수 없이 누님과 나한테만 소식을 전하는군' 하고 속으로 말하시겠죠. 저도 붓을 들면서 잠깐 그런 생각을 했습니다. 하지만 만약 제게도 그런 연인이 생긴다면 저의 편지를 받지 못하더라도 기뻐해 주시겠죠. 저도 숙부님께 편지를 게을리 하더라도 그 쪽이 행복할 거라고 생각합니다.

실은 오늘 아침 일어나 이층으로 올라가서 바다를 내려다보고 있었는데 어떤 행복해 보이는 두 사람이 물가를 따라 서쪽으로 걸어가더군요. 어쩌면 그들은 같은 여관에 묵고 있는 손님일지도 모르겠습니다만 크림색 양산을 쓰고 맨발에 옷자락을 좀 걷은 여자가 남자와 함께 얕은 파도

속을 가는 뒷모습을 나는 부러운 듯 바라보았지요. 높은 곳에서 내려다보면 바다는 몹시 맑아서 육지와 가까운 곳은 햇빛이 대기 중에 비칠 때처럼 뭐든지 훤히 들여다보입니다. 헤엄치는 해파리까지도 잘 보여요. 여관 손님 두 명이 나와서 수영을 하고 다니는데 물속에서 하는 동작 하나하나가 손에 잡힐 듯 보여서 수영의 예술적 가치가 아주 떨어진 듯 합니다. (오전 7시 반)

이번에는 서양인 한 명이 물에 잠겨 있네요. 뒤따라서 젊은 여자가 나왔습니다. 그 여자는 물속에 서서 이층에 남은 또 다른 서양인을 부르는데 '유, 컴 히어'라고 영어로 말합니다. '잇 이즈 베리 나이스 인 워터'라는 듯한 말을 계속해서 합니다. 영어가 아주 능숙하고 유창해서 부러울 정도로 쉽게 말하네요. 저는 도저히 못 따라 하겠다 싶어서 감탄하면서 듣고 있었어요. 하지만 영어에 능통한 이 여자가 부르는 서양인은 좀체 내려오지 않습니다. 여자는 수영을 못 하는지 하고 싶지 않은 건지, 가슴 아래를 물에 담근 채 파도 속에 서 있습니다. 그러자 앞서 내려와 있던 서양인이 여자 손을 잡고 깊은 곳에 데리고 가려했어요. 여자는 몸을 움츠리며 거부했지요. 끝내 서양인은 물속에서 여자를 옆으로 안았습니다. 여자가 버둥대며 물을 차는 소리와 까르르 웃으면서 떠드는 목소리가 먼 곳까지 울렸습니다. (오전 10시)

이번에는 아래층에서 기생 두 명과 머물고 있던 손님이 보트를 타러 나왔습니다. 보트는 어디서 갖고 왔는지 모르겠지만 꽤 작고 아주 수상하네요. 손님은 배를 저어 주겠다며 기생을 태우려고 하지만 기생은 무섭다며 좀체 타지를 않습니다. 하지만 결국 손님의 뜻대로 되었습니다. 그때 일부러 놀란 척하는 젊은 기생의 교태가 무척 바보 같았어요. 보트가 근방을 돌아다니다가 돌아오자 나이든 기생이 여관 뒤에 매어 놓은 재래 목조선을 보고 '사공님, 그거 빈 배에요?'라며 큰 소리로 물었지요. 이번에는 그 배에 음식을 싣고 바다로 나갈 의논을 하는 모양입니다. 보니까, 기생이 여관의 하녀를 시켜서 맥주니 과일이니 샤미센이니 하는 것들을 배 안으로 옮겨 싣고, 끝으로 그들도 탔습니다. 그런데 정작 중요한 손님은 아직 힘이 넘치는지 멀리서 보트를 젓고 있군요. 아무도 태울 사람이 없었는지 이번엔 검게 탄 벌거숭이 꼬마 한 명을 태우고 있네요. 기생은 어이없다는 표정으로 잠시 바라보더니 이윽고 큰 소리로 힘껏 '바보~' 하고 불렀습니다. 그러자 바보로 불리었던 그 손님은 이쪽으로 보트를 저어 돌아왔습니다. 나는 재미난 기생과 재미난 손님이라 생각했습니다. (오전 11시)

　제가 이렇게 잡다한 일들을 신기한 듯이 보고하면 숙부님은 참 별난 취미라고 웃으시겠죠. 하지만 이것은 여행 덕분에 제가 좋아졌다는 증거입니다. 저는 자유로운 공기와 함께 비로소 어울리는 것을 배웠습니다. 이런 시시한 이야기를 일일이 쓰는 번거로움을 마다하지 않게 된 것도 결국은 생각 없이 사물을 보기 때문이 아닐는지요? 깊이 생각지 않는 것이 지금의 저에겐 최상의 약이라고 봅니다. 잠깐의 여행으로 인해 예민한 저의 신경이나 버릇이 고쳐졌다면 치료 방법이 너무나 시시해서 부끄러울 정도입니다. 다만 저는 지금보다도 몇 배 더 시시하게, 어머니가 절 낳아 주셨기를 갈망해 마지않습니다. 하얀 돛이 구름처럼 무리를 지어 아와지시마淡路島 앞을 지나갑니다. 반대쪽 소나무 산 위에는 히토마루人丸 신사가 있다고 합니다. 히토마루라는 사람은 잘 모르지만 시간이 되면 온 김에 가 보려고 생각합니다.

결말

게이타로의 모험은 이야기에서 시작되었고 이야기로 끝났다. 그가 알고자 했던 세상은 처음엔 저 멀리 보였지만 지금은 눈앞에 보인다. 다만 그는 그 속에 들어가서도 끝내 아무 것도 연출해 낼 수 없는 문외한 같은 존재였다. 그의 역할은 계속해서 수화기를 귀에 대고 세상 이야기를 듣는 일종의 탐방에 불과했다.

그는 모리모토의 입을 통해 방랑 생활의 단편을 들었다. 하지만 그건 표면과 윤곽만으로 된 아주 얄팍한 것이었기에 야성적 호기심으로 가득한 그의 머리에 단순한 재미만을 불어넣을 뿐이다. 다만 그 기체와도 같은 모험담이 머릿속에 차올랐을 때 그는 거기서 모리모토의 인간적인 모습을 꿈에 본 듯 볼 수가 있었다. 그리고 그것은 게이타로에게 어떤 지식 외에 인간으로서의 동정심과 반감을 안겨 주었다.

그는 다구치라는 실제적인 사람의 입을 통해 그가 사회를 어떻게 바라보는지 알게 되었고, 고등유민을 자처하는 마쓰모토라는 남자에게서 인생관의 일부를 들었다. 친숙한 사회적 관계에 있지만 타 인종처럼 서로 다른 두 사람의 대조적인 면을 가슴에 아로새긴 게이타로는, 자신의 세상 경험이 얼마간 넓어진 듯한 기분이었다. 다만 그 경험은 면적상 널리 퍼져 있을 뿐 깊이는 그다지 깊어졌다고 볼 수 없었다.

그는 치요코라는 여성의 입을 통해서 아기의 죽음에 대해서 들었다. 치요코가 얘기한 죽음은 흔히 상상하는 것과는 달리 아름다운 그림을 보는 듯 했기에 그의 감동을 자극했다. 다만 그 감동에는 눈물이 섞여 있었다. 그건 고통을 면하기 위해서 흐르는 눈물이기 보다는 비애를 되도록 오래 품고 싶다는 의미가 섞인 눈물이었다. 그는 아직 독신이었기에 어린애에 대한 애틋함은 부족했지만 그래도 아름다운 것이 아름답게 죽어서 아름답게 묻히는 모습은 측은했다. 그는 히나[27]명절날 저녁에 태어난 여자아이의 운명적 이야기를 마치 히나 인형의 그것처럼 가련하게 들었다.

그는 스나기의 입을 통해서 남다른 모자 관계를 듣고서 놀랐다. 게이타로도 고향에 홀어머니가 있는 처지였지만 그와 어머니의 관계는 스나가만큼 친밀하지 않은 대신 스나가처럼 운명적으로 얽혀 있지도 않았다. 그는 자신도 자식이므로 부모자식 관계를 이해할 수 있다고 믿어 의심치 않았고 동시에 부모자식 간은 그저 평범한 것이라고 염두에 두지 않았다. 복잡한 가족관계는 상상은 갔지만 전혀 마음에 와 닿지는 않았던 것이 스나가로 인해서 깊이 파고들게 된 듯하다.

그는 또한 스나가에게서 자신과 치요코의 관계에 대해서 들었다. 그리고 그들은 부부가 되기 위해 태어났는지 친구로 존재해야 하는지 아니면 적으로 대립해야 하는지가 의문스러웠다. 그 의문은 결과적으로 게이타로를 반 호기심과 반 호의로 마쓰모토에게 달려가게 했다. 그는 마쓰모

---

27 3월 3일에 작은 인형 등으로 제단을 장식하고, 여자아이의 행복을 비는 행사.

토가 의외로 외제 파이프나 물고서 세상을 방관하는 사내가 아님을 발견했다. 그는 마쓰모토가 스나가에게 어떠한 생각에서 어떤 조처를 취했는지 상세하게 들었고 그렇게 할 수밖에 없었던 사정도 자세히 알아냈다.

되돌아보면 게이타로가 학교를 나와 처음으로 실제 세상과 접해 보고 싶다고 마음먹은 후 오늘에 이르기까지의 경력은, 여기저기서 남의 이야기를 듣고 다녔던 것뿐이다. 지식이든 감정이든 귀로써 전해 듣지 않은 경우는 오가와마치 정류소에서 소중한 듯 지팡이를 짚고 있다가 전차에서 내린 희끗한 무늬의 외투를 입은 남자가 젊은 여자와 함께 양식집에 들어가는 것을 미행했던 일 정도다. 그것도 지금 와서 기억 속에 떠올려 보면 결코 모험이나 탐험이라고 이름 붙일 수 없는 아이들 장난 같은 것이었다. 덕분에 게이타로는 일자리를 얻을 수는 있었지만 세상 경험으로 보기에는 그저 우습기만 한, 자기 혼자서만 진지했던 행동에 불과하였다.

말하자면 게이타로가 인간 세상에서 보유한 지식과 감정은 죄다 고막의 활동에서 비롯된 것이었다. 모리모토에서 시작하여 마쓰모토로 끝나는 몇 장의 긴 이야기는 처음에는 그를 넓게 수평으로 행동하게 하다가 점차 그를 깊고 좁게 움직이기에 이르더니 갑자기 멈춰 버렸다. 하지만 그는 끝내 그 속에 들어갈 수 없었다. 그것이 그에게는 아쉬움인 동시에 행복이었다. 그는 아쉽다는 의미에서 뱀 머리를 원망했고 행복하다는 의미에서 뱀 머리를 축복하였다. 그리고 넓은 하늘을 쳐다보면서 자기 앞에 갑자기 멎어 버린 듯한 이 연극이, 지금부터 오래도록 어떻게 흘러갈 건지 생각했다.

이 작품은 나쓰메 소세키(夏目漱石)가 지금부터 100년 전인 1912년 정초부터 4월 29일까지 『아사히신문』에 연재한 장편소설이다.

먼저, 대부분의 독자들은 『피안 지나기까지彼岸過迄』라는 제목에 호기심이 생겼을 것으로 생각된다. 다만 작가 자신이 밝히는바 작품명이 나오게 된 연유는 설날에 시작해서 피안彼岸 즉 춘분이 지날 때까지 쓸 예정이었기에 그렇게 붙였을 뿐인 의미 없는 표제라고 한다. 사실 소세키는 이 작품뿐만 아니라 『양귀비꽃虞美人草』처럼 우연히 꽃집에 들렀을 때 눈에 띈 꽃 이름을 제목으로 삼는가 하면 『문門』의 경우처럼 친구에게 부탁해서 때마침 책상에 펼쳐진 책에서 보이는 단어를 그대로 작품 제목으로 쓰기도 하였다. 『그 후それから』라는 작품 제목 역시 『산시로三四郎』의 후속편임을 알리는 뜻에서 정해진 것이다.

피안(彼岸)이라는 말은 '사바세계 저쪽'이라는 뜻 외에 일본어에서 '춘·추분을 전후한 일주일'이라는 절기상의 의미가 있기에 작가 말대로 무의미한 제목일 수도 있겠다. 다만 작품 집필 전에 소세키는 생사를 넘나드는 위궤양 대토혈을 겪었고 또한 작품 4장에는 자신의 다섯째 딸 히나코雛子의 죽음(1911.11)이 그대로 투영되어 있다는 사실로 볼 때 극락정토로서의 피안이 연상되는 것도 부자연스러운 일은 아닐 것이다.

『피안 지나기까지』는 소세키의 후기 삼부작 중 첫 번째 작품으로 시점視點인물로 설정된 게이타로가 1910년대의 도쿄를 무대로 관찰하는 여러 가지 인간상이 그려진다. 먼저 등장인물의 〈가계도〉를 참고로 실어 보겠다.

등장인물의 가계도

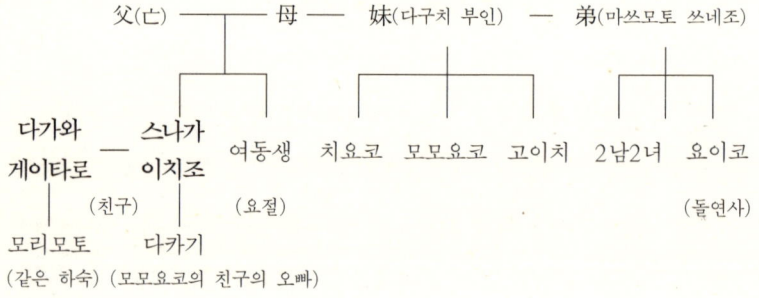

작품의 시간적 배경은 메이지明治 40년대 어느 해 만추부터 이듬해 봄까지이며, 전반부에서는 줄거리 진행상 중요한 역할을 하는 게이타로의 시점에서 친구 스나가를 관찰하게 한다. 그 다음 후반부에는 게이타로가 청자의 역할로 후퇴하고 고등유민을 자칭하는 숙부 마쓰모토로 하여금 스나가의 출생 비밀과 치요코와의 관계 및 갈등을 비판적으로 관찰하는 형식으로 되어 있다.

즉 그전까지는 작가가 직접 인물의 내부로 들어가 묘사했던 것을 여기서는 등장인물을 또 다른 인물의 시각에서 비평하게 하려는 것을 볼 수 있는데 이 방법은 다음 작품인 『행인行人』의 'H씨 편지'와 『마음こころ』의 '선생의 편지'로 이어진다. 또한 이 작품은 이전에 볼 수 없었던 새로운 형식으로 서로 다른 듯한 여섯 개의 소제목이 붙은 이야기와 결말로 이루어져 있는데 이러한 시도는 소세키가 처음 하는 것이기에 여기서 추구한 새로운 형식이나 방법론 자체를 작품 주제로 보는 견해도 있다.

평범함을 싫어하는 로맨틱한 청년 게이타로는 도입부에 설정된 모리모토라는 인물이 남긴 지팡이를 들고 다구치가 부탁한 탐정 역할을 수행하러 간다. 그가 오가와마치 정류소에서 두 남녀를 미행하는 장면 및 점쟁이를 찾아가는 부분에서는 도쿄라는 눈에 비친 공간이 원근법에 의해 극히 사실적이고 정밀하게 그려진다. 환상공간이라고 해도 좋을 드라마틱한 미로를 찾아 헤매는 게이타로의 모험을 읽다 보면 소설 중에 그의 위치와 역할이 서서히 떠오르게 된다.

즉 그가 관찰하는 갖가지 인간상은 이른바 '사회 표면에 드러나지 않는 숨겨진 드라마(社會の上層に浮き上がらない戲曲)'나 '남녀라고 하는 작은 우주(男女という小さな宇宙)'와 같은 키워드를 해독하는 역할을 함으로써 가시적 세계에서 눈에 보이지 않는 이면의 세계로 독자를 이끌어 간다. 소세키는 청년 게이타로와 스나가 외에도 다구치와 마쓰모토 같은 중장년 인물을 통해서 복잡다단한 인간 내면에 대한 탐구를 시도하는데, 작품에는 스나가가 안고 있는 고민과 불행에 대한 해결책이 제시되기도 한다.

이 불행을 행복으로 바꾸려면 내면으로만 향하는 삶의 방향을 반대로 바꾸어서 외부로 응하는 것 밖에는 방법이 없다. 외부의 사물을 머리에 집어넣으려고 자기 눈을 사용하는 대신에 외부의 사물을 머리로 바라본다는 기분으로 사용할 수 있어야만 해. 천하에 오직 하나라도 좋으니 자신의 마음을 빼앗길 수 있는 훌륭한 것, 아름다운 것, 온화한 것, 그것을 찾아내야만 한다. [마쓰모토 이야기 1]

이것은 스스로 자신에게 외향적인 요소를 키워 나가라는 조언인데 인간에 대한 작가의 통찰력이 엿보이는 대목이다. 이 작품은 소세키의 다른 작품에 비해 전체적으로 주목할 만한 내용이나 주제가 두드러지지는 않지만 면밀한 인간심리 묘사와 함께 소세키의 인간탐구가 도처에 나타난다. 즉 게이타로의 탐정경험이나 요이코의 죽음, 가마쿠라에서의 피서 대목 등을 주의 깊게 읽는다면 내면에 대한 인식과 인간관계의 법칙 같은 것이 떠오르리라고 본다.

『피안 지나기까지』는 소세키가 큰 병치레 후에 '한참 만이니 되도록 재미난 것을 써야겠다'라는 의도와 '몇 개의 단편을 거듭 쓴 다음 그것을 하나의 소설로 엮는다면 신문소설로 재미있게 읽히리라'고 구상한 계획을 실행에 옮긴 것이다. 게이타로라는 인물이 독자의 시점에서 인물들의 이야기를 듣고 관찰하는 이 작품에는 게이타로의 지팡이나 불가사의한 점괘와 같은 암시와 복선이 적절히 깔려 있기에 그것을 따라간다면 소세키가 처음 시도하는 추리소설의 묘미도 느낄 수 있으리라 본다. 작가가 의도한바 '재미난 탐정소설'을 독자도 충분히 즐길 수 있기를 기대한다.